KAP DES TODES

AF178065

MALLORCA

5 km

Sa Calobra

Puig Major

El Port

Deià   Sóller   Camp
                                        Selva

Valldemossa   Inca

Banyalbufar

                                    Binissalem
        Esporles   Consell

                Marratxí   Santa Maria
    Puigpunyent   del Camí
Sa Dragonera   Pòrtol

                    Palma   Los Ultimos
Andratx   Mohicanos
                                    Algaida
        Calvià
Sa Mola   Portals Nous   Can Pastilla
Santa Ponça   Magaluf   S'Arenal
                        Badia
                     de Palma   Llucmajor

                                        Can

                                    Sa Rà
                    Cap Blanc
                         Cala Pi

                                    Colònia
                                    Sant Jo

                            Cabrera

Sant
cenç

Port de Pollença

lença

Alcúdia

Badia
d'Alcúdia

a Pobla

Can Picafort

Muro

Santa Margalida

Capdepera

Cala Rajada

Artà

Sant Llorenç
des Cardasa

Son Servera

Cala Bona

Sineu

Cala Millor

franca
Bonany

Manacor

Porto Cristo

rreres

Felanitx

Cales de Mallorca
Cala Murada

Calonge

Porto Colom

Alqueria
Blanca

Santanyi

Cala d'Or

Salines

Cala Figuera

Cala
Llombards

Klaus Späne arbeitet als Redakteur der Tageszeitung »Frankfurter Neue Presse«. Mit Mallorca und den Balearen verbindet ihn eine lange und persönliche Geschichte. Er hat auf Mallorca gelebt und gearbeitet und kennt die Reize und Eigenheiten, aber auch die Schattenseiten der Insel.

Dieses Buch ist ein Roman. Handlungen und Personen sind frei erfunden. Ähnlichkeiten mit lebenden oder toten Personen sind nicht gewollt und rein zufällig.
Auf S. 267 befindet sich ein Glossar.

KLAUS SPÄNE

KAP DES TODES

Mallorca Krimi

emons:

Bibliografische Information der Deutschen Nationalbibliothek
Die Deutsche Nationalbibliothek verzeichnet diese Publikation
in der Deutschen Nationalbibliografie; detaillierte bibliografische
Daten sind im Internet über http://dnb.d-nb.de abrufbar.

© Emons Verlag GmbH
Alle Rechte vorbehalten
Umschlagmotiv: lookphotos/Anastasia Petrakova
Umschlaggestaltung: Nina Schäfer
Karte S. 2/3: shutterstock.com/Axel_kock (bearbeitet)
Gestaltung Innenteil: DÜDE Satz und Grafik, Odenthal
Lektorat: Susann Säuberlich, Neubiberg
Druck und Bindung: CPI – Clausen & Bosse, Leck
Printed in Germany 2021
ISBN 978-3-7408-1150-1
Mallorca Krimi
Originalausgabe

Unser Newsletter informiert Sie
regelmäßig über Neues von emons:
Kostenlos bestellen unter
www.emons-verlag.de

Dieser Roman wurde vermittelt durch die Verlagsagentur
Lianne Kolf, München.

Für meine Eltern Johanna und Ewald Späne

Prolog

Der Spinnenmann

Dass Kriminelle unter einer Happy Hour etwas anderes verstehen als er und der große restliche Teil der Menschheit, sollte Bartomeu del Amo am eigenen Leib erfahren. Als er gegen neunzehn Uhr dreißig seinen Arbeitsplatz, einen wuchtigen Altstadtpalast im Zentrum Palmas, verließ, deutete allerdings noch nichts darauf hin.

Der Abend war perfekt, um die Seele baumeln zu lassen. Das klare Licht des mallorquinischen Frühlings beschien die Palmen und Platanen, die sich auf der Plaça del Mercat erhoben und den Platz wie eine grüne Oase inmitten des Meeres aus Häusern und Straßen der Balearenmetropole wirken ließen. Eine sanfte Brise umwehte del Amo. Er war unschlüssig, welche Richtung er einschlagen sollte. Schnurstracks zu seiner Lieblings-Vermuteria, die ganz in der Nähe seines Büros lag und in der er sporadisch auf dem Heimweg einen Absacker zu sich nahm? Oder vorher ein wenig flanieren und die entspannte Atmosphäre genießen, die um diese Zeit in der Stadt herrschte?

Del Amo schaute auf die Uhr, dann öffnete er das Jackett seines dunkelblauen Anzugs, lockerte den Knoten seiner Krawatte und sog die warme Luft ein. Ein zarter Hauch von Zitrusduft lag darin. Er entströmte einem Orangenbaum voller weißer Blüten, der am Straßenrand wuchs. Das sinnliche Geruchserlebnis gab den Ausschlag, er würde sich vor dem Besuch der Bar durch die Stadt treiben lassen.

Hinter den verspielten Jugendstilfassaden der Edifici Casasayas bog er in die Plaça de Weyler ab. Die Außenterrassen der Cafés waren voller Menschen, fröhliches Stimmengewirr waberte über die Straße. Er schlenderte weiter zur Rambla, Palmas Mini-Pendant zur Promenade von Barcelona.

Del Amo war ausgelassener Stimmung, fühlte sich trotz seiner sechsundfünfzig Jahre jung und unternehmungslustig wie lange nicht mehr. Bewegung kann außerdem nicht schaden, dachte er, während er seinen Bauchansatz betrachtete, der in den Wintermonaten gewachsen war und über den sich seine Frau schon lustig gemacht hatte.

Er setzte seinen Spaziergang ziellos fort, bis er in der schmalen Gasse Carrer de les Caputxines landete. Im Gegensatz zu der quirligen Ausgehmeile, die er zuvor passiert hatte, befand er sich hier allein auf weiter Flur. Fast, denn er hatte nicht bemerkt, dass ihm mit einigem Abstand ein junger Mann gefolgt war. Der sprach ihn nun unvermittelt an.

»Entschuldigen Sie, können Sie mir sagen, wie ich zur Plaça de la Mercé komme?«

Überrascht blieb del Amo stehen und musterte sein Gegenüber. Er war deutlich kleiner und schlanker als er, hatte halblange dunkelbraune Haare, trug eine grüne Bomberjacke und abgewetzte dunkelgraue Jeans mit modischen Löchern an den Knien. Das Auffällige an ihm waren ein Spinnennetz-Tattoo am Hals und sein, wie del Amo fand, flackernder Blick, mit dem er ihn musterte. Er fühlte sich seltsam unwohl in der Gegenwart des Mannes. Dennoch bemühte er sich, höflich zu sein, überlegte kurz und gab dann eine präzise Wegbeschreibung – als Einwohner Palmas kannte er sich schließlich bestens aus. Er wollte weitergehen, doch der Spinnenmann war offenbar zum Plaudern aufgelegt.

»Vielen Dank, das ist ja nicht weit. Da komme ich gut zu Fuß hin. Wissen Sie, ich will Freunde treffen. Die warten sicher schon auf mich. Ach, können Sie mir noch sagen, wie spät es ist?«

Del Amo wunderte sich zwar, dass der Mann keine Uhr oder, wie das heutzutage üblich war, ein Handy bei sich hatte, schob aber dennoch den Ärmel seines Sakkos zurück und schaute auf seine Armbanduhr, die er am rechten Handgelenk trug.

»Was für eine schöne Uhr.« Der Mann schnalzte anerkennend mit der Zunge.

»Ja, ganz hübsch. Ein Geschenk von …«

Del Amo kam nicht mehr dazu, den Satz zu vollenden. Ohne jegliche Vorwarnung packte der Fremde seinen Arm, zerrte an dem silbernen Stahlband, um die Uhr herunterzureißen. Del Amo war völlig überrumpelt von dem Angriff und setzte sich zunächst nicht zur Wehr. Nach einer Schrecksekunde schrie er laut: »Hey, was soll denn das?«, und versuchte, sich aus der Umklammerung zu befreien.

Es entwickelte sich ein heftiges Handgemenge, bei dem der zwar ältere, aber wesentlich größere und kräftigere del Amo bessere Karten zu haben schien. Das lag auch daran, dass der Angreifer mit einer Hand am Uhrband zog und mit der anderen einen Faustschlag del Amos abblockte. Schließlich ließ der Mann von seinem Opfer ab, aber nur um etwas aus der Tasche seiner Bomberjacke zu holen: ein Messer mit einer bedrohlich aussehenden spitzen Klinge, mit dem er auf del Amo zukam.

Der wich ein Stück zurück. Aber er war ein Alphatier, jemand, der es gewohnt war, dominant zu sein und Anweisungen zu geben. Und so ging er auch in dieser Situation in die Offensive, um dem in seinen Augen impertinenten Widerling die Waffe aus der Hand zu schlagen. Das misslang gründlich. Plötzlich spürte er einen höllischen Schmerz in der Seite und fiel zu Boden. Danach bekam er noch mit, wie erneut an seinem Arm gerissen wurde, bevor er das Bewusstsein verlor.

Knapp eine Stunde später lag er auf einer Liege in der Notaufnahme des Krankenhauses Son Espases. Die Uhr, die er zuvor am rechten Handgelenk getragen hatte, war verschwunden.

1

Höhenangst

Mit jedem Schritt in Richtung Abgrund hatte Pau Ribera das Gefühl, dass ihm die Kontrolle über seinen Körper und seinen Geist entglitt. Seine Knie fühlten sich weich an, als hätten sich Knochen, Knorpel und Sehnen in eine amorphe Gummimasse verwandelt, ihm war schwindelig, das Herz raste, im Ohr rauschte es, Schweiß bildete sich auf der Stirn. Er hatte das Bedürfnis, sich hinzusetzen, um wie ein Kleinkind auf dem Po weiterzurobben. Noch lieber wäre es ihm jedoch gewesen, auf dem Absatz kehrtzumachen, aber das ging nicht, denn gleichzeitig entwickelte die Tiefe eine eigenartige Sogwirkung. Schier unwiderstehlich zog sie ihn nach vorn wie ein Traktorstrahl in einem Science-Fiction-Film, als hätte sich eine dunkle Macht seiner bemächtigt, um ihn ins Verderben zu stürzen.

Zentimeter um Zentimeter näherte sich Ribera der bedrohlichen Linie, an der die Steilküste nahtlos in den Horizont überging. Dazwischen erstreckte sich das milchig graue Meer, auf dem ein einsames Segelboot kreuzte. Darüber zogen zwei Möwen ihre Bahnen am wolkenverhangenen Himmel.

»Was treiben Sie da?« Wie durch eine Nebelwand erreichte ihn die Frage und riss ihn aus seinen inneren Kämpfen.

Ribera zuckte zusammen. Etwa zwanzig Meter von ihm entfernt stand vor einem bunkerartigen Betonbau ein untersetzter Mann. Er trug die dunkelblaue Uniform der Lokalpolizei nebst einer Schirmmütze, wie auch sein Kollege, der ihn begleitete. Dieser schien etwas jünger zu sein, war aber ein ganzes Stück größer und schlanker. Der unterschiedlichen Statur wegen erinnerten die beiden Ribera stark an Don Quijote und Sancho Panza.

»Wir haben schon befürchtet, Sie wollten sich hinunterstürzen, nicht wahr, Vicente«, sagte der Sancho-Panza-Verschnitt mit einem spöttischen Gesichtsausdruck und stieß seinem Kollegen mit dem Ellbogen in die Seite.

»Wäre nicht das erste Mal, dass hier so etwas passiert«, entgegnete »Don Quijote« und schien nur mühsam ein Lachen zu unterdrücken.

Ribera beschloss, gute Miene zum bösen Spiel zu machen. »Bei all dem, was uns jedes Jahr an zusätzlichen Aufgaben von den Bürokraten im Innenministerium in Madrid aufgebürdet wird, hätte ich manchmal die größte Lust dazu. Aber ich glaube, für heute reicht der eine Fall.« Er wies mit einer Kopfbewegung auf die Klippen. »Zumindest soll hier einer vorliegen.« Er zückte seinen Dienstausweis und wechselte ins Kollegen-Du: »Chefinspektor Pau Ribera von der Policía Nacional in Palma. Habt ihr uns verständigt, dass es einen Toten geben soll?«

Die Lokalpolizisten stellten das Feixen abrupt ein. Ein Ruck ging durch ihre Körper, als würden sie Habachtstellung einnehmen.

»Sí, Señor. Sergente Fulano und Sergente Zutano von der Policía Local in Llucmajor«, sagte »Sancho Panza« alias Fulano, offensichtlich der Wortführer der beiden. »Unser Dienststellenleiter hat Urlaub, und wir wussten nicht genau, wer im Kommissariat zuständig ist. Wir haben einen Anruf von einem deutschen Touristenpaar bekommen, das hier am Cap Blanc beim Spazierengehen einen Wagen auf den Felsen unterhalb der Steilküste entdeckt hat. Wir sind der Sache sofort nachgegangen. Zumal es, wie mein Kollege richtig bemerkt hat, nicht der erste Vorfall dieser Art wäre. Das Cap Blanc gilt nicht umsonst als Selbstmörder-Kap.«

Ribera winkte mit beiden Händen ab. »Nur mal langsam. Ob ein Suizid vorliegt, steht noch nicht fest. Oder wisst ihr Näheres?«

»Nein, bisher nicht, Chefinspektor«, antwortete Fulano. »Das Einzige, was bislang feststeht, ist, dass dort unten ein Auto mit einer Leiche liegt. Das haben die Kollegen bestätigt, die das Wrack vom Wasser aus erreicht haben. Aber sieh selbst.« Er und sein Kollege machten Anstalten, an den Rand des weitläufigen, mit gelben Flechten bedeckten Plateaus vorzutreten, das sich zwischen Küste und einem niedrigen Wäldchen aus Kiefern und wilden Olivenbäumen erstreckte.

Ribera folgte ihnen widerstrebend. Er wollte sich trotz seiner Höhenangst, die sich gerade gemeldet hatte, keine weitere Blöße geben.

Er hatte Glück. Unterhalb des Felsrandes befand sich eine weitere Ebene, ein rund einen Meter breiter Vorsprung, den ein gnädiger Schöpfer extra für ihn als Sicherheitszone geschaffen haben musste.

Die Beamten beugten sich vor, Ribera tat es ihnen zögerlich gleich. In etwa vierzig Meter Tiefe waren hellgraue Felsen zu sehen, an denen sich die Wellen brachen und einen Gischtschaum hinterließen. Zwischen ihnen war ein weißes Auto zu erkennen oder vielmehr das, was davon übrig geblieben war.

Die Trümmer weckten bei Ribera die Assoziation mit einer Schrottpresse, mit denen auf Autofriedhöfen entsorgte Fahrzeuge malträtiert wurden.

In welchem Zustand mag sich der Fahrer oder die Fahrerin nach diesem verheerenden Aufprall erst befinden?, dachte Ribera und trat zurück. Er hatte genug gesehen.

»Okay, Kollegen, die Bergung des Toten wird bei den schwierigen Orts- und Wetterverhältnissen wohl noch eine Weile dauern, vermute ich. In der Zwischenzeit ist das Gebiet hier oben Sperrzone, bis die Spurensicherung mit ihrer Arbeit fertig ist. Schon Hinweise darauf, auf welchem Weg der Wagen bis zur Küste gekommen ist? Ich nehme an, dass es nicht viele Möglichkeiten gibt.«

Die Lokalpolizisten schüttelten unisono den Kopf.

»Nicht, nachdem der Inselrat eine Leitplanke und einen Zaun bauen ließ«, sagte Fulano. »Gebracht hat es aber wenig. Dieser Ort zieht den Tod geradezu an, Absperrung hin oder her.«

Wie zur Bekräftigung spuckte Zutano auf den Boden und sagte mit grimmiger Miene: »Das ist ein böser Ort, ein *mal lloc.*

Die Einheimischen gehen hier nicht mal tagsüber hin. Selbst das Meer vor der Küste ist verflucht. In alten Seekarten werden die Tiefen als Tor zur Hölle bezeichnet. Nicht umsonst verunglücken dort immer wieder Schiffe. Wenn ich dran denke, wie oft in den letzten Jahren die Seenotrettung ausrücken musste.«

Nachdem Ribera mit der Spurensicherung telefoniert hatte, machte er sich auf den Rückweg zu seinem Auto, das er bei einem alten Leuchtturm geparkt hatte, der etwa einen halben Kilometer entfernt emporragte. Mit jedem Meter, den er zwischen sich und der Absturzstelle zurücklegte, fühlte er sich besser, kam sich weniger als Spielball seiner Ängste vor.

Dass er Probleme mit Höhen hatte, war ihm bewusst gewesen. Zum ersten Mal waren sie in der Jugend aufgetreten, als er mit seinen Freunden regelmäßig ins Schwimmbad gegangen war und jämmerlich versagt hatte, als es darum ging, vom Sprungturm ins Becken zu springen. Auch mit zunehmendem Alter war die Höhenangst nicht verschwunden. Aber dass sie ihn derart aus dem inneren Gleichgewicht bringen konnte, das hatte er noch nie erlebt.

Was für ein schauriger Ort, welch bedrückende Einsamkeit, ja fatale Endzeitstimmung von dem Küstenabschnitt doch ausgeht, dachte er. Und das auf einer Insel wie Mallorca, einem Synonym für Massentourismus und überbordende Vergnügungssucht schlechthin. Angesichts dieser Erfahrung empfand er es sogar als wohltuend, dass er sich mit einer Arbeit ablenken konnte, zu der ihn Polizeichef Mariano G. Moix verdonnert hatte. Gleichwohl war er im Grunde alles andere als begeistert davon.

***

Kaum war Ribera gegen sechzehn Uhr in seinem Büro in der Jefatura Superior de Policía Baleares angekommen, dem Hauptquartier der spanischen Nationalpolizei in Palma, klingelte das Telefon auf seinem Schreibtisch.

»Ribera, wo stecken Sie denn?«

Er stöhnte innerlich. Die vorwurfsvolle Stimme am anderen Ende der Leitung gehörte dem Polizeichef, von dem er im Moment mehr mitbekam, als ihm lieb war. Normalerweise hatte er im Arbeitsalltag der Mordkommission eher wenig mit seinem Vorgesetzten zu tun. Aber vor Kurzem hatte Moix ein Projekt angestoßen, mit dem er die Jefatura in Aufruhr versetzte – inklusive Ribera und seiner Abteilung.

»Kommen Sie bei mir vorbei, ich möchte Ihnen jemanden vorstellen, den Sie unbedingt kennenlernen müssen«, sagte Moix.

Augenblicke später klopfte Ribera an die Tür eines Büros im vierten Stock. Moix war wie erwartet nicht allein, ein schlanker Mann in einem dunkelblauen Slim-Fit-Anzug und gleichfarbiger Krawatte saß auf einem der Besucherstühle vor dem riesigen Schreibtisch. Das Möbelstück aus dunklem Holz nahm einen Großteil des Raumes ein und stand, wie Ribera fand, im Gegensatz zum üblichen Arbeitspensum seines Vorgesetzten.

»Ah, Ribera, da sind Sie ja endlich!«, rief Moix und bedeutete ihm, näherzutreten. Er wies auf seinen Gast. »Das ist Señor Pelayo Grande, mein neuer persönlicher Assistent. Er tritt seine Stelle diese Woche an. Ich wollte, dass Sie beide sich kennenlernen, bevor ich Señor Grande offiziell vorstelle.«

Grande war bei Moix' Worten aufgestanden. Er streckte Ribera lächelnd die Hand zur Begrüßung entgegen. »Sie können ruhig Pelayo zu mir sagen, wir werden ja in Zukunft öfter miteinander zu tun haben.«

Was für ein weicher Händedruck, als ob man einen toten Fisch anfassen würde, dachte Ribera und verzog die Mundwinkel zu einem halbwegs freundlichen Lächeln.

Er schätzte sein Gegenüber auf Mitte bis Ende dreißig. Grande war einen halben Kopf kleiner als er selbst und hatte eine jugendliche Ausstrahlung, was nicht zuletzt an seiner Frisur und seinem gepflegten Dreitagebart lag. Die Haare trug er auf den Seiten raspelkurz geschnitten, das dunkle Deckhaar dafür länger und ordentlich gescheitelt – ein Undercut, wie er bei vielen jüngeren oder sich für jung haltenden Männern auch in Spanien üblich war.

»Señor Grande wird als eine seiner ersten Aufgaben die Koordination der Ermittlungen in Sachen Rolex-Banden übernehmen. Ich denke, Sie werden gut zusammenarbeiten«, fuhr Moix fort. Genauso gut hätte ihn der Polizeichef zurück ans Cap Blanc beordern können, dachte Ribera, ließ sich aber nichts anmerken. Da war es wieder, das Projekt, mit dem Moix Gott und die Welt nervte. Hintergrund waren die Diebstähle von Luxusuhren, die sich in den letzten Wochen auf Mallorca stark gehäuft hatten. Dabei gingen die Banden teilweise äußerst rabiat vor, schlugen am helllichten Tag auf der Straße oder an Strandpromenaden zu. Und mit einem wiederkehrenden Muster: Einer der Täter näherte sich dem Opfer unter irgendeinem Vorwand, verwickelte sein Gegenüber in ein Gespräch und riss ihm dann die teure Uhr vom Handgelenk. Danach floh er mit einem Komplizen, der in der Nähe auf einem Motorrad oder einem Motorroller gewartet hatte.

Nachdem kürzlich ein hoher Beamter auf dem Nachhauseweg mitten in Palma beraubt und durch einen Messerstich schwer verletzt worden war, war bei Moix das Fass übergelaufen. Kurz entschlossen hatte er eine Sonderkommission ins Leben gerufen, um dem Treiben ein Ende zu setzen.

»Eine Urlaubsdestination wie Mallorca kann sich solch ein Krebsgeschwür nicht leisten«, hatte er zur Begründung gesagt. Natürlich wussten alle in der Jefatura, dass es ihm auch darum ging, die Nationalpolizei und damit sich selbst in ein gutes Licht zu rücken

Auch Ribera und seine Mitarbeiter sollten sich an den Ermittlungen beteiligen. Das Argument dafür war, dass es zwar noch keine Toten gegeben habe, dies aber nur eine Frage der Zeit sei. Außerdem sollten sie ihre Fühler ins Ausland ausstrecken, um Gerüchten über eine Verbindung zur italienischen Mafia nachzugehen.

Ribera sah grundsätzlich die Notwendigkeit ein, gegen die Banden vorzugehen. Auf der anderen Seite verspürte er aber keine Lust auf eine derart enge Zusammenarbeit mit Moix oder jemandem aus dessen unmittelbarem Umfeld. Um sich dem konfliktfrei zu entziehen, wollte er Moix austricksen. Die Strategie bestand darin, ihm zuerst recht zu geben. Aber nur, um kurz darauf mit einem Gegenargument aus der Deckung zu kommen, dem sich der Polizeichef schwer versagen konnte. Nun sah er in dem Toten vom Cap Blanc eine Chance, den Kopf aus der Schlinge zu ziehen.

»Mein Team und ich werden Señor Grande nach besten Kräften unterstützen«, sagte er und rang sich ein weiteres Lächeln ab, das nach wenigen Sekunden einer Sorgenmiene wich. »Ich bin mir aber nicht sicher, ob wir dafür die nötige Manpower haben.«

Fragende Blicke von Moix und Grande.

Ribera schilderte den Vorfall bei Llucmajor, bei dem es nun intensiv zu ermitteln gelte. Der Einwand stellte sich jedoch als Rohrkrepierer heraus.

Moix winkte ab und entgegnete ungerührt: »Ach Ribera. Das ist doch nur wieder so ein armer Tropf, der sich von den Klippen gestürzt hat. Vergeuden Sie nicht kostbare Zeit und Energie damit und überlassen Sie das den Suizid-Experten. Wir haben im Moment anderes zu tun. Gerade jetzt, da die touristische Hochsaison vor der Tür steht, müssen wir unsere Kräfte bündeln, um diesem Spuk ein Ende zu setzen.«

Riberas säuerliche Miene schien ihm nicht entgangen zu sein. »Machen Sie nicht ein Gesicht, als ob Sie zur Schlachtbank geführt würden. Betrachten Sie es als eine Herausforderung. Wir alle sind viel zu sehr in unserer Routine gefangen. Das macht träge und unbeweglich. Sie werden sehen, wie belebend es sich auch auf den Geist auswirkt, über den Tellerrand zu blicken.«

Ribera erkannte, dass er im Moment nicht weiterkam und wohl in den sauren Apfel beißen musste. Wobei, kampflos aufgeben wollte er noch nicht.

Vielleicht ist die Cap-Blanc-Geschichte doch nicht so eindeutig, wie der Chef glaubt, dachte er, als er kurze Zeit später zurück in sein Büro ging. Er würde sich am nächsten Tag auf jeden Fall über den Verlauf der Bergungsarbeiten informieren.

2

Luftangriff

Es war einer der heißen Junitage auf Mallorca, an denen der nahe Sommer Vorboten der kommenden Hitzeperiode aussandte. Wer es sich erlauben konnte, vermied nach Möglichkeit den Aufenthalt in der gleißenden Nachmittagssonne. Auch auf der Finca außerhalb von Artà ging es gemächlicher zu als sonst. Die Bewohner zogen, so oft es ging, den Schatten vor – oder suchten die Abkühlung. Frank Zampach wollte gerade seine Hose ausziehen, um nackt eine Runde im hauseigenen Pool zu drehen, als er ein Surren in der Luft vernahm. Zunächst war es nur ein leises Geräusch, das immer lauter wurde, als nähere sich ein Bienenschwarm. Zampach hob den Kopf und suchte den Himmel ab. Da war sie, die Ursache der Störung: ein kleines Flugobjekt mit jeweils zwei kurzen Streben an den Seiten, auf denen sich Propeller wild im Kreis drehten. An der Vorderseite leuchteten zwei helle Punkte, die aussahen wie Augen und die dem Gerät eine Ähnlichkeit mit einem Rieseninsekt gaben, das die Gegend nach Nahrungsquellen absuchte. Mit einem drolligen Auf- und Abwippen veränderte es ständig die Flughöhe, als könnte es sich nicht entscheiden, ob es sich auf das Fressen stürzen oder wieder davonfliegen wollte.

Zampach konnte dem nichts Witziges abgewinnen. »Schon wieder so eine Scheißdrohne, warte, dir zeig ich's.«

Fluchend zog er die Hose hoch und stapfte zu einem der niedrigen Gebäude, die an der Stirnseite des Schwimmbeckens standen. Kurz darauf kehrte er mit einem Luftgewehr und einer kleinen runden Blechdose zurück und legte auf die Drohne an, die nun direkt über ihm kreiste. Er krümmte den Zeigefinger am Abzug. Ein dumpfes Geräusch ertönte.

»Mist, vorbei.«

Er knickte den vorderen Teil des Gewehrlaufs nach unten,

holte eine neue Kugel aus der Dose und legte sie ein. Zu spät, die Drohne flog davon.

»Hau nur ab, das nächste Mal treff ich garantiert!«, schrie er wütend und jagte zur Bekräftigung eine Kugel hinterher.

»He, Zappa, was schreist du so?«

Die Stimme gehörte zu einer jungen Frau mit langen blonden Haaren, die sich auf dem Kiesweg, der zum oberen Teil des weitläufigen Anwesens führte, dem Pool näherte. Neben ihr lief ein großer hellbrauner Hund, der mit dem Schwanz wedelte und lautstark kläffte.

»Ich habe versucht, diese Kackdrohne runterzuholen. Schon das zweite Mal, dass die so ein Ding auf uns losjagen. Ich hab die Schnauze voll«, stieß Zampach erregt hervor, sodass sein Kinnbärtchen zitterte. »Wir sind doch keine Zootiere, die jeder angaffen kann. Und das, ohne Eintritt zu bezahlen.«

»Schon lästig«, entgegnete die Frau und strich sich eine Strähne aus dem Gesicht. »Andererseits war klar, dass wir Aufsehen erregen, wenn wir die ehemalige Finca von einem Geldsack besetzen. Was glaubst du, von wem die Drohnen stammen?«

Zampach streifte sich ein T-Shirt über. »Bestimmt von den Fernseh-Ärschen, die kürzlich hier waren und eine Homestory von uns machen wollten. Hatte aber keinen Bock auf so 'ne Sülze im Stile von ›So lebt Zappas wilde Hausbesetzer-Kommune auf einer Luxus-Finca‹ oder so ähnlich. Überhaupt geht mir der ganze Rummel auf die Nerven. Vielleicht haben wir schon viel zu viel zugelassen. Wenn die wenigstens ordentlich zahlen würden. Aber dafür haben sie angeblich keine Kohle. Lächerlich.« Er gab ein Knurren von sich. Seine Laune verschlechterte sich zunehmend, was nicht nur an den Drohnen lag.

Grimmig betrachtete er die beiden großen Gebäude aus Naturstein, die auf dem Hügel oberhalb des Swimmingpools standen. »Hier läuft generell einiges gewaltig aus dem Ruder.« Seine Miene verdüsterte sich um eine weitere Stufe.

Die junge Frau sagte kein Wort, der Hund verkroch sich eingeschüchtert hinter ihr.

Plötzlich war lautes Geschrei zu hören. Es kam vom oberen Teil der Finca.
»Auch das noch, jetzt geht der Ärger schon wieder los«, schimpfte Zampach. »Ich verfluche den Tag, an dem wir hergekommen sind. Komm, wir beenden die Sache. Das kann nicht ewig so weitergehen.«

***

Als er gegen neun Uhr dreißig in der Jefatura eintraf, trommelte Pau Ribera seine Mitarbeiter Cristina Blum und Quique Montoya zu einer Teambesprechung zusammen.

»Ihr habt ja bereits mitbekommen, dass unsere Abteilung die Ermittlungen der Sonderkommission unterstützen soll, die unser werter Polizeichef eingerichtet hat. Ich bin davon schwer begeistert, wie ihr euch denken könnt«, sagte er auf seine ironische Art, in die er gewöhnlich Skepsis und Kritik kleidete. »Im Moment haben wir wohl keine andere Wahl, wenn wir keinen internen Konflikt heraufbeschwören wollen. Ihr wisst, wie unser Häuptling reagiert, wenn man ihm den Eindruck vermittelt, ihn nicht ernst zu nehmen. Es sei denn …«

»Was für ein Schwachsinn.« Quique fuhr sich mit der Hand durch seine dunklen Locken. »Das ist nur wieder eine bescheuerte Alibi-Aktion, mit der Moix glänzen möchte. Ist doch allgemein bekannt, dass er seinen Job nur als Karrieresprungbrett betrachtet.« Er reduzierte seine Lautstärke. »Außerdem gibt es bereits eine Gruppe von Kollegen, die seit einiger Zeit an der Sache arbeitet und die personell nicht gerade unterbesetzt ist. Was bringt es, wenn wir zusätzlich mitmischen? Und die Banden treiben auch nicht erst seit gestern ihr Unwesen.«

Ribera saß auf einer Tischkante in dem schmucklosen Raum, den sie in der Mordkommission für interne Besprechungen nutzten, und hörte sich die Wutrede seines Mitarbeiters ruhig an. Er war derlei Eruptionen von Quique gewohnt, der berühmtberüchtigt war für sein loses Mundwerk. Zuweilen schoss er zwar übers Ziel hinaus, aber oftmals lag er mit seinen impulsiven Ausbrüchen nicht mal daneben. Ribera hatte in der Regel kein Problem damit, und heute sprach er ihm zudem aus dem Herzen.

Bevor er etwas entgegnen konnte, meldete sich Cristina Blum zu Wort.

»Ich weiß gar nicht, was ihr habt.«

Die junge Polizistin war das krasse Gegenteil von Quique: kontrolliert, sachlich, unterkühlt. Eigenschaften, die Ribera auf ihren Vater, einen deutschen Mallorca-Einwanderer, zurückführte, auch wenn er wusste, dass das wahrscheinlich ein Klischee war.

»Besonders viele Erfolge konnte die Soko bisher nicht verzeichnen, was ehrlich gesagt ein wenig merkwürdig ist«, fuhr Blum fort. »Was soll daran verkehrt sein, geballt gegen die Banden vorzugehen? Wir brechen uns keinen Zacken aus der Krone, finde ich.«

Quique holte Luft und wollte etwas erwidern, als Ribera intervenierte und den sich anbahnenden Disput im Keim erstickte.

»Halt, stopp!« Er hob abwehrend eine Hand. »Ihr habt beide nicht unrecht. Aber ich hatte noch nicht zu Ende geredet. Möglicherweise müssen wir uns um einen ganz anderen Fall kümmern.«

Fragende Blicke.

Ribera erzählte von dem Toten vom Cap Blanc und dass er überprüfen wolle, ob es sich tatsächlich um einen Suizid handele. Er finde es vorschnell, dass sich die Lokalpolizei und Moix bereits festgelegt hätten.

Blum reagierte als Erste. »Ich will ja deine Hoffnung nicht zerstören, aber meines Wissens waren die zahlreichen Todesfälle, die sich bis heute am Cap Blanc ereignet haben, allesamt Suizide. Das bekannteste Opfer war Miquel Dalmau, der ehemalige Präsident von Real Mallorca. Moment …« Sie tippte etwas in ihr Smartphone ein. »2010 hat er sich mit seinem Auto die Klippen heruntergestürzt. Wenn das keine Parallele zum aktuellen Fall ist.«

Quique hob bedauernd die Hände. »Auch wenn es mir schwerfällt, in diesem Fall muss ich Cristina recht geben. Die Wahrscheinlichkeit, dass es etwas anderes ist als ein Selbstmord, ist verschwindend gering.«

Ribera rutschte vom Tisch herunter, lief durch den Raum, blieb stehen und drehte sich zu Blum und Quique um. »Das mag vielleicht sein. Aber die Hoffnung, wenn das Wort im Zusammenhang mit einem Toten überhaupt angebracht ist, stirbt bekanntlich zuletzt. Ihr könnt mich meinetwegen für verrückt erklären, aber ich habe das unbestimmte Gefühl, dass die Sache nicht ganz so eindeutig ist, wie sie erscheint.«

Fast im selben Moment klopfte es an der Tür. Ein Kopf mit kurzen dunklen Haaren, die durchsetzt waren mit gebleichten Strähnen, tauchte in der Öffnung auf. Er gehörte zu einer nicht ganz schlanken, dennoch sportlich wirkenden jungen Frau mit wachen Augen und einem breiten Mund, der Ribera selbstbewusst anlächelte.

»Verzeihung, ich wollte nicht stören, aber man sagte mir, dass ich Sie hier finde, ich kann auch später wiederkommen, wenn es jetzt nicht passt.«

»Kein Problem, wir sind ohnehin am Ende unserer Besprechung, denke ich.« Ribera schaute fragend in die Runde. Bejahendes Nicken. »Wie können wir Ihnen helfen, Señora …?«

Die Frau trat näher. Sie trug enge Jeans und ein rotes T-Shirt mit tiefem V-Ausschnitt, der ihre Oberweite betonte. Darüber einen schwarzen Blazer. An den Füßen trug sie Doc Martens mit gelben Nähten.

»Roca, Penelope Roca. Ich bin die neue Abteilungssekretärin oder besser gesagt die Vertretung für Gabriela, während sie im Mutterschutz ist. Ich soll heute beginnen und wollte mich vorher bei allen Kollegen vorstellen.«

Ribera schlug sich mit der Hand gegen die Stirn. »*Mierda*, das hatte ich ganz vergessen.«

Quique und Cristina Blum zuckten zusammen, Roca machte einen irritierten Eindruck.

»Entschuldigung, galt nicht Ihnen«, versicherte Ribera, dem die E-Mail in den Sinn gekommen war, die er irgendwann von der Personalstelle der Jefatura bekommen hatte. Darin war die neue Sekretärin angekündigt worden. In seiner Zerstreutheit hatte er die Nachricht aber nach oberflächlichem Überfliegen genauso schnell wieder vergessen wie viele andere interne Mails. Die Geschichte am Cap Blanc hatte dann ihr Übriges getan, dass das Ganze irgendwo in einer Art Kuipergürtel seines Gehirns gelandet war, wohin er Informationsbrocken verbannte, denen er keine unmittelbare Relevanz beimaß.

»Schön, Sie an Bord zu haben, Señora Roca«, sagte er und wies auf die vereint strahlenden Gesichter von Quique und Cristina Blum. »Wie Sie sehen, sind Sie hier sehr willkommen.«

**

Nach einem Rundgang mit Penelope Roca durch die Abteilung und einem anschließenden Sprung in seine Stammbar »Bocadillos« gegenüber dem Kommissariat beschloss Ribera, den Nachmittag zu nutzen, um die Cap-Blanc-Geschichte weiterzuverfolgen. Er zog sich in sein Büro zurück, schloss die Tür hinter sich, setzte sich an seinen Schreibtisch und wählte die Nummer der Equipo de Rescate e Intervención en Montaña, kurz EREIM, einer Spezialeinheit der spanischen Guardia Civil. Die beiden Lokalpolizisten hatten ihm erzählt, dass die Einheit für die Bergung von Verunglückten auf Mallorca zuständig sei.

»Ich wusste gar nicht, dass sich die Mordkommission nun auch mit Suiziden beschäftigt. Habt ihr zu wenig zu tun?«, fragte der Kollege namens Joan Buzón, nachdem sich Ribera nach dem Stand der Bergungsarbeiten erkundigt hatte.

»Anordnung von oben«, schwindelte Ribera. Er hatte keine Lust, seine wahren Motive zu offenbaren, besonders da er wusste, dass er außerhalb seines Zuständigkeitsbereichs wilderte. »Wir haben einen Neuen in der Führungsebene, frisch vom Festland importiert. Der will sich profilieren.«

»Verstehe. Ihr habt's im Moment nicht leicht.«

Das Eis war gebrochen. Buzón erklärte ihm, dass das Wrack mittlerweile geborgen worden sei. Am Steuer habe ein Mann gesessen oder vielmehr das, was von ihm übrig gewesen sei. »Ich kann dir sagen, ein wahrer Kraftakt. Ohne die Hilfe der Feuerwehr und der Taucher der Guardia Civil hätten wir das nicht stemmen können. Mehr als fünf Stunden hat der Zirkus gedauert. Das Gleiche wie damals bei Miquel Dalmau.«

Buzón schwieg, als wartete er auf eine Äußerung des Mitleids seitens Riberas. Als sie ausblieb, fuhr er fort.

»Ich kann nicht nachvollziehen, wie man sich auf diese Weise umbringen kann. Sich die Kugel geben, okay. Aber ins Auto setzen, auf die Klippen zurasen und dann … Und an die Kosten, die das verursacht, denken die natürlich nicht.«

Ribera schnaubte bestätigend in den Telefonhörer. »Wisst ihr schon Näheres über die Identität des Toten?«

»Wir sind dran. Ein Kollege kümmert sich darum. Der Typ hatte keine Papiere bei sich, aber anhand des Nummernschildes dürfte das kein Problem sein. Die Leiche haben wir, wie das in diesen Fällen üblich ist, in die Rechtsmedizin nach Palma bringen lassen. Sobald wir mehr wissen, melde ich mich. Und lasst euch von eurem Neuen nicht verrückt machen. Wenn der merkt, dass die Uhren hier ein wenig langsamer gehen als auf dem Festland, kommt der von ganz allein runter.«

Nachdem sie das Gespräch beendet hatten, beschloss Ribera, sich doch näher mit dem Fall Miquel Dalmau zu beschäftigen. Wenn ihn schon alle als Referenz heranzogen.

Er suchte im Polizeicomputer und wurde gleich fündig. Es handelte sich um den bisher spektakulärsten Todesfall, der sich am Cap Blanc ereignet hatte. Dalmau war auf der Insel bekannt gewesen wie ein bunter Hund: mehrere Jahre Präsident des Fußballclubs Real Mallorca, Arzt und Leiter einer Privatklinik. Plötzlich, mit neunundsechzig Jahren, hatte er dann seinem Leben ein Ende bereitet.

Ribera betrachtete die Fotos des demolierten grauen

VW Touaregs, mit dem Dalmau in den Tod gestürzt war. Und er sah die Bilder, wie die Leiche aus den Trümmern herausgeschnitten und danach unter einer orangefarbenen Plane abtransportiert wurde. Zweifel an einem Selbstmord hatte es keine gegeben, zu viele Indizien hatten dafürgesprochen: Depressionen, hoch verschuldet, Streit mit einem Geschäftspartner, dazu eine Anklage wegen angeblicher Veruntreuung von Geld.

Was mag wohl beim aktuellen Fall alles herauskommen?, fragte sich Ribera. Unabhängig davon gestand er sich aber insgeheim ein, dass auch diesmal alles auf einen Suizid hindeutete. Vielleicht konnte jemand anders Licht in die Angelegenheit bringen.

Obwohl es bereits auf neunzehn Uhr zuging, klemmte er sich erneut ans Telefon.

»Ribera, um diese Zeit noch aktiv?«, meldete sich ein raues Organ. »Die meisten deiner Kollegen dürften längst zu Hause bei Frau und Kindern sein. Ach, ich vergaß, Familie passt nicht zu deinem derzeitigen Egotrip. Sprich, was verschafft mir das Vergnügen?«

Ribera war derlei Frotzeleien von Pep Bosch gewohnt. Der Rechtsmediziner gehörte zu den wenigen Menschen, mit denen er auf Mallorca über die Arbeit hinaus einen persönlichen Kontakt pflegte. Ja noch mehr, zwischen ihnen hatte sich so etwas wie eine Freundschaft entwickelt, die sie vor allem bei Kneipentouren auslebten.

»So sehr kann es dich auch nicht zu deiner Familie ziehen, sonst hätte ich dich kaum erreicht.«

»Touché, mein Lieber«, entgegnete Bosch. »Im Moment ziehe ich wirklich die Arbeit vor. Meine Frau hängt mir gerade in den Ohren, ich würde mich zu fett ernähren und zu viel Alkohol trinken. Nun soll ich auch noch Diät halten, nachdem mein Arzt bei einer Blutuntersuchung erhöhte Leberwerte festgestellt hat. Ich und Diät – so weit kommt's noch. Mir gehen diese Gesundheitsfanatiker und selbst ernannten Ernährungsapostel eh auf den Geist. Fehlt nur noch, dass ich mich vegan ernähren soll.«

»Möglicherweise solltest du ausnahmsweise auf deine Frau hören. Mit so etwas ist nicht zu spaßen. Ein Onkel von mir hatte das mal. Wollte auf niemanden hören, bis er ein Leberkarzinom bekam. Aber wem erzähle ich das, du bist selbst Arzt – behauptest du jedenfalls.«

Bosch knurrte. »Jetzt fang du nicht auch noch an. Komm lieber endlich zur Sache.«

»*Bueno.* Ich habe gehört, dass du den Toten vom Cap Blanc hereinbekommen hast. Kannst du schon etwas zur Todesursache sagen?«

»Stürzt du dich in deinem Arbeitswahn, der dich von deinem tristen Alltag ablenken soll, nun auch noch auf Selbstmorde?« Bevor Ribera etwas erwidern konnte, polterte Bosch weiter: »Erspar mir die Antwort, ich möchte all deine Gehirnfürze gar nicht kennen. Mal sehen.« Schweigen in der Leitung, dann ein Rascheln. »Ah, da ist es ja. Nichts Besonderes für Stürze aus großer Höhe. Klassisches Polytrauma. Oder für medizinische Laien: Der Mann hat zahlreiche lebensbedrohliche Verletzungen erlitten: Kopf, Brustkorb, Wirbelsäule, innere Organe, Aorta – alle mehr oder weniger gravierend betroffen –, nettes Gesamtpaket. Um es kurz zu machen: Der Körper wurde beim Aufprall regelrecht zerschmettert. An was er letztendlich gestorben ist, lässt sich schwer sagen. Fremdeinwirkung war nicht festzustellen, falls du auf so etwas hinauswillst. Für mich ein Suizid, wie er im Buche steht – klar, Cap Blanc. Aber wahrscheinlich hat er davon nicht mehr viel mitbekommen. Im Blut konnte ich Phenobarbital feststellen.«

Ribera wurde hellhörig. »Was ist das?«

»Eigentlich ein Betäubungsmittel, das zum Einschläfern von Tieren verwendet wird, dient aber auch als Beruhigungs- oder Schlafmittel. Wobei, als Schlafmittel ist es seit einiger Zeit nicht mehr zugelassen. Und es wird immer wieder zum Suizid missbraucht. Was die Wirkung betrifft: Das Zeug macht dich zunächst müde, dann gehen irgendwann die Lichter aus. Wahrscheinlich hat er sich eine Dosis verpasst, bevor er auf die

Klippen zugerast ist, und hat das Ganze nur noch in einer Art Delirium mitbekommen. Gibt schlimmere Arten, um aus dem Leben zu scheiden, aber wenn ich an den Rest denke – puh. Wisst ihr etwas Näheres über den Toten?«

»Nein, bisher nicht. Ist aber nur eine Frage der Zeit.«

»Die du offenbar gerade zur Genüge hast.«

Ribera lachte. »Ein Kneipenbesuch mit dir wäre vielleicht noch drin. Ich lade dich gern auf einen Kamillentee ein – oder auch zwei, falls du dir die Kante geben willst.«

Verächtliches Schnauben. »Du mich auch.« Dann ein Knacken. Bosch hatte aufgelegt.

Ribera wollte seinen PC ausschalten, als eine neue Nachricht in seinem E-Mail-Verzeichnis aufpoppte. Absender war Pelayo Grande. Betreff: »Sitzung Soko Rolex«.

Er stöhnte, überflog die Mitteilung kurz, schloss das Programm und fuhr seinen Computer herunter. Das muss bis morgen warten, sagte er sich und machte sich auf den Heimweg.

3

Der Alptraum

Das Telefonat mit dem Beamten von der Bergungseinheit blieb nicht ohne Folgen. In der Nacht plagten Ribera wilde Alpträume, in der sich Vergangenheit und Gegenwart vermischten. Zunächst stand er als Jugendlicher auf dem Sprungturm im Schwimmbad seiner Heimatstadt Lleida in Katalonien. Zögerlich ging er an den Rand der zehn Meter hohen Plattform und starrte nach unten. Er zitterte vor Angst, ihm war abwechselnd heiß und kalt.

Das Wasser im Becken hatte sich in ein dunkles Monster verwandelt mit einem riesengroßen, geifernden Maul, das von spitzen Zähnen durchsetzt war. Das Ungeheuer gab fürchterliche Geräusche von sich, eine Mischung aus Knurren und Schmatzen. An den Seiten hatte es zudem lange Arme wie die Tentakel eines Tintenfischs. Sie wirbelten wild durch die Luft, reichten bis zu dem Punkt, an dem Ribera stand, und wollten nach ihm greifen. Er entwand sich dem Zugriff, rannte panisch davon und wollte nach unten steigen. Doch die Leiter war verschwunden – er war in der Höhe gefangen.

Im selben Moment hörte er von allen Seiten die höhnischen Rufe seiner Kumpels. »*Ribera, cagueta, juegas con muñecas!*«

Nein, er war weder ein Angsthase, noch spielte er mit Puppen. Er presste die Hände fest auf die Ohren, um das Geschrei nicht hören zu müssen, aber vergeblich. Der Spottreim dröhnte in seinem Kopf und vermischte sich mit dem Grollen des Monsters in der Tiefe.

Plötzlich schob ihn irgendetwas von hinten unbarmherzig nach vorn. An der Kante angekommen, bekam er einen Stoß, verlor das Gleichgewicht und stürzte schreiend und hektisch mit den Armen rudernd in die Tiefe. Anstatt aber im Schlund des Monsters zu landen, fiel er die Klippen von Cap Blanc hinab.

In der nächsten Szene war er in die Trümmer eines Autos eingeklemmt. Er versuchte verzweifelt, sich zu befreien, konnte sich aber nicht bewegen. Das Blech kam unter Ächzen, Stöhnen und Kratzen unaufhaltsam näher und drohte ihn zu zermalmen. Das Geräusch wurde immer unangenehmer.

Schweißgebadet wachte Ribera auf. Zunächst war er orientierungslos, bis ihm bewusst wurde, dass er in seinem Bett lag. Nur das Kratzgeräusch war komischerweise noch vorhanden, steigerte sich sogar in der Frequenz.

Schnell lokalisierte er die Störung. Sie kam von der geschlossenen Terrassentür seines Zimmers in der »Costa Dorada«, der Pension in der Altstadt von Palma, in der er wohnte, seit er vor knapp einem Jahr nach Mallorca gekommen war. Und vor der stand Lemmy, der Hauskater. Wie so oft war er über eine Dachterrasse und einen Mauervorsprung zu seinem Zimmer gelangt.

Ribera schaute auf die Uhr – erst sechs. Morgenlicht strömte in das Zimmer hinein.

»*Hola*, Señor, was machst du denn so früh hier? Normalerweise bist du doch später dran.«

Der schwarze Kater marschierte schnurstracks an Ribera vorbei ins Zimmer, setzte sich auf den Fußboden und stierte mit ausdruckslosen Augen vor sich hin.

»Verstehe, du hast dein Frühstück heute etwas vorverlegt. Das ist aber außerhalb meiner Kernarbeitszeit, das weißt du schon? Aber gut. Du sollst nicht glauben, dass das eine Servicewüste ist. Das Gleiche wie immer, nehme ich an.«

Er holte eine Tüte Trockenfutter und füllte einen runden Napf damit. Er war an derlei Besuche mittlerweile gewöhnt, wenn auch normalerweise nicht um diese Uhrzeit, und hatte sich deshalb einen kleinen Vorrat an Katzennahrung zugelegt. Entgegen dem Rat seiner Pensionswirtin Natividad Iglesias. »Wenn du damit anfängst, wirst du den Kater nicht mehr los«, hatte ihn Tita, wie sie von allen genannt wurde, gewarnt, als er ihr von Lemmys Besuchen erzählt hatte. Sie behielt recht.

Etwa zwei Stunden nachdem sich der Kater verabschiedet hatte, verließ Ribera die Pension. Er fühlte sich immer noch gerädert von dem dystopischen Traum und dem frühen Aufstehen. Ein Grund mehr, sich einen Kaffee zu genehmigen, wie er es sich auf dem Weg in die Jefatura angewöhnt hatte. Er betrat das »Café Verde«, eine kleine Bar um die Ecke seiner Pension.

»*Hola*, Inés, ein *café con leche* und ein Croissant«, rief er der Kellnerin zu, schnappte sich eine der Zeitungen, die auf dem Tresen auslagen, und setzte sich an einen dunklen Holztisch in dem schmalen Raum. Schon auf der Titelseite hatten ihn die vergangenen zwei Tage eingeholt. Die Schlagzeile des Aufmachers sprang ihm ins Auge.

»Neuer Selbstmord am Cap Blanc«.

Darunter Fotos des zerschellten Wagens und ein Artikel, der eher aus Spekulationen denn aus Informationen bestand. Natürlich verbunden mit dem Hinweis auf die »augenscheinlichen« Parallelen zum Fall Dalmau und das Versagen der Sicherheitsvorkehrungen.

Vielleicht ein Insel-Syndrom, dachte Ribera, dass alle dieselbe Theorie wiederkäuen und andere Möglichkeiten als Selbstmord gar nicht erst in Betracht ziehen. Gerade von kritischen Journalisten hätte er erwartet, dass sie erst alle Fakten zusammentrugen.

Bevor er sich weiter aufregen konnte, stellte ihm die Kellnerin Kaffee und Croissant auf den Tisch.

»Danke, Inés.« Ribera nahm einen Schluck, stopfte sich ein Stück Gebäck in den Mund und vertiefte sich in den Rest der Zeitung.

Dass er sich mehr Zeit ließ als gewöhnlich, lag an einem Termin, den er vormittags in der Jefatura hatte. Für zehn Uhr hatte Pelayo Grande zu einer ersten Besprechung der Soko Rolex geladen.

Vielleicht hat die wenig verlockende Perspektive den nächtlichen Alptraum forciert, sagte er sich. Aber wahrscheinlich hätte er in diesem Moment den Polizeichef-Assistenten auch für den Klimawandel und andere Übel der Welt verantwortlich gemacht.

Mit schleppendem Gang machte er sich nach seiner Ankunft im Kommissariat auf den Weg zu dem Besprechungsraum, in dem ansonsten die Pressekonferenzen abgehalten wurden. Heute waren dort etwa fünfzehn Polizeibeamte versammelt. Auf der Stirnseite saß Pelayo Grande und beobachtete mit einem selbstzufriedenen Lächeln, wie sich die Plätze füllten. Wie beim ersten Zusammentreffen war er wieder elegant gekleidet. Er trug einen eng sitzenden anthrazitfarbenen Anzug mit roter Krawatte. Auf einer Leinwand hinter ihm war in großen Buchstaben die per Beamer projizierte Zeile »Soko Rolex, Sicherheitsoffensive für Mallorca« zu lesen.

»Ah, Ribera, willkommen, ich hatte dich schon vermisst.« Grande breitete beide Arme aus, als wollte er ihn gleich umarmen.

Ribera nickte ihm nur wortlos zu und nahm neben Quique in der letzten Reihe Platz.

»Wo ist Cristina?«, fragte er.

»Sitzt irgendwo ganz vorn.« Quique rollte mit den Augen. »Wundert dich das?«

Grande setzte zum Sprechen an, als die Tür aufging und Penelope Roca hereinkam. Sie deutete auf Ribera. »Anruf«, sagte sie in flüsterndem Ton und ahmte mit der Hand einen Telefonhörer am Ohr nach. »Hörte sich wichtig an.«

Mit einem bedauernden Achselzucken verabschiedete sich Ribera. Niemand, bis auf Roca, konnte das erleichterte Grinsen sehen, das seinen Mund umspielte. »Du hast mich gerettet, mein ewiger Dank ist dir gewiss«, zischte er Penelope Roca draußen zu und eilte in sein Büro.

Zehn Minuten später kehrte er wieder ins Besprechungszimmer zurück und winkte Quique und Blum heraus. »Tut mir wirklich sehr leid«, rief er dem konsterniert wirkenden Grande zu. »Die Pflicht ruft, wir haben einen Mordfall.«

***

»*Joder.* Das liegt ja mitten in der Pampa. Können die sich nicht, wie es sich gehört, in der Zivilisation abmurksen lassen?« Quique fluchte laut, während er am Steuer des Polizeiwagens saß und genervt nach einer Abzweigung Ausschau hielt, die zum Tatort führen sollte.

»Das muss hier irgendwo sein«, sagte Ribera, der auf dem Beifahrersitz saß.

Seit knapp einer halben Stunde irrten sie auf der Ma-12 herum. Mehrere Male hatten sie einen der schmalen Wege ausprobiert, die von der Landstraße abgingen, aber alle hatten sich als falsch herausgestellt.

Riberas Blick wanderte über die Aleppokiefern, Mastixsträucher und wilden Olivenbäume. Eine Natur, wie sie typisch war für das Inselinnere. »Von Artà aus sei es nur ein Katzensprung, hat der Kollege gesagt. Wir könnten die Abfahrt zur Finca Son Mussol gar nicht verfehlen. Er erwähnte etwas von einem Steinbruch. Daran sollten wir uns orientieren.«

»Männer«, raunte Cristina Blum vom Rücksitz aus. »Das hat doch keinen Zweck, was ihr da treibt. So kommen wir nie ans Ziel. Wozu gibt es Navis?« Sie holte ihr Smartphone hervor und tippte etwas ein. »Da haben wir es schon. So falsch sind wir gar nicht, aber wir müssen ein Stück zurück.« Sie gab Quique Anweisung zum Wenden.

Kurz darauf entdeckten sie einen Steinbruch, der aber wegen einiger hoher Bäume davor kaum von der Straße aus sichtbar war. Ihm gegenüber lag ein unbefestigter Weg, der in einen Wald aus Steineichen und Pinien führte. Über eine holprige Piste gelangten sie zu einem großen Tor. Geschlossen.

»Der Kollege meinte, wir könnten hier durch, müssten es nur wegen der Schafe wieder schließen.« Ribera stieg aus, zog einen Metallhebel aus einer betonierten Bodenplatte, öffnete das Tor, ließ Quique durchfahren und schloss es wieder.

Die Fahrt wurde noch ruckeliger. Quique versuchte, den Wagen um die tiefen Schlaglöcher zu steuern, die sich vor ihnen auftaten. Rechts und links erhoben sich mächtige Steineichen, die mit ihrer zerfurchten, fast schwarzen Rinde für eine urige, märchenhafte Szenerie sorgten.

Schließlich erreichten sie eine hohe Mauer aus Natursteinen mit einem weiteren Tor. Es bestand aus zwei großen Metallplatten, die wirkten, als wären sie aus verschrotteten Panzern recycelt worden. Aus dem oberen Rand ragten spitze Metallstäbe. Daran hing an einem Seil eine rote Plastikfanfare, wie sie in Fußballstadien verwendet wurde.

»Das müsste es sein.« Ribera stieg erneut aus und drückte auf die Hupe. Ein heller, durchdringender Laut ertönte. Kurz darauf näherten sich von innen Schritte, das Tor wurde geöffnet.

»Ihr müsst die Kollegen von der Mordkommission sein.« Vor ihnen stand ein Polizist, der die dunkelgrüne Uniform der Guardia Civil trug und sich als Sargento Santos vorstellte. »Ihr seid spät dran. Wir dachten schon, ihr hättet euch verirrt, es ist für Ortsfremde schließlich nicht einfach, herzufinden. Die Finca liegt ziemlich abgelegen.«

»Kein Problem.« Quique konnte sich die Ironie nicht verbeißen. »*Fincas en el quinto coño* sind unser Spezialgebiet.«

Wie zur Bekräftigung ertönte in der Nähe ein lang gezogenes, klagendes »I-a-a-a!«.

Santos, der angesichts von Quiques flapsiger Bemerkung über die Fincas am angeblichen Arsch der Welt die Augenbrauen hochgezogen hatte, lachte auf. »Das ist der Esel vom Nachbargrundstück. Ein total verrücktes Vieh.« Er brach wieder ab, drehte sich um und sagte in ernstem Tonfall: »Kommt mit, ich zeige euch, wo wir den Toten gefunden haben.«

Ribera, Quique und Cristina Blum folgten. Nach etwa zweihundert Metern Fußmarsch über einen Kiesweg erreichten sie eine Anhöhe mit zwei größeren Gebäuden. Das kleinere war der Bauweise nach der historische Teil der Finca. Zwanzig, dreißig Meter davon entfernt stand ein neueres Haus, das an den traditionellen Stil der mallorquinischen Landhäuser angelehnt war.

Auf dem mit Steinplatten bedeckten Hof zwischen den Häusern erwartete sie ein weiterer Polizist. Er trug trotz des bewölkten

Himmels eine dunkle Sonnenbrille. Vor ihm auf dem Boden lag ein Körper. Als sich die Gruppe näherte, salutierte er. »Sargento Ortiz. Endlich. Wir haben schon gedacht, ihr hättet euch …«

»Schon gut«, unterbrach ihn Ribera, winkte genervt ab und betrachtete den Toten. »*Hostia puta!*«, entfuhr es ihm.

Der Mann war übel zugerichtet. An der Stirn klaffte eine tiefe Wunde, die Arme waren zur Seite gestreckt, die Beine angewinkelt; schwarze Haarsträhnen, in die sich erstes Grau gemischt hatte, hingen ihm ins Gesicht und hatten sich mit Blut verklebt.

Bekleidet war er mit einer khakifarbenen Hose und einem dunkelblauen Polohemd. Am Handgelenk trug er eine Uhr mit einem Metallarmband. Für den Bruchteil einer Sekunde musste Ribera an Pelayo Grande und die Soko Rolex denken.

»Ich hoffe, ihr habt nichts angerührt. Vor allem nicht diesen Stein«, sagte er zu den Beamten und wies auf den grauen, runden Gesteinsbrocken, der etwa die Größe einer Zitrone hatte. Dunkelrote Flecken zeichneten sich auf ihm ab. Er lag etwa einen Meter neben dem Kopf des Toten wie ein verirrter Asteroid. »Spurensicherung und Rechtsmedizin sind unterwegs. Müssten demnächst eintreffen – falls sie sich nicht verirren.«

»Wir mögen hier zwar nicht der Nabel der Welt sein«, entgegnete Santos und schielte zu Quique, »aber bescheuert sind wir auch auf dem Land nicht. Das sieht doch ein Blinder, dass der Mann erschlagen wurde. Wahrscheinlich mit diesem Stein.«

Ribera hob entschuldigend die Hand. »War nicht so gemeint. Wisst ihr, wer der Tote ist?«

»Das ist Hernán Torres. Der ist hier so eine Art Hausmeister. Stammt aus Artà, hat dort eine Frau. Er kümmert sich um das Anwesen. Im Gegenzug nutzt er das Gelände, um Schafe weiden zu lassen. Aber im Grunde hatte er nicht viel zu tun. Vor allem seit sich diese Besetzer um das Anwesen kümmern.«

»Was für Besetzer?« Ribera betrachtete Santos, dann Quique und Blum. Er verzog die Mundwinkel. So langsam wurde es ihm zu bunt, dass er den Männern sämtliche Würmer aus der Nase ziehen musste.

»Na ja, das ist so eine kleine Gruppe um einen Deutschen namens Frank Zampach«, sagte Santos hastig. »Die sind vor etwa einem halben Jahr plötzlich aufgetaucht und haben sich auf der Finca eingenistet. Hat niemanden in der Gegend gestört.« Ribera breitete die Arme aus. »Und wo sind die Besetzer jetzt?«

»Keine Ahnung. Wir haben alle Gebäude durchsucht. Sind über alle Berge. Auch ihr Auto ist nicht mehr da. Ebenso das von Torres.«

»Wem gehört die Finca überhaupt?«, fragte Cristina Blum.

»Ursprünglich einem gewissen Raimund Bommer«, antwortete Ortiz. »Einem bekannten deutschen Unternehmer. Der hat aber wegen nicht genehmigter Anbauten Schwierigkeiten mit den Behörden bekommen. Seht selbst.«

Er führte sie an den Rand des Hofs, von wo aus der Blick über das weitläufige Anwesen und die hügelige Landschaft schweifte, in die es idyllisch eingebettet war. Am Horizont ragten die Serres de Llevant heraus, eine Bergkette, die einen Teil des Inselostens durchzog.

Nette Gegend. Bisschen einsam, aber nicht der schlechteste Platz zum Leben, dachte Ribera. Er fühlte sich an seine alte Heimat Lleida erinnert, die nur einen Katzensprung von den Pyrenäen entfernt lag.

»Das meiste da unten ist illegal.« Ortiz wies auf einen Gebäuderiegel an der Stirnseite eines stattlichen Pools.

»Das ist nichts Ungewöhnliches«, sagte Blum. »Es gibt haufenweise Schwarzbauten auf der Insel, ohne dass die Behörden ernsthaft eingegriffen hätten. Jahrelang war das gängige Praxis. Vor einiger Zeit hat der Inselrat härteres Durchgreifen angekündigt mit dem Ziel, Abrissverfügungen nicht nur zu erlassen, sondern auch durchzusetzen.«

Quique nickte. »Habe ich auch gelesen. Wer's glaubt. Papier ist geduldig.«

»Immerhin soll die Bauaufsichtsbehörde nun Drohnen einsetzen, um Bausünden aufzuspüren«, sagte Blum.

»Pech für Leute wie Bommer.« Ortiz zeigte auf eine Terrassenanlage im Stile eines Mini-Amphitheaters, die sich hinter dem Pool erhob. »Dort wollte der Typ Konzerte mit internationalen Popgrößen veranstalten – Shakira oder U2 sollten auftreten, hieß es.« Er schüttelte den Kopf. »Typischer Fall von Größenwahn. Mittlerweile soll Bommer aber pleitegegangen sein und die Finca an eine Bank verkauft haben. Genaueres weiß man nicht. Rambo ist jedenfalls seit einiger Zeit raus aus dem Spiel.«

»Rambo?«, fragten Ribera, Quique und Blum wie aus einem Mund.

»Das ist der Spitzname, den die Einheimischen Bommer verpasst haben, weil er sämtliche Vorschriften ignoriert und das Anwesen eigenmächtig verändert hat. Überhaupt ein unangenehmer Zeitgenosse, richtiger deutscher Quadratschädel, war nicht sonderlich beliebt in der Gegend. Sehr oft war er aber nicht hier. Es ging das Gerücht um, dass ihn die Finca und Mallorca nie richtig interessiert haben und dass das Ganze nur eine Geldanlage war.«

»Wie kommt es, dass die Behörden die Besetzer so lange toleriert haben?«, fragte Ribera. »Besonders gesetzeskonform ist das nicht. Nicht mal auf Mallorca.«

»Natürlich ist es verboten«, antwortete Santos. »Und eine drogenfreie Zone war es auch nicht. Aber die haben sich zusammen mit Hernán um alles gekümmert und dafür gesorgt, dass die Finca nicht verkommt wie viele andere verlassene Landgüter auf der Insel. Deshalb haben auch wir ein oder besser zwei Augen zugedrückt und nur hin und wieder vorbeigeschaut. Außerdem: Wo kein Kläger, da kein Richter. Es gab einfach niemanden, der gegen sie vorgegangen ist. Und Hernán war vermutlich recht froh, dass ihm die Besetzer einen Großteil der Arbeit abgenommen haben, auch wenn er sich vorher kein Bein ausgerissen hat. Eine Win-win-Situation für beide Seiten.«

»Okay«, sagte Ribera. »Wir müssen unbedingt die Besetzer finden. Wo könnten die sein – irgendeine Vermutung, Kollegen?«

Achselzucken der beiden Polizisten.

»Wie gesagt, wir haben die Häuser durchkämmt, in denen sie gewohnt haben. Sind mit Sack und Pack auf und davon, wie's aussieht«, sagte Santos. »Ob und mit wem die auf der Insel Kontakt haben, wissen wir nicht. Es gibt in Palma eine recht große Hausbesetzerszene.«

»Was ist sonst über die Typen bekannt?«, fragte Blum. »Name, Alter, Nationalität, eventuelle Vorstrafen.«

»Nicht besonders viel«, sagte Santos. »Es herrschte ein Kommen und Gehen, da blickte man nicht richtig durch. Aber es gab eine Kerngruppe um diesen Zampach, den sie Zappa nennen. Er ist, wenn man so will, das Alphatier. Bisschen durchgeknallt, aber ansonsten harmlos – dachten wir bis jetzt.«

Quique konnte nicht mehr an sich halten. »Abgedreht, Frank Zappa. Der Gottvater des progressiven Rock feiert Wiederauferstehung auf unserer Winzinsel.« Der Gedanke begeisterte ihn offensichtlich, auch die verständnislosen Mienen von Blum und den Beamten bremsten ihn nicht.

Ribera war an solche Schübe des Kollegen gewöhnt. Und er wusste auch um dessen Musikleidenschaft, da Quique in einer Band spielte. Nun aber wunderte er sich selbst, als er inbrünstig sang.

»*Oh God I am the American dream*
I do not think I'm too extreme
And I'm a handsome son of a bitch,
I'm gonna get a good job and be real rich.«

»*Bueno*, jetzt ist auch das gesagt«, kommentierte er ungerührt die kurze Einlage. »Cristina und ich schauen uns etwas um. Quique, lass dir von den beiden Kollegen zeigen, wo dieser Hernán gewohnt hat, und mach seine Frau ausfindig.«

Eine gute Stunde später wollten Ribera und Blum die Finca verlassen. Die Durchsuchung der Häuser war ergebnislos verlaufen. Die Beamten der Guardia Civil hatten recht gehabt: Die Besetzer hatten alles Persönliche mitgenommen.

Ribera streifte die Plastikhandschuhe ab, die er und Blum

sich übergezogen hatten. Als er bei dem Toten stehen blieb, um sich ein letztes Mal umzuschauen, sah er etwas in der Sonne aufblitzen.

»Warte mal«, rief er Blum zu, die ein Stück vorausgegangen war. Bei zwei Oleanderbüschen, die knapp einen Meter hinter der Leiche wuchsen, ging er in die Knie, stülpte sich wieder einen Plastikhandschuh über und hob etwas auf. »Wie es aussieht, haben die Kollegen etwas übersehen«, sagte er mit spöttischem Lächeln. »Von wegen Win-win-Situation.«

In der Hand hielt er ein circa zehn Zentimeter langes Messer. Der Griff war aus rötlich braunem Holz mit einer markanten dunklen Maserung. An mehreren Stellen wies der Schaft tiefe Kerben auf oder war abgesplittert. Auffällig war auch die Klinge, die bogenförmig zur Spitze verlief. Auf dem Metall war eine Inschrift eingraviert. Ribera setzte seine Lesebrille auf und las: »Campins Consell Inox«.

»Ich bin keine Expertin. Aber das sieht trotz des schlechten Zustands nach mallorquinischer Handarbeit aus«, sagte Blum. »Hergestellt in Consell.«

»Consell?«

»Ach, ich vergaß, du bist ein Zugereister. Consell ist ein Dorf in der Nähe von Inca. Bekannt ist es vor allem durch seinen Flohmarkt, gilt als der größte Mallorcas.«

Nein, den Ort kannte Ribera nicht. Außerdem war er kein Flohmarktgänger. Im Gegensatz zu seiner Freundin Núria, die versucht hatte, ihn auf diverse Märkte zu schleppen. Und was das Messer anging, es war ein typisches Navaja, ein Klapptaschenmesser, wie es viele Spanier benutzten. Er erinnerte sich, dass sein Großvater Oriol ein ähnliches bei der Gartenarbeit oder um Wurst und Käse zu schneiden verwendet hatte. Und auch manche seiner Freunde hatten Navajas mit sich geführt, wenn sie als Kinder Angeln gegangen waren und Fische ausgenommen hatten.

Ein Räuspern unterbrach seinen gedanklichen Ausflug in die Kindheit.

»Die Waffe scheint dich zu faszinieren«, sagte Cristina Blum.

»Jungs eben.« Ribera verstaute das Beweisstück in einem Plastikbeutel, den er aus seiner Jackentasche gezogen hatte. »Das geben wir zur Untersuchung bei der Spurensicherung.«

Mit ihrer unerwarteten Ausbeute verließen sie die Finca und kehrten zu ihrem Fahrzeug zurück, das mittlerweile in der prallen Sonne stand, nachdem sich die Wolken des späten Vormittags verzogen hatten. Ribera hob den Kopf und kniff die Augen zusammen angesichts der hellen Scheibe, die ungehindert vom Firmament herabstrahlte. Ein durchdringendes »Iaaa!« wehte vom Nachbargrundstück herüber.

»Wahrscheinlich weiß dieser verrückte Esel mehr als wir«, sagte er, während sie einstiegen. »Warten wir ab, was die Kollegen herausfinden.«

✳✳✳

Nach einem Mittagessen in einem kleinen Landrestaurant, das ihnen von den Guardia-Civil-Beamten empfohlen worden war, machten sich Ribera und Blum auf den Rückweg nach Palma. Als sie am späten Nachmittag die Jefatura betraten, spürte Ribera eine allgemeine Unruhe, die ihn geradezu ansprang. Und das trotz der leichten Nebelbank, die der kräftige mallorquinische Rotwein, den er zum Menü getrunken hatte, in seinem Gehirn hinterlassen hatte.

Er hatte feine Antennen für Stimmungen, heute signalisierten sie ihm, dass etwas in der Luft lag. Das Gefühl ließ ihn auch nicht los, als er dem Sicherheitsbeamten am Eingang zunickte und zum Fahrstuhl ging, der sie in das dritte Obergeschoss zur Mordkommission transportierte. Dort fing sie Penelope Roca in dem tristen Flur ab, an dessen Ende sein Büro lag.

»Endlich. Ich habe versucht, dich auf dem Mobiltelefon zu erreichen«, sagte sie zu Ribera. »Habt ihr es schon gehört?«

Ribera kramte sein Handy aus der Tasche seines Sakkos. Dunkel. Er hob die Schultern, steckte es wieder zurück. »Sorry, wohl der Akku leer. Was sollen wir gehört haben?«

»Das mit dem Toten natürlich.«

»Meine Liebe, du bist zwar neu hier. Ich darf dich trotzdem daran erinnern, dass wir in einer Abteilung arbeiten, zu deren Kerngeschäft nicht das Falschparken gehört. Im Übrigen kommen wir gerade von einem Toten in Artà zurück, der wahrscheinlich das Resultat eines Mordes ist.«

»Nein, nicht der. Ich meine den vom Cap Blanc – das war ein Polizist.«

Betretenes Schweigen. Ribera fing sich als Erster wieder. »Lasst uns in mein Büro gehen.«

In dem kleinen Raum mit den schießschartenartigen Fenstern berichtete Roca von den Vorgängen während ihrer Abwesenheit. Wie ein Lauffeuer hatte sich die Nachricht verbreitet, dass es sich bei dem Toten am Cap Blanc um einen Beamten der Nationalpolizei namens Guillem Sastre handelte. Nicht nur das, er hatte der Sondereinheit Rolex angehört. Von Depressionen war die Rede, unter denen Sastre gelitten habe.

Ribera pfiff durch die Zähne.

»Die Nachricht hat eingeschlagen wie eine Bombe«, informierte Roca. »Der Polizeichef hat für den späten Nachmittag eine Besprechung für alle Mitarbeiter anberaumt. Außerdem hat irgendein Typ von einer Polizeitruppe angerufen, deren Namen ich nicht genau verstanden habe. Etwas mit Rettungsdienst.«

Es klopfte. Quique steckte seinen Kopf durch die Tür. »Schon mitbekommen, das mit Cap Blanc? Hammerhart.«

»Ich glaube nicht, dass das der richtige Ausdruck ist, wenn ein Kollege ums Leben gekommen ist«, echauffierte sich Blum, die neben Roca saß.

Ribera winkte Quique herein. »Wenn wir schon so hübsch zusammen sind, können wir gleich eine Besprechung abhalten, bevor wir bei der Moix-Party wertvolle Zeit verschwenden.«

»Dann lass ich euch lieber allein, hier ist ja allerhand los. Wenn das so weitergeht, wird mir garantiert nicht langweilig.« Roca hatte schon die Türklinke in der Hand, als sie sich erneut Ribera zuwandte. »Übrigens wollte dich ein Señor Grande wegen der Rolex-Banden sprechen. Du sollst dich bei ihm melden.« Sie zog die Mundwinkel herunter und fügte hinzu: »Ein unangenehmer Typ, wenn ich das sagen darf. Irgendwie schleimig.« Ribera grinste, ohne die Aussage zu kommentieren, aber Penelope Roca hatte sich in seiner Wertschätzung schlagartig nach oben katapultiert. Sie scheint Potenzial zu haben, dachte er.

»Ich gehe dann mal«, sagte Roca und entschwand. Quique und Blum sahen ihr neugierig hinterher.

Ribera schnippte mit den Fingern. »Herrschaften, mir ist bewusst, dass die neue Kollegin im Moment spannender ist als zwei Tote. Aber vielleicht sollten wir uns dennoch fürs Erste mit den Niederungen des Alltags beschäftigen.« Er wandte sich an Quique. »Was hat der Besuch bei der Frau von Hernán Torres ergeben?«

Quique, der von seinem Naturell her eigentlich wenig zart besaitet war und den nichts so schnell aus dem Gleichgewicht brachte, stöhnte. »Die ist regelrecht zusammengeklappt, als ich ihr gesagt habe, dass ihr Mann tot ist. In diesem Fall war ich heilfroh, dass die Kollegen der Guardia Civil dabei waren. Als sie sich einigermaßen gefasst hatte, verriet sie mir, dass sie der Meinung gewesen sei, ihr Mann sei aufs Festland verreist, um Freunde zu besuchen. Das mache er von Zeit zu Zeit, weil er von dort stamme und noch viele Kontakte habe. Sie hatte erst in ein paar Tagen mit seiner Rückkehr gerechnet.«

»Hat sie einen Verdacht, wer ihren Mann getötet haben könnte?«, fragte Ribera.

»Nicht direkt. Sie sagte nur, dass es in letzter Zeit immer wieder Ärger mit den Besetzern auf der Finca gegeben habe. Vor allem mit dem Anführer. Ihr Mann sei oft aufgebracht nach Hause gekommen. Ansonsten konnte sie aber nichts zu den Typen sagen. Sie selbst sei nie auf der Finca gewesen.« Quique machte einen nachdenklichen Eindruck. »Noch eine Sache, die mir aufgefallen ist. Vielleicht hat es nichts zu bedeuten. Aber für einen Hausmeister oder was immer der genau war, hat der eine verdammt schicke Bude. Auch seine Frau trug ziemlich edle Klamotten.«

»Sei nicht immer so vorschnell in deinen Urteilen. Wir wissen ja nicht, wovon die sonst leben«, gab Blum zu bedenken.

»Hmmm.« Ribera trommelte mit seinen Fingern auf den Schreibtisch. Er war ein Mensch, der bei Ermittlungen oft seiner Intuition folgte, selbst wenn das zunächst nicht durch Fakten gedeckt war. Für andere war diese Vorgehensweise manchmal schwer nachvollziehbar, aber Ribera ließ sich nicht davon abbringen, zumal er in der Vergangenheit schon des Öfteren Erfolg damit gehabt hatte. »Okay, Quique, hör dich weiter um. Ansonsten konzentrieren wir uns auf die Besetzer. Irgendwo müssen die stecken. So groß ist die Insel nicht, vorausgesetzt, dass sie überhaupt noch hier sind.«

Er griff eine Idee auf, die während Quiques Zappa-Einlage auf der Finca bei ihm aufgeblitzt war. Wenn in der heutigen geschwätzigen Zeit schon viele keine Hemmungen hatten, sämtliche Bereiche ihres Lebens öffentlich zur Schau zu stellen, hinterließen vielleicht auch die Besetzer solche Spuren. Und vielleicht war Zampach bereits mit dem Gesetz in Konflikt geraten.

»Womöglich sind Zampach und seine Kollegen in den sozialen Netzwerken unterwegs. Cristina, kümmere dich darum. Und jag ihn auch durch unseren Polizeicomputer. Quique, du hörst dich weiter in Artà um, vielleicht hatten die dort mit jemandem Kontakt. Ab und zu müssen die etwas eingekauft haben, oder sie haben eine Bar besucht. Nicht ausgeschlossen, dass sie in der Nähe untergetaucht sind. Setz dich auch mit der Spurensicherung in Verbindung. Apropos …« Er hob den Plastikbeutel hoch, der auf seinem Schreibtisch gelegen hatte. Darin befand sich das Messer von der Finca. »Das haben wir neben der Leiche gefunden. »Erkundige dich bei dem Hersteller, ob vielleicht bekannt ist, wer das gekauft hat. Danach gibst du es den Spusi-Kollegen zur Untersuchung.«

»Was ist mit der mallorquinischen Hausbesetzerszene?«, fragte Quique. »Könnte eventuell auch eine interessante Spur sein.«

»Auf jeden Fall, klemm dich dahinter.«

Ribera selbst wollte sich nach dem Ergebnis der rechtsmedizinischen Untersuchung erkundigen. Aber heute sollte er keine Gelegenheit mehr dazu haben, denn wie erwartet nahm die außerordentliche Mitarbeiterversammlung, zu der Moix geladen hatte, einen großen Teil des restlichen Nachmittags ein.

Die Zusammenkunft in dem brechend vollen Raum war eine Mischung aus Betroffenheitsorgie, mentalem Valium für die aufgewühlten Kollegen und Aufruf zur Geschlossenheit. Von einer unfassbaren menschlichen Tragödie, einer heimtückischen Krankheit, an der Guillem Sastre gelitten habe, sprach der Polizeichef, und dass alle zutiefst geschockt seien – an erster Stelle natürlich die Angehörigen, die einen grauenvollen Verlust erlitten hätten.

Danach appellierte er an den Corpsgeist der Polizei, die eine große Familie sei. Und wie in einer Familie gelte es, jetzt zusammenzuhalten. Das war auf die Reaktionen in der Öffentlichkeit gemünzt, vor allem der Presse, die in den kommenden Tagen sicherlich auf die Polizei einstürzen würden. Eine Art Wagenburgmentalität kam hinter dem Ganzen zum Vorschein, auch wenn Moix das nicht explizit so ausdrückte. Unterm Strich spulte er das Pflichtprogramm eines Vorgesetzten ab, der den Toten wahrscheinlich nicht einmal persönlich gekannt hatte.

Ribera ließ den Vortrag über sich ergehen. Zwischendurch schweiften seine Gedanken immer wieder ab, kreisten um die Geschehnisse und die kommenden Ermittlungen. Ein Automatismus, der sich regelmäßig bei einem neuen Fall einstellte. Ohne sich dagegen wehren zu können, entwickelte er eine Besessenheit, die ihn nicht mehr losließ. Seine baldige Ex-Frau in Lleida, von der er getrennt war und bald geschieden sein würde, hatte diese Art als manisch bezeichnet.

Nach dem Treffen verzog er sich in sein Büro und wählte die Nummer der Rettungseinheit EREIM.

»Kollege, ich habe mit deinem Anruf gerechnet«, sagte Buzón, ohne sich mit Begrüßungsfloskeln aufzuhalten. »Tut mir leid, dass die Sache durchgedrungen ist. War nicht mehr zu verhindern, nachdem die Identität feststand. Du kannst dir vorstellen, welche Eigendynamik so etwas entwickelt.«

»Schon gut. Lässt sich eh nicht mehr ändern. Aber warum haben die Ermittlungen so lange gedauert?«

»Weil der Typ nicht mit seinem eigenen Wagen über die Klippe gedonnert ist. Er hat das Auto seines Schwiegervaters benutzt. Der aber war im Urlaub und konnte nicht sofort ausfindig gemacht werden. Er ist jetzt total durch den Wind. Sein Schwiegersohn sollte den Wagen eigentlich während seiner Abwesenheit in die Werkstatt bringen, jetzt dürfte die Reparatur ziemlich teuer werden.«

Nach dem Gespräch wanderte Ribera noch eine Weile nachdenklich in seinem Büro hin und her. Am Fenster blieb er stehen und guckte hinaus zum Passeig de Mallorca, der am Polizeipräsidium vorbeiführte. Auf der vierspurigen Verbindungsstraße zwischen Innenstadt und Meerespromenade herrschte am frühen Abend dichter Berufsverkehr. Auf dem Gehweg entlang des baumbestandenen Grünstreifens waren Passanten unterwegs. Einige von ihnen steuerten an dem lauen Frühsommerabend die Bars und Cafés am Rande der Altstadt von Palma an, um Tapas und einen Wein oder ein Bier zu sich zu nehmen.

Allein bei der Vorstellung verspürte Ribera Lust auf eine Zigarette. Instinktiv griff er in die Tasche seines Sakkos, in der sich früher stets eine Packung befunden hatte. Er überlegte kurz, ob er rüber zu einem Kiosk springen sollte, um sich welche zu besorgen, verwarf den Gedanken aber wieder. Nein, er wollte nicht rückfällig werden, nachdem er sich vor einigen Monaten mühsam das Rauchen abgewöhnt hatte. Dennoch überkam ihn von Zeit zu Zeit das Bedürfnis nach einer Kippe, vor allem nach einem guten Essen und wenn er etwas getrunken hatte.

Seine Gedanken kehrten zurück zur Arbeit. Eine solche Konstellation hatte er noch nicht gehabt. Zwei Tote aus zwei verschiedenen Fällen auf einen Schlag – eine Premiere, selbst in seiner langen Laufbahn als Polizist, in der er schon einiges gesehen hatte. Okay, streng genommen ging es nur um einen Fall, denn die Cap-Blanc-Geschichte lag außerhalb seiner Zuständigkeit. Dennoch beschloss er, sich umzuhören, was über Guillem Sastre bekannt war. Dass alle felsenfest von einem klaren Suizid ausgingen und andere Erklärungen erst gar nicht in Betracht zogen, hatte sein Misstrauen geweckt.

Das war jedoch nicht alles, was ihn antrieb: Zwischen ihm und dem Toten gab es seiner Meinung nach eine merkwürdige Verbindung, die für Außenstehende in etwa so schwer zu verstehen sein würde wie ein Gauß'sches Fehlerintegral für Nichtmathematiker. Klar, sie stammten beide aus dem Polizeimilieu. Hinzu kam Sastres Mitarbeit in der Soko Rolex, die er unterstützen sollte.

Und dann war da noch das Cap Blanc, an dem sich Riberas Höhenangst massiv zurückgemeldet hatte. Aus dieser Gemengelage heraus konnte er nicht einfach die Finger von dem Fall lassen, auch auf die Gefahr hin, sich damit in die Nesseln zu setzen, was ziemlich wahrscheinlich war.

Mit solcherlei Überlegungen schloss er gegen zwanzig Uhr die Tür seines Büros, durchquerte den menschenleeren Flur der Mordkommission und verließ die Jefatura.

Das kann in nächster Zeit heiter und vor allem arbeitsintensiv werden, sagte er sich, während er im sanften Licht des Frühlingsabends durch das Zentrum Palmas in Richtung seiner Pension lief.

∗∗∗

Im Gegensatz zu Ribera und Blum hatte sich Quique die Mitarbeiterversammlung in der Jefatura erspart. Stattdessen war er mit seinem Motorrad auf der Autobahn Ma-13 nach Consell gefahren. Nach knapp fünfundzwanzig Minuten hatte er den Ort im Inselinnern erreicht. Auch den Messerhersteller »Campins« hatte er schnell ausfindig gemacht, nachdem er sich von einem Passanten den Weg hatte beschreiben lassen. Die kleine

Manufaktur nebst Laden lag in einer der langen, schmalen Straßen mit schlichten Steinhäusern, wie sie typisch waren für viele mallorquinische Dörfer. Nur ein Schild mit der Aufschrift »Ganivets de Mallorca« über der Eingangstür unterschied sie von der Umgebung.

Im Innern des Geschäfts war niemand zu sehen. Dafür war es vollgestopft mit Schneidegeräten aller Art: mallorquinische Trinxets mit einer mondförmig gebogenen Klinge, die zum Brotschneiden verwendet wurden, Haushaltsmesser mit gerader Klinge in den unterschiedlichsten Größen, Exemplare mit nach unten gebogenen Klingen, die an ein Hängebauchschwein erinnerten, wuchtige Hackmesser zum Zerteilen von Fleisch, Sensen für die Landwirtschaft.

Als Mallorquiner kannte Quique zwar die verschiedenen Varianten, dennoch faszinierte ihn die Auswahl, die sich hier bot. Der reine Rüstungsbetrieb für Stichwaffen, dachte er. Ein lautes, metallisches Hämmern lenkte ihn ab. Es kam aus dem hinteren Teil des Gebäudes.

»Hallo, ist da jemand?«, rief er.

Das Hämmern hörte auf, kurz darauf erschien ein kleiner Mann mit ergrauter Halbglatze und Brille an der Tür.

»Entschuldigung, ich bin heute allein, meine Frau muss sich um eine kranke Verwandte kümmern. Was kann ich für Sie tun?«

»Señor Campins, nehme ich an. Ich brauche eine Auskunft wegen einer polizeilichen Ermittlung.« Quique zog seinen Ausweis aus der Tasche.

Der Mann nickte, das Lächeln, das er zuvor gezeigt hatte, gefror in seinem Gesicht.

»Stammt dieses Teil aus Ihrer Werkstatt?« Quique hielt ihm den Beutel mit dem Finca-Messer hin.

»Was ist denn mit dem passiert?« Campins deutete mit dem Finger auf den ramponierten Griff. »Sieht aber ganz nach einem meiner Hirtenmesser aus, ein *ganivet de pastor*. Steht ja auch groß auf der Klinge.«

»Lässt sich eventuell feststellen, wer es gekauft hat?«

Campins beäugte ihn ungläubig. »Sonst noch Wünsche? Davon gibt es Tausende allein auf der Insel. Wobei …« Er beugte sich vor und sah genauer hin. »Von diesem Modell allerdings nicht. Das war eine Sonderanfertigung zum hundertjährigen Bestehen unseres Betriebs. Davon existieren lediglich einhundert Exemplare. Der Griff ist aus dem Holz eines uralten Olivenbaums gefertigt, der gefällt werden musste. Ich habe extra eine Seriennummer integriert. Sehen Sie.« Er zeigte auf eine Zahl, die am Klingenansatz eingestanzt war. »Die Nummer zweiundvierzig, aber …«

»Sie haben keine Ahnung, wer die Teile gekauft hat.«

»Oh doch. Ich wollte sagen, wir haben damals die Verkäufe festgehalten. Die meisten sind an Stammkunden gegangen, aber ich müsste dafür im Computer nachsehen. Das kann dauern. Wissen Sie, den Bürokram erledigt meine Frau. Am besten, Sie kommen noch mal wieder.«

»Ich habe Zeit. Aber wenn es Ihnen lieber ist, dass wir noch mal anrücken und Ihren Laden auf den Kopf stellen …«

Campins zog die Mundwinkel nach unten und verschwand wortlos durch die Tür, durch die er gekommen war. Kurz darauf kam er zurück. »Gerade ist es mir wieder eingefallen: Die Nummer zweiundvierzig haben wir gar nicht verkauft, die wurde gestohlen.«

Quique horchte auf. »Geht es auch genauer?«

»Eine komische Sache war das. Ich erinnere mich noch, dass ein junger Mann ins Geschäft kam. War ganz begeistert von dem Sondermodell. Dann hat das Telefon geklingelt. Weil ich allein im Laden war, bin ich rangegangen. Das hat der Kerl ausgenutzt und ist einfach mit dem Messer abgehauen. Das müssen Sie sich mal vorstellen. Was für ein *cabronazo*. Ich bin hinterhergerannt, aber keine Chance, das Riesenarschloch war zu schnell. Und die Anzeige hätte ich mir auch sparen können.«

»Wissen Sie noch, wie der Dieb aussah?«

Campins kratzte sich am Kopf. »Ist schon so lange her. Ich glaube, er war kleiner und schmaler als Sie. Hatte so ein auffälliges Tattoo am Hals. Mehr weiß ich nicht mehr. Wenn Sie den Kerl erwischen, verpassen Sie ihm eine ordentliche Abreibung von mir. Aber jetzt muss ich an die Arbeit.«

Wie gut, dass ich die Mitarbeiterversammlung geschwänzt habe, dachte Quique, als er nach Palma zurückfuhr. Der Besuch in Consell hatte mehr gebracht, als er erhofft hatte. Wer wusste, wofür die Informationen gut waren. Jetzt wollte er sich hinter die Sache mit der Hausbesetzerszene klemmen.

✳✳✳

»Na, wer sagt's denn.«

Cristina Blum lehnte sich zurück, faltete die Hände hinter dem Kopf und betrachtete zufrieden die Webseite, die sich auf ihrem PC geöffnet hatte. Der halbblaute Kommentar, den sie von sich gegeben hatte, war für ihre Verhältnisse geradezu ein Jubelschrei. Wäre Quique anwesend gewesen, mit dem sie ein Büro teilte, hätte er wohl irritiert geguckt. Denn eigentlich war sie ein zurückhaltender Mensch, der sich seine Gefühle meist nicht anmerken ließ. Manche empfanden ihre Beherrschtheit als Kälte. Einige Kollegen nannten sie daher *perrito moreno*, braunes Hündchen, auch wegen ihrer braunen Haare eine Anspielung auf einen berühmten Gletscher im argentinischen Patagonien. In erster Linie war es eine Art emotionale Schutzmauer, mit der sie sich umgab, um ihren Mitmenschen keine Angriffsfläche zu bieten. Sie hatte sich dieses Verhalten in ihrer Schulzeit angewöhnt, in der sie vielen Klassenkameraden intellektuell überlegen und als *empollona*, als Streberin, verschrien gewesen war.

Andererseits hatte sie sich einen gewissen Respekt bei Mitschülern und Lehrern verschafft. Nicht nur durch ihre guten Noten, sondern weil sie neben Castellano, dem Hochspanisch, und Mallorquí zusätzlich Deutsch beherrschte. Damit konnte sie immer wieder Kindern, die aus dem deutschsprachigen Raum nach Mallorca gekommen waren, beim schulischen Neustart helfen, der auf den Balearen alles andere als einfach war. Das gab ihrem Selbstwertgefühl zusätzlichen Schub.

All dies machte sich später auf der Polizeischule bezahlt, die sie natürlich mit Bravour absolviert hatte. So war es kein Wunder gewesen, dass sie auch bei der Nationalpolizei problemlos die nächste Stufe auf der Karriereleiter, von der Inspektorenanwärterin zur Inspektorin, erklommen hatte. Letztendlich hatten die erfolgreichen Ermittlungen zu dem Mord an einem mallorquinischen Journalisten, an denen sie maßgeblich beteiligt gewesen war, ihre Vorgesetzten endgültig von ihren Qualitäten überzeugt.

Selbst mit Quique, mit dem sie zu Beginn wenig anzufangen gewusst und den sie als eine Art domestizierten Klingonen betrachtet hatte, hatte sie sich einigermaßen zusammengerauft. Überhaupt hatte ihre berufliche Anerkennung verbunden mit dem guten Klima, das in der Mordkommission herrschte, dazu geführt, dass *perrito moreno* im Laufe der Zeit ein kleines Stück aufgetaut war.

Blum überflog den Inhalt der Facebook-Seite, die Frank Zampach gehörte. Ziemlich schräge Type, dachte sie, während sie einzelne Beiträge herauspickte. An einem neueren Posting blieb sie hängen. Zampach machte darin seinem Ärger über Drohnen Luft, die angeblich über die Finca flogen.

»Das ist eine Warnung an alle, die uns nicht in Ruhe lassen. Unsere Flak ist nun einsatzbereit und holt den nächsten Tiefflieger vom Himmel«, kündigte er an. Dazu hatte er ein martialisches Foto von sich mit einem Gewehr im Anschlag gepostet.

»Von wegen harmlos, der Typ scheint unberechenbar zu sein.« Blum scrollte weiter, bis sie auf ein Video stieß, das ihre Aufmerksamkeit erregte. Sie betrachtete die kurze Szene.

Wow, dachte sie. Das musste sie unbedingt Ribera zeigen. Sie eilte über den Flur in Richtung seines Büros und kam an der offenen Tür des Sekretariats vorbei.

»Er ist noch nicht da!«, rief ihr Penelope Roca zu, die hinter ihrem Schreibtisch saß und auf der Tastatur ihres Computers tippte.

Blum bremste ab, trat näher und guckte auf ihre Uhr, es ging auf halb elf zu. »Wo steckt er denn schon wieder?«

»Ich habe keine Ahnung. Im Terminkalender steht nichts. Gemeldet hat er sich bisher auch nicht. Das ist ziemlich lästig, wenn jemand anruft und ihn sprechen möchte. Kann es sein, dass unser Chef seine Umgebung nicht immer in seine Pläne einbezieht?«

Blum musste grinsen. Nein, die neue Kollegin war tatsächlich nicht auf den Kopf gefallen. »Ja, er lebt oft in seinem eigenen Kosmos und neigt zu Alleingängen. Glücklicherweise springt dabei häufig etwas heraus. Und mit der Zeit gewöhnst du dich daran. Dennoch ist es hin und wieder anstrengend. Wir wissen auch oft nicht, was er so treibt – wie heute.«

Sie musterte Roca. Sie trug eine Bluse mit Stehkragen, die in einem Dunkellila gehalten war, ihre Lippen waren pinkfarben geschminkt, die Fingernägel schwarz lackiert.

Die Frau hat einen extravaganten, aber keinen schlechten Geschmack, dachte Blum, die sich selbst in der Regel wenig Gedanken über ihr Äußeres machte. Nicht, dass sie unmodisch gekleidet gewesen wäre, aber ihr Stil war eher zweckmäßig dezent bis unauffällig.

Ein Moment der Stille trat ein, in dem keine der beiden Frauen ein Wort sagte.

Schließlich brach Roca das Schweigen. »Kommt ihr in eurem Finca-Fall voran?«

Erst jetzt bemerkte Blum, dass sie die Kollegin eine Spur zu intensiv betrachtet hatte. Sie spürte, wie sie errötete, dann räusperte sie sich und antwortete: »Na ja, *poc a poc*. Wir sind noch ganz am Anfang, immerhin gibt es nun eine erste Spur.«

Mehr fiel ihr nicht ein. Lässiger Small Talk war nicht ihre Kernkompetenz.

»Dann kann man euch nur Glück bei den weiteren Ermittlungen wünschen.« Roca widmete sich wieder ihrer Arbeit.

Blums Plauderhemmung dauerte an. »Ich geh dann mal wieder«, sagte sie und trat den Rückweg in ihr Büro an.

Die hält dich jetzt sicher für stinklangweilig, schalt sie sich selbst. Was bist du für ein hilfloses Huhn, Cristina, das hast du doch gar nicht nötig. Gerade du, die du immer eine Überfliegerin warst, solltest endlich auch in solchen Situationen klarkommen. Abrupt blieb sie mit dem Türgriff in der Hand stehen. Überfliegerin – hatte Zampach nicht Drohnen erwähnt, die über die Finca geflogen waren? Sie musste unbedingt herausfinden, wer dafür verantwortlich war. Möglicherweise existierten Aufnahmen, auf die sie zurückgreifen konnten. Vielleicht die Inselratsbehörde, die auf dem Land Jagd auf Schwarzbauten machte.

*∗∗

Auf dem Weg zum Untergeschoss der Rechtsmedizin von Palma glaubte Ribera, seinen Ohren nicht zu trauen. Lautstarke Musik schallte ihm entgegen. Präziser gesagt, ein fröhlich klingender Sound, als stünde Bob Marley zusammen mit Rapper Jay-Z und Latino-Star Rosalía auf einer Bühne.

Unwillkürlich bewegte er den Kopf rhythmisch hin und her, während er die letzten Treppenstufen nahm. Was für ein neues Gefühl in der Zwischenstation auf dem Weg zur Einäscherung oder zum Begräbnis der Opfer von Morden, Suiziden und Unfällen, als die er die Rechtsmedizin betrachtete. Und nun war Pep Boschs Arbeitsplatz, ein morbid-aseptischer Mix aus Klinik, Ermittlungsbehörde und Schlachtbank, zur Feierzone mutiert. Auch optisch. Denn als Ribera den Sektionsraum betrat, in dem sein Freund Leichen sezierte, sah er, wie eine gedrungene, kräftige Gestalt mit raspelkurzen Haaren und Bart mit einer grünen Schürze bekleidet im kalten Neonlicht über die weißen Fliesen tänzelte.

Als hätte sich Hulk in eine Disco verirrt, dachte er und musste bei dieser Vorstellung lächeln.

»Fehlt nur noch, dass du in deinem Partykeller einen Joint durchziehst«, rief er dem Rechtsmediziner zu, der den Besucher nicht bemerkt hatte.

Bosch hielt in seinen Verrenkungen inne. »Sieh an, Ribera. Ich bezweifle, dass du in deinem Leben jemals Pflanzen für etwas anderes verwendet hast, als sie wie eure katalanischen Frühlingszwiebeln auf einen Grill zu schmeißen und dann in einer scharfen Soße zu ertränken.« Es folgte ein meckerndes Lachen, ein untrügliches Zeichen dafür, dass Ribera einen guten Tag erwischt hatte, was bei dem oftmals knurrigen Mann beileibe keine Selbstverständlichkeit war.

Er wurde forscher. »Wenigstens bin ich danach noch Herr meiner Sinne. Doch vielleicht ist das auch ein klassischer Fall von Selbsttäuschung. Aber jetzt im Ernst: Was macht du da eigentlich in deinem Doktor-Frankenstein-Labor oder was immer du in deinem Keller treibst?«

Bosch stemmte die Arme in die Hüften. »Ich möchte halt noch ein bisschen Spaß im Leben haben. Und im Gegensatz zu dir bin ich jemand, der seine Gewohnheiten ändern kann.«

Ribera musste ungläubig ausgesehen haben, denn Bosch setzte zu einer Erklärung an.

»Okay, ich merke, das ist zu viel für deine eingerosteten Synapsen. Nachdem mein Arzt mich wegen meiner erhöhten Leberwerte zu einer Diät und mehr Bewegung verdonnert hat und meine Frau seither penibel auf gesunde Ernährung achtet, hatte ich erst nach Möglichkeiten gesucht, mich dem elegant zu entziehen. Gesundheit ist lediglich die langsamste Art zu sterben, hat mir mal ein Buddhist erzählt. Dann habe ich mir aber gesagt: ›Pep, du dämlicher Hund, anstatt vor der Realität davonzulaufen und dir damit ins eigene Knie zu schießen, solltest du Verantwortung für dich selbst übernehmen und das Beste aus der Situation machen.‹ Anders formuliert: Wenn ich mich schon einschränken soll, dann gleiche ich das aus, indem ich mir zwischendurch positive Gefühle verschaffe. Dopaminausschüttung im Gehirn durch Reize, du verstehst? Musik hat mich von jeher angeturnt. Man mag es mir nicht mehr ansehen, aber früher war ich mal auf dem Reggae-Trip. Darauf bin ich kürzlich wieder gestoßen, als mich ein Bekannter zu einem Reggaeton-Konzert mitgeschleppt hat. Da hat es mich wieder gepackt. Außerdem übe ich ein bisschen für meinen Auftritt als Dämon in der Nit de Sant Joan.« Er spielte auf die Johannisnacht an, ein beliebtes Volksfest, das im Juni auf Mallorca gefeiert wurde und auf das die ganze Insel hinfieberte. »Aber du bist sicher nicht hergekommen, um dich mit mir über die neuesten Marotten von durchgeknallten Rechtsmedizinern zu unterhalten. Du willst etwas über meinen neuesten Kunden wissen, nehme ich an.«

Ribera nickte. »Konntest du schon etwas herausfinden?«

Bosch ging wortlos zu einem der Stahlschränke, die in dem Raum standen, öffnete die Tür und zog einen Metallschlitten heraus. Eine menschliche Gestalt zeichnete sich unter einem weißen Tuch ab. Bosch schlug es ein Stück zurück.

Ribera betrachtete das Gesicht des Toten von der Finca. Er musste schlucken. Merkwürdig, dachte er. Obwohl es derselbe Mensch war, den er am Tag zuvor gesehen hatte, empfand er ihn auf eine seelenlose Hülle reduziert, die ihre vormalige Existenz höchstens noch erahnen ließ. Dazu trugen auch die dicken Nähte bei, die sich über den Körper zogen, wo Bosch das Opfer aufgeschnitten und nachher wieder zugenäht hatte.

»Wie ist er genau gestorben?«

»Das festzustellen war kein Hexenwerk. Todesursache ist ein Mittelgesichtsbruch mit anschließender Blutaspiration.«

»Ich weiß ja, dass ihr Nerds eure Geheimsprache liebt. Aber geht es auch mit weniger Fachchinesisch?«

»Nur weil du's bist, Ribera. Durch den Aufprall eines harten Gegenstands sind Knochen im mittleren Gesichtsschädelbereich und Weichteile verletzt worden. Ausgelöst wurde das Ganze vermutlich durch den Stein, der neben dem Toten lag. Das ist aufgrund unserer Anatomie möglich. Zum einen sind die Knochen im Gesicht nicht so stabil wie an anderen Stellen, zum anderen ist dieser Teil des Körpers stark durchblutet. Der Typ ist wahrscheinlich bewusstlos zusammengebrochen, nachdem ihn der Stein getroffen hatte. Der Wunde nach zu urteilen, wurde danach mehrmals zugeschlagen. Da wollte offenbar jemand auf

Nummer sicher gehen. Resultat war, dass er sein Blut eingeatmet hat, weil der übliche Würge- und Hustenreiz in diesem Zustand nicht vorhanden war. Das Ganze hat höchstens zehn Minuten gedauert – *vaya con Dios*. Hinzu kam ein Sturz auf den Hinterkopf, der zu einer weiteren Schädelfraktur geführt hat.«

»Dann muss der Stein aber verdammt schnell gewesen sein, wenn ihn das umgehauen hat.«

»Der Brocken war ziemlich rund. Und je runder ein Stein, desto höher ist die Geschwindigkeit, mit der er am Ziel ankommt. Möglicherweise war der Werfer, ich vermute mal, dass der Stein geworfen wurde, ziemlich kräftig, oder er hatte eine ausgefeilte Technik. Vielleicht auch beides. In jedem Fall war da ordentlich Wumms dahinter. Abgesehen davon – habe ich schon erwähnt, dass wir im Blut des Toten Spuren von THC festgestellt haben, sprich von Cannabis?«

»Nein, bisher nicht. Kannst du auch etwas über den ...«

Bosch fiel Ribera ins Wort. »... Todeszeitpunkt sagen? War mir schon klar, dass du jetzt damit kommen würdest. Ihr *maderos* seid immer so berechenbar. Und du bist noch ein Bulle, der für Überraschungen gut ist. Sei's drum. Wir kehren damit zum schwierigeren Teil zurück. So genau kann ich dir das im Moment nicht sagen.« Er stockte. »Dir ist schon klar, dass du so einen Satz von mir selten zu hören bekommst? Wir Rechtsmediziner sind die Jedi-Ritter der Kriminalistik – die Macht ist mit uns.« Er grinste süffisant. »Was ich damit ausdrücken will, ist: Normalerweise ermitteln wir den Todeszeitpunkt nach Kriterien wie Körpertemperatur, Totenflecken und Leichenstarre. Damit lassen sich die ersten sechsunddreißig Stunden nach Todeseintritt recht genau eingrenzen. Das kennst du zur Genüge. Und warum ist das so?« Bosch sah Ribera wie ein Lehrer einen unwissenden Schüler an. »In diesem Zeitraum weist die Körpertemperatur noch einen Unterschied zur Umgebungstemperatur auf. Danach nähern sich beide Werte an – wie in diesem Fall –, und wir bekommen massive Probleme bei der Bestimmung. Ergo war der Mann länger als sechsunddreißig Stunden tot, als er gefunden wurde. Darauf deutet auch die vorhandene Grünfäulnis hin, die im Unterbauch einsetzt und sich von dort aus ausdehnt. Und jetzt, mein Lieber, wird es kulinarisch wertvoll. Es geht um Maden, genauer gesagt darum, welche Art von Fliegen- und Käferlarven die Leiche besiedelt und wie sich die lieben Tierchen entwickelt haben. Danach lässt sich der Todeszeitpunkt recht genau bestimmen.«

Ribera nickte. »Du wirst es kaum glauben, oh weiser Obi-Wan Pepopi, davon habe selbst ich schon gehört. Und wie lange wird das dauern?«

Bosch lachte. »Nicht schlecht, Ribera. Wie gesagt, hin und wieder überraschst du mich. Was die Dauer betrifft: Hundertprozentig kann ich dir das nicht sagen. Wir bauen gerade eine forensische Entomologie bei uns auf. Eine Kollegin, die relativ neu ist, wird das federführend in die Hand nehmen. Sie macht derzeit ein Praktikum in der Rechtsmedizin in Frankfurt. Die haben dort eines der größten rechtsmedizinischen Institute Deutschlands, sind auf das Gebiet spezialisiert und untersuchen auch Proben aus dem Ausland. Was macht Schlaumeier Obi-Wan Pepopi? ... Das gefällt mir wirklich, muss ich mir merken. Er schickt ein Insektenpröbchen von der Leiche an die deutschen Kollegen. Das Ergebnis hast du Pi mal Daumen in zwei Tagen.« Bosch zog das Tuch wieder über das Gesicht des Toten und schob ihn zurück in die Kühlkammer. »Ende der heutigen Freakshow, *hasta luego.*«

Kurz darauf stand Ribera vor der Rechtsmedizin, dem Instituto de Medicina Legal y Ciencias Forenses de Palma de Mallorca. Knapp eine Stunde hatte er bei Pep Bosch verbracht. Und obwohl nicht das erste Mal gewesen war, fühlte er sich ausgelaugt. Verantwortlich dafür war weniger Boschs spezielle Art, die eine Mischung aus trockener Wissenschaft und Sarkasmus war. Daran hatte er sich gewöhnt. Vielleicht waren es eher die nüchterne technische Nachvollziehbarkeit des Sterbens, der spröde werkstattmäßige Umgang mit dem menschlichen Körper, die vollständige Losgelöstheit von Geist und Seele, die

Quintessenz der menschlichen Existenz, die ihm zu schaffen machten. Und dann noch das grausige Gebäude, in dem die Rechtsmedizin residierte. Der dreistöckige Bau war von oben bis unten mit anthrazitfarbenen Kacheln verkleidet, als wäre der Architekt bei der Planung durch einen Trauerfall in der Familie traumatisiert gewesen.

Ribera verspürte erneut Lust auf eine Zigarette. Er würde doch nicht wirklich rückfällig werden? Ich muss auf andere Gedanken kommen, dachte er, griff zu seinem Mobiltelefon und wählte eine Nummer.

»Der Herr Chefinspektor.« Eine raue weibliche Stimme drang an sein Ohr. »Und das um diese Tageszeit. Müsstest du nicht längst Verbrechern hinterherjagen?«

Ribera musste lachen, sein Anflug von depressiver Stimmung war wie weggeblasen. »Müsste vielleicht schon. Aber es ist noch außerhalb der Kernarbeitszeit für die meisten Ganoven. Weil mir etwas langweilig war, habe ich überlegt, wie ich mir die Zeit vertreiben kann, bis die Bösewichte aus ihren Löchern kommen. Da bist du mir eingefallen.«

Lachen am anderen Ende der Leitung. »Na, mal schauen, ob ich als Ersatzbefriedigung für unterbeschäftigte *maderos* tauge.« Núria Oliver wechselte in eine vorwurfsvolle Tonlage. »In den letzten Tagen hatte ich aber das Gefühl, dass du ganz gut ohne meine Hilfe auskommst, nachdem ich nichts von dir gehört hatte.«

Ribera wusste, dass seine Freundin nur allzu recht hatte. In letzter Zeit hatte er sie wirklich vernachlässigt. Seit knapp einem halben Jahr dauerte die Beziehung zwischen ihm und der Mallorquinerin nun an. Nach einem ungestümen Auftakt hatte sich das Ganze dann zu einem ständigen Wechselspiel aus Nähe und Distanz entwickelt. Von seiner Seite aus erklärte sich Ribera das damit, dass er sich zwar zu Núria hingezogen fühlte, andererseits aber vor allzu viel Enge zurückschreckte. Er hatte nach wie vor an den Nachwehen seiner gescheiterten Ehe zu knabbern, die kurz vor der Scheidung stand und immer wieder zu nervigen Auseinandersetzungen führte. So kam es, dass er zwischendurch immer wieder in seinem Paralleluniversum versank und sich tagelang nicht meldete.

»Ich weiß, ich habe mich wieder mal rar gemacht.« Er seufzte zerknirscht. Schließlich kam er auf die jüngsten Entwicklungen zu sprechen.

»Ich habe das Gefühl, du lässt dich zu sehr von diesen Dingen vereinnahmen. Jeder schafft sich halt seine eigene Hölle.«

Er hatte damit gerechnet, dass sie ihn ordentlich zusammenfalten würde, und war erleichtert über ihre zurückhaltende Reaktion.

»Aber ich habe jetzt keine Zeit, das zu vertiefen, die Arbeit ruft. Hast du schon etwas in der Johannisnacht vor?«, fragte Núria. »Wir könnten doch den Abend am Strand verbringen. Das ist ein Riesenspektakel. Und wie wär's vorher mit einem Ausflug nach Sineu? Ich will meine Eltern besuchen. Bei der Gelegenheit könnte ich dir meine alte Heimat zeigen. Und du bekommst Abstand von dem ganzen Schlamassel. Außerdem wirst du feststellen, dass es eine Insel außerhalb deiner Schurkenwelt und jenseits von Mord und Totschlag gibt. Obwohl, wenn ich mir manche meiner Freunde und Bekannten anschaue, bin ich mir nicht sicher, ob sich der erste Teil der Behauptung halten lässt.«

***

Ribera klatschte in die Hände, um die Teamsitzung zu eröffnen, die er unmittelbar nach seiner Ankunft in der Jefatura angesetzt hatte. »Ich entschuldige mich, dass ich so spät erscheine. Ja, ich weiß, ich sollte besser kommunizieren, was ich treibe.« Kurze Pause. »Ich gelobe Besserung, kann aber nicht hundertprozentig garantieren, dass es mir immer gelingt.« Er überging die verdutzten Mienen von Cristina Blum und Quique angesichts dieser unkonventionellen Einleitung und resümierte seinen Besuch in der Rechtsmedizin. »So weit von meiner Seite. Was gibt es sonst Neues?«

»Frank Zampach ist alles andere als ein unbeschriebenes Blatt.« Blum schlug einen Notizblock auf. »Ich fange mal mit dem Harmlosen an: Fahren mit einem Auto ohne gültige Zulassung. Ladendiebstahl. Verstöße gegen das Betäubungsmittelgesetz.« Sie blätterte um. »Hausfriedensbruch in mehreren Fällen inklusive Widerstand gegen die Staatsgewalt. Sachbeschädigung ebenfalls in mehreren Fällen. Außerdem Körperverletzung. Einen Teil der Delikte hat er in Deutschland begangen, einen Teil in Spanien.«

»Wow, nettes Früchtchen«, sagte Quique. »Wenn das Frank Zappa wüsste, der würde sich im Grab umdrehen.«

Blum sah irritiert von ihren Aufzeichnungen hoch, bevor sie mit einer für sie unüblich schlagfertigen Bemerkung fortfuhr. »Dein Zappa würde wahrscheinlich aus dem Grab steigen, denn jetzt kommt der wirklich interessante Teil.« Sie startete das Tablet, das sie wie so oft bei sich hatte. »Frank Zampach war während der Zeit auf der Finca auf Facebook aktiv. Geradezu geschwätzig. So wie er sich inszeniert, macht er auf mich den Eindruck eines eitlen Selbstdarstellers, der süchtig nach Öffentlichkeit ist. Unter anderem gibt es von ihm Fotos und ein spannendes Video. Seht selbst.«

Sie drehte das Tablet so, dass die beiden Männer auf den Monitor schauen konnten. Ribera holte seine Lesebrille aus der Brusttasche seines Sakkos.

Die Filmsequenz zeigte einen großen Mann mit langen lockigen Haaren, die zu einem Pferdeschwanz zusammengebunden waren. Mit nacktem Oberkörper und kurzen Hosen stand er auf einer Wiese und ließ mit dem Handgelenk eine Schleuder kreisen. Nach wenigen Sekunden schnellte der Arm nach vorn, ein dumpfes »Plock« war zu hören, als ein Gegenstand in einen Baumstamm einschlug. Danach sah man den Mann mit in die Höhe gestreckten Armen jauchzend einen Freudentanz aufführen. Begleitet wurde das Ganze von Johlen im Hintergrund und einem Kommentar auf Deutsch aus dem Off, den Blum mit »Nicht schlecht, Zappa, allmählich lernst du's« übersetzte.

Ribera fuhr sich mit den Händen durch die Haare, verschränkte dann die Arme hinter dem Kopf. »Da hätten wir den Wumms hinter dem Steinwurf.«

»Allerdings«, entgegnete Blum. »Ich habe mir das mehrere Male angeschaut. Der Einschlag hat eine tiefe Delle im Stamm hinterlassen. Was das erst bei einem Menschen anrichtet, kann man sich vorstellen. Und das ist nicht die einzige Waffe, die Zampach in seinem Arsenal hat.« Sie scrollte nach unten und stoppte bei einem Foto, auf dem derselbe Mann zu sehen war. Nun mit einem Gewehr in der Hand. »Er nennt das seine Flak. Sieht aber nach einem Luftgewehr aus. In einem Posting droht er damit, Drohnen herunterzuholen, die über die Finca geflogen sind. Ich habe daraufhin bei der ADT nachgehakt.«

»Was soll das sein?«, fragte Ribera.

»Die Agencia de Disciplina Urbanística, die Inselratsbehörde, die mit Drohnen Jagd auf Schwarzbauten macht. Ihr erinnert euch, darüber haben wir mit den Kollegen von der Guardia Civil geredet. Jedenfalls habe ich angefragt, ob im entsprechenden Zeitraum Drohnen in dem Gebiet im Einsatz waren. Es ist zwar unwahrscheinlich, aber es hätte ja sein können, dass zufällig der Mord gefilmt wurde. War aber leider nicht der Fall. Bei der ADT versicherten sie mir, dass sie bei dem Anwesen noch keine Drohnen benutzt hätten, da die Verstöße gegen die Bauordnung von Raimund Bommer längere Zeit zurückliegen. Ich bleibe aber an der Sache dran und versuche herauszufinden, ob es wirklich Flüge gab oder ob Zampach im Drogenrausch phantasiert hat. Und falls ja, wer dafür verantwortlich sein könnte. Ach ja, noch eins zu den Facebook-Beiträgen. Die brechen plötzlich ab, seitdem er nicht mehr auf der Finca ist. Blöd scheint der nicht zu sein. Wahrscheinlich meidet er das Internet im Moment wie der Teufel das Weihwasser. Ansonsten könnten wir über seine IP-Adresse feststellen, von welchem Standort aus er einen Beitrag gepostet hat. Ich werde den Account aber im Auge behalten, vielleicht loggt er sich noch mal ein, dann könnten wir ihn orten. Ich werde ihm prophylaktisch via Messenger eine Nachricht schicken, aber ehrlich gesagt rechne ich nicht mit einer Reaktion.«

»Guter Job, Cristina«, lobte Ribera. »Ich denke, es war die richtige Entscheidung, uns auf die Finca-Besetzer zu konzentrieren. Wer so militant ist, schreckt womöglich auch nicht vor einem Mord zurück. Allerdings sieht es in diesem Fall nach einer ungewöhnlichen Methode aus.« Er ahmte eine Schleuderbewegung nach. »Geradezu archaisch, diese Waffe. Als wenn sie aus dem Mittelalter oder aus noch früheren Epochen stammen würde. Ist das vielleicht irgendein krudes Überbleibsel aus der Germanenzeit?«

»Wie du weißt, bin ich auf Mallorca aufgewachsen«, sagte Blum. »Von uns zu Hause oder von irgendwelchen deutschen Verwandten kenne ich das nicht. Ich habe aber mal gelesen, dass die Steinschleuder in der Antike eine gebräuchliche Waffe war.«

»Gibt es nicht in der Bibel diese David-gegen-Goliath-Geschichte?«

»Stimmt, Quique. Wie war das gleich …« Blum konsultierte erneut ihr Tablet. »›Als der Philister weiter vorrückte und immer näher an David herankam, lief auch David von der Schlachtreihe der Israeliten aus schnell dem Philister entgegen. Er griff in seine Hirtentasche, nahm einen Stein heraus, schleuderte ihn ab und traf den Philister an der Stirn. Der Stein drang in die Stirn ein, und der Philister fiel mit dem Gesicht zu Boden. So besiegte David den Philister mit einer Schleuder und einem Stein. Er traf den Philister und tötete ihn, ohne ein Schwert in der Hand zu haben.‹«

»In unserem Fall ist der Philister ein Hausmeister«, sagte Ribera. »Aber Scherz beiseite, ich glaube kaum, dass die auf der Finca David gegen Goliath gespielt haben. Ich würde gern die Meinung eines Experten einholen, falls es so einen gibt. Dein Job, Quique. Apropos Experten, sind die Spusi-Kollegen vorangekommen?«

»Pujol sagte, er und sein Team hätten jeden Stein umgedreht.« Quique stutzte und lachte. »Stein, passt ja wie die Faust aufs Auge. Fest steht: Das Blut auf dem Stein gehört zu dem Opfer. Wenig überraschend, würde ich sagen. Ansonsten gab es Fingerabdrücke en masse. Die Kollegen vom Erkennungsdienst werten sie gerade aus. Ergebnis sollte bald eintrudeln. Außerdem haben Pujol und seine Bande Drogen auf der Finca sichergestellt.«

»Was für Drogen?«, fragte Ribera.

»Marihuana, eine entzückende kleine Plantage, die in einem Gewächshaus im hinteren Teil der Finca angelegt war. Die müssen wie die Weltmeister gekifft haben und sollten eigentlich megagechillt gewesen sein. Aber so ganz auch nicht, denn es gibt weitere Neuigkeiten.« Quique erzählte von seinem Besuch beim Messerhersteller Campins. »Die Spusis haben auf dem Ding Fingerabdrücke gefunden, die aber nicht zur Täterbeschreibung von Campins passen. Haltet euch fest: Die stammen von diesem Zampach. Außerdem gibt es an der Klinge ebenfalls Blutspuren. Die wiederum sind nicht identisch mit denen auf dem Stein.«

Ribera klopfte sich mit dem Zeigefinger auf den Mund. »Die Finca-Besetzer werden immer rätselhafter. Was haben die da getrieben? Wir müssen sämtliche Hebel in Bewegung setzen, um sie zu finden. Ich habe das unbestimmte Gefühl, dass sie sich nach wie vor auf der Insel aufhalten und irgendwo untergetaucht sind. Gibt's etwas Neues zu Hernán Torres?«

»Bisher nicht viel. Ich habe mit den Kollegen von der Lokalpolizei in Artà gesprochen. Die waren aber nicht besonders gut informiert. Sie erzählten, Torres sei ein Zugezogener vom Festland gewesen, stamme ursprünglich aus Granada. Seine Frau komme hingegen aus dem Ort. Ansonsten hatte der Typ einen Hausmeisterservice aufgezogen und kümmerte sich vor allem um Fincas von Ausländern, wenn die nicht auf der Insel sind.«

»Ich finde, wir sollten selbst hinfahren und Erkundigungen einholen«, sagte Ribera. »Was ist mit der mallorquinischen Hausbesetzerszene? Bist du da besser vorangekommen?«

Quique machte ein zerknirschtes Gesicht. »Läuft leider auch zäh. Es gibt eine Organisation namens ›Stop Desahucios Mallorca‹. Die kümmert sich in erster Linie um Leute, die zwangsgeräumt werden sollen, sind aber auch eine Art Netzwerk für *okupas*. Das Problem ist nur: Es gibt kein Büro oder eine feste

Adresse, an die man sich wenden könnte. Ein Kumpel sagte, die seien alle untereinander vernetzt und kontaktierten sich bei Bedarf per WhatsApp. Außerdem lehnen sie den Kontakt zur Polizei kategorisch ab.« Er kratzte sich an der Wange. »Ehrlich gesagt, kann ich es verstehen angesichts der Zwangsräumungen von besetzten Wohnungen und Häusern, die es immer wieder gibt. An deren Stelle hätte ich auch keinen Bock, mit den *maderos* zusammenzuarbeiten. Aber ich höre mich weiter um. Eine Möglichkeit wäre eventuell das IBAVI.«

»Das was?«

»Das Instituto Balear de la Vivienda, das Balearische Wohnungsamt.«

»*Bueno*, darum kümmere ich mich. Wir müssen irgendwie an die Besetzer rankommen. Quique, du veranlasst, dass die Kontrollen an den Flug- und Fährhäfen verstärkt werden. Und du, Cristina, lass einen Screenshot von Zampachs Facebook-Seite machen. Das Bild wird an sämtliche Polizeidienststellen auf der Insel verteilt. Ich kann mir zwar nicht vorstellen, dass die so blöd sind, dort aufzutauchen, aber jeder Kriminelle begeht irgendwann mal einen Fehler.« Ribera hielt kurz inne, bevor er sich erneut an Blum wandte. »Für dich habe ich noch einen kleinen Spezialauftrag.«

»Der da wäre?«

»Versuch doch mal, Raimund Bommer zu erreichen. Vielleicht weiß er etwas über die Besetzer. Es spielt keine Rolle, dass ihm die Finca nicht mehr gehört. Sehr gut möglich, dass ein Mann seines Kalibers nicht einfach loslässt, was er mal besessen hat, und dass er sich auf dem Laufenden hält über die Vorgänge auf seinem ehemaligen Besitz. Außerdem würde mich interessieren, ob sich Señor Torres schon in der Bommer-Ära um das Anwesen gekümmert hat. Wenn es stimmt, was die Kollegen der Guardia Civil gesagt haben, war Bommer selten auf der Insel. Ich halte es für unwahrscheinlich, dass die Finca herrenlos ...«

Ein Klopfen an der Tür verhinderte, dass er den Satz vollenden konnte.

»Schon wieder ich, das wird langsam zur Gewohnheit«, sagte Penelope Roca, die im Türrahmen stehen blieb und ihr gewohnt selbstbewusstes Lächeln in den Raum schickte. »Bin auch sofort wieder weg. Ich soll euch daran erinnern, dass ihr um vierzehn Uhr einen Termin zusammen habt.«

Ein dreifaches »Pfff«, als hätte jemand einen Heizkörper entlüftet, und drei Leichenbittermienen waren die Reaktion.

Roca wirkte verwundert. »Man könnte meinen, ihr würdet zur Schlachtbank geführt. So schlimm wird's schon nicht werden. Apropos schlimm: Dieser Señor Grande hat wieder angerufen und bittet um Rückruf.«

✳✳✳

Etwa eine Stunde später standen Ribera, Quique und Blum in der dunkelblauen Uniform der Nationalpolizei, die sie für öffentliche Anlässe trugen, auf dem kleinen Friedhof von Marratxí im Camí de Son Ametler. Die Gemeinde am nordöstlichen Rand von Palma war der Heimatort von Guillem Sastre gewesen. Und hier wurde er auch zur letzten Ruhe gebettet.

Um ein Zeichen der Solidarität und Einheit zu setzen, hatte Polizeichef Moix größtmögliche Präsenz der Mitarbeiter angeordnet. Ribera hätte sich dem wahrscheinlich dennoch unter irgendeinem Vorwand entzogen, aber er wollte die Beerdigung nutzen, um Erkundigungen über den Verstorbenen einzuholen. Dummerweise war daran vorerst nicht zu denken angesichts des großen Auflaufs. Ribera schätzte, dass sich mindestens achtzig Menschen auf dem Friedhof drängten.

»Was für ein Rummel – fast wie bei der Nit de Sant Joan«, sagte Quique, der neben Ribera und Blum stand und das Treiben beobachtete.

Ribera guckte sich neugierig um. »Sieht ganz so aus.« Andererseits wusste er, dass der Tod in Spanien ein mehr oder weniger öffentliches Ereignis war. Daher war es üblich, dass auf Beerdigungen Verwandte, Freunde, Bekannte oder auch Arbeitskollegen aufkreuzten, um dem Toten die letzte Ehre zu erweisen und den Hinterbliebenen zu kondolieren.

Besonders eifrig bei der Sache war Mariano G. Moix, den Ribera zahlreiche Hände schütteln sah, begleitet von dem einen oder anderen Gespräch am Rande. Im Schlepptau immer: Neu-Assistent Pelayo Grande, den er wohl bei dieser Gelegenheit präsentierte. Und irgendwie konnte er sich des Verdachts nicht erwehren, dass sein Chef den Anlass als willkommene Bühne zur Selbstdarstellung nutzte.

Ribera versuchte, einen möglichst großen Bogen um die beiden zu machen, und blieb im Hintergrund. Auch den ersten Akt der Bestattung ersparte er sich: die Aussegnung im *tanatorio*, der Leichenhalle des Friedhofs. Dort war der Verstorbene in einem Glaskasten aufgebahrt, damit die Leute Abschied nehmen konnten.

Wahrscheinlich hat das Bestattungsunternehmen Sastre mit viel Aufwand hergerichtet, dachte Ribera.

Er wartete auf dem Vorplatz des Gebäudes darauf, dass die Besucher herauskamen. In der prallen Sonne schwitzte er in seiner Uniform, die viel zu warm für einen heißen Junitag war. Schweiß rann unter seiner Mütze herunter über seine Wangen. Er nahm die Kopfbedeckung ab und fächerte sich damit Luft zu. Viel nützte es nicht.

Dann entdeckte er Lorenzo Galán, einen Kollegen, den er auch bei der Besprechung der Soko Rolex gesehen hatte. Er sprach ihn an. Galán arbeitete in der Abteilung für Organisierte Kriminalität der Policía Nacional und hatte Sastre gut gekannt.

»*Dios mío.* Schlimme Sache«, sagte er. »Mir ist schon seit Längerem aufgefallen, dass Guillem einen niedergeschlagenen Eindruck machte. Außerdem hat er sich häufig krankgemeldet. Aber keiner in der Soko hat geahnt, dass er an Depressionen gelitten hat.« Betreten betrachtete er die Spitzen seiner schwarzen Schuhe. »Das war mal ein wirklich guter Polizist, der in den Anfangszeiten der Soko durchaus Erfolge hatte. Und menschlich war er früher voll okay, ein lebenslustiger Zeitgenosse. Wir sind hin und wieder nach der Arbeit einen trinken gegangen. Später hat das aufgehört, er hatte immer irgendeine Ausrede.«

»Wann hat das mit der Verhaltensänderung begonnen?«, fragte Ribera.

»So genau weiß ich das nicht mehr. Vielleicht vor einem halben Jahr. Guillem war plötzlich wie ausgewechselt, hat sich von mir und den anderen Kollegen zunehmend zurückgezogen. Und wenn man ihn angesprochen hat, reagierte er gereizt. Ich habe es vermieden, ihn zu fragen, was mit ihm los ist. Ich hätte ihm gern geholfen. Aber keine Chance, er hat niemanden mehr an sich herangelassen – als hätte er eine undurchdringliche Mauer um sich gebaut.«

»Hat er sich denn behandeln lassen oder den Polizeipsychologen aufgesucht?«

»Mir war zumindest nichts bekannt. Armer Kerl. Hatte eigentlich alles, was man sich wünschen konnte: attraktive Frau, nettes Häuschen in Marratxí, sicheren Arbeitsplatz. Auch mit seinen Schwiegereltern ist er wohl gut ausgekommen. Sie sollen ihn und seine Frau sogar beim Abbezahlen des Hauses unterstützt haben, hat eine Stange Geld gekostet, wie er mal durchklingen ließ.« Galán wies auf eine Frau mit langen schwarzen Haaren, die in diesem Moment aus der Leichenhalle trat. »Das ist übrigens seine Frau Elena – mancher Kollege hat ihn um sie beneidet. Ich selbst habe sie nur mal kurz kennengelernt, als sie Guillem an der Jefatura abgeholt hat. Kam mir ganz sympathisch vor. Guillem hat oft von ihr geschwärmt, hat sie einen Glücksfall in seinem Leben genannt. War wohl die große Liebe, jedenfalls von seiner Seite aus. Genützt hat es ihm aber am Ende nichts.«

»Wieso von seiner Seite aus – von ihrer nicht?«

»Na ja, ich will nichts Falsches sagen, vor allem nicht an einem Tag wie heute. Sagen wir's mal so: Er war höllisch eifersüchtig, hatte Angst, dass sie ihn für jemanden verlassen könnte, der ihr mehr bieten könnte als er. Du weißt ja selbst, die Polizistengehälter mögen zwar über dem Durchschnitt der spanischen Löhne liegen, sodass man davon leben kann. Aber wirklich große Sprünge kannst du damit nicht machen. Guillem hat sich auch zur Soko Rolex versetzen lassen, weil das einige Euro mehr pro Monat brachte und die Chance auf bessere Karrieremöglichkeiten.« Ribera wusste nur zu gut, wovon Galán sprach. Nach der Trennung von seiner Frau war er selbst in finanzielle Probleme reingerutscht. Hauptsächlich weil er eine Hypothek für die gemeinsame frühere Wohnung an der Backe hatte, die es abzubezahlen galt.

»Abgesehen davon war sie ehrlich gesagt der deutlich attraktivere Teil der beiden.« Galan hatte leiser geredet, sodass Ribera genau hinhören musste, um ihn zu verstehen. »Ihm war das auch klar, wie er mir mal bei einem Bier erzählt hat. Aber wo die Liebe hinfällt ... Und sie soll launisch sein. Aber ob es Seitensprünge gegeben hat, kann ich nicht sagen. Er hat jedenfalls nichts davon erwähnt. Und ich habe nicht nachgebohrt. Geht mich schließlich nichts an.« Nach der letzten Bemerkung verabschiedete sich Galán. »Wir sehen uns, Kollege.«

Ribera musterte Elena Sastre. Sie trug ein schlichtes, aber elegantes schwarzes Kleid, das bis zu den Knien reichte und ihren wohlproportionierten Körper unterstrich. Ihre Lippen hatte sie mit einem dezenten Lippenstift betont. Als Schmuck trug sie eine dünne silberne Halskette mit einer Perle und dazu passende Ohrhänger, das Handgelenk zierte eine schmale Damenuhr.

Wirklich nicht unattraktiv und mit einem gewissen Sex-Appeal, dachte er. Äußerlichkeiten waren für ihn bei einer Frau zwar nicht das entscheidende Kriterium, das hieß aber nicht, dass er dafür gänzlich unempfänglich war. Er war schließlich ein Mann.

Er betrachtete die Witwe Sastres weiter. Nicht ausgeschlossen, dass eine Frau wie sie Bedürfnisse hatte, die die finanziellen Möglichkeiten eines normalen Bullen überschritten.

Ribera schalt sich selbst innerlich bei diesem Gedanken. Du kannst nicht eine Frau auf das Materielle reduzieren, nur weil sie überdurchschnittlich gut aussieht. Das ist vorsintflutliche Macho-Denke.

Er ertappte sich dabei, dass er Elena Sastre die ganze Zeit angestarrt hatte, und fand sich selbst peinlich. Sofort wendete er den Blick ab und hoffte, dass sie nichts davon mitbekommen hatte. Ihm war aufgefallen, dass sie die Kondolenzbekundungen meist mit einem gezwungenen Lächeln quittierte. Auch als Polizeichef Moix sie in ein Gespräch verwickelte und ihr den Arm tätschelte. Viel mehr befremdete ihn aber, dass sie nicht ganz bei der Sache zu sein schien. In regelmäßigen Abständen griff sie in ihre Handtasche und holte ein Handy heraus, guckte kurz darauf und verstaute es wieder.

Etwas merkwürdig für eine trauernde Witwe auf der Beerdigung ihres Mannes, dachte Ribera. War es mit ihrer Trauer womöglich nicht weit her, oder gab es dafür vielleicht eine ganz banale Erklärung?

Er beschloss, dem bei Gelegenheit auf den Grund zu gehen.

***

Der Besuch auf dem Friedhof hatte Quique mehr geschlaucht, als er gedacht hatte. Ursache war weniger der Anlass selbst, zusammen mit anderen Polizisten einem toten Kollegen das letzte Geleit zu geben. Das empfand er als Akt der Solidarität, unabhängig davon, dass er Sastre nur vom Sehen gekannt hatte und sie vom Polizeichef mehr oder weniger zur Teilnahme verdonnert worden waren. Vielmehr war es die militärähnliche Zeremonie, die bei der Beerdigung mit voller Breitseite abgefahren worden war: Strammstehen und Salutieren, Tragen des Sarges durch eine Ehrenformation, während die anderen Beamten Spalier standen, feierliche Übergabe der Landesfahne an die Angehörigen.

»Fehlt nur noch, dass sie Gewehrsalven abfeuern wie bei einem Begräbnis von US-Soldaten«, hatte er Cristina Blum zugeflüstert, die die meiste Zeit neben ihm gestanden hatte. Er war kein gefühlloser Klotz. Dennoch war eine derartige Inszenierung für einen Menschen seines Schlags Psychostress pur, als legte sich emotionaler Mehltau über ihn, der sein ansonsten meist sonniges Gemüt für Stunden blockierte.

Quique war das, was man einen Freigeist nannte, eine Künstlernatur, die sich nur schwer in eine Gruppe und ein Regelwerk pressen ließ. Einer, der einen persönlichen Freiraum brauchte, einen Quique-Minikosmos, in dem er agieren konnte, ohne dass ihm jemand reinfunkte, geschweige denn ihm vorschrieb, wie er sich zu verhalten hatte. In einem hierarchischen Organismus wie der Polizei war das nicht einfach. Vielleicht hätte man ihn mit einer Biene vergleichen können, die in ihrem Staat des Öfteren aus der Reihe tanzte.

Dennoch war Quique gern Polizist, auch wenn es nicht seiner Idealvorstellung entsprach. Eigentlich wäre er am liebsten Profimusiker geworden, aber dafür hatte es nicht gereicht. Als er nach der Schule nicht recht gewusst hatte, was er mit seinem Leben anfangen sollte, riet ihm einer seiner Kumpel, sich bei der Polizei zu bewerben. Die suchten immer Leute. Wider Erwarten hatte er die Aufnahmeprüfung geschafft.

In der Mordkommission hatte er dann eine Nische gefunden, in der er sich wohlfühlte. Dazu trug bei, dass Ribera ein Vorgesetzter war, der ihn zu nehmen wusste, wie er eben war. Ein Stück weit ähnelten sie sich sogar, weil auch Ribera jemand war, der auf Kriegsfuß mit Vorgaben stand.

Und Cristina Blum, nun ja, nach anfänglichen Reibereien hatten sie einen Modus Vivendi erreicht, mit dem sie sich beide arrangiert hatten, mal mehr, mal weniger. Das änderte aber nichts daran, dass ihm Blum bisweilen wie ein Alien von einem anderen Planeten vorkam.

Bei alldem hatte er hin und wieder das Bedürfnis nach Abstand. So auch jetzt nach dem Schwarmerlebnis in Marratxí. Zunächst legte er einen Zwischenstopp in Palmas Stadtteil Es Fortí ein, wo er ein Ein-Zimmer-Appartement bewohnte. Dort tauschte er die Uniform gegen Jeans und Lederjacke, schwang sich auf seine Harley Sportster und brauste auf der Ma-15 in Richtung Manacor. Instinktiv hatte er den Weg zu einem seiner Lieblingsorte eingeschlagen.

Das »Los Ultimos Mohicanos« lag fünfzehn Kilometer östlich von Palma neben der Autobahn und hatte sich zu einem *der* Treffpunkte für die Motorradfahrerszene Mallorcas entwickelt, lockte aber auch zahlreiche Touristen an, die per Zweirad auf der Insel unterwegs waren. Die rustikale Bar erinnerte an eine amerikanische Bikerkneipe und fiel schon von Weitem durch die stilisierten Flammen auf, die auf dem Vordach in die Höhe züngelten.

Auch an diesem Abend brummte der Laden, erkennbar an den schweren Maschinen, die aneinandergereiht wie Pferde vor einem Western-Saloon standen. Quique stellte sein Motorrad dazu und passierte die hölzerne Indianerfigur neben dem Eingang

»*Hola*, Häuptling«, begrüßte er die Statue scherzhaft und strich ihr mit der Hand über den nackten, muskulösen Oberkörper, ein Ritual, das er pflegte, wenn er das Lokal aufsuchte.

Im Innern mussten sich seine Augen erst an das diffuse Licht gewöhnen. Er marschierte über den schwarz-weißen Schachbrettboden zu der langen Theke, über der eine Harley Daytona auf einem massiven Holzbrett stand, und bestellte ein Bier. Der Raum war gefüllt mit Männern und Frauen, die meisten von ihnen trugen Lederkluft, manche hatten Kutten mit den Symbolen irgendeiner einheimischen oder ausländischen Motorradgang darüber gezogen. Stimmengewirr mischte sich mit der Rockmusik, die von einer Coverband auf der kleinen Bühne gespielt wurde.

Quique liebte diese dichte Atmosphäre inklusive der in der Bikerszene inszenierten Rustikal-Folklore und hatte bald sein Tief vergessen. Seine Laune besserte sich weiter, als ein alter Hit durch das Lokal waberte. Er wackelte rhythmisch mit dem Kopf und sang halblaut den Refrain mit:

»*Come on baby, don't fear the reaper*
Baby take my hand, don't fear the reaper
We'll be able to fly, don't fear the reaper
Baby I'm your man. La, la, la, la, la ...«
»Blue Öyster Cult, oder? Kult, so etwas wird heute nicht mehr produziert.«

Quique drehte den Kopf zur Seite.

»*Hola*, Quique, netter Zufall, dich hier zu treffen«, sagte Penelope Roca mit breitem Grinsen.

Quique staunte. Auch über die äußere Erscheinung seiner Kollegin. Im Gegensatz zu ihrem sonstigen eher adretten Auftritt in der Jefatura trug sie eine abgewetzte schwarze Lederjacke und darunter ein schwarzes T-Shirt. Darauf abgebildet war eine weibliche Zombie-Figur auf einem Motorrad, die einen Stinkefinger zeigte, darunter die Aufschrift »Malchicas«.

Quique richtete die Bierflasche, die er in der Hand hielt, auf das Motiv. »Hübsches Outfit, solltest du mal im Kommissariat tragen. Was treibt dich hierher?«

Roca lachte. »Warum nicht? Käme wahrscheinlich ziemlich gut an. Ich bin mit Freundinnen mit dem Bike unterwegs.« Sie deutete auf drei Frauen, die ein Stück von ihnen entfernt zur Musik tanzten. »Das sind Marga, Loli und Camelía, wir sind die bösen Mädchen.« Sie klopfte mit der Hand auf ihr T-Shirt. »Kleines Wortspiel, *malas* und *chicas*, und ›Mallorca‹ steckt auch noch drin – wir haben alles gegeben.«

Jetzt lachte Quique. Er musste sich eingestehen, dass ihm Roca gefiel. Das hatte er bereits bemerkt, als sie sich an ihrem ersten Tag in der Jefatura vorgestellt hatte. Und auch bei den Begegnungen danach im Büro hatte ihm ein Kribbeln in der Bauchgegend signalisiert, dass sie ihn nicht kaltließ. Seit dem Aus seiner letzten Beziehung vor einem halben Jahr war es das erste Mal, dass ein weibliches Wesen den Schutzwall aus rotziger Verschrobenheit, mit der er sich im Alltag umgab, durchdringen konnte. Aber richtig heranlassen wollte er das Gefühl nicht. Zu kompliziert in dieser engen Kollegen-Konstellation, sagte er sich. Außerdem war ihm nicht entgangen, dass Cristina Blum ebenfalls ein gewisses Interesse an Roca zeigte. Wie wenig er doch von Blum wusste.

»Wir jagen ja meistens die bösen Jungs, obwohl wir es vor einiger Zeit auch mit einem wirklich üblen Luder zu tun hatten.« Mit der Anspielung auf einen früheren Mordfall rettete sich Quique auf ein unverfängliches Terrain. Sie kamen auf die jüngsten Ermittlungen zu sprechen. Er erwähnte auch das Video, das Blum entdeckt hatte.

»Hochinteressant«, erwiderte Roca. »Mein Onkel Salvador ist bei den Foners. Das ist eine Vereinigung, die das traditionelle Steinschleudern pflegt. Ich weiß das so genau, weil er uns damit bei Familientreffen zutextet.« Sie setzte ein feierliches Gesicht auf und sprach in pathetischem Tonfall. »Das hat man schon in der Antike auf den Balearen praktiziert.« Sie lachte. »So musst du dir die Vorträge meines Onkels vorstellen. Er ist total angefressen und kennt Gott und die Welt in der Szene. Wenn es euch nützt, könnte ich einen Kontakt herstellen. Mein Onkel wird sich freuen, wenn er von seinem Hobby erzählen kann. Und da er seit Kurzem Rentner ist, hat er eine Menge Zeit.«

Quique war begeistert. »*De puta madre*, geil. Ribera wird ausflippen. Aber das hat Zeit bis morgen. Heute lassen wir es krachen.«

In diesem Moment spielte die Band einen weiteren Rockklassiker, den Quique liebte.

»*I, I just took a ride in a silver machine, and I'm still feeling mean*«, röhrte der Frontmann der Gruppe ins Mikrofon. »Kennst du das?«, fragte er Roca.

»Na, hör mal, wer kennt ›Silver Machine‹ nicht?«

»Komm, lass uns tanzen.«

＊＊＊

Frank Zampach hatte das Gefühl, dass ihm die Decke auf den Kopf fiel. »Das ist das letzte Drecksloch«, schimpfte er. Seine schlechte Laune erfüllte den Raum, sodass seine Freundin Kati in ein anderes Zimmer flüchtete. Auch Rambo zog den Schwanz ein und verkrümelte sich in eine Ecke, wo er sich zusammenrollte und nur ab und zu ein Auge öffnete, um die Lage zu peilen.

Nicht, dass Zampach verwöhnt gewesen wäre, was seine Unterkünfte betraf. Dafür hatte er zu viele schäbige Absteigen gesehen. Aber diese Wohnung empfand er als Zumutung. Vor allem im Vergleich zu der Finca bei Artà, wo sie in den vergangenen Monaten fürstlich Platz gehabt hatten. Okay, oft hatte es keinen Strom und fließendes Wasser gegeben, und in den Wintermonaten hatten sie ohne echte Heizung jämmerlich gefroren. Aber sie hatten sich mit der Situation arrangiert, zuletzt sogar einen alten Kompressor wieder zum Laufen gebracht, der ihnen stundenweise Elektrizität zum Kochen oder zum Aufladen der Akkus ihrer Laptops geliefert hatte, sodass sie via Internet Verbindungen zur Außenwelt aufnehmen konnten. Und was das Wasser betraf, so nutzten sie die Zisterne, die auf vielen mallorquinischen Landgütern zu finden war und in der das Regenwasser gesammelt wurde.

Vor allem aber hatten sie sich auf dem Gelände frei bewegen können. Es hatte fast ein Club-Méditerranée-Gefühl geherrscht, mit der Einschränkung, dass das in den Ferienclubs übliche All-inclusive ein Nothing-inclusive gewesen war. Aber immer noch besser, als in dieser Tristesse eingesperrt zu sein, auf die sie jetzt zurückgeworfen waren.

Zwar hatten sie hier einige Annehmlichkeiten, mussten nicht mehr eimerweise Wasser heranschleppen, aber zu welchem Preis? Ein unansehnlicher achtstöckiger Wohnblock in der Großstadt, der ihn an Plattenbauten in Ostdeutschland erinnerte. Da half es auch nicht, dass sich um die Ecke ein bei Touristen beliebtes Museum befand und in Fußnähe sogar der Palast, in dem die spanische Königsfamilie während ihrer Besuche auf Mallorca logierte.

Was für eine Konstellation, dachte Zampach. Sollte irgendeine höhere Macht so etwas wie ein Drehbuch für dieses verfluchte Leben schreiben, wäre das vermutlich eine besonders skurrile Szene, ein mediterranes »Twin Peaks« voller Absurditäten. Und er mittendrin.

Er trat auf den Balkon hinaus und betrachtete den weitläufigen Vorplatz, um den sich zwei Gebäude gruppierten. Eine einzige Ödnis aus Stein, ein lebensfeindlicher Ort, gegen den die Atacamawüste ein Garten Eden war.

Mit Wehmut dachte Zampach an das idyllische Areal der Finca mit seinen Oliven- und Johannisbrotbäumen. Ihm fielen die Abende ein, an denen sie draußen gesessen, Musik gemacht oder einfach den Geräuschen der Natur gelauscht hatten: den hohen, lang gezogenen Rufen der Eulen, dem Zirpen der Grillen, dem Gebimmel der Schafsglocken und dem Bellen der Hunde. Selbst das nervtötende Schreien des durchgeknallten Esels auf dem Nachbargrundstück vermisste er. Der Soundtrack der jetzigen Behausung bestand hingegen aus lärmenden Fernsehern und dem Gezänk von streitenden Paaren, das aus den anderen Wohnungen herausdrang.

Dennoch musste er froh sein, dass sie überhaupt einen Unterschlupf gefunden hatten, nachdem sie von der Finca geflüchtet waren. Wie gut, dass er den Kontakt zur Hausbesetzerszene auf Mallorca geknüpft hatte, als er vor knapp einem Dreivierteljahr von Deutschland auf die Insel gekommen war. Zuvor hatte er sich die meiste Zeit mit Gelegenheitsjobs in Kneipen, auf Baustellen, als Kurierfahrer und als Verpacker bei einem Onlinehändler mehr schlecht als recht durchgeschlagen und irgendwann beschlossen, nach Spanien zu gehen. Vielleicht würde ihm, der bisher nicht viel auf die Reihe bekommen hatte, ein Leben in der Sonne und in vermeintlicher südlicher Leichtigkeit mehr entsprechen. Doch schnell hatte sich herausgestellt, dass die Insel zwar für Gutbetuchte alle erdenklichen Annehmlichkeiten bot, für Leute, die von der Hand in den Mund lebten, aber weit entfernt von einem irdischen Paradies war. Vor allem war es ein Ort, an dem es immer schwieriger wurde, eine bezahlbare Unterkunft zu finden.

Die Finca bei Artà hatte sich hingegen als Glücksfall erwiesen. Anfangs. Die Idee zur Besetzung war ihm spontan gekommen, nachdem er über das Landgut von Raimund Bommers gelesen hatte. Mit einer kleinen Schar Gleichgesinnter war er eingedrungen, um es in ein »Zappatopia« zu verwandeln, wie er sein Projekt genannt hatte. Eine Art Kommune, in der sie sich selbst versorgen und mit wenig Regeln und Zwängen leben wollten, hatte ihm vorgeschwebt. Nach kurzer Zeit war dann Hernán aufgetaucht. Überraschenderweise hatte der keinen Ärger gemacht, sondern sich mit ihnen arrangiert. Mehrere Monate ging alles gut. Sie konnten meist machen, was sie wollten, selbst die Polizei ließ sie weitgehend in Ruhe. Bis ihnen Hernán eines Tages die Rechnung serviert hatte und es zu Auseinandersetzungen mit ihm und innerhalb der Gruppe gekommen war.

Wie aber sollte es nun weitergehen? Klar war, dass sie auf einer Insel nicht bis zum Sankt–Nimmerleins-Tag untertauchen konnten. Sie mussten weg. Dazu brauchte es in erster Linie Kohle, viel Kohle.

Zampach griff in seine Hosentasche und zog einen Schlüssel heraus. Er betrachtete das silberne Metallteil mit dem schwarzen Plastikkopf. An einem der Abende auf der Finca mit viel Marihuana und Rotwein hatte ihm Benito, einer aus der Gruppe, im bekifften Zustand das Ding gezeigt und geprahlt: »Das ist mein Ticket in die Zukunft, Zappa.« Zampach hatte ihn nicht ernst genommen. Aber als er zwischendurch pinkeln musste, hatte er beobachtet, wie Benito den Schlüssel in einer Trockensteinmauer deponierte. Ohne nachzudenken, hatte er ihn an sich genommen, als Benito weg war.

Das alles hatte sich abgespielt, kurz bevor die Situation auf der Finca eskaliert war. Vielleicht war das die Lösung. Er musste unbedingt herausfinden, zu was das Ding gehörte.

In diesem Moment betrat Kati die Terrasse. Hastig steckte er den Schlüssel zurück in die Tasche.

4

Eine tödliche Waffe

Am Morgen nach der Beerdigung herrschte am Sitz der Nationalpolizei gedrückte Stimmung. Es schien, als sei sämtliche Lebensfreude aus dem Gebäude gewichen wie die Luft aus einer Luftmatratze, bei der das Ventil geöffnet worden war. Selbst Beamten, die den Toten nicht gekannt hatten, war der Abschied von Guillem Sastre auf dem Friedhof von Marratxí aufs Gemüt geschlagen. Auch Penelope Roca, sonst wegen ihres ausgeprägten Hangs zu Farben ein Paradiesvogel im nüchternen Zweckbau im Carrer de Simó Ballester, erschien von Kopf bis Fuß in Schwarz gekleidet, allerdings ohne das Zombie-Shirt, das sie im »Ultimos Mohicanos« getragen hatte.

Die allgemeine Betroffenheit war nicht nur dem unglückseligen Sastre geschuldet. Hinzu kam, dass die Insel von einem Phänomen eingeholt worden war, das bisher eher andere Regionen Spaniens tangiert hatte.

»Krass, wusstest du, dass sich allein zwischen 2000 und 2017 insgesamt hundertzweiundfünfzig Polizisten umgebracht haben und dass die Selbstmordrate in unserer Branche neunmal höher ist als in der übrigen Gesellschaft? Besonders betroffen sind Andalusien, Madrid und die Gegend um Valencia.« Quique schaute von seiner Zeitung, in der er gerade gelesen hatte, hoch in Richtung Cristina Blum.

»>Krass< trifft die Sache wohl nicht ganz.« Blum warf ihrem Kollegen einen maßregelnden Blick zu. »Ich würde das als tragisch bezeichnen. Und neu ist es auch nicht, das hat bereits eine Polizeigewerkschaft enthüllt. Außerdem ist das Problem nicht auf Spanien beschränkt. In Frankreich gab es in den letzten Jahren eine hohe Suizidrate, unter anderem wegen der zunehmend schwierigen Arbeitsbedingungen und der Verrohung der Gesellschaft.«

Quique verdrehte die Augen. »Bei solch klugscheißenden Kolleginnen ist es kein Wunder, dass es überwiegend Männer sind, die freiwillig über den Jordan gehen. Die meisten blasen sich übrigens mit der Dienstwaffe die Birne weg. Die Cap-Blanc-Methode rangiert da unter ›ferner liefen‹. Aber an deiner Stelle würde ich mir dennoch Sorgen machen.«

»Wieso das?«

»Du gehörst mit deinen dreißig Jahren genau zur Kern-Altersgruppe bei den Selbstmordkandidaten. Allerdings bin ich als Enddreißiger auch betroffen. Schöne Aussichten für uns beide.«

Nun rollte Blum mit den Augen. Sie verbiss es sich aber, etwas zu erwidern. Für ein Geplänkel mit Quique hatte sie keinen Nerv und auch keine Zeit. Sie war auf etwas anderes fokussiert: Nach einer mühsamen Recherche hatte sie die Telefonnummer von Raimund Bommer ausfindig gemacht, für heute hatte sie sich vorgenommen, ihn in Deutschland zu kontaktieren.

Sie ließ es lange klingeln – keine Reaktion. Frustriert wollte sie schon wieder auflegen, als sich jemand meldete.

»Ein Anruf aus Mallorca? Das bedeutet in der Regel nichts Gutes. Oder kommt nun etwa die überfällige Entschuldigung für all die Scherereien, die ich dort hatte?«

Bommers Aggressivität schreckte Blum nicht ab. Sie war auf ein schwieriges Gespräch eingestellt. »Es tut mir leid, wenn Sie die Insel in schlechter Erinnerung behalten haben. Ich kann Ihnen versichern, dass wir von der Nationalpolizei nichts mit Ihrer Finca zu tun hatten«, sagte sie, nachdem sie sich vorgestellt hatte. Viel Erfolg hatte sie damit nicht.

»In schlechter Erinnerung, guter Witz, junge Dame. Ich bin nach Strich und Faden verarscht worden. Zuerst wurde mir in diesem verschnarchten Kaff – wie hieß es noch gleich? Ach ja, Artà – der rote Teppich ausgerollt. Heilfroh waren die, dass ich diese heruntergekommene Bruchbude auf Vordermann gebracht habe. Als dann eine linke Bande an die Inselregierung gekommen ist, pochte man plötzlich auf all die kleinlichen Bauvorschriften, nach denen vorher kein Hahn gekräht hatte.« Bommer redete sich in Rage und wurde zunehmend lauter. »Ich kann Ihnen auch sagen, warum, junge Dame. Die haben gedacht: An dem Kapitalisten Bommer statuieren wir ein Exempel, stellvertretend für alle anderen ausländischen Finca-Besitzer. Dabei hätte ich eurem Hinterwäldler-Atoll internationales Niveau gebracht, nach dem sich andere Regionen die Finger lecken. Stattdessen haben sie mir einen Stein nach dem anderen in den Weg gelegt. Da hatte ich irgendwann die Schnauze voll.«

Was Bommer geflissentlich verschwieg, aber Blum erfahren hatte: Mit seiner Firma »Bommer Bau« hatte er damals in Deutschland Insolvenz anmelden müssen und sich die Finca auf Mallorca nicht mehr leisten können. Daraufhin hatte eine Bank das Anwesen übernommen, sodass ihm der drohende teure Abriss oder Rückbau von illegal errichteten Gebäuden erspart geblieben war.

Blum vermied es, Bommer darauf anzusprechen, und ging zum Zweck ihres Anrufs über: »Tut mir sehr leid, dass sich das so entwickelt hat. Ich weiß nicht, ob Ihnen bekannt ist, dass es auf Ihrer ehemaligen Finca einen Mord gegeben hat.«

Bommer schwieg. »Nein, davon weiß ich nichts«, sagte er schließlich. »Will man mich dafür auch noch verantwortlich machen?«

»Nein, aber wir stecken mitten in den Ermittlungen. Auch die kleinste Information könnte wichtig sein.«

»Und was könnte ich Ihrer Meinung nach dazu beisteuern, junge Dame?«

»Uns würde interessieren, ob Sie eventuell Informationen über den Hausmeister Hernán Torres haben, der sich um die Finca gekümmert hat, beziehungsweise über eine Gruppe von Besetzern, die auf dem Anwesen gelebt hat.«

Erneut Stille in der Leitung, bevor Bommer antwortete. »Mein liebes Kind, ich nehme an, dass Sie nicht so naiv sind, wie Ihr Ihrer Stimme nach junges Alter vermuten lässt, und Sie sich umgehört haben. Ihnen dürfte bekannt sein, dass ich wegen meiner geschäftlichen Verpflichtungen weniger oft auf der Insel war, als ich es mir gewünscht hätte. Das bedeutet, dass jemand in diesen Phasen auf der Finca nach dem Rechten sehen musste. Du kannst ein kostbares Anwesen nicht einfach sich selbst überlassen, das muss in Schuss gehalten werden. Señor Torres wurde mir von einem Bekannten empfohlen. Meine Erwartungen hat er dann auch erfüllt.«

»Hatten Sie über die Arbeit hinaus mit ihm Kontakt?«

»Nein, wo denken Sie hin? Dafür hat unsereins keine Zeit. Wie heißt es so schön in meiner schwäbischen Heimat? ›Schaffe, schaffe, Häusle baue.‹ Was er außerhalb der Finca getrieben hat, hat mich nicht interessiert. Señor Torres hat aber auf mich den Eindruck von jemandem gemacht, der gern auf großem Fuß lebt oder leben will und sehr geschäftstüchtig ist. Dagegen ist nichts einzuwenden, allerdings hatte er überzogene finanzielle Vorstellungen, was seine Arbeit auf der Finca betraf. Die musste ich herunterschrauben, wovon er nicht begeistert war. Aber wir konnten uns einigen.«

»Und die Besetzer?«

Bommer ließ ein missbilligendes Schnauben hören. »Natürlich war ich darüber informiert, dass dieses zwielichtige Pack dort sein Unwesen getrieben hat. Ich habe ja einige Verbindungen. Aber zu den traurigen Gestalten kann ich nichts sagen. Nur dass ich mich gewundert habe, dass die Behörden das unselige Treiben so lange toleriert haben, während sie einen seriösen Geschäftsmann wie mich gepiesackt haben, wo sie konnten.« Nach dem höflichen Zwischenhoch driftete er wieder in eine schroffe Tonalität ab. »Und jetzt, junge Dame, habe ich Ihnen genügend von meiner kostbaren Zeit gewidmet. Sie haben Glück, dass ich überhaupt mit Ihnen gesprochen habe, das verdanken Sie allein Ihrer deutschen Herkunft. Behelligen Sie mich in Zukunft nicht mehr. Nachdem ich die Finca nicht mehr besitze, möchte ich das Kapitel Mallorca ein für alle Mal abschließen.«

Nach dem abrupten Ende des Gesprächs lehnte sich Blum in ihrem Stuhl zurück und überlegte, was die Informationen wert waren, die sie bekommen hatte. Vielleicht ein kleines Mosaiksteinchen in den Ermittlungen, schlussfolgerte sie, ehe sie wieder in der Realität des Büros ankam. Dort sah sie sich Quique gegenüber, der sie vielsagend angrinste.

»Ich habe von dem deutschen Kauderwelsch zwar kaum etwas verstanden und frage mich überhaupt, wie man so eine komplizierte Sprache jemals lernen kann. Hörte sich dennoch an, als hättest du etwas erfahren. Vielleicht interessiert es dich, dass ich in der Zwischenzeit selbst spannende Informationen erhalten habe. Wir sollten dringend mit Ribera reden. Allerdings habe ich ihn heute noch nicht gesehen, hast du eine Ahnung, wo er wieder steckt?«

***

Pau Ribera hatte es sich angewöhnt, die Strecke zwischen Pension und Jefatura zu Fuß zu gehen, wenn es irgendwie ging. Knappe zwei Kilometer lagen zwischen der »Costa Dorada« im Herzen der Altstadt und dem Kommissariat. Eine Strecke, für die er zwischen einer Viertel- und einer halben Stunde brauchte – je nach Gehgeschwindigkeit und Tagesform.

Er hatte sich einen Spaß daraus gemacht, alle möglichen Routen auszuprobieren und sie in verschiedene Kategorien einzuteilen: schnell, langsam, mittel, schön, belanglos, interessant oder uninteressant, morgen- oder abendtauglich. Nicht zu vergessen die Mischformen, sodass er bald die Qual der Wahl hatte, wie er sich fortbewegte. Aber bei einem Gewohnheitsmenschen wie ihm kristallisierten sich Lieblingsvarianten heraus.

Am heutigen Tag entschied er sich für eine, die er als Hybridroute in seinem inneren Navi abgespeichert hatte. Sie führte über den Carrer dels Moliners, kreuzte den Carrer de Sant Miquel, ging weiter über Carrer Arabí und Costa de la Pols, bis er die Plaça de Weyler erreichte. Dort befand sich der »Forn des Teatre«, eine bei Einheimischen wie Touristen beliebte Traditionsbäckerei, die zu seinen festen Anlaufstationen in Palma gehörte. Auch an diesem milden Frühlingstag kam er nicht an dem nostalgisch angehauchten Ort mit der verschnörkelten Jugend-stilfassade vorbei. Er bestellte sich an der Theke einen *café con leche* und eine *tostada*, einen Tomaten-Käse-Toast, und setzte sich draußen an einen der Tische.

Außer ihm waren nur wenige Gäste da. Er lehnte sich in seinem Stuhl zurück, genoss die besondere Magie der frühen Stunde, diese Mischung aus Wärme und morgendlicher Kühle, die Ruhe, die gegen neun Uhr in dem ansonsten trubeligen Teil der Stadt unterhalb der Plaza Mayor herrschte, und sog den Duft des frischen Gebäcks ein, der durch die Tür nach draußen drang. Er weidete sich an dem zarten Grün der Platanen, an den geschwungenen türkis-ockerfarbenen Holzpanelen über Fenstern und Tür der Bäckerei mit ihren floralen Elementen und dem goldenen Miniaturdrachen. Mit ausgebreiteten Flügeln klammerte sich das Fabelwesen an dem Schild über dem Eingang fest und spie aus seinem weit aufgerissenen Rachen statt Feuer Blumen aus Metall aus. Ihm fiel ein, dass ein Autor das Eingangsportal als »Türen zum Paradies« bezeichnet hatte. Eine passende Beschreibung, wie er fand.

Während er das Zuckertütchen aufriss, den Inhalt auf den Milchschaum seines Kaffees schüttete, zusah, wie er langsam versank, und bedächtig mit dem Löffel umrührte, durchschritt er gedanklich eine ganz andere Tür. Die Ermittlungen kamen ihm in den Sinn und der Druck, der von zwei Seiten auf ihn ausgeübt wurde. Zum einen drängten der Polizeichef und sein Assistent auf Erfolge der Soko Rolex. Andererseits erwartete die Öffentlichkeit, dass die Polizei sowohl beim Finca-Mord als auch bei den Uhrendiebstählen vorankam.

Gut, das war normale Härte in diesem Job, in dem man sich schon per se auf einem Präsentierteller befand. Unangenehm war, dass sein Bonus, den er durch den gelösten letzten Fall hatte, von Tag zu Tag dahinschmolz wie die Gletscher im Klimawandel. Sie mussten langsam irgendetwas Vorzeigbares präsentieren.

Ribera schluckte das letzte Stück der *tostada* hinunter, spülte mit einem Schluck Wasser nach und setzte seinen Weg fort. Er ging den Carrer de la Riera und die Rambla entlang. Da er nun zügig in die Jefatura wollte, beschloss er, eine Abkürzung durch das Gassengewirr der Altstadt zu nehmen. Er bog in den Carrer de Santa Magdalena ab und landete beim Ficus de la Misericordia, einem riesigen Feigenbaum, der einem schmalen botanischen Garten unterhalb eines kleinen Hügels seinen Stempel aufdrückte. Jedes Mal wenn er daran vorbeikam, war Ribera fasziniert von dem sechsundzwanzig Meter hohen und an die zweihundert Jahre alten Giganten, seinen mächtigen Einzelstämmen, die wie die Hälse von Brachiosauriern in die Höhe ragten, und seinen dicken Wurzeln, die sich auf der Erde wanden wie vollgefressene Anakondas.

Er riss sich von dem Anblick los und ging weiter durch den Carrer de la Pietat, eine schmale Gasse mit historischen Stadtpalästen und einfacheren älteren Gebäuden. Ein Plakat an einer Wand ließ ihn innehalten. Es zeigte Teufelsgestalten, die um ein loderndes Feuer tanzten. Darunter warb die »Federació de Dimonis de Balears«, die Föderation der balearischen Dämonen, für die Nit de Sant Joan.

Mit einem Mal ertönten laute Pfiffe und Gejohle. Sie stammten von einem Menschenauflauf, der sich weiter vorn in der Straße vor einem Haus gebildet hatte. Ribera eilte hin. Zwei Streifenwagen standen wie eine Barriere zwischen wütend rufenden Leuten und mehreren Polizisten, die zwei Männer, eine Frau und ein Kind aus dem Haus führten. Einer der jungen Männer trug Handschellen. Eine Kette von Polizisten, die mit Helmen, Schutzwesten und Schlagstöcken ausgestattet waren, sicherte auf beiden Seiten der Straße die Aktion ab.

Ribera holte seinen Dienstausweis hervor. »Was ist denn hier los?«, fragte er einen der Beamten.

»Wir räumen eine besetzte Wohnung, Kollege. Der Eigentümer hat einen Antrag beim Gericht gestellt. Das kommt jetzt häufiger vor, seit das neue Gesetz in Kraft ist.« Der Beamte schob das Visier seines Helms ein Stück nach oben und wies auf das Trio, das von Polizisten auf die Straße eskortiert wurde. »Vorher hast du diese Leute kaum aus den besetzten Häusern rausbekommen. Andererseits haben wir nun deutlich mehr Arbeit und müssen uns beschimpfen lassen, wenn wir unseren Job machen. Aber ist ja nichts Neues, dass die Polizei als Sündenbock für irgendetwas herhalten muss, was in der Gesellschaft schiefläuft.« Er deutete auf die Menge hinter dem Polizei-Kordon, aus der heraus Rufe wie »*hijos de puta*«, »*cabrones*« und ähnliche Beleidigungen zu hören waren.

Ribera erinnerte sich an die noch nicht lange zurückliegende Gesetzesänderung durch die damals konservative Regierung Spaniens. Sie hatte auch international viel Aufsehen erregt, weil dadurch die Rechte von Immobilieneigentümern gegenüber den *okupas*, wie die Hausbesetzer genannt wurden, gestärkt und die Räumungsverfahren beschleunigt worden waren.

Er beobachtete die drei Besetzer, die nun, begleitet von Buhrufen der Sympathisanten, in die Polizeiwagen geschoben wurden. Insgeheim hoffte er, dass sich darunter der Oberbesetzer von der Finca befand. Vergeblich. Beide Männer hatten nicht die geringste Ähnlichkeit mit Frank Zampach.

»Der Typ ist mit einer Flasche auf uns losgegangen«, erklärte der Beamte. »Das gibt zusätzlich eine Anzeige wegen Widerstand gegen die Staatsgewalt.« Er beobachtete sorgenvoll die Demonstranten, die keine Anstalten machten, aus dem Weg zu gehen, als sich der Streifenwagen langsam in Bewegung setzte. »Die sind ganz schön stur. Ich hoffe nur, dass das nicht eskaliert.«

Ribera wartete die weitere Entwicklung nicht ab. Er hatte genug gesehen und machte sich gedankenversunken auf den restlichen Weg zur Jefatura. Vielleicht hatten Quique und Blum in der Zwischenzeit etwas herausgefunden.

Dass er an diesem Tag noch zu einer weiteren Finca im Inselinneren unterwegs sein sollte, ahnte er zu dem Zeitpunkt nicht.

***

Kaum hatte Ribera sein Büro betreten, standen Quique und Cristina Blum auf der Matte.

»Du brauchst deine Jacke erst gar nicht auszuziehen«, sagte Quique.

Ribera hielt in der Bewegung inne. »Verrätst du mir auch, warum?«

»Es gibt interessante Neuigkeiten – und zwar gute und schlechte. Zunächst die weniger gute. Am Fährhafen von Palma wurde bei einer der Kontrollen, die wir angeordnet haben, ein Verdächtiger festgenommen. Sah dem Typen von der Artà-Finca wohl verdammt ähnlich. Dummerweise hat es sich als Irrtum herausgestellt. War irgendein Hippie, der nach Ibiza wollte. Er soll einen Riesenaufstand gemacht haben.«

»Und was ist die gute Nachricht?«

»Ich habe in der Zwischenzeit etwas erfahren, das uns vielleicht weiterbringt. Einen Moment …« Quique verließ das Büro. Ribera und Blum schauten sich verwundert an. Kurz darauf kehrte Quique zurück – mit Penelope Roca im Schlepptau.

»Tataaaa, ich präsentiere unsere neue Hilfsermittlerin.«

Noch größere Verblüffung bei Ribera und Blum.

Roca hob abwehrend die Hände und lachte. »So weit kommt's noch, dass ich Polizistin spiele. Nein, das ist reichlich übertrieben. Ich habe lediglich einen Tipp gegeben und einen Kontakt hergestellt.« Sie schilderte das Gespräch mit Quique im »Los Ultimos Mohicanos« und dass sie daraufhin ihren Onkel angerufen habe. »Wenn ihr wollt, könnt ihr mit Salvador reden. Er hat sofort wild telefoniert und Leute aus der Foners-Szene zusammengetrommelt, darunter welche aus Artà. Er schlägt ein Treffen auf seiner Finca bei Manacor vor. Dort trainieren sie regelmäßig. Aber ich warne euch.«

»Hast du Angst, dass die uns mit einem Steinhagel empfangen?«, fragte Quique.

»Wer weiß. Denen traue ich vieles zu. Aber Scherz beiseite. Salvador ist Foner mit Leib und Seele, der wird euch garantiert zutexten, dass es euch zu den Ohren herauskommt. Aber vielleicht kann er euch weiterhelfen. Soll ich ihm Bescheid geben, dass ihr kommt?«

Statt etwas zu sagen, ging Ribera zu Roca, nahm ihren Kopf in beide Hände und verpasste der verblüfften Frau einen Kuss auf die Stirn. Quique und Blum verfolgten die Szene mit offenem Mund. So einen Gefühlsausbruch hatten sie von ihrem Chef bis dato nicht gesehen.

»Mach das unbedingt«, sagte Ribera. »Und sag deinem Onkel, dass wir quasi auf dem Weg sind.«

Ganz so schnell ging es dann doch nicht. Zuvor informierte Blum über ihr Telefonat mit Raimund Bommer. Und dann wurde Ribera unerwartet zum Polizeichef gerufen. Widerwillig und nichts Gutes ahnend machte er sich auf den Weg in das vierte Obergeschoss und stand kurze Zeit später im Büro von Mariano G. Moix.

»Ribera, man hört und sieht gar nichts mehr von Ihnen«, sagte der Polizeichef in seiner jovialen Art, die er mitunter an den Tag legte.

Zu Riberas Erleichterung war Moix ohne seinen Schatten Pelayo Grande, was womöglich auch dazu beitrug, dass er eine Spur lockerer auftrat als bei ihrer letzten Begegnung.

»Man könnte fast glauben, Sie versteckten sich vor mir.« Moix musste über seinen eigenen Scherz lachen. »Ach nein, auf der Beerdigung des Kollegen Sastre waren Sie ja auch. Ein eindrucksvoller Auftritt der Nationalpolizei, wenn nicht der Anlass so traurig gewesen wäre – was für eine Tragödie.« Er wirkte einen Moment nachdenklich. »Aber wir müssen nach vorn schauen. Nehmen Sie Platz.« Er wies auf einen der Besucherstühle vor seinem Schreibtisch und setzte sich selbst in seinen schwarzen Ledersessel, vor ihm stand ein Glas mit einer grünen Flüssigkeit. Mit angewidertem Gesichtsausdruck stellte er es zur Seite. »Falls Sie sich wundern sollten, das ist ein Smoothie – angeblich eine gesunde Gemüsemischung. Mein Arzt riet mir zum Abnehmen. Unter uns, schmeckt widerlich.« Er stützte die Arme auf der Tischplatte ab und faltete die Hände. »Aber ich wollte

Sie nicht mit einem Vortrag über Gesundheitsgetränke langweilen. Es geht um den Finca-Mord beziehungsweise um das, was damit verbunden ist. Es sind zwei Dinge, die mich und die Öffentlichkeit beunruhigen.«

Daher weht der Wind, dachte Ribera, der Moix' Gesprächstaktik mittlerweile kannte. Offenbar hatte er von irgendwoher Druck bekommen und gab ihn nun weiter. Er hatte sich nicht getäuscht.

»Der balearische Innenminister hat mich in Marratxí darauf angesprochen: Das Hausbesetzer-Unwesen auf Mallorca und auch in anderen Landesteilen hat mit dem Mord eine besorgniserregende Dimension angenommen.«

»Wir wissen aber nicht, ob …«

Moix unterbrach Ribera mit einer Handbewegung. »Ich weiß, was Sie sagen wollen, und natürlich will ich niemanden vorverurteilen. Aber nach Faktenlage spricht alles dafür. Und dass Hausbesetzer gewaltbereit sind, beweisen sie immer wieder. Außerdem, wer so wenig Respekt vor dem Eigentum anderer und damit vor Recht und Ordnung hat, dem ist zuzutrauen, dass er generell keine Grenzen kennt. Was diese Besetzungsseuche betrifft, da haben wir zum Glück mit dem neuen Gesetz zur Räumung ein effizientes Instrument in der Hand, dem Spuk ein Ende zu setzen. Bei alldem strahlt der Mord über Mallorca hinaus aus, was dem guten Ruf unserer Insel nicht gerade förderlich ist. Insbesondere die Immobilienbranche verfolgt die Entwicklung des Falls mit Argusaugen. Der Markt reagiert empfindlich auf Störungen jeglicher Art, und ich muss Sie ja nicht darauf hinweisen, welche Bedeutung dieser Zweig für die mallorquinische Wirtschaft hat.«

»Bei allem Respekt für die Belange der Branche«, Ribera gab für einen Moment seine sonstige Zurückhaltung auf, »ich denke, dass die in den letzten Jahren so viel verdient hat, dass sie davon nicht aus der Bahn geworfen wird.« Er dachte an den Nachfrageboom, der nach dem Ende der Finanz- und Immobilienkrise in Spanien eingesetzt und Mallorca in die Spitzenränge der Regionen mit den teuersten Wohnungspreisen katapultiert hatte. Das hatte die Wohnungsnot noch verstärkt.

Moix sah ihn erstaunt an. Zunächst schien er unsicher zu sein, wie er reagieren sollte. Dann lächelte er nachsichtig. »Ribera, so klassenkämpferisch kenne ich Sie ja gar nicht. Sie werden mir am Ende nicht noch zum Kapitalismuskritiker mutieren? Aber ich gebe Ihnen zum Teil recht. Die Entwicklung der letzten Jahre ist nicht unbedingt zum Nachteil der Immobilienbranche verlaufen. Unabhängig davon ist es unsere Pflicht als Polizei, die Verbrecher dingfest zu machen. Setzen Sie alle Hebel in Bewegung. Zum zweiten Punkt: Der Tourismusminister hat sich darüber beschwert, dass es zu erheblichen Verzögerungen am Flughafen und am Fährhafen gekommen ist, weil Abreisende durch das Nadelöhr einer Polizeikontrolle mussten. Ich bitte Sie, dafür zu sorgen, dass der Reiseverkehr nicht über Gebühr in Mitleidenschaft gezogen wird. Sie wissen so gut wie ich, dass sich Mallorca in einem harten Konkurrenzkampf mit anderen Reisedestinationen befindet. Natürlich sehe ich grundsätzlich die Notwendigkeit solcher Maßnahmen ein und unterstütze sie. Dennoch sind Verhältnismäßigkeit und Fingerspitzengefühl gefordert. Kommen Sie ansonsten bei dem Fall voran?«

Ribera berichtete von der neuesten Spur, die sie verfolgten, und dass er davon ausging, dass sich die Finca-Besetzer noch auf der Insel befanden. »Über kurz oder lang gehen sie uns ins Netz«, endete er.

»Ich weiß, dass die Sache bei Ihnen in guten Händen ist.« Moix machte eine kurze Pause und betrachtete durch das Fenster den blauen Frühlingshimmel, an dem Wolken aufzogen. »Sosehr ich es bedaure, aber in meiner Position kann man nicht nur wie ein Polizist denken, sondern muss auch die politischen Dimensionen unseres Handelns im Auge behalten. Mitunter muss ich bei Ermittlungen an Stellschrauben drehen, die jemand, der wie Sie mittendrin im Geschehen ist, nicht immer sieht. Aber wenn die Sache hoffentlich bald abgeschlossen ist, können Sie Ihre Expertise in die Soko Rolex einbringen. Señor

Grande, der im Übrigen gerade auf einer Fortbildung ist, darf sich über solche Verstärkung glücklich schätzen. Damit hätten wir es, glaube ich.« Er klopfte mit den Händen auf den Tisch und stand auf, das Zeichen dafür, dass die Unterredung beendet war.

***

Knapp zwei Stunden später war Ribera mit Quique und Blum auf der Autobahn Ma-15 unterwegs nach Manacor. Rocas Onkel hatte ein Treffen für den Nachmittag vorgeschlagen und dafür einen Ort gewählt, um den Ribera bisher meistens einen Bogen gemacht hatte. Manacor war zwar die zweitgrößte Stadt auf Mallorca, hatte aber in seinen Augen nichts, was einen Besuch lohnte. Mit dieser Meinung stand er nicht allein da.

»Wusstet ihr, dass Manacor mal zur hässlichsten Stadt Mallorcas gewählt wurde?«, fragte Quique, der am Steuer des Dienstwagens der Policía Nacional saß. »Okay, war ein Satire-Portal, aber so ganz daneben lagen sie damit nicht. Wenn es diesen Perlenklunker und Rafa Nadal nicht gäbe, würde kein Mensch wissen, dass das Kaff überhaupt existiert.« Er spielte auf den Tennisspieler Rafael Nadal an, der aus Manacor kam, was die Stadt periodisch in der Weltpresse auftauchen ließ. »Ein Glück, dass wir Mallipennys Onkel nicht in der Stadt, sondern irgendwo auf dem Land treffen.«

»Wer ist Mallipenny?«, fragten Blum und Ribera fast zeitgleich.

Quique ließ ein wieherndes Lachen hören, das er an den Tag legte, wenn er etwas besonders komisch fand. Nachdem er sich wieder eingekriegt und eine Träne aus den Augen gewischt hatte, gab er die Begegnung mit Roca im »Los Ultimos Mohicanos« zum Besten. Im Laufe des Abends seien sie mit einem anderen Biker ins Gespräch gekommen, einem Deutschen, der seit Jahren auf der Insel lebte und arbeitete. Der habe die Bezeichnung erfunden, als er Rocas Vornamen gehört, den Aufdruck »Malchicas« auf ihrem T-Shirt gesehen und dann noch erfahren habe, wo sie arbeitete.

»Der Typ meinte, unsere Kollegin könnte glatt als mallorquinische Moneypenny durchgehen – ihr wisst schon, die Sekretärin von M aus den James-Bond-Filmen. Okay, er hatte zu viel getankt, aber der Gag war nicht schlecht. Das fand übrigens auch der Barkeeper, der es jedem weitererzählt hat. Am Schluss lag dann der halbe Laden unterm Tisch.«

»Und unser werter Polizeichef Moix wäre nach dieser Logik wohl M«, entgegnete Ribera trocken.

Erneut erfüllte Quiques wieherndes Lachen den Wagen.

***

Sie ließen Manacor rechts liegen und fuhren auf der Ma-15 weiter in Richtung Artà. Nach fünf Kilometern bogen sie in einen *camí* ab, eine der zahlreichen schmalen Verbindungsstraßen, die sich wie die Fäden eines Spinnennetzes über die gesamte Insel zogen und deren genauen Verlauf oft nur die Einheimischen kannten. Zum Glück hatte ihnen Roca eine detaillierte Wegbeschreibung mitgegeben, an der sie sich orientierten.

Die Kulisse, durch die sie sich bewegten, war typisch für das Inselinnere: niedrige Trockensteinmauern, Felder mit rötlicher Erde, Feigen- und Mandelbäume, die noch ihr frisches Frühlingsgrün trugen. Ribera blicke stumm aus dem Fenster und genoss das Panorama. Er ertappte sich bei dem Wunsch, die Fahrt möge so schnell nicht enden.

Kurze Zeit später erreichten sie ein Anwesen, das von einer Mauer umgeben war. Als sie sich dem dunkelgrünen Eisengitter näherten, öffnete sich das Tor automatisch mit einem Summen. Ein großer weißer und zwei kleine schwarzbraune Hunde folgten ihrem Wagen schwanzwedelnd und bellend das kurze Stück bis zu einem Parkplatz, auf dem drei Autos standen.

»Keine Angst, die sind harmlos, sie freuen sich nur über Besuch«, rief ihnen ein fröhlich wirkender Mann mit kurzen grauen

Haaren vom Haus aus zu. Als sich die drei Kripobeamten näherten, fügte er hinzu:»Lope hat euch zwar angekündigt, aber ich habe nicht damit gerechnet, dass gleich die halbe Polizei von Palma anrückt.« Er lachte über das ganze Gesicht, was Ribera an Penelope Roca erinnerte. Die familiäre Verbindung ließ sich nicht abstreiten.

Auch sonst legte Salvador eine ähnlich selbstbewusste Nonchalance an den Tag wie seine Nichte, deren Namen er zu Lope abkürzte. Dazu trug seine äußere Erscheinung bei, die aus einer abgewetzten braunen Cordhose, weißem T-Shirt und Sandalen bestand.

Salvador Roca Sánchez bat die drei Besucher ins Haus und führte sie zu einer überdachten Terrasse im hinteren Teil des Anwesens, wo sie von zwei weiteren Männern empfangen wurden, die er als Raúl Ferrer und Lorenzo Arias vorstellte.»Raúl und Lorenzo sind Foners-Kollegen von einem befreundeten Club in Artà. Nachdem mir Lope von der Geschichte auf der Finca erzählt hatte, dachte ich mir, dass es für euch hilfreich sein könnte, wenn sie an unserem Gespräch teilnehmen. Aber ihr seid sicher durstig. Wollt ihr etwas trinken?«

Ribera, Blum und Quique nahmen dankend an und tranken einen kräftigen Schluck Wasser, bevor sie zum Thema kamen. Hernán Torres sei in ihrem Verein Mitglied gewesen, erklärten Ferrer und Arias. Allerdings sei er in letzter Zeit nur noch unregelmäßig zu den Treffen gekommen.

»Er hatte sich im Laufe der letzten Monate sehr verändert«, sagte Ferrer.

»Inwiefern?«, fragte Ribera.

»Wie soll ich sagen? Gebärdete sich irgendwie großkotzig. Das fing damit an, dass er mit einem teuren Wagen aufkreuzte. Er prahlte damit, dass er sich das leisten könne, nachdem sein Geschäft endlich genug Geld abwerfe. Außerdem spendierte er für unseren internen Vereinswettbewerb Wein und Essen, was einige im Club klasse fanden. War ja auch super, alles vom Feinsten.«

Arias nickte bestätigend. »Außerdem forderte er, der Verein müsse sich weiterentwickeln, moderner und internationaler werden. Wir bräuchten T-Shirts mit Vereinslogo drauf, müssten öfters trainieren, Videoanalysen einführen und so weiter. Einige konnten das am Ende nicht mehr hören.«

»Nervig war auch, dass er alle naselang irgendwelche Leute angeschleppt hat, weil er der Meinung war, wir würden im eigenen Saft schmoren und bräuchten dringend Blutauffrischung«, ergänzte Ferrer. »Das hat eine Menge Unruhe in den Verein gebracht. Manche ältere Mitglieder sind darauf weggeblieben. Irgendwann hat Hernán kapiert, dass die Mehrheit im Verein nicht mitzog, und ist selbst nicht mehr gekommen. Seither herrscht wieder Ruhe – Gott sei Dank. Aber dass das so endet, hat ihm auch niemand gewünscht.«

Ribera, Blum und Quique schauten sich an und hatten offenbar den gleichen Gedanken.

Blum holte ihr Tablet heraus, gab etwas ein und hielt es Ferrer und Arias hin. »War einer von den Leuten, die er angeschleppt hat, vielleicht dieser Kerl?« Das Bild zeigte die Steinschleuderszene mit Frank Zampach.

»Ja, der Typ war dabei«, sagten Ferrer und Arias wie aus der Pistole geschossen.

»Ich erinnere mich sehr gut an den«, sagte Arias. »Ein Deutscher, sprach schlecht Spanisch und war ein bisschen *loco*.« Er tippte sich mit dem Zeigefinger an die Stirn. »Hatte aber Talent zum Steinschleudern, das musste man ihm lassen. Wir hatten hier schon wesentlich schlechtere Werfer. Hat der Kerl Hernán umgebracht?«

»Das wissen wir bisher nicht, wir stecken mitten in den Ermittlungen«, sagte Ribera. »Eine Sache würde mich aber noch interessieren: Wie genau funktioniert eine Steinschleuder?«

»Kein Problem«, sagte Salvador. »Wir hatten eine kleine Demonstration für euch eingeplant. Kommt mit.«

Sie gingen in den hinteren Teil des Anwesens, wo sich ein weitläufiges, von Mauern umgebenes Gelände auftat. Einige

Meter entfernt stand ein großes Holzbrett, das an zwei Pfählen befestigt war, die in der nackten Erde steckten. In der Mitte befand sich wie bei einer Zielscheibe ein schwarzer Kreis.

»Das ist eines unserer Übungsgelände«, erklärte Salvador. »Wir trainieren ein- bis zweimal pro Woche, und zwar auf Distanzen von zwanzig und dreißig Metern.«

Die drei Männer gingen zu einer Reihe von weißen Plastikstühlen, die am Rande des Grundstücks standen, wo sie ihre Schleudern deponiert hatten.

»Wir nutzen jede sich bietende Gelegenheit, um zu trainieren«, erklärte Salvador. »Lope hat meine Leidenschaft sicher gepetzt und euch vorgewarnt, dass ich gern etwas Werbung für unseren Sport mache.«

Er zeigte ihnen sein Wurfgerät. Es mutete filigran an: ein etwa ein Meter langes, zopfartig geflochtenes Band, das sich in der Mitte zweiteilte wie parallel verlaufende Fahrbahnen einer Straße, dazwischen eine Öffnung und an einem Ende eine Schlaufe. Der Mittelteil und die Schlaufe waren jeweils mit Leder verstärkt.

Einfach, aber effizient, dachte Ribera.

»Das ist eine klassische Schleuder«, dozierte Salvador. »Sie wird aus den Fasern der Zwergpalme gemacht, die auf Mallorca wächst. Natürlich gibt es modernere Modelle, aber ich bin etwas oldschool.«

Salvador war nun in seinem Element. Er holte in seinem Vortrag geschichtlich weit aus und referierte, dass die balearischen Steinschleuderer in der Antike gefürchtet gewesen und deshalb von Römern und Puniern rekrutiert worden seien, dass diese Tradition heute auf Mallorca von mehreren Clubs weiter gepflegt werde, dass es fast jedes Wochenende einen Wettkampf gebe und dass Mitglieder des Vereins häufig in Schulen die Technik vorführten.

»Wäre schade, wenn diese jahrtausendealte Tradition verloren ginge. Gerade in der heutigen schnelllebigen Zeit ist es wichtig, dass wir unsere kulturelle Identität nicht preisgeben. Allerdings verwenden wir dafür meist Tennisbälle, das ist weniger gefährlich. Hier auf dem Gelände aber nehmen wir Steine wie diese.« Er bückte sich, hob eines der runden Wurfgeschosse auf, die überall auf dem Boden verstreut waren, und legte es in das breite Mittelstück der Schleuder. Dann steckte er den Zeigefinger durch die Schlaufe, klemmte das Gegenstück zwischen Daumen und Zeigefinger, setzte den linken Fuß nach vorn, ging leicht mit den Beinen in die Knie und streckte den linken Arm in Richtung Zielscheibe. Schließlich ließ er die Schleuder seitlich in Höhe seiner Schulter um das Handgelenk kreisen, der Arm schnellte vor, ein dumpfer, peitschenartiger Knall ertönte, der Stein zischte davon und flog um wenige Zentimeter über das Holzbrett hinweg.

Salvador zuckte mit den Schultern. »Vorführeffekt.« Er wiederholte das Prozedere: Der Stein traf mit einem lauten »Plock« das Brett.

»Das wäre im Wettkampf ein Punkt. Wenn ich die Diana treffe, wie wir die Mitte der Scheibe nennen, gibt es zwei Punkte. Geübte Schleuderer können damit verdammt treffsicher sein.«

»Könnte man damit auch jemanden töten?«, fragte Ribera.

»Das ist kein Spielzeug. Die Geschosse können eine Geschwindigkeit von bis zu zweihundert Stundenkilometern erreichen. In der Antike haben sie teilweise Bleimunition verwendet, die bleibt sogar im Körper stecken. Eine absolut tödliche Waffe war das. Heute ist es nur noch ein Sport. Mich fasziniert der seit meiner Kindheit. Übrigens haben wir es bis ins spanische Königshaus geschafft. Der alte König Juan Carlos hat seine Yacht, mit der er eine Zeit lang in den Gewässern vor Mallorca herumgeschippert ist, ›Foners‹ getauft. Aber genug geredet. Wollt ihr es mal versuchen?« Salvador hielt Ribera die Schleuder hin. »Ist ganz einfach.«

Kurze Zeit später schleuderten drei Polizeibeamte wild Steine durch die Gegend, als wären die alten balearischen Foners auferstanden. Begleitet von den wahlweise wohlwollenden oder lästernden Kommentaren der drei Profis, die das Treiben beobachteten.

Die Trefferquote war durchwachsen. Vor allem Ribera ging jegliches Talent ab. Er stellte seine Versuche ein, nachdem der Stein entweder beim Schwingen aus der Schleuder gefallen oder meterweit am Ziel vorbeigeflogen war. Quique verzeichnete immerhin ein Erfolgserlebnis, als einer seiner Würfe auf dem Brett einschlug, was er mit frenetischem Jubel quittierte. Hingegen stellte sich Blum als Naturtalent heraus. Sie schaffte es sogar, die fünfzig Zentimeter große Diana zu treffen. Untypisch für sie gab sie einen lauten Freudenschrei von sich, der Quique und Ribera in Erstaunen versetzte.

Als sie nach rund zwei Stunden die Finca wieder verließen, war Ribera davon überzeugt, dass sich die investierte Zeit rentiert hatte. Möglicherweise hatten sie einen jener Kipppunkte erreicht, die jeder Fall hatte und die dazu führten, dass sich die Waage langsam in Richtung Lösung neigte. Aber obwohl sich der Verdacht gegen die Besetzer erhärtet hatte, gab es nach wie vor keinen Hinweis auf das Mordmotiv, geschweige denn auf ihren Aufenthaltsort.

Auf der Rückfahrt nach Palma zündete Ribera die nächste Stufe und beantragte telefonisch beim Staatsanwalt eine Hausdurchsuchung bei der Witwe von Hernán Torres in Artà. Der Hausmeister schien voller Widersprüche gewesen zu sein. Ribera hatte das Gefühl, dass er alles andere als ein Zufallsopfer gewesen war. Vielleicht fanden sich bei ihm zu Hause Anhaltspunkte. Er hatte zwar gewisse Skrupel, dort einzufallen und die Wohnung auf den Kopf zu stellen, aber darauf konnte er in dieser Situation keine Rücksicht nehmen.

✳✳✳

Riberas gute Stimmung nach dem Besuch bei den Foners wirkte eine Weile nach, als er in seinem Pensionszimmer im »Costa Dorada« saß. Er hatte sich auf einen entspannten Abend eingestellt: die Füße hochlegen, ein Buch lesen, in Gesellschaft von Hauskater Lemmy einen Absacker nehmen und früh zu Bett gehen. Er genoss solche Momente des Alleinseins. Gerade nach einem ereignisreichen Tag wie dem heutigen mit einer Flut an Informationen und der ständigen Gesellschaft von Menschen.

Das Bedürfnis, bisweilen auf Distanz zur Welt zu gehen, hatte er bereits in seiner Zeit in Lleida verspürt. Nicht alle hatten dafür Verständnis gehabt. Er sei ein notorischer Eremit, unfähig, in einer Gemeinschaft geschweige denn einer Beziehung zu leben, hatte ihm seine baldige Ex-Frau an den Kopf geknallt.

Sie hatte nicht ganz unrecht gehabt, gewisse eremitische Züge hatte er tatsächlich. Auf der anderen Seite war er auch ein Mensch, der irdischen Genüssen alles andere als abgeneigt war.

Nachdem er mit Núria telefoniert und den Besuch am kommenden Wochenende in Sineu festgezurrt hatte, wollte er sich ein Feierabendbier gönnen. Das Klingeln seines Mobiltelefons hielt ihn zunächst davon ab.

»Was gibt's denn noch? Hast du vergessen, mich zu instruieren, welche Fettnäpfchen ich bei deinen Eltern vermeiden sollte?«, fragte er in der Annahme, Núria würde ein zweites Mal anrufen, weil ihr noch etwas eingefallen war. Kurzes verlegenes Schweigen am anderen Ende der Leitung, dann vernahm Ribera eine ihm wohlbekannte Stimme. Seine Mutter rief aus Lleida an. Zum ersten Mal seit Langem. Ribera und seine Familie hatten sich voneinander entfremdet. Grund dafür war das schwierige Verhältnis zwischen ihm und seinem Vater. Im Gegensatz zu Oriol, seinem Großvater mütterlicherseits, war Riberas Vater ein autoritärer, rechthaberischer Charakter, nach dessen Pfeife alle in der Familie zu tanzen hatten. Was sie, wie seine Mutter, meist auch um des lieben Friedens willen taten. Bis auf Ribera, der ebenfalls äußerst dickköpfig sein konnte und darin seinem Vater ähnelte. Spätestens in seiner Pubertät hatte er begonnen, sich gegen dieses strenge Regime aufzulehnen.

Wie sich herausstellte, waren es erste feine Haarrisse gewesen, die sich zwischen ihnen aufgetan und später zum endgültigen

Bruch geführt hatten, als Ribera es gewagt hatte, auch beruflich seinen Kopf durchzusetzen. Bis dato hatte sein Vater, ein hoher Beamter in der Stadtverwaltung, darauf gesetzt, dass sein Sohn in seine Fußstapfen treten würde.

Danach hatte es zunächst auch ausgesehen, bis Ribera eines Tages das Verwaltungsstudium hinschmiss und sich bei der Nationalpolizei bewarb. Das hatte ihm sein Vater nie verziehen. Später gesellten sich politische Differenzen hinzu. Im Gegensatz zu seinem Vater, seinem Bruder und dem Großteil seiner Verwandtschaft hatte Ribera nichts mit dem katalanischen Nationalismus am Hut. Im Gegenteil, er lehnte ihn vehement ab, sodass die verschiedenen Ansichten miteinander kollidierten wie zwei tektonische Platten, was des Öfteren ähnlich einem Vulkanausbruch zu heftigen Eruptionen führte. Dies alles hatte sich letztlich summiert, sodass er sich mehr und mehr zum schwarzen Schaf der Familie entwickelt hatte. Als dann noch sein geliebter Großvater gestorben war und seine Ehe vor einem Scherbenhaufen stand, gab es kaum mehr etwas, das ihn weiter in Lleida gehalten hatte.

»Man hört und sieht gar nichts mehr von dir, seit du auf Mallorca bist«, sagte seine Mutter.

»Das Gleiche könnte ich auch sagen.«

»Du weißt ja, wie dein Vater ist. Und ich weiß, wie du bist. Ihr habt beide das Ribera-Gen, die gleichen Sturköpfe, die nicht über ihren Schatten springen können. Aber ich habe den Eindruck, Papa wird im Alter langsam ein wenig milder. Vielleicht solltest du den ersten Schritt machen und auf ihn zugehen. Ich bin sicher, er würde sich darüber freuen.«

»Vielleicht sollte ich das wirklich. Im Moment habe ich aber keine Zeit, aufs Festland zu reisen. Mal schauen, wenn der aktuelle Fall abgeschlossen ist.«

»Vergiss es nicht. Apropos vergessen: Ich soll dir von deinem Bruder ausrichten, dass er demnächst nach Mallorca kommt. Er hat dort ein Seminar und möchte sich bei der Gelegenheit mit dir treffen. Er will sich die nächsten Tage selbst bei dir melden.«

»Llorenç?«, fragte Ribera verwundert.

Er erinnerte sich an das letzte Treffen mit seinem Bruder, das in einen erbitterten politischen Disput ausgeartet war, an dessen Ende sie wutentbrannt auseinandergegangen waren. Das lag einige Monate zurück, vielleicht wollte sich Llorenç mit ihm versöhnen. Ihm sollte es recht sein. Er war nicht nachtragend. Abgesehen von den unterschiedlichen politischen Ansichten gab es zwischen ihnen kein grundsätzliches Zerwürfnis.

Nach gut zehn Minuten und gegenseitigem Versichern, dass man sich baldmöglich wiedersehen solle und dass die Familie trotz aller Differenzen zusammenhalten müsse, war Ribera erleichtert, das Gespräch beenden zu können. Dennoch wusste er, dass er irgendwann einen Vorstoß machen würde, um zumindest einen Burgfrieden zu erreichen. Auch wenn der wahrscheinlich nur dem Seelenheil seiner Mutter diente.

Der zweite Versuch, ein Bier aufzumachen, wurde durch ein Schaben an der Terrassentür unterbrochen. Um diese Zeit konnte das nur eines bedeuten: die übliche Lemmy-Stippvisite. Sekunden später zischte der Hauskater mit erhobenem Schwanz ins Zimmer.

»*Buenas noches, amigo.* Du hast ein ausgesprochen gutes Timing.«

Der schwarze Kater strich schnurrend um seine Beine. »Ich merke schon, du bist heute anlehnungsbedürftig. Oder bist du nur scharf auf deine abendlichen Tapas? Na, mal sehen, was die Küche zu bieten hat.«

Während sich Lemmy über das Trockenfutter hermachte, öffnete Ribera endlich sein Bier. Er war zwar kein ausgesprochener Haustierfreund, aber dieses kleine Mistvieh mochte er irgendwie. Womöglich deshalb, weil Lemmy genau wie er ein Einzelgänger war. Davon abgesehen, dass er natürlich nicht wusste, was er außerhalb seines Zimmers trieb.

Er prostete Lemmy zu und legte eine CD in die Mini-Stereoanlage ein. »*Sense pressa*«, »Ohne Eile«, sang Andrea Motis, eine katalanische Jazz-Sängerin und Trompeterin, die er sehr schätzte, mit ihrem samtenen Timbre zu dem relaxt daherkommenden Stück.

Der Titel katapultierte ihn für einen Moment in die Arbeit zurück. Er seufzte. Ganz so relaxt konnten sie die weiteren Ermittlungen nicht angehen. Er dachte an den nächsten Tag, der anstrengend zu werden versprach.

5

Seelischer Beistand

Das Haus von Hernán Torres lag im Carrer de n'Aixa, eine der engen, verwinkelten Gassen, die Artà durchzogen. Zusammen mit dem Burghügel, auf dem die Kirche Transfiguració del Senyor thronte, verliehen sie der Stadt einen mittelalterlichen Charakter. Das eingeschossige Dorfhaus mit seiner ockergelben Fassade und den geschlossenen Fensterläden selbst reihte sich nahtlos in seine Umgebung ein. Wie viele Wohnbauten in den kleinen Ortschaften Mallorcas erweckte es von außen den Eindruck, als wollten sich die Bewohner gegenüber der Welt abschotten. Nichts deutete darauf hin, dass seine Besitzer auf großem Fuß lebten.

Auch an der Frau, die auf Riberas Klingeln hin die Tür öffnete, war nichts Auffälliges: zierliche Statur, dunkelblaue Edeljogginghose nebst gleichfarbiger Bluse, halblange Haare. Nur die ausgeprägten dunklen Schatten unter den Augen sprachen von zu wenig Schlaf.

»Was wollen Sie?«, fragte Monica Torres, als Ribera ihr den Durchsuchungsbeschluss zeigte. Verständnislos betrachtete sie Quique, Blum und die anderen Polizisten, die einsatzbereit vor dem Haus standen. »Warum um Himmels willen bei uns? Sollten Sie nicht lieber den Mörder fassen, als die Familie des Opfers zu belästigen?«

»Es tut mir leid, wenn wir Sie in dieser Situation überfallen. Aber es ist sicher auch in Ihrem Interesse, wenn wir den Mord an Ihrem Mann schnellstmöglich aufklären. Wir haben Grund zu der Annahme, dass Ihr Gatte und der mutmaßliche Täter vor dem Mord Kontakt hatten. Dafür suchen wir Beweismittel.«

Monica Torres gab ihren zaghaften Widerstand auf, wählte aber eine Nummer auf ihrem Mobiltelefon, das sie in der Hand hielt.

Während sich Quique, Blum und die Beamten der Spurensicherung im Haus verteilten, zog sich Ribera mit Monica Torres in das Wohnzimmer zurück. Der Raum war geschmackvoll eingerichtet. Eine neu wirkende Couchgarnitur und ein Glastisch wurden kontrastiert von einem alten Holzschrank und einer Kommode im gleichen Stil. Ein Teppich mit Zebramuster lag auf dem Terrakottaboden.

Was Ribera am meisten überraschte, war die für ältere mallorquinische Häuser unübliche Größe des Raums, der hinter einer Theke mit hohen Barhockern direkt in die Küche überging. Nach hinten raus gab es ein bodentiefes Fenster mit einer Schiebetür, hinter der sich eine Terrasse anschloss. Ein Ambiente, das mit Sorgfalt und auch mit einigen Euros gestaltet worden war.

»Der Hausmeisterservice Ihres Mannes scheint nicht schlecht gelaufen zu sein.«

»Im letzten Jahr hat Hernán neue Kunden dazugewonnen.« Monica Torres' Augen wurden wässrig. »Es gab aber auch andere Zeiten. Am Anfang mussten wir den Gürtel enger schnallen. Mit der Zeit hat sich dann herumgesprochen, dass er zuverlässig ist, danach war es ein Selbstläufer. Hernán hat auch einiges in Werbung investiert, wie er mir sagte.«

»Wie viele Kunden hatte er?«

»Das kann ich nicht genau sagen. Mit dem Hausmeisterservice hatte ich nichts zu tun. Ich bin selbst berufstätig und hatte keine Zeit, mich darum zu kümmern. Aber so oft, wie er unterwegs war, hatte er einige Kunden.«

»Sie wussten nicht, wo auf der Insel er im Einsatz war?«

»Nicht genau. Hin und wieder hat er mal eine Bemerkung fallen lassen. Wie über die Finca und die Besetzer. Aber ehrlich gesagt, hat es mich zuletzt auch nicht mehr richtig interessiert. Sie müssen wissen, wir hatten uns etwas auseinandergelebt, weil er fast nur noch unterwegs war und sich überhaupt sehr verändert hatte. Jeder ging ein Stück weit seiner eigenen Wege.« Monica Torres wischte sich eine Träne aus den Augen, sodass sie ihr Make-up verschmierte. »Aber trennen wollten wir uns auch nicht, sonst hätte es gleich Tratsch gegeben. Sie können sich denken, wie das in einem Dorf wie Artà ist. Hier kennt jeder jeden, die Leute zerreißen sich gern das Maul. Und meiner Familie wollte ich den Triumph nicht gönnen.«

»Warum Triumph?«

»Na ja, es gab von Anfang an Vorbehalte gegen Hernàn. Er sei nicht gut genug für mich, sei ein Zugezogener vom Festland, der es nur auf mein Erbe abgesehen habe. Dabei ist vonseiten meiner Familie gar nicht viel zu holen. Nur mein Vater hat sich komischerweise gut mit ihm verstanden.« Monica Torres zog ein Papiertaschentuch aus ihrer Hosentasche und schniefte hinein. »Außerdem hatte ich die klammheimliche Hoffnung, dass wir uns wieder zusammenrau–«

Lautes Klopfen an der Haustür unterbrach sie. Sie ging öffnen und erschien kurz darauf in Begleitung eines schlanken Mannes mit weißen Haaren, dicker Brille und asketischen Gesichtszügen. Er trug einen anthrazitfarbenen Anzug und ein schwarzes Hemd mit einem Kollar, einem Stehkragen, wie er bei Geistlichen üblich war. Torres stellte ihn als Pare Rotger vor.

»Comisario, Sie müssen entschuldigen, dass ich einfach hereinplatze«, sagte er lächelnd. »Monica hat mich angerufen und um meine Anwesenheit gebeten. Sie gehört seit vielen Jahren unserer Gemeinde Transfiguració del Señor an. Und nach dem tragischen Vorfall habe ich versucht, ihr seelischen Beistand zu leisten.« Rotger hob seine Arme bis zur Höhe der Hüfte und drehte seine Handflächen nach oben. »Oder was immer meine bescheidenen Möglichkeiten zulassen.«

Ribera winkte ab. »Chefinspektor genügt, Pare.« Er musste sich zunächst von seiner Überraschung erholen. Begegnungen mit Geistlichen gehörten bei ihm nicht zur Tagesordnung, weder beruflich noch privat. Generell war er kein religiöser Mensch. Geprägt hatte ihn in dieser Richtung sein Großvater Oriol, der zeitlebens wenig mit der Institution Kirche und ihren Vertretern am Hut hatte. Begründet hatte Oriol das mit der Nähe zwischen »Pfaffen«, wie er die Geistlichen meist nur verächtlich genannt hatte, und dem Regime des früheren Diktators Franco. So hatte denn auch Ribera Distanz bewahrt, obgleich er der Überzeugung war, dass es manches zwischen Himmel und Erde gab, das sich nicht rational erklären ließ. Religiöses lehnte er daher nicht komplett ab, sondern begegnete den Gottesmännern mit einer gewissen Neugierde. Auch bei Pare Rotger war er gespannt, worauf das Gespräch hinauslaufen würde.

»Ohne Ihre Ermittlungen behindern zu wollen …«, fuhr Rotger fort, »dürfte ich Sie vielleicht unter vier Augen sprechen, Chefinspektor?«

Ribera nickte. Vielleicht konnte ihm der Geistliche mehr erzählen als Monica Torres.

Rotger bedeutete ihr mit einem Handzeichen, in der Wohnung zu bleiben, und ging mit Ribera auf die Terrasse.

»Sie müssen wissen, dass ich Señora Torres und ihre Familie sehr gut kenne – wie alle Mitglieder unserer Gemeinde«, sagte er, nachdem Monica Torres die Tür hinter ihnen geschlossen hatte. »Insofern sind mir ihre persönlichen Probleme nicht verborgen geblieben. Sie hat darunter sehr gelitten. Dazu trug sie eine schwere Bürde, weil ihre eigene Familie ihre Ehe nicht gutgeheißen hat. Ich bin zwar kein Paartherapeut. Dennoch habe ich versucht, mit ihrem Mann zu reden, der, nebenbei bemerkt, nicht zu den eifrigsten Kirchgängern zählte. Aber richtig erreichen konnte ich ihn nicht. Vielleicht hat auch die Kinderlosigkeit zu den Problemen beigetragen. Monica wird Ihnen das wahrscheinlich nicht erzählt haben, aber sie kann keine Kinder bekommen. Das hat sie zusätzlich belastet – arme Frau, manche Menschen sind vom Schicksal über Gebühr gebeutelt. Welchen Plan unser Herrgott damit verfolgt, erschließt sich mir nicht, aber er wird dafür einen Beweggrund haben.« Pare Rotgers Gesicht nahm einen resignierten Ausdruck an. »Man soll ja über die Toten nichts Schlechtes sagen, aber ich hatte ehrlich gesagt das Gefühl, dass er jemand war, bei dem das Materielle mehr zählte als ideelle Werte wie Liebe, Freundschaft, Verantwortungsgefühl oder Gemeinschaftssinn. Viel mehr.«

»Wissen Sie Genaueres, oder ist das nur eine persönliche Einschätzung, Pare?«

»Nein, mein Sohn, Konkretes ist mir nicht bekannt. In solch weltliche Angelegenheiten mische ich mich nicht ein, das fällt in Ihren Zuständigkeitsbereich. Aber ich habe Augen und Ohren und eine gute Menschenkenntnis. Das bringt das Priesterdasein mit sich. Wie in Ihrem Beruf werden wir als Seelsorger mit menschlichen Defiziten und auch Abgründen konfrontiert. Im Unterschied zu Ihnen unterliegen wir aber einem Schweigegelübde, selbst wenn es eine harte Prüfung sein kann, nichts weiterzugeben. Und was Señor Torres betraf, um es in den Worten Ihrer Branche zu sagen: Ich hatte seit Längerem den Verdacht, dass mit ihm etwas faul war. Bei unseren ersten Begegnungen hat er keinen schlechten Eindruck auf mich gemacht. Er war freundlich, fleißig, bemühte sich um Integration. Aber im Laufe der Zeit hat er sich zum Negativen verändert. Warum, das blieb mir verborgen. Langer Rede kurzer Sinn: Die tragische Entwicklung hat sich irgendwie abgezeichnet.«

Quique erschien an der Terrassentür. »Wir sind so weit durch. *Hostia*, der Typ hatte ein schönes Chaos in seinem Büro. Wenn er so gearbeitet hat, dann prost Mahlzeit.« Erst jetzt nahm er den Pfarrer wahr. »Oh, Verzeihung, Pare, ich habe Sie nicht gesehen«, stammelte er verlegen und machte Anstalten, sich wieder zurückzuziehen.

Pare Rotger lächelte mild. »Schon gut, junger Freund, wahrscheinlich haben Sie sogar recht mit Ihrer Bemerkung.« Zu Ribera gewandt fügte er hinzu: »Einen dynamischen Kollegen haben Sie da, Chefinspektor. Aber wenn ich zum Schluss noch eine Bitte äußern dürfte.«

»Nur zu, Pare.«

»Ich habe allergrößtes Verständnis für Ihre Arbeit und möchte Ihnen wirklich keine Steine in den Weg legen. Dennoch würde ich es begrüßen, wenn Sie Monica möglichst schonen könnten.

Die ganze Angelegenheit hat sie schon genug aufgewühlt, das Geschwätz im Dorf und die familiäre Situation sorgen für zusätzliche Belastung.«

Nach dem Gespräch stieß Ribera zu Quique und Blum, die den Abtransport der letzten Unterlagen in Torres' Büro überwachten. Er sah sich in dem Raum um, dessen Einrichtung aus einer Schreibplatte auf zwei Holzböcken, einem nun leer geräumten Regal und einem Schränkchen mit mehreren Schubladen bestand. Fast alles in Weiß gehalten und im globalen Ikea-Stil. An der Wand hingen einige Urkunden und Fotos: Bei den meisten handelte es sich um Auszeichnungen von Foners-Wettkämpfen und Szenen, die Torres beim Steinschleudern oder beim Feiern mit Vereinskollegen zeigten. Ribera betrachtete die Bilder, die aus besseren Tagen zu stammen schienen.

»Der kommt mir irgendwie bekannt vor.« Blum deutete auf ein Foto, auf dem Torres mit einem jungen Mann zu sehen war, der etwa einen Kopf kleiner war als er. »Ich weiß nur nicht, wo ich ihn hinstecken soll.«

»Mal sehen, was die Auswertung der Unterlagen und des Computers ergibt«, sagte Ribera.

Auf der Straße hatten sich in der Zwischenzeit neugierige Anwohner versammelt, die tuschelnd die Köpfe zusammensteckten, als die Polizisten aus dem Haus kamen. Wie es aussah, hatte der Dorfklatsch neue Nahrung erhalten.

So schnell dürfte Monica Torres nicht zur Ruhe kommen, dachte Ribera. Im Gegensatz dazu konnte er die nächsten zwei Tage den Chefinspektor außen vor lassen.

6

Der Mittelpunkt Mallorcas

Obwohl er am Samstag nicht arbeiten musste, war Ribera für seine Verhältnisse früh auf den Beinen. Der seit Längerem geplante Wochenendausflug nach Sineu stand an. Er hatte mit Núria vereinbart, dass sie im Laufe des Vormittags losfahren würden. Zuvor musste er sie und ihre zehnjährige Tochter Gemma abholen.

Zu seinem eigenen Erstaunen stellte er eine gewisse Nervosität bei sich fest. Ein wenig fühlte er sich wie ein Pennäler vor dem ersten Besuch eines Schulballs. Am liebsten hätte er im letzten Moment einen Rückzieher gemacht und sich in seinem Pensionszimmer verkrochen. Sobald es galt, seinen üblichen Schutzschild aus professioneller Distanz herunterzufahren, bewegte er sich auf einem Terrain, auf dem er, der ansonsten im Job meist selbstbewusst auftrat, sich unsicher fühlte wie eine Robbe an Land. Das hatte schon in seiner früheren Beziehung zu Konflikten geführt. Umso mehr hatte er sich vorgenommen, es bei Núria nicht zu vergeigen.

Gegen zehn Uhr stand er pünktlich vor dem Haus in Coll d'en Rabassa, dem Vorort am östlichen Rand Palmas, in dem Núria Oliver seit der Trennung von ihrem Mann wohnte. Wie sich herausstellte, war sie ähnlich unsicher wie er, sodass beide dankbar waren, dass Gemma während der Fahrt ins vierunddreißig Kilometer entfernte Sineu fröhlich über die Schule und ihre Freunde plauderte und sie kaum zu Wort kommen ließ. Überhaupt legte das Mädchen einen erstaunlichen Pragmatismus mit der auch für sie neuen Situation an den Tag.

»Wenn wir bei Oma und Opa sind, zeige ich dir unseren Löwen«, verkündete sie von der Rückbank.

»Ihr habt einen Löwen zu Hause?« Ribera sah verwundert zu Núria, die neben ihm auf dem Beifahrersitz saß.

Die brach in lautes Lachen aus. »Aber ja, lass dich überraschen.«

Gemma kriegte sich auf dem Rücksitz nicht mehr ein. »Der ist riesig und hat eine Mähne und so lange Zähne.« Sie deutete mit beiden Zeigefingern gut fünfzig Zentimeter an.

»Vielleicht hätte ich meine Dienstwaffe mitnehmen sollen.« Ribera zwinkerte Gemma zu. »Ich habe geahnt, dass die Sache einen Haken hat. Wusstest du, dass ich auch eine Katze habe, dort, wo ich wohne? Mit eurem Löwen kann sie es aber nicht ganz aufnehmen.«

Nach einer halben Stunde Fahrt sahen sie vom Weitem die Silhouette des Dreitausendsechshundert-Einwohner-Dorfs am Horizont auftauchen. Wie eine erhabene Leinwandkulisse erhob sich das Konglomerat aus Häusern, die sich auf einem Hügel um eine monumentale Kirche schmiegten, aus der weiten Ebene des Plà in der Mitte Mallorcas. Ribera fühlte sich an ein Gemälde des katalanischen Künstlers Santiago Rusiñol erinnert, der Anfang des 20. Jahrhunderts einige Zeit auf Mallorca gelebt und dessen Bilder er in einer Ausstellung gesehen hatte, die den Titel »Rusiñols Insel der Ruhe« trug.

In Zeiten des Massentourismus hätte der Maler wahrscheinlich Mühe mit einem solchen Prädikat gehabt, dachte er. Dennoch beeindruckte ihn die pittoreske Silhouette des Dorfes.

»Kein schlechter Auftritt für so ein kleines Kaff«, sagte er anerkennend zu Núria. »Als ob ihr bei den Großen mitspielen wolltet.«

»Immerhin waren wir mal Hauptstadt der Balearen«, erwiderte sie stolz und fügte lachend hinzu: »Okay, das liegt schon Jahrhunderte zurück. Dennoch zehren wir heute noch davon, was sich in einem ausgeprägten Selbstbewusstsein der Einwohner bemerkbar macht. Hinzu kommt eine Legende, wonach Sineu der Mittelpunkt der Welt ist und unter dem Glockenturm der Kirche Santa Maria die Erdachse verläuft.«

»Darunter macht ihr's wohl nicht. Aber warum auch nicht, man muss groß denken. Es gibt schon zu viele Kleingeister.«

»Falls es dich beruhigt: Die meisten Sineuer reklamieren nur die geografische Mitte Mallorcas für unseren Ort. Dasselbe behaupten sie übrigens in Costitx, Sencelles und Lloret. Wahrscheinlich streiten sie sich noch in hundert Jahren darüber. Am besten, du machst dir selbst ein Bild davon.«

Nachdem sie Gemma bei Núrias Eltern abgeliefert und Ribera den ersten Schwiegersohn-Kompatibilitäts-Scan über sich hatte ergehen lassen, bummelten sie durch das Dorf.

»Zum Glück ist heute nicht Mittwoch, ansonsten wäre alles überlaufen«, sagte Núria, während sie von der Plaza de San Marcos eine Freitreppe hinaufgingen. »Der Preis der Authentizität.« Sie spielte auf den berühmten Bauernmarkt an, der jede Woche Tausende Touristen anlockte.

Sie erreichten die gotische Kirche Santa Maria de Sineu mit einem mächtigen, frei stehenden Glockenturm, vor der auf einem Steinpodest ein bronzener Löwe thronte. Ribera betrachtete das geflügelte Fabelwesen mit seiner langen Mähne und dem weit aufgerissenen Rachen, das mit einer Pranke ein Wappenschild festhielt.

»Ach, das ist der Löwe, von dem deine Tochter erzählt hat. Stammt das putzige Tierchen auch aus einer Legende?«

Núria schob ihre Sonnenrille nach oben. »Nicht ganz, ›El León‹ symbolisiert unseren Schutzpatron, den heiligen Markus. Aber sag Gemma nichts davon, dass du ihn gesehen hast. Sie freut sich schon darauf, ihn dir selbst vorzuführen.«

Schließlich landeten sie auf dem Dorfplatz Sa Plaça, um den sich mehrere Bars und Restaurants angesiedelt hatten. Jetzt gegen Mittag waren die meisten Tische auf den Außenterrassen besetzt.

»Lass uns ins ›Sabina‹ gehen«, schlug Núria vor. »Das ist eine Art lebende Legende in Sineu, ein Treffpunkt der Einheimischen. Wird dir gefallen.«

Sie sollte recht behalten. Das »Sabina« war ein ikonischer Ort und ganz nach Riberas Geschmack, schätzte er doch alles, was eine eigene Handschrift hatte und eine unverwechselbare Identität verkörperte. Gerade in Zeiten von Globalisierung und

Übertourismus, die auch auf Mallorca ihre Spuren hinterließen, erschienen ihm individuelle Orte und lokale Traditionen als Bollwerk gegen die grassierende Austauschbarkeit, die sich überall breitgemacht hatte.

Nicht, dass das »Sabina« besonders schick gewesen wäre. Im Gegenteil, die Bar war eine schlichte Dorfkneipe und auf das Wesentliche reduziert. Und genau das machte ihren besonderen Reiz aus: braune Holztische mit farblich abgestimmten Kunstlederstühlen, hohe Decken, die von den für Mallorca typischen rustikalen dunkelbraunen Balken durchzogen und mit Ventilatoren gegen die Sommerhitze versehen waren, eine lange Theke, über der ein Regalbrett mit unzähligen Flaschen schwebte, dahinter ein großer Spiegel, der den schmalen Raum größer wirken ließ, als er war. Die Wände wiederum zierten Fotos in Schwarz-Weiß oder verblichenen Farben, die zeigten, wie die Bar in früheren Zeiten ausgesehen hatte. Dazwischen hing eine Kork-Pinnwand, die ein Abbild des Dorflebens war: Der örtliche Fußballclub warb für sein nächstes Spiel, eine Kunstausstellung, ein Kleiderbasar, kirchliche Termine und vieles mehr wurden angekündigt.

Sie setzten sich an einen der letzten freien Tische in der Nähe des Eingangs. Stimmengewirr, aus dem Wörter im mallorquinischen Dialekt herauszuhören waren, erfüllte den Raum, dazwischen das Zischen der silbrig glänzenden Kaffeemaschine und das »Klack, klack, klack« der metallbesetzten Schuhe der Rennradfahrer, die alle paar Minuten durch die Bar staksten wie Fohlen, die gerade das Laufen gelernt hatten. In all das mischte sich das schwungvolle *bon dia* oder *adeu*, mit dem von der Theke aus ein breitschultriger Mann in den Vierzigern mit gepflegtem Dreitagebart Gäste begrüßte oder verabschiedete. Die familiäre Atmosphäre war geradezu greifbar.

Vielleicht ist Sineu nicht der Mittelpunkt der Welt, dachte Ribera, aber diese Bar ist definitiv der Nabel des Dorfs.

»Auch mal wieder im Lande, *guapa*?«, sagte der Barista, als er zwei *cortado* an ihren Tisch brachte.

Núria sprang auf und umarmte den Mann herzlich. Er stellte sich als Toni vor, dessen Familie die Bar seit drei Generationen gehörte. Ribera erfuhr, dass er mit Núria in die Schule gegangen und bestens informiert darüber war, in wessen Begleitung sie sich befand.

»Einen *madero* aus Palma hatten wir hier auch schon lange nicht mehr.« Toni hob wie zur Abwehr beide Hände und lachte herzhaft. »Nichts für ungut. Ich habe damit nicht das geringste Problem. Ich sage immer: leben und leben lassen.«

»Haben meine Eltern mal wieder geplappert? Ach, immer das Gleiche, hier verläuft keine Erd-, sondern eine Tratsch-Achse. Und diese Bar ist das Epizentrum.« Núria seufzte, und Toni grinste schelmisch.

»Was erwartest du, sonst passiert bei uns doch kaum etwas. Der letzte richtige Aufreger war die Sache mit Miquel. Und das liegt schon einige Zeit zurück.«

Ribera wurde hellhörig. »Was ist da geschehen?«

»Der hat sich am Cap Blanc umgebracht. Noch nie von Miquel Dalmau gehört, dem ehemaligen Präsidenten von Real Mallorca? Stammte von hier. Meine Herren, was war das damals für eine Aufregung. Mehr als dreitausend Leute waren beim Abschiedsgottesdienst in der Kirche. Fast so ein Gedränge wie beim Wochenmarkt. Und sämtliche sieben Glocken von Santa Maria haben geläutet.« Toni hielt sich scherzhaft beide Ohren zu. »Ich erinnere mich daran, als ob es gestern gewesen wäre. Aber wenn ihr mich fragt, ich glaube nach wie vor nicht daran, dass das wirklich Selbstmord war. Welcher Sineuer scheidet schon freiwillig aus dem Leben? Schließlich leben wir hier an einem Kraftort der Insel mit einer ganz besonderen Energie. Aber vielleicht war er ja zu lange von der Energie abgeschnitten. Trotzdem – mysteriös.«

»Toni, ein *pa amb oli* und eine *cerveza*!«, rief ihm ein Gast zu.

Toni hob bedauernd die Schultern und machte sich wieder an die Arbeit. Nachdem er gegangen war, erzählte Ribera Núria von dem jüngsten Opfer am Cap Blanc und seinen Zweifeln an der Suizidtheorie. Und er kam auf den Mord von Artà und die Schwierigkeiten zu sprechen, Kontakt zur Hausbesetzerszene herzustellen.

»Alle Wege führen nach Sineu«, sagte Núria lakonisch und lächelte sphinxhaft.

Ribera schaute verständnislos.

»Keine Sorge, das ist kein übersteigerter Lokalpatriotismus, sondern einfach ein Fakt. Zu keinem Dorf auf der Insel führen mehr Straßen als nach Sineu. Das liegt daran, dass wir mal das Handelszentrum der Insel gewesen sind. Was ich damit eigentlich symbolisch ausdrücken möchte: Bei uns laufen viele Fäden zusammen. Ich kenne jemanden, der dir vielleicht helfen kann: den Chef eines Vereins, der sich gegen Zwangsräumung engagiert und der auch mit der Besetzerszene vernetzt ist.«

»Etwa ›Stop Desahucios‹?«, fragte Ribera ungläubig.

»Genau. Ihr seid offenbar vorangekommen. Mein Bekannter heißt Biel Company und wohnt in Sineu oder hat hier zumindest lange gewohnt. Ich habe ihn des Öfteren getroffen. Wenn du möchtest, kann ich dir seine Telefonnummer geben. Du dürftest nach knapp einem Jahr auf der Insel mitbekommen haben, wie Mallorca funktioniert: Jeder kennt hier jeden, und eine Hand wäscht die andere. Ich habe sowieso überlegt, Biel zu kontaktieren.« Núrias Blick verfinsterte sich. »Ich muss wahrscheinlich demnächst aus meiner Wohnung in Es Coll d'en Rabassa ausziehen. Der Besitzer des Hauses hat allen Mietern vor Kurzem verkündet, dass ein Investor das Gebäude kaufen und luxussanieren will«, erzählte sie. »Die Zeiten, in denen Coll d'en Rabassa ein günstiges Viertel war, sind endgültig vorbei. Kannst du dir vorstellen, dass die Mietpreise bei uns zusammen mit Vierteln wie Portixol mittlerweile zu den teuersten in Palma gehören? Wenn das so weitergeht, kann sich keiner mit einem normalen, geschweige denn niedrigen Einkommen mehr leisten, in Palma zu wohnen. Irgendwann gibt es in solchen Gegenden nur noch Neureiche aus Spanien und aus dem Ausland. Und die Einheimischen sind irgendwo im Hinterland zusammengepfercht wie die Schwarzen früher in Südafrika in ihren Hometowns. Nur dass das bei uns auf eine Geld-Apartheid hinausläuft.«

Lautes Stühlerücken auf der Terrasse unterbrach ihre Wutrede. Eine Gruppe Rennradfahrer in bunter Funktionsbekleidung besetzte den letzten freien Tisch. »Vielleicht sollte ich wirklich nach Sineu zurückziehen, wie mir meine Eltern es schon ein paarmal angeboten haben.«

»Hör auf deine Eltern, *guapa*«, sagte Toni, der mit einer weiteren Portion *pa amb oli* vorbeikam. »Was willst du in diesem hektischen und lauten Palma? Ich kann ja verstehen, wenn man aus dem Dorfmief raus- und sich ein bisschen den Wind um die Nasen wehen lassen will. Aber nach einer Weile reicht das auch. Ich habe es keine Minute bereut, als ich nach dem Studium, Jobben auf dem Festland und ein bisschen Die-Welt-Anschauen wieder zurückgekehrt bin.«

»Und dann reumütig zurück in die Arme von Sabina«, warf Ribera ein. Er zeigte auf die Inschrift »Sabina«, die auf dem Spiegel hinter der Theke nebst der Silhouette eines Baumes angebracht war. »Wer ist das – deine Frau, deine Mutter oder eure Dorfheilige?«

Toni grinste breit. »Hast du ihm nicht erzählt, was wir für ein verrücktes Landvolk sind, *guapa*?«

»Nicht sämtliche Details. Ich wollte ihn nicht gleich abschrecken. Erzähl du's, das macht dir doch Spaß.«

»Meinetwegen. Sabina ist weder eine Frau noch eine Heilige, sondern eine alte Fischart, die es früher in den Gewässern vor Porto Cristo gab. Von dort kam meine Großmutter. Ist inzwischen ausgestorben, der Fisch, meine Großmutter leider auch, Gott hab sie selig, sie war eine tolle Frau – für mich auch eine Art Heilige.« Toni bekreuzigte sich. »Aber der Name ist geblieben und erinnert an sie. Dummerweise konnten wir kein Bild von dem Tier auftreiben, um es in der Bar anzubringen.«

»Und was soll das für ein Motiv unter dem Namen sein?«

»Das ist ein Juniperus thurifera.«

»Ein was?«

»Ein Spanischer Wacholder, auch Sabina genannt. Ist auf meinem Mist gewachsen, nachdem sich das mit dem Fischporträt zerschlagen hatte. Ich bin von Haus aus Biologe, musst du wissen. Für irgendetwas muss das Studium schließlich gut gewesen sein. Außerdem gibt es in Sineu eh keine Fische mehr, seit die flachen Teile der Insel im Tertiär vollständig vom Meer überflutet wurden. Ich dachte, da kann man ebenso einen Baum als Symbol nehmen. Ist doch schön, findest du nicht? Ich sag's ja: verrücktes Dorfvolk.«

Als sie etwa eine halbe Stunde später das »Sabina« verließen, schlug »Petita«, wie die kleinste Glocke der Kirche hieß, zur vollen Stunde. Ribera dachte daran, was Núria ihm erzählt hatte und dass sie einen Kontakt zu Biel Company herstellen konnte. Fast kam es ihm vor, als würde »Petita« die nächste Stufe der Ermittlungen einläuten.

7

Der dritte Mann

Die Arbeitswoche mit Maden zu beginnen entsprach nicht unbedingt Riberas Wunschvorstellung. Aber es gab kein Entrinnen. Kaum dass er in der Jefatura eingetroffen war, drang Pep Boschs sonore Stimme an sein Ohr.

»Ich hoffe, du hast gut gefrühstückt, Ribera. Ihr habt sicher schon sehnsüchtig auf das Ergebnis der entomologischen Untersuchung eures Finca-Steinzeitmenschen gewartet. Hat ein bisschen länger gedauert, die Mühlen mahlen auch in Deutschland nicht so schnell, wie man meint. Aber meine Kollegin sagte, sie hätten in Frankfurt eine Menge zu tun, da sie Proben aus mehreren europäischen Ländern untersuchen müssten.«

»Tu dir keinen Zwang an. Was gibt es Schöneres, als mit einer leckeren ›Ensaïmade‹ in den Tag zu starten.« Ribera spielte auf das mallorquinische Nationalgebäck Ensaïmada an. »Das ist doch das ideale Rechtsmediziner-Frühstück.«

»Du bist auf dem besten Weg zum Komiker, Ribera. Ist mir schon bei deinem letzten Besuch bei mir aufgefallen. Aber Scherz beiseite. In Frankfurt haben sie den Todeszeitpunkt bestimmt. Nach zwei bis drei Tagen sei eine massive Madenpopulation am Start, sagten sie. Und das war bei der Artà-Leiche der Fall. Fragt sich nur, welche Art.« Bosch machte eine Kunstpause.

»Und?«, fragte Ribera ungeduldig. »Mach es nicht so spannend.«

»Wie du willst. Ein Beurteilungskriterium für die Entomologen ist die Insektensukzession, vereinfacht gesagt, welche Art von Insekten das Rennen um den besten Futterplatz gemacht haben. In den ersten Tagen sind das Schmeißfliegen. Du kennst diese Wonneproppen, die sich auf alle Lebensmittel setzen. Fixe Gesellen, gehören zu den Erstbesiedlern von Leichen. Können ihre Eier innerhalb der ersten sechzig Minuten ablegen, nachdem jemand einen Abgang gemacht hat. Da braucht Real Mallorca länger, um ein Tor zu schießen. Nach der Art der Fliegenlarven, die wir gesichtet haben, den Temperaturen, dem Wetter in jenen Tagen und dem Fundort sind die Kollegen zu dem Schluss gekommen, dass der Typ drei Tage vor dem Auffinden gestorben sein muss. Den ausführlichen Bericht bekommt ihr in den nächsten Tagen.«

»Ich merke schon, du hast ein neues Hobby gefunden«, antwortete Ribera. »Nicht dass du in deinem Gruselkabinett noch mit einer Insektenzucht anfängst, die Nahrungsquellen bekommst du dafür ja bereits frei Haus geliefert.«

»Du bringst mich noch auf Ideen, Ribera. Aber das ist wirklich ein hochinteressantes Gebiet. Wenn die Kollegin zurückkommt, werden wir es in der Rechtsmedizin ausbauen. Hätt ich fast vergessen: Ich habe auf der Leiche verschiedene DNA-Spuren nachgewiesen. Eine könnte vom Täter stammen. Meine Hausaufgaben sind damit erledigt. Jetzt seid ihr an der Reihe.«

Nachdem er aufgelegt hatte, kreisten Riberas Gedanken weiter um das Gespräch mit Pep Bosch. Aufmischen, hatte er gesagt. Vielleicht kein schlechtes Stichwort für das weitere Vorgehen in der Hausbesetzerszene. Nicht im wörtlichen Sinne, dafür war das Thema politisch zu sensibel, gesellschaftlicher Zündstoff, den er nicht zum Explodieren bringen konnte und wollte. Dennoch mussten sie offensiver werden.

Er griff in die Brusttasche seines Sakkos, zog den gelben Notizzettel heraus, auf dem Núria die Mobilnummer von Biel Company notiert hatte, und setzte seine Lesebrille auf. Schaun wir mal, ob Vitamin B auf dieser Insel wirklich weiterhilft.

Auf das Klingeln sprang die Mailbox an. Ribera stellte sich als Freund von Núria Oliver aus Sineu vor, bat um einen Rückruf, verschwieg aber, dass er Polizist war. Nach dem Anruf ging er zum Fenster und beobachtete, wie unten auf der Straße ein roter offener Doppeldecker vorbeifuhr, der Touristen auf Stadtrundfahrten durch die Balearen-Metropole kutschierte. Er drehte sich um und fixierte das Telefon auf seinem Schreibtisch, als wolle er mittels telepathischer Kräfte eine sofortige Reaktion Biel Companys erzwingen. Nichts passierte. Natürlich nicht. Du kannst dieses Spielchen noch stundenlang treiben, dadurch geht es auch nicht schneller. – Wenn sich der Typ überhaupt meldet, dachte er.

Nein, er wollte und konnte sich nicht allein darauf verlassen. Er wählte die Nummer des Balearischen Wohnungsamts IBAVI – und hatte mehr Glück, obwohl er sich erst durchfragen musste, bis er bei der stellvertretenden Amtsleiterin landete.

»Was wollen Sie, eine Liste aller besetzten Häuser und Wohnungen auf Mallorca?« Francina Costa hörte sich überrumpelt an, als hätte Ribera sie nach ihrer Körbchengröße gefragt. Es folgte ein spöttisches Lachen, das aber schnell wieder abebbte. »Sie machen Witze, Señor Chefinspektor. Bei allem Verständnis für Ihre Ermittlungsarbeit, haben Sie eine Ahnung, wie hoch die Dunkelziffer der besetzten Häuser und Wohnungen allein bei uns auf Mallorca ist? Das ist ein dynamischer Prozess, der sich ständig ändert, wenngleich die Zahl der Besetzungen in den letzten Monaten zurückgegangen ist. Wir können lediglich sagen, wie viele unserer öffentlichen Wohnungen zurzeit okkupiert sind. Und natürlich, welche. Da haben wir ständig ein Auge drauf, soweit das bei unserer dünnen Personaldecke möglich ist. Diese Information kann ich Ihnen zukommen lassen. Über den privaten Markt haben wir jedoch keine Übersicht. Das hängt nicht zuletzt davon ab, ob die Eigentümer oder Nachbarn, die sich durch die Besetzungen belästigt fühlen, Anzeige erstatten. Allenfalls könnten wir Informationen darüber geben, wo besonders viele Objekte besetzt sind. Allerdings ohne Gewähr.« Costa schlug einen versöhnlichen Ton an. »Tut mir sehr leid, mehr können wir nicht für Sie tun.« Sie verabschiedete sich.

Ein Gefühl von Unzufriedenheit stellte sich bei Ribera ein. Der Anruf hatte trotz Costas Zusage nicht den Quantensprung gebracht, den er sich insgeheim erhofft hatte. Was sie dringend brauchten, war ein Hebel, an dem sie ansetzen konnten. Er musste mit Quique und Cristina Blum das weitere Vorgehen besprechen.

Bevor er ging, checkte er noch einmal seine E-Mails und entdeckte eine neue Nachricht. Sie stammte von Pelayo Grande und war an die Mitarbeiter der Jefatura gerichtet, vor allem an die der Mordkommission und der Abteilung für Schwere und Organisierte Kriminalität. Er überflog sie.

»Was in drei Teufels Namen ist das für ein Schwachsinn?«

In seiner Mail kündigte der Assistent des Polizeichefs eine organisatorische Neuerung im Kommissariat an. Ein Computerprogramm sollte Schlagkraft und Effizienz bei Einsätzen erhöhen. »LUZ« nannte sich die Software, was als Abkürzung für »Lucha Unida Zero Crimen« stand, vereinter Kampf, null Kriminalität, wie Grande erläuterte. Grob gesagt ging es darum, die Arbeit der Abteilungen zu vernetzen und transparenter zu gestalten. Zu den Details werde es in Kürze eine Einführungsveranstaltung geben.

Ribera spazierte langsam durch sein Zimmer und murmelte vor sich hin: »LUZ – LUZ – LUZ.« Er lachte laut auf: *Luz* war das spanische Wort für Licht. Das hatte sogar etwas Prosaisches. Sollte sich hinter der aalglatten Fassade des guten Grande eine empfindsame Seele verbergen?

Er kam nicht dazu, weiter darüber nachzudenken, denn Quique und Cristina Blum stürmten ohne Vorwarnung herein.

»Wir haben eine heiße Spur zu einem der Besetzer von Artà«, stieß Quique atemlos hervor. »Eine Streife der Lokalpolizei hat den Wagen von Hernán Torres aufgestöbert. Er stand mit leerem Tank bei der Plaça d'Orson Welles. War nicht abgeschlossen. Die Jungs vom Erkennungsdienst haben die Kiste bereits unter die Lupe genommen und eine Reihe von Fingerabdrücken identifiziert. Und zwar nicht nur von Torres selbst, sondern von einem weiteren Mann, den wir bisher nicht auf der Rechnung hatten.«

»Orson Welles?«, fragte Ribera. »Ist das nicht der amerikanische Regisseur, der den ›Dritten Mann‹ gedreht hat? Das passt ja wie die Faust aufs Auge. Und wie soll unser dritter Mann heißen? Jetzt sag bloß nicht, Harry Lime.«

»Fast, er heißt Benito Hähnlein. Übrigens sind Fingerabdrücke von dem Typen auch auf der Finca von Artà gefunden worden.«

»Wer soll das sein?«

»Ein Deutschspanier, der auf Mallorca aufgewachsen ist«, erklärte Blum. »Ich kenne ihn. Bei der Hausdurchsuchung in Artà hab ich doch gesagt, dass mir einer der Typen auf den Fotos bekannt vorkommt. Mallorca ist halt ein großes Dorf. Benito Hähnlein war mal in meiner Klasse auf der Mittelschule in Palma, in der ESO. Es ist zwar schon etliche Jahre her, und Benito hat sich stark verändert, aber vom Typ her ist er noch der Gleiche. Eigentlich war er ein lieber Kerl, hat aber oft in der Schule gefehlt. Schwierige Familienverhältnisse. Zu Hause soll es häufig Streit zwischen den Eltern gegeben haben. Der Vater, ein Spanier vom Festland, war Alkoholiker und gewalttätig. Später hat er sich aus dem Staub gemacht und die Familie allein zurückgelassen. Nachdem Benito hängen geblieben war, habe ich ihn aus den Augen verloren. Ich kann mir aber gut vorstellen, dass auch danach in seinem Leben einiges schiefgelaufen ist.«

»*Joder*, das kannst du laut sagen«, warf Quique ein. »Genauer gesagt ist er mehrmals wegen Drogendelikten und Ladendiebstahl mit dem Gesetz in Konflikt geraten. Zuletzt wurde er zu einer Gefängnisstrafe von achtzehn Monaten auf Bewährung verurteilt, weil er mit Cannabis gedealt hat. Das ist aber noch nicht alles.« Er ballte die Fäuste. »Ich habe ein bisschen recherchiert und festgestellt, dass der Kerl eine Steuernummer hat.«

»Dann hat er gearbeitet. Wissen wir auch, wo?«, fragte Ribera.

»Und ob. Zuletzt bei einem deutschen Metzger namens Vinzenz Ruck, der in Palma einen Betrieb hat.«

»Deutscher Metzger?« Blum klang erstaunt. »Mein Vater kauft hin und wieder bei einem Metzger ein, wenn er Lust auf deutsche Wurst hat. Wie auch viele andere Deutsche auf der Insel. Das ist eine regelrechte Wurst-Community. Die meisten kennen sich untereinander. Wahrscheinlich gehen sie deshalb dort einkaufen. Es gibt mittlerweile auch mehrere Metzger, die sich den Markt teilen. Als ich noch klein war, habe ich meinen Vater bei seinen Einkaufstouren ab und zu begleitet.«

»Dann schlage ich vor, dass wir Señor Ruck umgehend einen Besuch abstatten.«

»Alle?«, fragte Quique.

»Das wäre übertrieben. Ich glaube kaum, dass sich Hähnlein dort aufhält. Ich fahre mit Cristina hin. Und für dich, Quique, habe ich in der Zwischenzeit einen kleinen Spezialauftrag – wenn du ihn übernehmen willst.« Ribera stockte kurz und setzte dann hinterher: »Er befindet sich in einer, sagen wir mal, Grauzone.«

✳✳✳

Der Polígono Son Castelló war eines der großen Gewerbegebiete, die im Norden von Palma jenseits der Ringautobahn Vía de Cintura angesiedelt waren. Wie ein menschengeschaffenes Korallenriff lag es am Rande der Balearenmetropole, knapp über fünf Kilometer von der Altstadt entfernt, bevölkert von rund zwanzigtausend Menschen, die täglich zum Arbeiten und Einkaufen herbeiströmten. Son Castelló war ein Ort abseits sämtlicher Touristenpfade, Lichtjahre entfernt von der Chimäre des Mittelmeeridylls von Sonne, Strand und Mandelblüte, mit der die Reisebranche jährlich Millionen von Besuchern auf die Insel lockte. Ungeachtet dessen wäre Mallorca ohne die Existenz einer Einrichtung wie Son Castelló nur eine Art manövrierunfähiger Tanker mit Schlagseite gewesen, schlug hier doch der ökonomische Puls des Eilands.

Für Ribera war es das erste Mal, dass er mit dieser Parallelwelt der Einheimischen in Berührung kam. Er hatte zwar allerlei Ecken Palmas gesehen, aber in die Gewerbegebiete hatte es ihn bisher nicht verschlagen. Umso mehr staunte er über die Vielfalt, die er auf einer Urlaubsinsel nicht erwartet hätte, über die Autohäuser, Banken, Geschäfte für Boote, Möbel, Fliesen und Farben,

Kfz-Werkstätten und sonstige Handwerksbetriebe bis zu einem Supermarkt für Hundeartikel, die sich aneinanderreihten. Ein Panoptikum der mallorquinischen Wirtschaft, konzentriert an einer Stelle wie ein eigener Mikrokosmos.

Er steuerte den dunkelblauen Dienstwagen der Policía Nacional über breite, schachbrettartig angelegte Straßen. Die Szenerie erinnerte ihn an eine amerikanische Kleinstadt, wie er sie aus Filmen und bei einem USA-Aufenthalt kennengelernt hatte. Damals hatte er innerhalb eines spanisch-amerikanischen Polizeiaustauschs ein mehrwöchiges Praktikum in der Stadt Albany im Bundesstaat New York gemacht.

Auch was den Verkehr betraf, herrschten in Son Castelló amerikanische Verhältnisse. Jeder schien hier mit dem Auto unterwegs und jeder Parkplatz belegt zu sein. Nachdem sie mehrmals dieselben Straßen auf der Suche nach einer Lücke abgefahren hatten, stellten sie den Wagen irgendwann entnervt am Eingang des Gewerbegebiets ab und liefen den Rest zu Fuß.

Endlich standen sie vor einem unscheinbaren Flachdachgebäude, in dem Vinzenz Ruck seinen Betrieb hatte. Von der Straße aus deutete bis auf ein Firmenschild an der Fassade mit der Beschriftung »Ruck's« unter einem lachenden Schweinekopf nichts darauf hin, dass sich hier eine Großmetzgerei befand. Gut, Ribera war noch nie in einem solchen Laden gewesen und hatte ganz andere Vorstellungen im Kopf: brüllende Kühe und grunzende Schweine, die ihren letzten Weg zur Schlachtbank antraten, der Geruch von verkohlten Borsten, Blut und Gedärm. So ähnlich kannte er es von den *matanzas*, den Hausschlachtungen in Spanien, zu denen ihn sein Großvater Oriol zuweilen mitgenommen hatte.

»Junge, wenn du Fleisch essen willst, musst du auch wissen, woher es stammt. Das wächst nicht an den Bäumen oder fällt einfach vom Himmel in den Supermarkt«, hatte er ihm bei diesen Gelegenheiten eingetrichtert. »Du musst begreifen, dass ein Tier sein Leben lassen muss, damit du dir den Magen füllen kannst. Nur so bekommst du Respekt vor dem Essen.«

Ribera erinnerte sich daran, dass er als Junge diese Ausflüge mit einer Mischung aus Entsetzen, Abscheu und Faszination erlebt hatte, wobei sich die Empfindungen im Laufe des Schlachtprozesses ständig geändert hatten – wenn der Metzger das Bolzenschussgerät über den Augen des Schweins auf die Stirn setzte, ein dumpfer Knall ertönte und das Tier bewusstlos zusammenbrach. Wenn das betäubte Schwein dann an den Hinterläufen aufgehängt, die Halsschlagader angestochen wurde und ein Schwall Blut herausschoss. Wenn der Metzger mit schwungvollen Messerschnitten Schwarte und Fett abzog, das Fleisch von den Rippen löste, die zu Würsten und Fleischstücken verarbeitet wurden.

In Son Castelló war nichts von jener Atmosphäre zu spüren. Alles war ruhig, geruchsneutral, sauber, als würde hier ein IT-Unternehmen residieren.

»Wo ist denn der Eingang?«, fragte Ribera angesichts des geschlossenen Rolltors an der Stirnseite des Gebäudes.

»Ich weiß auch nicht. Ist doch schon zu viele Jahre her, dass ich meinen Vater begleitet habe. Vielleicht da lang.« Blum wies auf einen schmalen Weg, der neben dem Gebäude verlief. An einem Pfosten war ein Straßenschild Marke Eigenbau mit der Aufschrift »Schinkenstraße« angebracht worden.

»Willst du zu Ruck, Schätzchen?« Eine ältere Frau mit runzligem Gesicht sprach sie auf Deutsch an. Sie sah Ribera und Blum mit freundlichen blauen Augen an. Zwischen den Fingern ihrer rechten Hand hielt sie eine Zigarette, von der ein dünner Rauchfaden aufstieg.

Blum bejahte, worauf die Frau die Zigarette auf den Boden schnippte, den Stummel mit dem Schuh austrat und ihnen bedeutete, ihr zu folgen.

Während sie die »Schinkenstraße« zum hinteren Teil des Gebäudes entlanggingen, sprudelte die Frau wie ein Wasserfall. Sie komme regelmäßig alle paar Wochen her, lebe seit über fünfzig Jahren auf Mallorca und sei seit mindestens dreißig Jahren Stammkundin bei Ruck.

»Irgendwann hängen dir *sobrasada*, Serrano-Schinken, *cho-*

rizo und die sonstigen spanischen Schweinereien zum Hals raus.« Sie verzog angewidert das Gesicht. »Ich brauche ab und zu einfach eine deutsche Bratwurst oder einen Fleischkäse zwischen die Zähne.«

Ribera nahm den Wortschwall nur am Rande und ohne Anspruch auf Übersetzung durch Blum wahr. Umso gebannter war er, als sie den kleinen Laden der Metzgerei betraten. Würste und Fleischsorten aller Art, die er nicht kannte, türmten sich hinter einer Glasvitrine. Blum versuchte, ihm das Sortiment zu erklären, schmiss mit Begriffen wie Lyoner, Bierschinken, Bockwurst, Schwarzwälder Schinken, Frikadellen, Kassler, Grillhaxen oder Eisbein um sich.

Andere Länder, andere Sitten, dachte Ribera. Der spanische Geschmack dürfte auch nicht überall geteilt werden.

Ein Mann, bekleidet mit einer weißen Schürze und weißem T-Shirt, kam in den Verkaufsraum. Er begrüßte die Frau, die er als »Hedi« ansprach, wie eine alte Bekannte, erkundigte sich nach ihrem Befinden, während er Ribera und Blum neugierig betrachtete.

»Das Gleiche wie immer?«, fragte er.

»Natürlich, Schätzchen, in meinem Alter ändert man seinen Geschmack nicht mehr. Mein Körper ist wie ein eingefahrener Motor, der verträgt keinen anderen Brennstoff. Mit dem vegetarischen oder veganen Quatsch, der gerade modern ist, kannst du mich jagen.« Hedi schüttelte sich. Der Typ hinter der Theke lachte.

»Ich bin halt ein unverbesserliches Gewohnheitstier«, fuhr Hedi fort und wandte sich Ribera und Blum zu. »Wie eine dieser Schildkröten, die immer wieder zu ihrem alten Laichplatz zurückkehren. In meinem Fall der Futterplatz. Das ist bei mir genetisch anscheinend einprogrammiert.«

Während der Metzger von dieser und jener Wurst Scheiben schnitt, Bratwürste und Fleischstücke verpackte und sich Hedis Einkaufskorb nach und nach füllte, hatte Ribera Gelegenheit, ihn näher zu betrachten. Er mochte ungefähr in seinem Alter sein, war etwas größer als er selbst und von stämmiger Statur. Trotz einer beginnenden Glatze trug er sein blondes Haar länger und hatte es zu einem Pferdeschwanz zusammengebunden. Am linken Handgelenk baumelte eine silberne Kette, das rechte zierte ein Fitnessarmband.

Schließlich waren sämtliche Wünsche Hedis befriedigt. »Bis zum nächsten Mal, Schätzchen«, schmetterte sie fröhlich in Richtung Theke und zwinkerte Ribera und Blum zu. Sie hatte schon die Klinke der Tür heruntergedrückt, als sie innehielt. Sie holte ihr Portemonnaie aus der Tasche und zog eine Visitenkarte heraus, die sie Blum reichte.

»Wenn ihr mal Lust auf einen Abend mit deutschen Leckereien habt, einfach kurz durchrufen.« Damit entschwand sie endgültig.

Der Blonde wandte sich Ribera und Blum zu. »Ich dachte, Sie gehörten zu Hedi. Ich habe Sie hier noch nie gesehen. Womit kann ich dienen?« Er setzte ein professionelles Lächeln auf.

»Señor Ruck, nehme ich an«, sagte Ribera auf Spanisch.

»Höchstpersönlich«, antwortete Ruck ebenfalls auf Spanisch.

Ribera zeigte seinen Dienstausweis, Blum tat es ihm nach. »Wir sind nicht als Kunden hergekommen, sondern hätten Fragen zu einem Ihrer Angestellten oder Ex-Angestellten.«

»Wer soll das sein? Falls Sie überprüfen wollen, ob es hier Schwarzarbeiter gibt, vergessen Sie es. Bei uns geht alles legal zu, ich führe regelmäßig die Sozialversicherungsanteile ab.«

»Ein gewisser Benito Hähnlein. Und nein, wir sind nicht auf der Suche nach Schwarzarbeitern. Wir ermitteln in einem Mordfall, in den Señor Hähnlein möglicherweise verwickelt ist oder zu dessen Aufklärung er eventuell beitragen kann.«

Ruck stemmte die Fäuste in die Hüften. »Benito hat tatsächlich für mich gearbeitet. Die Betonung liegt auf ›hat‹. Ich habe ihn einige Zeit als Hilfskraft beschäftigt. Der ist eines Tages plötzlich hier aufgetaucht und hat gesagt, dass er einen Job bräuchte und sich für keine Arbeit zu schade sei. Da ich seinerzeit jemanden für die Produktion gesucht habe, habe ich ihn eingestellt. Qualifiziertes Personal ist heutzutage verflucht schwer zu finden. Mir war natürlich klar, dass er nicht vom Fach war. Auf der anderen Seite habe ich als Selbstständiger Respekt vor jemandem, der Eigeninitiative zeigt. Ich dachte, ich gebe ihm eine Chance.« Er stockte. »Ein bisschen hat sicher eine landmannschaftliche Verbundenheit eine Rolle gespielt. Eine Zeit lang ging das auch gut. Er kam einigermaßen pünktlich, hat die Arbeiten erledigt, die man ihm aufgetragen hat. Aber irgendwann hat sich ein Schlendrian eingeschlichen.«

»Wie hat sich das bemerkbar gemacht?«

»Na ja, er kam öfters zu spät oder hat sich krankgemeldet, war unkonzentriert und hat Fehler gemacht. Eines Tages habe ich ihn in der Pause erwischt, wie er einen Joint geraucht hat. Ich habe ihn daraufhin zur Rede gestellt. Er hat gesagt, dass er seine Wohnung verloren habe, bei Freunden auf der Couch schlafe und nun aus Frust halt ab und zu Marihuana rauche. Er hat mir versichert, dass er das wieder hinbekomme. Ich habe ihm das abgenommen und ein Auge oder vielmehr zwei zugedrückt. Bin ja kein Unmensch. Irgendwie tat er mir leid. Aber nichts hat er hinbekommen, es wurde im Gegenteil schlimmer, sodass ich eines Tages gezwungen war, ihn zu feuern. Seither habe ich nichts mehr von ihm gehört. Auch besser so. Ein fauler Apfel verdirbt den ganzen Korb, hat mein Vater immer gepredigt. Daran habe ich mich gehalten und bin gut damit gefahren. Gerade auf Mallorca, wo dir nichts geschenkt wird. Viele glauben das nach wie vor, wenn sie auf die Insel kommen, und fallen dann auf die Schnauze.«

»Wie lange ist es her?«

»Das muss ungefähr drei Monate zurückliegen. So genau weiß ich das nicht mehr.«

»Hat er jemals die Namen Frank Zampach oder Hernán Torres erwähnt?«, fragte Blum.

»Zampach, Zampach, hmm, Torres ...« Ruck fixierte einen der dicken, von einer roten Pelle umhüllten Bierschinken, die vor ihm in der Vitrine lagen. »Nein, die Namen höre ich zum ersten Mal. Wer soll das sein?«

Ribera überging die Frage. »Ist Ihnen mal aufgefallen, ob Señor Hähnlein zur Gewalt neigt oder ob er ein Messer wie dieses
bei sich getragen hat?« Er hielt Ruck ein Foto des Messers von
der Finca hin.

»Nicht dass ich wüsste …« Ruck lachte lauthals auf. »Außerdem haben wir selbst genug Messer. Das bringt unser Handwerk
mit sich, wir sind schließlich kein Buchladen.«

»Können Sie uns zeigen, wo Señor Hähnlein gearbeitet hat?«

Ruck reagierte verblüfft. »Ich weiß zwar nicht, für was das
gut sein soll. Aber okay, kommen Sie mit.« Er kam hinter der
Theke hervor und bedeutete ihnen, ihm zu folgen.

Sie gingen durch eine Tür am Ende des Verkaufsraums und
landeten in einem Raum, kaum größer als ein Wohnzimmer,
dessen Boden und Wände weiß gekachelt waren. Silbrig glänzende Maschinen, Schränke und ein langer Tisch, alles aus Metall, standen in dem steril wirkenden Gebäudetrakt.

Kein großer Unterschied zu Pep Boschs Sektionsraum in
der Rechtsmedizin, dachte Ribera. Außer dass das Fleisch von
Tieren statt von Menschen stammte.

»Hier findet unsere Hauptproduktion statt«, erklärte Ruck
und ging zu einer Maschine, auf der eine Stahlschüssel montiert war. »Das ist eines der Herzstücke des Herstellungspro-
zesses, der Kutter, die Schneide- und Mischmaschine. Damit
produzieren wir Brät. Danach geben wir das Rohprodukt in
die Füllanlage, in der es in die Därme gefüllt wird.« Er zeigte
auf eine Apparatur, aus der ein dünnes Metallrohr herausragte.
Daneben stand ein Metallregal, in dem Dutzende fertiger Würste
an Schnüren hingen. »Die müssen noch in die Kombianlage«,
er deutete auf einen Metallschrank, »darin wird geräuchert, im
Dampf gegart und gebacken. Das war's mehr oder weniger – alles
kein Hexenwerk. Andererseits ist das auch der Grund, weshalb
in den letzten Jahren immer wieder Pfuscher auf Mallorca aufgetaucht sind.«

Ribera nahm mit Erstaunen wahr, wie sich Ruck nach den
letzten Worten veränderte, als hätte jemand einen Emotions-

Chip aktiviert. Seine Miene verfinsterte sich, seine Augen blitzten, seine Lautstärke erhöhte sich, und der Tonfall wurde aggressiv.

»Stellen einfach rostige Maschinen in eine Garage, besorgen sich Billigfleisch aus dubiosen Quellen und glauben, damit Wurst herstellen zu können. Den Mist bieten sie dann über die sozialen Netzwerke zu unterirdischen Preisen an, bei denen unsereins mit seinen Qualitätsprodukten nicht mithalten kann. Und das unter dem Radar der Behörden. Aber die meisten dieser Stümper verschwinden nach kurzer Zeit wieder von der Bildfläche. Ihr Glück, ich hätte schon ein paarmal gute Lust gehabt …« Er führte den Satz nicht zu Ende.

»Immerhin scheinen Sie eine treue Stammkundschaft zu haben«, sagte Ribera in Anspielung auf Blums Vater und Hedi.

Ruck reagierte wie ein Stier, vor dem ein Torero mit einem roten Tuch wedelte. »Ha, Sie haben keine Ahnung. Als mein Vater Ende der sechziger Jahre nach Mallorca kam, war der Markt ganz anders als heute. Damals war er einer der wenigen Metzger, die deutsche Wurstwaren herstellten. Heute kannst du die Sachen auch in den deutschen Supermärkten auf der Insel kaufen oder im Internet bestellen. Außerdem ist es nur ein Saisongeschäft, spätestens im Oktober, November, wenn nur noch wenige Touristen da sind, bricht der Umsatz ein. Wenn ich nicht zusätzlich Kunden auf dem Festland hätte und den einen oder anderen Supermarkt oder Hotels beliefern würde, könnte ich das Ganze vergessen. Dazu muss ich in Maschinen investieren und Gehälter bezahlen. Da bleibt nicht mehr viel übrig. Von wegen, Handwerk hat goldenen Boden. Ich habe ein paarmal dran gedacht, den Betrieb einzustellen. Ich weiß nicht, was mich davon abgehalten hat, vielleicht eine gewisse Sentimentalität, nennen Sie es Respekt vor dem Werk meines Vaters.«

Ribera und Blum hatten genug gehört. Nachdem Ruck nicht sagen konnte, wo Hähnlein zuletzt gewohnt hatte oder wo er sich derzeit aufhielt, machten sie Anstalten zu gehen. Ribera überreichte Ruck eine Visitenkarte.

»Sollte Ihnen noch etwas einfallen oder Señor Hähnlein mit Ihnen Kontakt aufnehmen, informieren Sie uns umgehend.«

»Nicht der einfachste Zeitgenosse«, sagte Ribera, nachdem sie wieder auf der Straße standen. »Sind alle Mallorca-Deutschen mit eigenem Geschäft so hart drauf?«

»Ich habe relativ wenig Kontakt zur deutschen Szene«, erwiderte Blum. »Es gibt sicher solche und solche – wie bei den Spaniern. Manche sagen, man solle sich von einigen Deutschen möglichst fernhalten. In einem hat Ruck jedoch recht: Es kommen genügend Leute mit der Illusion auf die Insel, dass das Leben hier leichter ist, du weniger arbeiten musst und die restliche Zeit Sonne und Strand genießen kannst. Mit der Zeit merken sie dann, dass man härter arbeiten muss als in Deutschland. Nicht die beste Basis für landmannschaftliche Solidarität. Ich habe Ruck das Geschwätz von der besonderen Verbundenheit nicht abgekauft. Eher hat er Benito als billige Arbeitskraft gesehen. Und als er gemerkt hat, dass die Rechnung nicht aufging, hat er ihn fallen lassen wie eine heiße Kartoffel.«

»Wahrscheinlich hast du recht. Auf mich machte er den Eindruck eines nüchtern kalkulierenden Unternehmers. Und so schlecht, wie er behauptet, kann es ihm nicht gehen. Dafür wirken Betrieb und Maschinen viel zu modern, es sei denn …«

Das Klingeln seines Mobiltelefons unterbrach ihn. Die Nummer, die im Display angezeigt wurde, kannte er. Endlich der Rückruf, auf den er gewartet hatte.

✳✳✳

Quique gähnte. Er war hundemüde und hätte sich am liebsten zu einer kleinen Siesta hingelegt. Aber er hatte Ribera zugesagt, die Stellung zu halten. Und nun quälte ihn in dieser öden Urbanisation von Marratxí die Langeweile.

Das Observationsobjekt lag in einer leicht ansteigenden Straße, die gesäumt war von eingeschossigen, villenartigen

Häusern mit ockergelben oder terrakottaroten Fassaden und Balkonen mit verschnörkelter Brüstung, erbaut in einem modernen mediterranen Stil oder was immer die Architekten dafür hielten. Nach vorn waren die Häuser abgeriegelt durch Natursteinmauern, auf denen Metallzäune installiert waren.

Quique hatte circa fünfzig Meter unterhalb der Hausnummer 13a geparkt, von wo aus er die Umgebung überblicken konnte. Seit über einer Stunde wartete er, ohne dass sich auf dem Anwesen etwas gerührt hatte.

Wieder mal eine dieser Schnapsideen, die Ribera des Öfteren gebar, wiewohl Quique zugeben musste, dass sich viele als gar nicht so übel herausgestellt hatten. Aber hier lag sein Chef daneben, hundertpro. Auch was seine hartnäckigen Zweifel am Suizid von Guillem Sastre betraf. Dennoch hatte er sich breitschlagen lassen, die Witwe zu beschatten, nur weil Ribera deren Verhalten auf der Beerdigung sonderbar vorgekommen war.

Bei dieser Undercoverermittlung hatte er sogar noch einen draufgesetzt. Quique sollte nicht nur möglichst unauffällig agieren, die Aktion lief zudem an Polizeichef Moix vorbei. Der hatte den Tod des Kollegen längst abgehakt – wie alle anderen im Kommissariat und in der mallorquinischen Öffentlichkeit, bis auf Ribera.

Um nicht aufzufallen, hatte Quique darauf verzichtet, sein Motorrad zu nehmen. Stattdessen war er auf Riberas Vorschlag hin mit dessen klapprigem Seat Ibiza nach Marratxí gefahren, an dem der Zahn der Zeit sichtbare Spuren hinterlassen hatte. Die gelbe Farbe war verblichen, die Karosserie wies etliche Beulen auf.

Jemanden zu beschatten war generell oft eine zähe Angelegenheit – unkalkulierbarer Ablauf, unsicherer Erfolg. Auf diese Mission traf das erst recht zu. Aber er war ja nicht blöd, hatte vorher angerufen und gleich wieder aufgelegt, als jemand den Hörer abgenommen hatte. Und tatsächlich stand ein Auto vor der Garage des Anwesens.

Genervt versuchte er, in dem alten Autoradio einen Sender mit ordentlichem Musikprogramm zu finden. Ribera hatte tatsächlich noch ein analoges Gerät in seiner Rostschüssel. Schließlich stöpselte er die Kopfhörer seines Smartphones ein, spielte ein Stück aus seiner Playlist ab und sang leise mit.

»She had that Camarillo brillo
Flamin' out along her head
I mean her Mendocino bean-o
By where some bugs had made it red.«

Ah, der gute Frank Zappa, was für ein Genie, dachte er. Nur dummerweise viel zu früh gestorben.

Ehe er einen zweiten Song abspielen konnte, sah er, wie sich das Tor der Einfahrt zur 13a langsam automatisch öffnete. Ein weißer Citroën Berlingo Kastenwagen rollte heraus und fuhr an ihm vorbei die Straße herunter. Am Steuer saß eine ältere Frau mit kurzen Haaren. Sie hatte keine Ähnlichkeit mit Elena Sastre, der er auf dem Friedhof von Marratxí begegnet war.

Statt dem Wagen zu folgen, stieg er aus, um sich umzuschauen. Dem Anschein nach war das Haus unbewohnt. Türen und Fensterläden waren geschlossen. Auf dem schmalen Gartenstück neben dem Gebäude war keine Blume, kein Insekt oder Vogel zu sehen, wie überhaupt das Anwesen die Ruhe eines Friedhofs ausstrahlte.

Eine Frau mittleren Alters trat ans Gartentor des Nachbaranwesens. Sie trug eine dunkelblaue Jogginghose und ein ärmelloses helles Top, in der Hand hatte sie einen Müllbeutel.

Unter dem Vorwand, von der Telefongesellschaft »Telefónica« zu sein und niemanden erreichen zu können, sprach Quique sie auf Elena Sastre an.

»Da sind Sie nicht der Einzige mit dem Problem. Seit dem Tod ihres Mannes ist Elena ständig unterwegs. *Dios mío*, ist ja auch verständlich. Ganz allein in diesem Haus, da muss einem die Decke auf den Kopf fallen. Armes Ding.«

»Und wo kann man sie erreichen, wenn sie nicht zu Hause ist?«

»Vielleicht bei ihren Eltern. Die wohnen in Consell, wenn ich mich recht erinnere.«

»Ich habe eben eine Frau von hier wegfahren sehen, konnte sie aber nicht mehr erreichen. Wer war das?«

Die Nachbarin winkte ab. »Ach, das war nur Carolina. Die kommt ab und zu zum Putzen vorbei. Schon seit Jahren. Guillem und sie sind … waren ja beide berufstätig.«

Quique erkannte, dass die Frau eine redselige Natur war, und beschloss, die Gelegenheit beim Schopf zu packen.

»Verzeihen Sie meine Neugier, aber ich habe gehört, der Mann sei einfacher Polizist gewesen. Da verdient man zwar nicht schlecht, soweit ich weiß, aber so ein Haus, eine Putzkraft, ein Auto oder vielleicht sogar zwei, wenn beide gearbeitet haben … Ich meine nur, vielleicht kann unsereins etwas dazulernen. Mit den Gehältern bei ›Telefónica‹ kannst du keine großen Sprünge machen.«

Die Frau stellte die Mülltüte neben sich auf den Boden. »Das habe ich mich ehrlich gesagt auch schon gefragt. Man hat gemunkelt, die Eltern hätten ihnen unter die Arme gegriffen. Und er hat ja ständig gearbeitet, war selten zu Hause. Bis auf die letzten Monate, krankgeschrieben, hieß es. Kein Wunder, dass es in der Ehe kriselte.«

»Geld allein macht eben nicht glücklich. Was meinen Sie mit kriseln?«

Die Frau sah sich um und kam ein Stück näher. »Verstehen Sie mich nicht falsch. Ich mag Elena, wir sind seit Langem Nachbarn. Aber die beiden waren schon sehr unterschiedlich. Außerdem soll er Depressionen gehabt haben. Das stelle ich mir nicht einfach vor für den Partner. Gerade für ein so lebenslustiges Ding wie Elena. Ich sag Ihnen, das wäre eh nicht mehr lange gut gegangen, wenn er nicht … ach, ich sollte nicht so viel reden.« Sie machte eine Handbewegung, als würde sie einen imaginären Reißverschluss an ihrem Mund schließen. »Wenn Sie Elena erreichen wollen, versuchen Sie es am besten morgen oder nächste Woche. Da müsste sie zu Hause sein. Übrigens sind Sie für einen

Mann wirklich ziemlich neugierig. Aber wenn Sie wieder in der Gegend sind, kommen Sie doch mal auf einen Kaffee vorbei. Mein Mann arbeitet den ganzen Tag, wie die meisten, die in der Gegend wohnen. Das ist das reinste Schlafquartier, da kann es hier draußen recht einsam sein.« Sie schnappte ihre Mülltüte und machte sich auf zu den Containern am Ende der Straße.

Quique hatte fürs Erste genug gehört. Er stieg ins Auto und fuhr nachdenklich nach Palma zurück. Was, wenn Ribera doch nicht danebenlag? Auf der anderen Seite waren solche familiären Probleme nichts Außergewöhnliches. Warum den Selbstmord in Frage stellen?

Moment, was hatte die Frau zum Schluss gesagt – Kaffee, einsam? Hatte sie ihn etwa gerade angemacht? »*Hostia puta.*«

Grinsend stöpselte er wieder die Kopfhörer ein und spielte »The Torture Never Stops«, ein weiteres Stück von Frank Zappa.

Passt gut zu dem, was in letzter Zeit passiert ist, dachte er.

Nicht ahnend, dass es kurz darauf eine Steigerung geben sollte.

***

Seit Minuten lief Benito Hähnlein unruhig in der Wohnung auf und ab. Wieder und wieder dieselbe Strecke – von dem schmalen Bett an der Wand bis zum Fenster und zurück. Bett, Fenster, Fenster, Bett … Der Monotonie eines Raubtiers in seinem Zoogehege gleich. Genauso fühlte er sich, seit er Hals über Kopf von der Finca geflüchtet war.

Die Geschehnisse dort lagen wie in einem Nebel, der sich allmählich lichtete. Er erinnerte sich daran, dass er völlig bekifft gewesen war. Dass es zwischen ihm und Hernán wegen dieses verdammten Schlüssels heftig geknallt hatte und Hernán auf dem Boden gelegen und sich nicht mehr gerührt hatte. Dass er danach mit dem Auto ziellos und viel zu schnell durch die Gegend gefahren war.

Weitere Details meldeten sich zurück. Um ein Haar wäre er auf einer schmalen Landstraße in eine Gruppe von Rennradfahrern hineingerast, die plötzlich nach einer Kurve vor seiner Kühlerhaube aufgetaucht war. Reflexartig hatte er im letzten Moment das Steuer herumreißen und knapp an den äußersten Fahrern vorbeischrammen können. Im Rückspiegel hatte er gesehen, wie einige gestürzt waren, während die anderen wütend die Fäuste in die Luft gereckt und ihm etwas hinterhergeschrien hatten.

»*Joder*«, fluchte er, das hätte in die Hose gehen und seine Lage weiter verschlimmern können.

Was für ein hirnverbrannter Idiot er doch war, dass er sich in die Sache hatte hineinziehen lassen. Aber weiter denken als von zwölf bis Mittag war noch nie seine große Stärke gewesen. Benito, der klassische Loser. Diesen Ruf hatte er schon in der Schule weggehabt. Ein Lehrer hatte ihm damals prophezeit, dass aus ihm nie etwas werden würde. Und der Richter, der ihm eine Bewährungsstrafe aufgebrummt hatte, hatte ihn gewarnt, dass es eines Tages schlimm mit ihm enden würde, wenn er sein Leben nicht endlich in den Griff bekäme. In den Griff bekommen, ausgerechnet er, der Schulabbrecher, der sich mit Gelegenheitsjobs durchs Leben geschlagen, mit Drogen gedealt hatte. Dennoch: Nach dem Warnschuss hatte er sich am Riemen gerissen. Er hielt sich an die Bewährungsauflagen, meldete sich regelmäßig bei den Behörden, er hatte es sogar geschafft, einen Job zu bekommen. Nicht besonders gut bezahlt, aber ein Job.

Irgendwann aber hatten ihn die Drogen wieder eingeholt. Er kam von diesem verdammten Zeug einfach nicht los, hatte chronische Geldprobleme, verlor seine Wohnung, weil er die Miete nicht bezahlen konnte. Er schien in einem ewigen Teufelskreislauf gefangen gewesen zu sein. Bis sich ihm eines Tages eine neue Chance geboten hatte. Leicht verdientes Geld, hieß es. Touren aufs Festland, eine Art Kurierdienst. Dafür erhielt er eine kleine Provision. Die war ihm ebenso schnell wieder in den Fingern zerronnen, wie er sie bekommen hatte.

Er hatte wegen zusätzlicher Aufträge angefragt. Es gebe eine andere Möglichkeit, mehr Kohle zu verdienen, hieß es. Sie sei jedoch mit einem gewissen Risiko verbunden. Nach anfänglichem Zögern hatte er sich darauf eingelassen.

Und nun steckte er noch tiefer in der Scheiße als vorher.

Er war wieder am Fenster angekommen. Sein Blick wanderte hinaus zur Straße, zu den Passanten, die an diesem sonnigen, warmen Tag auf dem Bürgersteig flanierten, zu den roten Plastiktischen vor einem Café, die mit Gästen besetzt waren. Zu gern hätte er dort ein Bier getrunken. Aber die Polizei fahndete sicher schon nach ihm.

Was für ein Glück, dass er bei einem Kumpel aus der Besetzerszene unterkommen konnte. Aber wie sollte es nun weitergehen? Allein kam er aus der Misere nicht raus, das war ihm klar. Er brauchte Hilfe. Sollte er vielleicht ...?

Er griff nach seinem Mobiltelefon, tippte eine Nummer ein, brach die Aktion wieder ab. Bis er doch anrief. Eine zornig klingende Stimme meldete sich.

»Bist du verrückt, hier anzurufen?«

Hähnlein zuckte zusammen.

»Wir hatten doch ausdrücklich vereinbart, keine Telefonate übers normale Handy, das sich jederzeit orten lässt.«

»Ich weiß, aber das ist ein absoluter Notfall«, stieß Hähnlein aufgeregt in den Hörer. »Ich stecke in der Klemme. Du musst mir helfen.«

Nachdem er erzählt hatte, was vorgefallen war, herrschte Schweigen am anderen Ende der Leitung, gefolgt von schwerem Atmen. Nach einigen Sekunden, die Hähnlein wie Minuten vorkamen, ließ sich sein Gesprächspartner wieder vernehmen.

»Okay, bleib, wo du bist. Jetzt heißt es Ruhe bewahren und die Füße stillhalten, bis sich die Lage beruhigt hat. Ruf auf keinen Fall wieder an, verstanden? Ich melde mich bei dir.«

***

Der Carrer de Joan Alcover lag im einem der gesichtslosen Wohnviertel Palmas, die entstanden waren, als sich die Stadt

Anfang des 20. Jahrhunderts über ihre Mauern hinaus wie eine wuchernde Zelle ausgedehnt hatte. Die Straße selbst war schnurgerade wie am Lineal gezogen und vermutlich in dieser Form auch am Reißbrett eines Architekten konzipiert. Im Süden schien sie direkt ins Meer zu münden, ähnlich einem Fluss, der in den Ozean floss. Nur dass der Strom in diesem Fall aus Asphalt bestand und auf ihm keine Schiffe, sondern Autos verkehrten. Eingebettet war das Ganze in den Stadtteil Foners.

Eine merkwürdig schräge Synchronizität, dachte Ribera, nachdem er die Steinschleuderer besucht hatte. Vielleicht aber rührte die Bezeichnung auch daher, dass der Barrio nur einen Steinwurf von der Altstadt entfernt war.

Wie auch immer. Der Treffpunkt, den Biel Company am Telefon genannt hatte, befand sich in einem der mehrstöckigen, schnell hochgezogen wirkenden Zweckbauten, die typisch waren für diese Ecke der Balearenmetropole.

Ribera hatte sich am Rande eines kleinen Parks postiert und beobachtete die Szenerie auf der anderen Straßenseite. Gegen neunzehn Uhr trudelten nach und nach Besucher ein, verschwanden durch eine Glastür im Erdgeschoss, manche unterhielten sich vorher auf dem Gehweg und rauchten eine Zigarette. Die meisten schienen sich zu kennen, wie Ribera der herzlichen Art entnahm, in der sie sich begrüßten.

Er war unsicher, was auf ihn zukommen würde. Nicht, dass er ein besonders schüchterner Mensch gewesen wäre, aber als Vertreter der Staatsmacht auf einer Versammlung von Zwangsräumungsgegnern zu erscheinen, das kam ihm vor wie eine Hyäne, die sich freiwillig in einen Löwenkäfig begibt. Damit nicht genug: Das Treffen fand in den Räumen einer linken Gewerkschaft statt, die der Polizei ebenfalls nicht freundschaftlich verbunden war. Eine suboptimale Ausgangsposition für eine erfolgreiche Ermittlungsarbeit. Dennoch gab er sich einen Ruck und wagte sich in die Höhle des Löwen. Sie würden ihn schon nicht zerfleischen – hoffte er.

Als er den Raum betrat, sah er sich einer Ansammlung von

rund zwanzig Menschen gegenüber, die an zusammengeschobenen Tischen saßen. Die Anwesenden waren ein Spiegelbild der Gesellschaft: Ältere waren ebenso vertreten wie Jüngere, Frauen wie Männer. An der Stirnseite saß ein kräftiger Mann mit kurzen dunklen Haaren und Vollbart. Mit sonorer Stimme berichtete er von den letzten Protestaktionen der Gruppe, von Menschen, die aus ihren Wohnungen geschmissen werden sollten, weil sie die Miete nicht mehr bezahlen konnten, und er gab Tipps, wie man sich dagegen rechtlich wehren konnte. Ab und zu wurden Zwischenfragen gestellt, die er geduldig beantwortete. Im Prinzip ging es zu wie auf einer Vereinssitzung. Die Atmosphäre war konzentriert, teilweise angespannt, aber überaus friedlich.

Ribera hatte sich auf einen freien Platz am Ende der Tischreihe gesetzt und hörte aufmerksam zu. Mit seinem abgetragenen Sakko fiel er nicht weiter auf, sodass sich niemand über seine Anwesenheit wunderte.

»Wollen Sie dich auch aus deiner Wohnung schmeißen?«, fragte ihn sein Tischnachbar.

Ribera verneinte, er sei lediglich hier, um sich zu informieren. Dass er von der Polizei war, verschwieg er.

Der Mann seufzte. »Ich wünschte, ich könnte das von mir sagen.« Er gab an, dass ihm die Bank mit der Räumung gedroht habe, weil er die Hypothek für die Eigentumswohnung nicht mehr aufbringen könne. Seine Verzweiflung war spürbar.

Ribera kam sich hilflos vor. Alles, was er hätte entgegnen können, schien unpassend zu sein. Er klopfte dem Mann aufmunternd auf die Schulter. Die Geste des Mitgefühls war ehrlich gemeint. Zwar war er bislang nicht persönlich mit dem Problem konfrontiert worden, dennoch kannte er die Misere vieler spanischer Familien nur allzu gut. Er erinnerte sich an die dramatischen Folgen, die vor allem das Platzen der Immobilienblase in Spanien vor einigen Jahren ausgelöst hatte, als Zehntausende ihre Behausungen verloren.

Nach gut einer Stunde war die Versammlung beendet. Biel Company kam ohne Umschweife auf Ribera zu.

»Du bist der Freund von Núria, nehme ich an. Du hast echt Eier, hierherzukommen. Viele deiner Kollegen hätten das nicht gewagt, weil sie uns misstrauen.« Er lachte sarkastisch. »Aber das beruht auf Gegenseitigkeit nach all den Scharmützeln, die wir in der Vergangenheit hatten und wohl auch in Zukunft noch haben werden.« Er wiegte den Kopf hin und her. »Wenn dich Núria nicht empfohlen hätte, wäre diese Begegnung kaum zustande gekommen. Aber ich nehme nicht an, dass du dich für die Wohnungsnöte auf Mallorca interessierst. Warum wolltest du so dringend mit mir sprechen?«

Ribera gefiel die direkte, wenn auch etwas raue Art Companys. Er nahm den Ball auf. »Ob du es glaubst oder nicht, ich bin zwar ein *madero*, aber das bedeutet nicht, dass ich in einer Blase lebe und nicht mitbekomme, was in diesem Land schiefläuft. Das Thema geht mich nicht zuletzt auch deshalb etwas an, weil Núria demnächst davon betroffen ist. Aber du hast recht: In diesem Fall bin ich wegen etwas anderem hergekommen. Es geht um einen Mord, in den, so wie es aussieht, Hausbesetzer verwickelt sind.« Er erzählte von der Finca bei Artà, dem Toten und dass sie bisher im Dunkeln tappten, wo sich die Besetzer aufhielten.

Company hörte sich Riberas Vortrag aufmerksam an. Zwischendurch verabschiedete er immer wieder einzelne Besucher per Handzeichen. Dann rieb er sich über den Bart und überlegte kurz, bevor er antwortete.

»Ich weiß nicht, wie gut du dich mit ›Stop Desahucios‹ und mit den Hausbesetzungen auf Mallorca auskennst. Generell ist das eine heterogene Szene wie auch an anderen Orten. Wir haben Leute, die Häuser aus Not besetzen, weil sie sich angesichts der Explosion der Immobilienpreise in den letzten Jahren, der geringen Gehälter und der hohen Arbeitslosigkeit keine Unterkunft mehr leisten können und ansonsten obdachlos würden. Hinzu kommt, dass es viel zu wenige Sozialwohnungen, viel zu viel leeren Wohnraum gibt und die Ferienvermietung durch Plattformen wie ›Airbnb‹. Die haben das Problem verstärkt. Das ist unsere Kernzielgruppe, wenn man so will. Daraus ist auch ›Stop Desahucios‹ hervorgegangen. Einige von ihnen waren heute Abend hier. Sag mir, wenn ich dich langweile.«

Ribera schüttelte den Kopf.

»Dann gibt es die Gruppe der politischen Besetzer, die sind allerdings auf Mallorca relativ selten. Und da wären die kriminellen Banden, meist Roma-Clans, die Häuser besetzen und oft als Drogenumschlagplatz benutzen. Mit dieser Mafia wollen wir nichts zu tun haben. Wir haben auch so schon einen schlechten Ruf, weil viele uns mit Hausfriedensbruch, mutwilliger Zerstörung und Diebstahl in Verbindung bringen. Dummerweise beherrschen solche Banden die Schlagzeilen, weil sie häufig Villen und Luxuswohnungen von Ausländern besetzen. Da stürzen sich die Medien wie die Aasgeier drauf, sogar im Ausland.«

»Was ist jetzt mit den Besetz–«, fragte Ribera dazwischen, aber Company ließ ihn nicht zu Wort kommen.

»Natürlich haben wir von diesen Typen in Artà gehört. Wir leben auf einer Insel, auf der bleibt nichts verborgen.«

»Sagen dir die Namen Frank Zampach, Benito Hähnlein oder Hernán Torres etwas?«

»Nie gehört. Die Leute mögen vereinzelt Kontakte in die Okupa-Szene haben, aber mit uns gab und gibt es keine Berührungspunkte. Die haben ihr eigenes Ding gemacht. Was genau die getrieben haben, weiß ich nicht.«

Companys Wortschwall ebbte ab und hinterließ einen ratlosen Ribera. Er hatte zwar eine Menge Informationen bekommen, aber keine, die ihn weiterbrachten. Ein Satz jedoch hatte ihn aufhorchen lassen.

»Wenn auf einer Insel nichts verborgen bleibt, dann vielleicht auch nicht, was aus der Gruppe geworden ist, nachdem sie von der Finca verschwunden ist. Vorausgesetzt natürlich, sie ist noch auf Mallorca, wovon wir im Moment ausgehen.«

Company stierte auf den Boden, als sei ihm die Frage unangenehm. Dann schob er Ribera an der Schulter aus dem Versammlungsraum, in dem sich nach wie vor einige Besucher befanden, hinaus vor das Gebäude.

»Ich konnte drinnen nicht reden. Nicht dass du das falsch verstehst. Wir ziehen zwar alle an einem Strang, aber manche meiner Leute könnten es in den falschen Hals bekommen, wenn sie hören, dass ich mit der Polizei kooperiere. Wir haben einfach in der Vergangenheit zu viele schlechte Erfahrungen mit euresgleichen gemacht. Dir dürfte nicht verborgen geblieben sein, dass deine Kollegen nicht zimperlich bei Hausräumungen vorgehen. Ich werde sehen, was ich tun kann, und mich umhören. Aber mach dir keine falschen Hoffnungen, ich verspreche nichts. Und jetzt muss ich wieder rein. Es gibt Zwangsräumungsfälle, um die ich mich kümmern sollte.« Er legte demonstrativ die Hand auf die Türklinke.

Ribera wunderte sich zwar über das abrupte Ende des Gesprächs, dennoch war es ihm nicht unrecht, dass er nach einem langen Arbeitstag endlich nach Hause konnte. Er machte sich auf in Richtung seines Autos, das er in der Nähe geparkt hatte.

»Und hey, Pau Ribera, denk dran, ich mache das nur, weil Núria dir vertraut!«, rief ihm Company noch hinterher. »Das bedeutet jedoch nicht, dass ihr in Zukunft bei uns ein und aus gehen könnt.«

Ribera hob die Hand zum Zeichen, dass er verstanden hatte. Dennoch war er sich nicht sicher, ob das nur leere Worte gewesen waren. Ja, das Treffen war besser verlaufen, als er sich erhofft hatte. Andererseits wusste er nach wie vor nicht, wie er Biel Company einschätzen sollte.

Er spürte, wie Misstrauen in ihm hochkam. Eine Art Berufskrankheit, von der die meisten Polizisten betroffen waren, und er machte da keine Ausnahme. Mit gutem Grund, sagte er sich, war es doch auch eine Lebensversicherung in einem Job, der mit vielen Risiken verbunden und oft unberechenbar war. Zu wissen, mit wem man es zu tun hatte, konnte keinesfalls schaden. Núria konnte ihm nicht weiterhelfen.

Er nahm sich vor, weitere Erkundigungen einzuholen.

8

Zwei Welten

Als Pau Ribera am nächsten Morgen aufwachte, hatte er das unbestimmte Gefühl, dass der Tag speziell werden würde. Es war eine der Vorahnungen, die ihn periodisch beschlichen. Wie aus dem Nichts hatte er ein künftiges Ereignis vor Augen, ohne allerdings die Details zu kennen. Schon in seiner Jugend hatte er diese Fähigkeit gehabt. Seine Freunde hatten ihn deswegen als Freak bezeichnet, wenn sich mal wieder herausgestellt hatte, dass er mit seinem hellseherischen Talent beim Ausgang eines Abenteuers richtiggelegen hatte.

Besonders ein Geschehnis hatte sich in seinem Gedächtnis festgesetzt: die Tragödie am Riu Segre, einem Nebenfluss des Ebro, der an seiner Heimatstadt Lleida vorbeifloss. An einem heißen, schwülen Sommertag, er war dreizehn Jahre alt, wollte seine Clique nachmittags nach der Schule schwimmen gehen. Nichts Ungewöhnliches, sondern etwas, das zum Alltag der Kinder und Jugendlichen von Lleida gehörte. Normalerweise hatte er keine Probleme damit, da er ein guter Schwimmer war und das Planschen im kühlen Fluss und das Spielen in den Auen liebte. Doch an jenem Tag beschlich ihn ein ungutes Gefühl, als Santi, der heimliche Anführer einer etwa fünfköpfigen Gruppe, den Vorschlag unterbreitete und alle begeistert zustimmten. Alle bis auf ihn, Pau.

Er hatte versucht, die anderen umzustimmen. »Wollen wir nicht lieber Fußball spielen? Heute ist kein guter Tag für den Fluss.«

Sie hatten ihn ausgelacht und als Spielverderber beschimpft. Schweren Herzens hatte er sich ihnen angeschlossen. Lange Zeit ging dann auch alles gut. Ausgelassen tobten sie im Wasser, schwammen von einem Ufer zum anderen. Dann zogen dunkle Wolken auf, aber sie waren so in ihrem Element, dass sie die Veränderung am Himmel nicht bemerkten. Plötzlich war das Gewitter da. Panisch schwammen sie zum Ufer zurück und schlüpften in ihre Klamotten, als einer aus der Gruppe fragte: »Wo ist Feran?«

»Der ist wahrscheinlich schon auf dem Weg nach Hause«, sagte Santi.

Die anderen waren beruhigt. Er hingegen war sich sicher, dass etwas Schlimmes passiert war.

Am nächsten Tag hatte sich herausgestellt, wie recht er gehabt hatte. Da Feran nicht zu Hause aufgetaucht war, war der Fluss abgesucht und irgendwann die Leiche des Jungen entdeckt worden. Er war ertrunken.

All das ging Ribera durch den Kopf, während er duschte, sich ankleidete und sein Pensionszimmer verließ. Er dachte daran, wie er sich später mit seinen Vorahnungen auseinandergesetzt hatte. Er hatte dabei erfahren, dass diese Fähigkeit, die als außersinnliche Wahrnehmung galt und wissenschaftlich nicht nachweisbar war, Präkognition genannt wurde. Seine Mutter hatte ihm damals erzählt, dass bereits die Großmutter über die Fähigkeit verfügt habe. »Es ist Fluch und Segen zugleich«, hatte sie gesagt. Ribera war das Ganze esoterisch vorgekommen, und er hatte es als Laune der Natur verbucht. Was ihn nicht daran hinderte, später seinen Eingebungen zu folgen. Bei manchen Kollegen galt er deshalb als schräge Type.

Für zehn Uhr hatte er eine Teambesprechung mit Quique und Cristina Blum angesetzt, um das weitere Vorgehen zu besprechen. Vorher wollte er aber noch Erkundigungen zu Biel Company einholen. Er überlegte, wen er kontaktieren sollte.

Die Entscheidung wurde ihm abgenommen. Sein Telefon klingelte. Am Apparat war Francina Costa vom »Institut Balear de la Vivienda«.

»Señora Costa, das muss Gedankenübertragung sein. Gerade habe ich daran gedacht, Sie anzurufen.«

»Verrückt, aber solche Synchronizitäten gibt es … Meiner Meinung nach geschieht nichts zufällig. Verzeihen Sie, wenn ich abschweife. Sie als Polizist können damit sicher wenig anfangen, Sie orientieren sich eher an nüchternen Fakten.«

Ribera war einen Moment lang perplex ob Costas Gesprächseröffnung. Von ihr hätte er so etwas nicht erwartet. Schon zum zweiten Mal an diesem Tag wurde er auf die Metaebene gehoben. Das konnte ja heiter werden, wenn es so weiterging.

»Mitnichten«, sagte er. »Das ist ein spannendes Thema. Und was die Polizeiarbeit betrifft: Natürlich sammeln wir Fakten, die zur Aufklärung eines Verbrechens führen. Die Wurzeln für kriminelles Handeln liegen aber oft tief im Unbewussten, und bei den Motiven für eine Gewalttat gibt es irrationale Komponenten, und zwar nicht zu knapp. Vielleicht sollten wir das bei anderer Gelegenheit vertiefen, wir könnten ja mal einen Kaffee trinken gehen.«

Costa lachte. »Sagen Sie das nicht so leichtfertig, eventuell komme ich irgendwann darauf zurück. Aber genug davon. Ich habe Sie angerufen, weil ich mich bei unseren Mitarbeitern nach den besetzten Objekten auf Mallorca erkundigt habe. Wie erwähnt, gibt es keine vollständige Übersicht. Da hätten wir viel zu tun, wenn wir jeden Fall erfassen wollten. Das ist auch nicht unsere Aufgabe. Dennoch kann ich Ihnen zwei Tipps geben, wo Sie bei Ihren Ermittlungen ansetzen könnten. Einer davon ist recht riskant, da traut sich selbst die Polizei meistens nicht hin oder nur mit einem Großaufgebot. Die andere hat bisher in der Öffentlichkeit keine große Rolle gespielt. Aber dem Kollegen, der das Objekt betreut, sind dort in letzter Zeit neue Bewohner aufgefallen. Die seien ihm nicht ganz koscher vorgekommen.«

»Schießen Sie los.«

»Die gefährliche Variante ist Son Banya, ein berüchtigtes Drogenviertel. Sie haben sicher schon davon gehört. Liegt im Osten von Palma an der Carretera Llucmajor im Schatten des Flughafens. Eine Ansammlung von heruntergekommenen Baracken. Das ist zwar keine Hausbesetzer-Ecke und soll abgerissen werden, aber für jemanden, der eine Zeit lang untertauchen möchte, könnte die Siedlung interessant sein, vorausgesetzt, man hat dorthin Kontakte oder die Mittel, um die Bewohner zu schmieren. Hin und wieder kam es in der Vergangenheit zu Razzien, aber nur mit einer halben Armee.«

»Und was wäre die zweite Variante?«

»Ein Wohnblock im Carrer Joan de Saridakis im Stadtteil Cala Major. Dort herrscht ein ständiges Kommen und Gehen, sagte der Kollege. Schwer zu kontrollieren, ein sozialer Brennpunkt mit teilweise dubiosen Gestalten. Aber auch mit Leuten, die sich einfach nichts anderes leisten können. Wenn man so will, ein ideales Anschauungsobjekt für die soziale Ungleichheit auf Mallorca.«

»Ach, ich dachte, wir würden in einer der reichsten Regionen Spaniens leben.«

»Vordergründig ja. Unter der Oberfläche sieht es anders aus. Da geht die Schere zwischen Arm und Reich ziemlich auseinander, und zwar mehr als in allen anderen Regionen Spaniens. Gerade in den letzten Jahren ist die soziale Kluft gewachsen. Dazu gibt es übrigens Statistiken.«

»Ich dachte, nach der Finanzkrise wäre es wirtschaftlich wieder nach oben gegangen.«

»Schon, aber nicht alle haben davon profitiert. Vor allem die Armen haben kaum etwas abbekommen, weil sie sich oft mit schlecht bezahlten Jobs über Wasser halten müssen. Manche Betroffenen wussten sich nicht anders zu helfen, als Wohnungen zu besetzen.«

In der offenen Tür seines Büros erschienen Quique und Blum. Ribera winkte die beiden herein, ohne das Telefonat zu unterbrechen. »Apropos besetzen. Ist Ihnen ein gewisser Biel Company bekannt, der ...«

»Und ob«, unterbrach ihn Costa. »Es gab Zeiten, da verging keine Woche, in der wir nicht mit ihm und seiner Gruppe zu tun hatten. Hartnäckiger Bursche, mit allen Wassern gewaschen. War früher selbst Hausbesetzer und ist mehrmals mit der Polizei aneinandergeraten. Ein echter Überzeugungstäter. Es würde mich nicht wundern, wenn er irgendwann in die Politik ginge.«

Eine interessante Frau, dachte Ribera, nachdem er kurze Zeit später aufgelegt hatte. Vielleicht sollte er sich wirklich mal mit ihr treffen.

Quique und Blum sahen ihn erwartungsvoll an.

Er räusperte sich und unterrichtete sie von Costas Tipp mit der Wohnung in Cala Major. »Wir sollten uns die mal vornehmen.«

»Ich kenne den Bunker«, sagte Quique. »Eine frühere Freundin hat mit ihrer Familie in der Nähe gewohnt. Wie hieß die Straße noch mal ...? Carrer Sirtaki, Zaziki oder so ähnlich, irgendetwas Griechisches.«

»Carrer Joan de Saridakis.«

»Stimmt. Ich erinnere mich, dass es dort auch ganz nette Villen gibt. Und dazwischen dieser potthässliche Klotz, Pullman, genau, so heißt die Anlage.« Quique hämmerte mit der rechten Faust in seine linke Handfläche. »Das muss man sich auf der Zunge zergehen lassen. Pullman, das waren früher Luxuszüge in einigen europäischen Ländern. Ich weiß das deshalb, weil ich mal ein Faible für Eisenbahnen hatte und alles verschlungen habe, was ...«

»Du und Eisenbahnen?«, unterbrach ihn Blum. »Hätte ich dir gar nicht zugetraut.«

»Ich bin halt immer für Überraschungen gut«, konterte Quique. »Auf jeden Fall ist das ein Hohn, wenn man an den heruntergekommenen Schuppen denkt, zumal es dort immer wieder Randale und sogar einen Toten gab. Von Luxus ist das so weit entfernt wie Mallorca von den Galapagosinseln. Aber es kommt noch besser: Das alles ist nur einen Steinwurf entfernt von der Miró-Stiftung und vom Marivent-Palast. Ihr wisst schon, die Hütte, in der der König und seine Familie im Sommer aufschlagen.« Er brach in sein wieherndes Lachen aus. »Das ist so abgefahren, dass es sich niemand besser ausdenken könnte.« Nachdem sein Heiterkeitsanfall beendet war, fügte er hinzu: »Vielleicht sollten wir uns bei der Gelegenheit gleich mal in dem königlichen Ferienhäuschen umschauen. Das steht die meiste Zeit des Jahres leer und ist keine schlechte Adresse für Hausbesetzer.«

»Du kannst es ja mal vorschlagen, unser werter Polizeichef wäre sicher begeistert von der Idee.« Riberas trockene Bemerkung entlockte Blum ein Schmunzeln.

»Bevor wir das Thema vertiefen, hätte ich noch etwas anderes, das euch interessieren könnte.« Sie wedelte mit einigen DIN-A4-Blättern, die sie die ganze Zeit in der Hand gehalten, denen aber niemand Beachtung geschenkt hatte. »Der Spusi-Bericht zur Untersuchung von Hernán Torres ist eingetroffen. Das ist hochinteressant, denn in Verbindung mit seinem Hausmeisterservice gibt es einige Ungereimtheiten. Die Kollegen fanden Hinweise darauf, dass er Ausgaben fingiert hat. Zum Beispiel bei den Personalkosten. Bei der Finca in Artà hat er sogenannte Hilfsdienste der Bewohner berechnet, etwa von Frank Zampach. Er hat allen Ernstes Posten wie Schafehüten, Ernteeinsätze oder Gärtnerdienste aufgeführt.«

»Wahrscheinlich für die Marihuana-Plantage.« Quique schüttelte den Kopf. »Ich fass es nicht.«

»Nicht auszuschließen, wobei ich davon ausgehe, dass das nur Fake ist, um seine zu versteuernden Einnahmen zu reduzieren. Aber um endgültige Sicherheit zu haben, müssten wir Zampach befragen. Der richtig spannende Teil kommt aber jetzt.« Blum blätterte in ihren Ausdrucken. »Wie es aussieht, hatte Torres noch andere Einnahmequellen als den Hausmeisterservice. Die Kollegen fanden eine größere Summe Bargeld, rund siebzigtausend Euro, die er in einem Steckdosentresor deponiert hatte. War schwer zu finden, weil das Ding von außen, wie der Name schon sagt, wie eine normale Steckdose aussah und in die Wand eingelassen war. Entdeckt haben die Kollegen den Safe nur, weil einer der Beamten sein Mobiltelefon daran aufladen wollte. Die Spurensicherung glaubt nicht, dass es sich um normale geschäftliche Einnahmen handelt, da der Geldverkehr seines Hausmeisterservices ansonsten über ein Konto bei einer mallorquinischen Bank abgewickelt wurde. Außerdem muss das Geschäft nach den Aufzeichnungen in den Büchern nicht besonders gelaufen sein, als dass jemand eine solch große Summe zu Hause liegen hat. Sie vermuten, dass es sich um Schwarzgeld handelt, das aus anderen Quellen stammt. Dafür spricht auch, dass in der Historie von Torres' PC etliche Webseiten zu finden waren, die sich mit Steueroasen im Ausland beschäftigen. Malta hatte es ihm besonders angetan. Ansonsten war er des Öfteren auf dem spanischen Festland, vor allem Madrid und Barcelona. Uns liegen Flugtickets und Rechnungen von Mietwagenfirmen vor. Was er dort getrieben hat, ist unklar.«

»Vermutlich die angeblichen Besuche bei Freunden und Verwandten«, sagte Ribera. »Wir sollten wegen des Geldes sicherheitshalber seine Frau befragen. Aber wie es aussieht, hatte Pfarrer Rotger nicht ganz unrecht, als er Torres einen Hang zur Geldgier attestierte. Sehr gut möglich, dass darin der Schlüssel zu seinem Tod liegt. Vor allem wenn man berücksichtigt, dass Habgier zu den häufigsten Mordmotiven zählt. Aber vielleicht ging es auch um etwas ganz anderes – Rache, verletzte Eitelkeit, Eifersucht, was ja auch häufig vorkommt. Wobei, an Eifersucht glaube ich in diesem Fall nicht. Nehmen wir uns das Pullman-Gebäude vor und finden es heraus. Abmarsch in einer Stunde.«

**

Ribera hatte Quiques Beschreibung des Pullman-Gebäudes als eine seiner üblichen rustikalen Übertreibungen eingestuft. Nun in der Realität musste er feststellen: Sie traf zu. In Cala Major prallten zwei Welten aufeinander, die in puncto Lebensfreundlichkeit etwa so viel gemein hatten wie Erde und Jupiter.

Dieser Vergleich kam ihm in den Sinn, als er zusammen mit Quique und Blum vor dem wuchtigen Doppelbau im Carrer Joan de Saridakis stand. Einem Sperrriegel gleich schob er sich vor den Blick des Betrachters, als verberge sich dahinter eine noch schlimmere Monstrosität.

Was sich hingegen auf der gegenüberliegenden Straßenseite auf dem Gelände der Stiftung »Pilar i Joan Miró« abspielte, konnte man bestenfalls erahnen. Das Museum des weltberühmten katalanischen Künstlers lag hinter einer wehrhaft wirkenden Mauer und einer dichten Reihe von Bäumen. Es mutete an, als habe sich Miró so gut wie möglich von dem Schmuddelkind in der Nachbarschaft abschirmen wollen.

»Wäre es nicht besser gewesen, wenn wir die Kollegen vom Einsatzkommando mitgenommen hätten?«, fragte Blum, während sie die Fassade der Wohnanlage betrachtete, deren unzählige Fenster an eine überdimensionale Bienenwabe erinnerten. »Das ist ein ziemlich unübersichtliches Szenario. Ich habe gelesen, dass es über zweihundert Appartements mit rund sechshundert Bewohnern gibt. Das könnte leicht aus dem Ruder laufen.«

»Ich verstehe deine Bedenken«, sagte Ribera. »Daran habe ich auch schon gedacht, aber die Kollegen sind heute bei einer komplizierten Zwangsräumung im Einsatz. Ich wollte die Sache nicht aufschieben. Je länger wir warten, desto größer das Risiko, dass uns jemand durch die Lappen geht. Bringen wir's hinter uns.«

Die drei legten kugelsichere Westen an und marschierten zum Eingang des Gebäudes. Im Inneren kamen sie in ein dunkles Foyer. Ribera schaute sich suchend um, bis er den Aufzug entdeckte. Er drückte auf den Knopf, aber nichts rührte sich.

»Da könnt ihr lange warten, der ist kaputt.«

Die Stimme hinter ihnen gehörte einem älteren Mann. Mit seinem beigen Sakko mit dunkelrot-grauem Pepita-Muster nebst farblich passendem rotem Einstecktuch und einer hellen Hose entsprach er so gar nicht Riberas Vorstellung eines Pullman-Bewohners.

»Der geht seit zwei Monaten nicht mehr, die Hausverwaltung kümmert sich einfach nicht drum.« Der Mann zuckte zusammen, erst jetzt schien er wahrzunehmen, mit wem er es zu tun hatte. »Wie dumm von mir, ich nehme kaum an, dass ihr hergekommen seid, um das Ding endlich zu reparieren.«

»Ich fürchte, nein«, entgegnete Ribera.

»Was wundert es mich, ist ja nicht das erste Mal, dass die Polizei hier ist – und wahrscheinlich nicht das letzte Mal.« Der Mann schlurfte in Richtung Treppenhaus. Ribera gab das Zeichen, ihm zu folgen.

Minuten später standen er und Quique keuchend im Flur des sechsten Obergeschosses. Blum hingegen war der Aufstieg kaum anzumerken. Sie war ihnen leichtfüßig vorausgegangen und sah sie mitleidig an.

»Ich hätte größte Lust, jemanden von der Hausverwaltung persönlich raufzuzerren, damit der verfluchte Aufzug endlich repariert wird«, sagte Quique.

Als sie sich wieder erholt hatten, gingen sie den düsteren Flur entlang. Licht gab es keines, die Neonröhre an der Decke war offenbar auch kaputt.

»Hier muss es der Beschreibung nach sein.« Sie standen vor einer grauen, ramponierten Tür. Ribera drückte auf die Klingel, aber die funktionierte ebenso wenig wie die Beleuchtung. Er versuchte es mit Klopfen, nichts rührte sich. »Aufmachen! Polizei!«, rief er.

Die Tür des gegenüberliegenden Appartements öffnete sich. »Räumt ihr endlich dieses Rattennest aus? Zeit wird's. Man traut sich ja nicht mehr aus der Wohnung bei diesem Gesindel«, keifte eine korpulente Frau mit langen, strähnigen Haaren. Quique schickte sie zurück.

»Okay, dann halt mit Gewalt.« Ribera nickte Quique zu.

Der verstand sofort. Mit der ganzen Wucht seiner knapp neunzig Kilo warf er sich gegen die Tür, die unter dem Druck mit einem lauten Krachen aufsprang.

Sie zogen ihre Dienstwaffen und betraten vorsichtig die Wohnung, die aus einem kombinierten Wohn- und Schlafzimmer, einer winzigen Küche und einem Bad bestand. Von den Bewohnern keine Spur. Alles deutete jedoch darauf hin, dass bis vor Kurzem noch jemand hier gewesen war: Auf dem Küchentisch standen zwei Teller mit Essensresten, zwei halb volle Gläser und ein angebrochenes Tetrapak Billigwein, auf dem Herd ein

Topf Nudeln mit Tomatensoße, auf dem Boden ein Blechnapf mit Hundefutter.

»Die müssen Hals über Kopf getürmt sein«, schlussfolgerte Quique. »Als ob sie gewarnt worden wären. Hat außer uns und Señora Costa jemand von der Aktion gewusst?«

»Möglicherweise der eine oder andere Mitarbeiter des Wohnungsamts, wir werden es herauskriegen.« Ribera steckte seine Pistole in das Lederholster unter seinem Sakko. »Señora Costa hat sich vor ihrem Anruf bei mir in ihrer Behörde erkundigt. Schauen wir uns trotzdem genauer um.«

Eine halbe Stunde später waren sie mit der Durchsuchung fertig.

»Nichts entdeckt«, sagte Quique, »außer dem hier.« Er hob ein Kondom hoch und rümpfte die Nase. »Benutzt.«

»Auch nichts«, sagte Blum, die aus dem Bad kam. »Nur eine benutzte Shampoo-Flasche und ein fast leeres Duschgel. Ich lasse sie auf Fingerabdrücke untersuchen und mit denen von der Finca vergleichen. Dann wissen wir vielleicht mehr.«

»Ich bin mir sicher, dass es eine Übereinstimmung gibt.« Ribera hatte zwei Gegenstände aus dem Inhalt eines Mülleimers gezogen, den er auf dem Boden ausgeleert hatte. Er präsentierte zuerst einen weißen Zettel. »Ein Kassenbon von einem Supermarkt aus – ihr werdet es nicht erraten – Artà. Wenn das mal kein Zufall ist. Und das ist auch interessant.« Er hielt eine rot-weiße Schachtel in der Hand. »Eine Packung Phenobarbital, das Medikament, das die Rechtsmedizin bei Guillem Sastre ausfindig gemacht hat. Muss nichts bedeuten, aber wir geben es dennoch zur Spurensicherung. Cristina, wir beide hören uns in der Zwischenzeit in den anderen Wohnungen auf der Etage um. Und du, Quique, übernimmst die reizende Dame aus der gegenüberliegenden Wohnung. Fühl ihr auf den Zahn, ob sie die Bewohner des Rattennests, wie sie sich ausgedrückt hat, näher beschreiben kann. Klang so, als wäre sie recht gut informiert. Und ihr seid euch ja vorhin bereits nähergekommen. Wir treffen uns nachher unten.«

Knapp eine Stunde später standen Ribera und Blum im Foyer des Pullman-Gebäudes und warteten auf Quique. Einige Minuten vergingen, dann kam auch er die Treppe herunter. Mit den Fingern der rechten Hand formte er eine Pistole, hielt sie sich an den Kopf und ahmte das Geräusch eines Schusses nach.

»Verdammter Mist. Noch eine Minute länger, und ich hätte mich mit der Dienstwaffe erschossen oder aus dem sechsten Stock gestürzt. Was für ein Schrapnell.« Eine leichte Alkoholfahne wehte ihnen entgegen. »So etwas habe ich noch nicht erlebt, und ich bin einiges gewohnt. Der möchte ich nachts nicht begegnen, auch nicht tagsüber. Erst wollte sie mich nicht rein- und dann nicht mehr weglassen. Und zwischendurch hat sie mir so einen billigen Anis-Fusel aufgedrängt. Riecht man es eigentlich?« Er hauchte sich in die Hand und verzog das Gesicht. »Widerlich, ich rühr keinen Alkohol mehr an. Ich schwöre, wenn ich den abgelehnt hätte, hätte sie mich wahrscheinlich mit dem Küchenmesser erdolcht.«

»Hat deine charmante Gastgeberin auch etwas Verwertbares von sich gegeben?«, fragte Ribera.

»Ich will es mal so sagen: Nachdem ihr Gejammer über die schlimme Gegend, die furchtbare Wohnung, ihre missratene Tochter, die sich mit sechzehn hat schwängern lassen und ihr auf der Tasche liegt, ihren versoffenen Mann, der an allem schuld ist, was in ihrem Leben schiefgelaufen ist, vorbei war, ja. Glaub mir, nach dem Erlebnis wärst du auch nicht mehr derselbe … Nun gut: Sie hat hautnah mitbekommen, was sich abgespielt hat. Angeblich gibt es im Haus mehrere Wohnungen, die besetzt sind oder waren. In der Bude im sechsten OG haben die Besetzer angeblich mehrmals gewechselt. Abgesehen davon, dass sie das generell genervt hat, seien einige ganz in Ordnung gewesen, andere hätten es gehörig krachen lassen. Sie sprach von wilden Partys. Zuletzt hat dort ein Pärchen mit einem großen Köter gehaust. Keine Spanier, meinte sie, ein paar Brocken Spanisch hätten sie aber gesprochen. Die beiden seien eher ruhig und unauffällig gewesen. Sie war dennoch nicht gut auf sie zu sprechen:

Der Hund hat mal im Gang das Bein gehoben und an ihre Tür gepisst. Der Beschreibung nach könnte es Frank Zampach gewesen sein, also nicht der Hund ...«

»Ich gehe jede Wette ein, dass sie hier waren«, sagte Ribera. Auch Blum nickte bestätigend.

»Und sie wissen, dass wir ihnen auf den Fersen sind. Vielleicht macht sie das noch nervöser, als sie es ohnehin schon waren. Ich frage mich, wohin sie verschwunden sind. So viele Unterschlupfmöglichkeiten sollte es auf dieser Insel nicht geben. Quique, du könntest deine diversen Verbindungen spielen lassen und dich weiter umhören. Und mach deinen Freunden von der Spurensicherung Dampf, damit die schnellstmöglich die Fingerabdrücke abgleichen. Sonst noch Ideen, Herrschaften?«

»Wie wär's, wenn wir versuchen, uns einen Zugriff auf das Facebook-Profil von Zampach zu verschaffen?«, schlug Blum vor. »So aktiv, wie er in der Vergangenheit war, würde es mich nicht überraschen, wenn er den Account demnächst wieder nutzt.«

»Klingt plausibel. Mach das. Ich beschäftige mich noch einmal mit dem balearischen Wohnungsamt.«

***

»War euer Ausflug erfolgreich?«, fragte Penelope Roca, die an ihrem Schreibtisch saß, als Ribera am späten Nachmittag wieder in der Jefatura eintraf.

»Wie man's nimmt.« Er schilderte ihr den Verlauf der Aktion in Cala Major. »Ich muss ein bisschen telefonieren. Kannst du dafür sorgen, dass mich niemand stört?«

In seinem Zimmer wählte er die Nummer von Francina Costa.

»Oh, so schnell habe ich nicht mit Ihrem Anruf wegen des Kaffeetrinkens gerechnet«, sagte sie. »Sie haben Glück, ich war gerade im Begriff, nach Hause zu gehen. Aber ich vermute, es geht nicht um den Kaffee?«

»Leider nicht. Zum einen wollte ich mich für den Tipp mit

dem Pullman-Gebäude bedanken. Die Bewohner waren zwar ausgeflogen, aber den Spuren nach waren unsere Verdächtigen dort. Das bringt mich zum zweiten Teil meines Anrufs, der weniger erfreulich ist. Wie es aussieht, haben die Bewohner die Wohnung kurz vor unserem Eintreffen fluchtartig verlassen. Offenbar wurden sie gewarnt. Ist es möglich, dass es bei Ihnen eine undichte Stelle gibt, eventuell der Kollege, von dem Sie die Information erhalten haben?«

Costa zögerte mit der Antwort. »Das ist mir überaus peinlich«, sagte sie schließlich. »Eigentlich vertraue ich ihm, wir arbeiten schon eine Weile zusammen. Aber wenn ich näher überlege: Es gibt bei uns Mitarbeiter, die Sympathien oder besser gesagt Verständnis für Hausbesetzungen haben. Ich eingeschlossen. Natürlich billige ich beileibe nicht alles, das dürfen Sie mir glauben. Langer Rede kurzer Sinn: Nein, es erscheint mir grundsätzlich nicht ausgeschlossen, dass jemand eine Information durchgestochen hat. Ich werde mich darum kümmern. Da hört für mich der Spaß auf, vor allem wenn Mord im Spiel ist. Sollte ich herausfinden, wer es war, wird das nicht ohne Konsequenzen bleiben.«

Nachdem er aufgelegt hatte, ließ Ribera seine Hand gedankenversunken auf dem Telefonhörer liegen. Wie sollte es nun weitergehen? Welche Karte konnte er noch ausspielen? Sie waren Frank Zampach wahrscheinlich recht nahe gekommen, aber was nützte es, wenn er sich in irgendein anderes Loch verzogen hatte und dort abwartete, bis die Aufmerksamkeit der Polizei nachließ? Lief die ganze Angelegenheit eventuell auf eine Geduldsprobe hinaus – wer hatte die besseren Nerven, wer den längeren Atem?

Irgendwann musste Zampach wieder auftauchen. Allerdings lief ihnen die Zeit davon. Moix würde dem Treiben nicht lange zuschauen. Er war jemand, der Ergebnisse sehen wollte, um sie der Öffentlichkeit zu präsentieren, je schneller, desto besser. Ribera wusste eines genau: Konnte er nicht bald liefern, würde Moix die Ermittlungen über kurz oder lang einstellen lassen.

Vielleicht sollte er es erneut bei dem Chef der Zwangsräumungsgegner versuchen. Er kam jedoch nicht dazu, das Vorhaben in die Tat umzusetzen, denn plötzlich stand Pelayo Grande im Raum. Hinter ihm Penelope Roca, die bedauernd beide Hände hob.

Wie immer war Grande perfekt gestylt. Heute trug er einen hellgrauen Anzug, dazu ein schwarzes Hemd und eine graue Krawatte. Ein Outfit, das eins zu eins einem Modemagazin entstammen könnte, dachte Ribera bei der Betrachtung des Polizeichef-Assistenten.

»Wenn ich ungelegen komme, bitte ich um Verzeihung, aber ich bin davon ausgegangen, dass die meiste Arbeit um diese Tageszeit erledigt ist.«

Ribera konnte sich des Eindrucks nicht erwehren, dass Grandes Worte geheuchelt waren. Die Contenance bewahrend, bat er ihn herein. »Ich wollte nach unserem heutigen Großeinsatz Vorbereitungen für den morgigen Tag treffen. Was verschafft mir die Ehre deines Besuchs?« Er bemühte sich, möglichst unaufgeregt zu klingen. Einen Sitzplatz bot er Grande allerdings nicht an, in der Hoffnung, dass der Spuk möglichst schnell vorbei sein würde.

Grande stand breitbeinig in der Mitte des Raums und fixierte Ribera. Spannung lag in der Luft. »Ich habe mehrmals angerufen, aber es gab keine Reaktion darauf. Da dachte ich, ich komme persönlich vorbei.«

Ribera wollte etwas erwidern, aber Grande ließ ihn nicht zu Wort kommen.

»Mir ist durchaus bewusst, dass ihr im Moment mit dem Mordfall genug zu tun habt. Aber ich möchte dennoch auf die Dringlichkeit der Soko Rolex hinweisen. Immerhin gab es beim letzten Überfall einen Schwerverletzten. Das ist alles andere als ein Kavaliersdelikt. Wenn der aktuelle Fall abgeschlossen ist, sollten wir unsere Bemühungen intensivieren, diesen Leuten das Handwerk zu legen. Ich weiß, dass manche Kollegen keine Lust haben, in der Soko mitzuarbeiten, ohne jetzt Namen nennen zu wollen. Der Polizeichef hat mich zu Beginn meiner Tätigkeit instruiert, dass es in der Jefatura ein gewisses Beharrungsvermögen gibt und die Bereitschaft, sich Neuem zu öffnen, nicht ausgeprägt ist. Vielleicht liegt das an der Insel-Mentalität, die resistent gegen Einflüsse von außen macht. Ich kenne das zur Genüge. Man trifft überall Kollegen, die nicht bereit sind, über den Tellerrand hinauszuschauen. Aber da wird sich hier noch mancher umgucken, denn der Polizeichef und ich planen einige Veränderungen, um dieses Kommissariat in der Neuzeit ankommen zu lassen.«

»Fragt sich, ob neu automatisch besser ist«, widersprach Ribera. »Ich bin skeptisch gegenüber dieser Fortschrittsgläubigkeit und halte es eher mit dem Credo: Nicht alles, was machbar ist, ist auch sinnvoll.«

Grande betrachtete ihn einige Sekunden wortlos. »Ich merke, wie verbreitet in dieser Jefatura das Festhalten an der Vergangenheit ist«, fuhr er schließlich fort. »Lass es mich so ausdrücken: Das ist Mesozoikum, Erdmittelalter. Wer darin stehen bleibt, wird aussterben wie die Dinosaurier. Wie heißt es so schön? Wer nicht mit der Zeit geht, geht mit der Zeit.« Damit drehte er sich um und verließ Riberas Büro ohne ein weiteres Wort.

Ribera atmete durch. Puh, was für eine Begegnung, aber auf den Kopf gefallen war Grande nicht, das musste er ihm lassen. Das konnte noch heiter werden. Es sei denn, es trat ein, was der Kollege der Rettungseinheit gesagt hatte: Der Reformeifer des übereifrigen Kollegen verpuffte mit der Zeit.

Bei alldem wusste er, dass Grande in manchem nicht unrecht hatte. Ebenso, dass er sich auf Dauer nicht gegen sämtliche Innovationen sperren konnte.

Was den geplanten Anruf bei Biel Company betraf, so verschob er ihn auf den nächsten Tag. Für heute war sein Bedarf an Unterhaltungen gedeckt. Er sehnte sich nach einem Bier und einem Ratafia, dem Kräuterlikör aus seiner katalanischen Heimat, der ihm von Pep Bosch den Spitznamen »Ratafia-Ribera« eingebracht hatte.

In erster Linie aber stand ihm der Sinn nach einem ruhigen Abend in seinem Pensionszimmer – ohne Gesellschaft. Mal abgesehen davon, dass ihn Kater Lemmy beehren dürfte. Was er nicht wusste, war, dass seiner Erholung nur eine kurze Halbwertszeit beschieden sein sollte.

9

Cannabis & Rolex

Als Ribera am nächsten Morgen sein Büro betrat, klingelte sein Festnetztelefon. In der Hoffnung, dass es der erwartete Anruf von Biel Company war, nahm er den Hörer ab.

»*Hola*, Chefinspektor, Sie erinnern sich vielleicht noch an mich, Nieves Moreno vom ›Diario‹.«

Nur zu gut erinnerte er sich an die Chefredakteurin einer der beiden spanischen Tageszeitungen auf Mallorca. Er hatte mit ihr vor einigen Monaten zu tun gehabt, nachdem einer ihrer Mitarbeiter ermordet worden war. Die Begegnung hatte bei Ribera gemischte Gefühle hinterlassen.

Nicht, dass er grundsätzlich ein Problem mit der Presse gehabt hätte. Was aber seine eigene Arbeit anbetraf, agierte er wie viele Polizisten lieber unter dem Radar der Öffentlichkeit und empfand die Berichterstattung darüber meist als störend für die Ermittlungen. Vor allem wenn sich Reporter in abenteuerlichen Spekulationen ergingen. Daher war er froh, wenn andere in der Jefatura, allen voran der Polizeichef, die Rolle als Sprachrohr übernahmen und er sich im Hintergrund halten konnte. In anderen Worten: Ribera hatte ein zwiespältiges Verhältnis zur Presse. Und Nieves Moreno hatte bislang nicht zur Entkrampfung beigetragen, zumal sie auf ihn den Eindruck einer berechnenden Karrieristin gemacht hatte.

Er entschied, gute Miene zum bösen Spiel zu machen. »Señora Moreno, wie hätte ich Sie vergessen können. Was kann ich für Sie tun?«

»Uns ist zu Ohren gekommen, dass Sie und Ihre Kollegen gestern in Cala Major für einigen Wirbel gesorgt haben. Sie wissen, kleine Insel, nichts bleibt verborgen. Sie haben sicherlich ein Interesse daran, unsere Arbeit zu unterstützen. Und eine Hand wäscht bekanntlich die andere. Aber ich will nicht um den heißen

Brei herumreden, Chefinspektor. Hat der Einsatz womöglich mit dem kürzlich begangenen Mord auf der Finca bei Artà zu tun? Mir ist jedenfalls nicht bekannt, dass die Polizei in dem Fall vorangekommen wäre. Sie können sich vorstellen, dass dies für erhebliche Unruhe vornehmlich bei Finca-Besitzern sorgt. Und uns ist nicht daran gelegen, Öl ins Feuer zu gießen.«

Ribera war sich unschlüssig, wie er reagieren sollte. Irgendjemand aus dem Pullman-Gebäude musste die Zeitung informiert haben – nicht ausgeschlossen, dass es Quiques redselige Gesprächspartnerin gewesen war. Jetzt galt es, den Schaden möglichst gering zu halten, was nicht einfach war, nachdem die Presse Lunte gerochen hatte.

Er überging die latente Drohung, die in Morenos Worten mitgeschwungen hatte. »Sie sind erstaunlich gut informiert. Es ist korrekt, dass es einen Einsatz gegeben hat. Ich würde Ihnen gern mehr sagen, aber wir befinden uns in einer äußerst sensiblen Phase der laufenden Ermittlungen. Ich bitte um Verständnis, wenn ich mich zum jetzigen Zeitpunkt bedeckt halten muss.«

»Ach, kommen Sie, Chefinspektor. Mit solchen Behördenfloskeln können Sie mich nicht abspeisen. Ich bin kein naiver Volontär, sondern schon eine Zeit lang in dem Job. Ich merke, wenn etwas das Potenzial für eine gute Geschichte hat. Und das ist hier der Fall, das rieche ich von unserem Redaktionsgebäude aus. Etwas mehr müssen Sie mir schon geben.«

Ribera erkannte, dass er nicht so einfach aus dieser Nummer herauskam. Wenn er auf stur stellte, würde er Tür und Tor für weitere Spekulationen öffnen. Zu riskant. Er musste Zeit gewinnen. Ihm kam eine Idee: Wie wäre es, wenn er Moreno ein Stück weit ins Boot holen würde?

»Lassen Sie uns einen Deal schließen, Señora Moreno.«

»Der da lautet?«

»Sie halten vorerst die Füße still, und ich verspreche Ihnen, Sie als Erste zu informieren, wenn wir nennenswerte Fortschritte gemacht haben. Außerdem können wir Ihrer Zeitung Einblick in einzelne Operationen verschaffen, Sie wären nah dran am Geschehen. Das müsste ich allerdings von meinem Vorgesetzten absegnen lassen.«

Schweigen in der Leitung. »Einverstanden, Chefinspektor. Es ist zwar für uns als Qualitätszeitung mit Anspruch auf größtmögliche Aktualität fast ein Verrat an unseren publizistischen Grundsätzen, aber versuchen wir's. Das ist auch für mich eine Premiere. Ich bin gespannt.«

Ribera war erleichtert, als er das Telefonat hinter sich hatte. Es hätte ihm noch gefehlt, dass ihnen eine Medienmeute in die Quere gekommen wäre.

Er fragte sich, wie Moix reagieren würde. Im Prinzip müsste es ihm gefallen, da ihm eine Plattform beschert wurde, auf der er die Polizei bestmöglich verkaufen und zudem die aufmüpfige Presse einhegen konnte. Ribera stellte sich vor, wie sein Vorgesetzter abhob, wenn er ihm das vorschlug.

Abheben!

»*Mierda*«, fluchte er und sah auf die Uhr. Schon nach elf. Um ein Haar hätte er vergessen, dass heute sein Bruder Llorenç am Flughafen von Palma eintreffen würde, wie er ihm per E-Mail angekündigt hatte. Ribera hatte versprochen, ihn abzuholen. Wenn er sich beeilte, konnte er es noch schaffen. Hektisch stürmte er aus seinem Büro und an der verdutzten Penelope Roca vorbei. Keine zehn Minuten später war er auf der Autopista de Llevant unterwegs. Er drückte aufs Gaspedal. Er wollte keinesfalls zu spät kommen, nicht bei seinem Bruder.

Ihr Verhältnis hätte man als ambivalent bezeichnen können, als eine Mischung aus Nähe und Rivalität. Nachdem ihre Kindheit von Hauen und Stechen geprägt gewesen war, hatten sie sich mit zunehmendem Alter angenähert. Positiv ausgewirkt hatte sich auch die räumliche Distanz zwischen ihnen. Dennoch rasselten die beiden unterschiedlichen Charaktere immer wieder zusammen, vor allem wenn es um Politik ging.

Für dieses Mal nahm sich Ribera vor, kein weiteres Öl ins Feuer zu gießen. Das Zerwürfnis mit dem Rest seiner Verwandtschaft war groß genug, ein bisschen Harmonie konnte zur Abwechslung nicht schaden.

Als er im Ankunftsbereich des Flughafens Son Sant Joan eintraf, war der Flug aus Barcelona bereits gelandet. Er schaute sich suchend um, konnte Llorenç aber nirgends entdecken. Er hatte sich wohl auf eigene Faust nach Palma aufgemacht.

Und ist nun auf mich sauer, dachte Ribera und griff zu seinem Mobiltelefon, als ihm jemand auf die Schulter klopfte.

»Typisch mein Bruder, ewig auf Kriegsfuß mit der Pünktlichkeit.«

Ribera drehte sich um und sah einen drahtigen Mann in kurzen Hosen.

»Ich hatte eingepreist, dass du zu spät kommst. Und als du bei meiner Ankunft nicht da warst, bin ich rüber in die Bar.« Llorenç machte eine Kopfbewegung in Richtung des Cafés, das am Eingang des Parkhauses gegenüber dem Terminal lag. »Ich hatte einen Höllendurst. In den Billigfliegern musst du für alles bezahlen, dann noch die Hitze heute, nicht zum Aushalten. Das wird von Jahr zu Jahr schlimmer, elender Klimawandel. Aber wenigstens scheinen wir eine warme Johannisnacht zu bekommen. Ich nehme an, dass die Nit de Sant Joan auch bei euch ein Mega-Ereignis ist.«

»Scheint so. Jedenfalls wird viel davon gesprochen.« Ribera erinnerte sich, dass Pep Bosch, Quique und Núria das Thema erwähnt hatten. Und auch die Zeitungen informierten regelmäßig über die Vorbereitungen auf das Fest. Aber im Moment war für ihn wichtiger, dass sein Bruder so nonchalant über seine Verspätung hinwegging. Vor allem aber fiel ihm ein Stein vom Herzen, dass der Dissens zwischen ihnen nicht zum Bruch geführt hatte.

Kurze Zeit später waren sie unterwegs nach Palma, wo Llorenç in einem Hotel am Paseo Marítimo absteigen wollte. »Hast du Zeit, eine Kleinigkeit essen zu gehen?«, fragte Ribera.

»Unser Seminar beginnt erst am späten Nachmittag. Ich könnte einen Happen vertragen.«

Seit seinem üblichen Croissant und Kaffee zum Frühstück hatte Ribera nichts mehr zu sich genommen. Sein Magen knurrte. Er steuerte eine Bar am Rande des Stadtteils Santa Catalina an, die sowohl in der Nähe von Llorenços Hotel als auch der Jefatura lag.

Die »Bar Cuba« im Carrer de Sant Magí, Ecke Avinguda de l'Argentina, gehörte zu den Kneipen, in die ihn Pep Bosch geschleppt hatte. Der Rechtsmediziner liebte solche Lokale, die eine besondere Geschichte mit einem besonderen Ambiente verbanden und die wie ein Fenster in die Vergangenheit der Stadt waren.

Auch Ribera hatte Gefallen an dem über einhundert Jahre alten Gebäude mit dem Türmchen auf dem Flachdach, seinen abgerundeten Ecken, den Jugendstilelementen und seiner Einrichtung aus dunklem Holz im Kolonialstil gefunden.

Sie setzten sich auf die Holzstühle mit Sitzflächen und Rückenteilen aus schwarzem Stoff, die draußen unter einem Vordach aufgestellt waren. Llorenç bestellte das *menú del día*. Seine Wahl fiel auf eine baskische Fischsuppe als Vorspeise, geröstete Auberginen mit Ziegenkäse-Ravioli, Fenchelsoße und Rosenkohl. Dazu als Nachspeise eine *crema catalana*. Ribera beschränkte sich auf ein halbes Menü. Angesichts seiner vor allem am Bauch spannenden Hosen musste das genügen. Er ging gleich zum Hauptgang über und entschied sich für *arroz brut*, schmutzigen Reis, eine Brühe mit Fleischeinlage und Reis, außerdem Melone als Nachtisch. Dazu orderte er für beide einen Blanc de Blancs, einen mallorquinischen Weißwein von Macià Batle.

»Die hiesigen Weine sind ganz genießbar«, sagte er, während er die Karte las. »Du weißt doch ab und zu einen guten Tropfen zu schätzen.«

»Du scheinst auf der Insel angekommen zu sein«, sagte Llorenç, während er die Passanten beobachtete, die zwischen dem nahe gelegenen Parc de la Feixina und dem Stadtteil Santa Catalina hin- und herströmten. »Ich meine, mich daran zu erinnern, dass du am Anfang skeptisch warst, ob du ewig hierbleiben willst.«

»Was ist schon ewig? Aber es gibt Schlimmeres. Sagen wir mal so: Das Ganze hat sich festgetreten. Ich habe mich an die Insel und die Leute gewöhnt, wie das halt so ist, der Mensch liebt eine gewisse Kontinuität. Außerdem ist der Job nicht schlimmer als in Lleida, dennoch hält er mich ganz schön in Atem inklusive mancher lästiger Kollegen.« Er erzählte von den Ermittlungen und seinen Abwehrkämpfen gegenüber Pelayo Grande und der Soko Rolex.

»Mein Bruder, immer mit dem Kopf durch die Wand. Das mit den Uhrendiebstählen ist übrigens auch ein Problem in Barcelona oder Paris, wie ich gelesen habe. Das Phänomen hat die letzten Jahre stark zugenommen. In Paris haben Straßenräuber einem japanischen Geschäftsmann ein sündhaft teures Teil abgenommen. Schweizer Modell von Richard Mille, ein Hersteller von Luxusuhren, falls dir der Name etwas sagt.«

Ribera schüttelte den Kopf.

»Sollte er aber, denn es gibt eine enge Verbindung nach Mallorca. Euer Tennisgott Rafael Nadal trägt solche Teile. Mille ist einer seiner Sponsoren und Werbepartner. Es gibt sogar spezielle Kollektionen, die nach Nadal benannt sind. Okay, unabhängig davon, dass er die gestellt bekommt, hätte er auch das nötige Kleingeld dafür.«

Ribera wurde neugierig. »Von welchen Beträgen sprechen wir?«

»Jedenfalls von anderen Summen als die, die du für deinen Kaufhaus-Zeitmesser auf den Tisch gelegt hast.«

Ribera betrachtete seine Uhr, die er am Handgelenk trug. »Eine ›Minister Colmar Quartz‹, made in Spain, neunundvierzig Euro fünfzig.« Er sah seinen Bruder grinsend an.

»Sag ich doch. Wir reden aber von sechsstelligen Summen. Die Uhr, die in Paris gestohlen wurde, soll achthunderttausend Euro wert gewesen sein. Umso grotesker ist es, dass die Täter einen billigen Trick angewendet haben: Sie haben nach einer Zigarette gefragt und dann zack, weg war das Ding. Die Geschichte ist mir aufgefallen, weil ich selbst ein kleines Faible für Uhren entwickelt habe, unabhängig davon, dass ich mir so ein Teil nie leisten könnte. Das ist jenseits meiner Gehaltsklasse. Aber um die Sache abzuschließen: Die Pariser Polizei hat eine eigene Ermittlungsgruppe eingerichtet – ähnlich wie bei euch. Vielleicht doch nicht die schlechteste Idee.«

Ribera ließ die letzte Bemerkung unkommentiert stehen. Er hatte keine Lust auf einen erneuten Disput und war froh, dass auch Llorenç sich bemühte, etwaige Minenfelder zu vermeiden. Sogar den Politikkram, bei dem sie zuletzt aneinandergeraten waren, vermied er.

Überhaupt stellte sich das Mittagessen als angenehme Abwechslung zu seinen üblichen Gewohnheiten heraus. Meist verdrückte er unter der Woche nur hastig eine Kleinigkeit im »Bocadillos«. Heute jedoch war er in eine für ihn untypische Leichtigkeit hineingeschlittert, die seine sonstige Getriebenheit in den Hintergrund rücken ließ. Zum Teil lag dies am Wein, der seine Wirkung entfaltete, aber auch die frühsommerliche Wärme und die entspannte Atmosphäre in der »Bar Cuba« trugen dazu bei, dass sich ein wohliges Gefühl des zeitlosen Schwebens in ihm breitmachte.

Dennoch riss er sich eineinhalb Stunden später schweren Herzens los und machte sich auf den Weg zurück in die Jefatura.

Um wieder einen klaren Kopf zu bekommen, ließ er das Auto stehen, durchquerte den Park Sa Feixina und bog dann in den Passeig de Mallorca ein. Als er von Weitem das Jefatura-Gebäude sah, klingelte sein Mobiltelefon. Beim Anblick der Nummer auf dem Display fühlte er sich mit einem Schlag wieder nüchtern.

»Du hast mich sicher längst abgeschrieben. Hat ein bisschen gedauert, es war nicht leicht, an die Informationen ranzukommen«, sagte Biel Company zur Begrüßung. »Außerdem habt ihr ja in der Zwischenzeit ein wenig Rambazamba in Cala Major gemacht, wie ich gehört habe.«

Ribera wunderte sich, welche Kreise der Einsatz gezogen hatte. Er ging nicht weiter darauf ein. »Was hast du für mich?«

»Ich habe mich bei unseren Mitgliedern umgehört. Einer von ihnen lebt in einer besetzten Wohnung in Son Gotleu. Bei ihm hat sich ein Typ eingenistet, den er von früher kennt. Ich weiß nicht, ob das einer aus der Artà-Gruppe ist, aber er soll sich äußerst merkwürdig benehmen.«

»Inwiefern?«

»Unter anderem traut er sich nicht in die Öffentlichkeit, als hätte er irgendetwas zu verbergen. Jetzt hat unser Mitglied Schiss, dass er in etwas reingezogen wird, und ist sich unschlüssig, wie er sich verhalten soll. Ihn rauszuschmeißen, traut er sich nicht, und an die Polizei möchte er ihn nicht verpfeifen. Was ich nachvollziehen kann, aber in diesem Fall geht es darum, dass diese Typen die ganze Szene in Verruf bringen.«

Ribera war elektrisiert. War das die Chance, den Fehlschlag in Cala Major wettzumachen? Aber was, wenn der Typ in Son Gotleu seinen Kumpel nach Companys Anruf warnte? Sie mussten schnell handeln. Eines wollte er Company jedoch noch fragen:

»Wenn ihr so gut vernetzt seid – gibt es irgendwelche Verbindungen zwischen der Hausbesetzerszene und Son Banya?«

Höhnisches Gelächter. »Wir und Son Banya, für wen hältst du uns, *hombre*? Wir sind doch keine Kriminellen, obwohl uns manch einer deiner Kollegen, Politiker und Immobilienbesitzer dazu abstempelt. Ich bereue es schon wieder, dass ich mich darauf eingelassen habe, dir zu helfen. Ich dachte, du wärst anders als die anderen *maderos*.«

»Sieh es mir nach, ich kenne mich auf eurer Insel noch nicht so gut aus«, erwiderte Ribera, um Company zu beruhigen. »Ich muss so etwas fragen, sonst könnte ich meinen Job an den Nagel hängen.«

Das Argument zog. Companys Wutausbruch ebbte genauso schnell ab, wie er gekommen war. »*Bueno, hombre*, ich will es dir glauben. Sorry für meine heftige Reaktion. Aber zu deinem besseren Verständnis solltest du noch eines wissen: Unsere Leute sind im Moment ziemlich aufgewühlt. Viele befürchten, dass das nun als Vorwand benutzt wird, um im großen Stil gegen sie vorzugehen.«

Nachdem sie das Gespräch beendet hatten, sah Ribera auf seine Armbanduhr. Das verdammte Ding war tatsächlich stehen geblieben. Ausgerechnet heute und nach dem Treffen mit Llorenç. Er hatte keine Zeit, sich länger darüber aufzuregen. Son Gotleu drängte.

**

Besucher, die sich zum ersten Mal nach Son Gotleu verirrten, stellten sich unweigerlich die Frage, ob sie sich noch in Europa oder auf einem anderen Kontinent befanden. Nicht, dass der Stadtteil im Osten der Balearenmetropole durch besondere Exotik hervorgestochen wäre. Ein Cocktail aus heruntergekommenen Wohnblocks aus den sechziger Jahren, zwielichtigen Gestalten, hoher Arbeitslosigkeit, Armut und Drogenhandel hatte ihm das Etikett eines der größten sozialen Brennpunkte Mallorcas eingebracht. Das war nicht immer so. Ursprünglich war das Quartier zwischen der Ringautobahn Vía de Cintura, Carrer Manacor und Carrer d'Aragó ein schlichtes Arbeiterviertel gewesen. Mittlerweile beherrschten Einwanderer aus Afrika, Lateinamerika, Gitanos, die spanischen Roma und kriminelle Clans die Szenerie.

Auch an dem Haus im Carrer de Tomàs Rul·làn an der Ecke Passatge Pic Moncayo konnte selbst der gnädige Filter der Abenddämmerung nicht viel ausgleichen. Lediglich die gelblich braune Farbe der Fassade, die eingetrocknetem Urin ähnelte, erschien weniger eklig als im harten Tageslicht.

Mit schusssicheren Westen ausgestattet, saßen Ribera, Quique und Cristina Blum in einem Dienstwagen ohne Polizeikennzeichnung vor dem fünfstöckigen Gebäude. Sie wollten bei ihrer Aktion jegliche unnötige Aufmerksamkeit vermeiden.

»Wusstet ihr, dass in Son Gotleu Voodoo-Rituale praktiziert werden?« Unvermittelt hatte Quique das Thema aufgeworfen.

»Wie kommst du immer auf so etwas?«, fragte Blum entgeistert.

»Stand in der Zeitung, die ich im Gegensatz zu euch hin und wieder lese. Da war davon die Rede, dass geköpfte Hähne und gehäutete Kaninchen gesichtet worden waren. Der Schreiber führte das auf Voodoo-Praktiken zurück. Wundern würde es mich nicht in diesem Ghetto. Schaut euch nur die Typen an. Normal sehen die nicht aus.«

Auf dem Bürgersteig standen drei junge Männer. Zwei von ihnen trugen Jogginghosen und Kapuzenpulli, der andere eine kurze Hose mit Camouflage-Muster nebst Hemd im selben Design. Sie diskutierten aufgeregt über irgendetwas, einer drehte sich immer wieder um, dann übergab er ein kleines Plastiktütchen an den Camouflage-Typen. Es sah nach einem Drogengeschäft aus.

»Sicher nicht das Nobelviertel Palmas«, sagte Ribera. »Aber was bedeutet schon normal? Je länger ich den Job mache, desto mehr frage ich mich das. Außerdem täuscht der äußere Schein auch. Oft sind es gerade die Unauffälligen und Unscheinbaren, die vermeintlich Normalen, in denen das Böse schlummert und die zu den schwersten Verbrechen fähig sind. Denkt nur an Serienmörder. Die wirken meistens im Alltag harmlos und angepasst. Und hinterher wundern sich alle darüber, dass der nette Nachbar zu einer solchen Tat fähig war. Aber im Moment haben wir ein ganz anderes Problem: Wir wissen nicht, in welchem Appartement unser Kandidat logiert. Wir können uns natürlich von Wohnung zu Wohnung vorarbeiten, aber das würde zu lange dauern, außerdem zu viel Aufmerksamkeit erregen und den Typen vorwarnen. Am besten, wir hören uns vorher in der Nachbarschaft um.«

»Wie wär's da drüben?« Blum wies auf eine kleine Bar, die ein kurzes Stück die Straße runter angesiedelt war. Davor waren unter einer verblichenen gelben Markise zwei Tische aufgestellt, an denen mehrere Gäste saßen.

»Gute Idee. Quique, dein Job, aber pass auf, dass du nicht über abgetrennte Hahnenköpfe stolperst.«

Grummelnd machte sich Quique auf den Weg. Ribera und Blum sahen, wie er sich mit den Gästen an den Tischen unterhielt und dann in der Bar verschwand. Danach passierte nichts.

»Das dauert«, maulte Ribera ungeduldig.

Minuten später zeigte sich Quiques Lockenkopf wieder in der Eingangstür. Schon von Weitem signalisierte er mit nach oben gestrecktem Daumen, dass er offenbar Erfolg gehabt hatte.

»Wo bleibst du so lange?«, fragte Ribera, als er ins Auto stieg. »Wir dachten schon, du würdest dir gemütlich einen Kaffee genehmigen.«

»Freiwillig nicht, vor allem nachdem ich die Toilette von dem Schuppen gesehen habe. Im Gegensatz dazu ist das Männerklo in der Jefatura ein steriler Raum.« Quique verzog angewidert das Gesicht. »Dafür war der Besitzer überraschend nett und mitteilsam. Hat mir erzählt, dass die Wohnung im ersten Stock besetzt ist. Schon seit Monaten. Der Eigentümer hätte die Sache nicht angezeigt. Der Bartyp sagte, der Kerl habe Schiss, weil er die Wohnung vorher über Airbnb vermietet hat. Der Besetzer selbst soll aber ganz okay sein. Sei inzwischen sogar einer seiner Kunden. Er habe ihn aber länger nicht mehr gesehen. Von einem zweiten Bewohner wusste er nichts.«

»Dann schauen wir mal, ob jemand zu Hause ist«, sagte Ribera.

Von der Straße aus war nichts zu erkennen. Die Fensterläden waren geschlossen. Auch auf ihr Klingeln rührte sich nichts.

Ribera versuchte es bei den Bewohnern der oberen Stockwerke. Mit Erfolg, ein Summen ertönte. Sekunden später standen sie im Treppenhaus vor der Wohnungstür. Quique verstand sofort Riberas Zeichen.

»Das wird langsam zur Gewohnheit«, sagte er und demonstrierte zum zweiten Mal innerhalb kurzer Zeit seine Qualitäten als Rammbock. Danach aber rieb er sich die Schulter.

Mit der Waffe im Anschlag durchkämmten sie die Wohnung.

Der Geruch von kaltem Zigarettenrauch, Schweiß und ungewaschener Kleidung lag in der Luft. Dunkelheit hüllte den schmalen Flur ein, nur durch die Lamellen der Fensterläden drang diffuses Licht von der Straßenbeleuchtung hinein.

Plötzlich war draußen ein klatschendes Geräusch zu hören. Es kam von der Rückseite des Hauses und klang, als sei etwas auf dem Steinboden aufgeprallt.

Wie auf Kommando rannten sie los. Im hintersten Zimmer stand eine Tür offen, die auf einen schmalen Balkon führte. Sie beugten sich über das Geländer. In dem etwa zwei Meter fünfzig tiefer liegenden Hinterhof war eine Frau zu erkennen, die sich langsam davonschleppte.

»Die schnapp ich mir.« Blum hetzte in Richtung Eingangstür. Gepolter im Treppenhaus, gefolgt von Laufgeräuschen auf der Straße.

Nach etwa zehn Minuten kam sie zurück. Eine Frau humpelte mit schmerzverzerrtem Gesicht vor ihr her. Die Hände hatte sie auf dem Rücken, Blum hatte ihr Handschellen angelegt.

»Sie ist nicht weit gekommen«, sagte Blum. »Ich vermute, sie hat sich den Knöchel beim Aufprall verstaucht.«

Ribera und Quique standen in einem kleinen Raum, der als Wohn- und Schlafzimmer diente, und sahen sie betreten an. Hinter ihnen lag eine menschliche Gestalt bewusstlos auf dem Boden – das Gesicht totenbleich, der Körper abgemagert, die Hosen schmutzig und zerrissen.

Blum trat näher und schlug erschrocken die Hände vor den Mund. »*Dios mío*, das ist Benito Hähnlein. Ist er tot?«

»Ich habe einen Puls fühlen können«, sagte Ribera. Merkwürdig ist, dass er keinerlei Anzeichen einer äußerlichen Verletzung zeigt. Der Krankenwagen ist unterwegs – auch die Kollegen von der Spurensicherung müssten gleich eintreffen.«

»Ich habe nichts damit zu tun«, stieß die Festgenommene hervor. »Der lag schon so da, als ich gekommen bin.«

»Warum sind Sie dann vor uns geflüchtet?«, fragte Ribera.

»Ich bin in Panik geraten. Wer würde das nicht, wenn *maderos* vor der Tür stehen. Schließlich ist das eine besetzte Wohnung. Und dann noch das da.« Sie deutete auf Hähnlein.

»Was hatten Sie hier zu suchen?«

»Ich habe die Wohnung zusammen mit meinem Freund besetzt. Wir haben uns zerstritten, und ich habe ihn rausgeschmissen. Vor ein paar Tagen hat mich Benito angerufen und gefragt, ob er hier vorübergehend wohnen kann. Ich kannte den von früher und habe zugesagt, es aber schnell bereut. Er hat sich stark verändert, ich hatte richtig Angst vor ihm. Da bin ich zu einer Freundin in eine andere besetzte Wohnung und wollte heute Abend einige Sachen abholen.« Sie verzog wieder das Gesicht vor Schmerzen.

»Wir werden das überprüfen«, sagte Ribera.

Die Frau kam ihm wie eine typische Vertreterin der Alternativszene vor, aber nicht wie jemand, der zu einem Mordanschlag fähig war. Das sagte ihm sein Bauchgefühl, das ihn selten trog. Zunächst galt es aber, die Wohnung zu untersuchen. »Cristina, pass auf sie auf, während Quique und ich uns hier umsehen.«

In dem Appartement herrschte ein einziges Chaos. In der Küche stapelten sich benutzte Teller, Tassen und Töpfe im Waschbecken. Noch schlimmer sah es in dem Zimmer aus, in dem sie Hähnlein vorgefunden hatten. Leere Pizzakartons und Klamotten lagen wild verstreut auf dem Boden. Auf einem Couchtisch stand ein überquellender Aschenbecher. Aus einer umgestürzten Tasse ergoss sich Kaffee über die Oberfläche und tropfte über den Rand auf den Fußboden, wo sich eine Lache bildete.

»Was für ein Siff.« Quique rümpfte die Nase.

»Ich nehme nicht an, dass das normale Zimmerpflanzen sind«, rief Ribera aus dem Zimmer nebenan.

Quique eilte zu ihm. In zwei schwarzen Plastiktöpfen vor dem Fenster wuchs jeweils eine etwa dreißig Zentimeter hohe dunkelgrüne Pflanze mit handförmigen, gezackten Blättern.

»Das sind wohl die Sachen, die unsere Balkonspringerin abholen wollte«, sagte er. »Mickriges Gemüse. Kein guter Standort für Cannabis – viel zu dunkel. Sieht so aus, als hätte sich jemand daran zu schaffen gemacht.« Er deutete auf die aufgeworfene Erde in einem der Töpfe. »Ein Maulwurf war das garantiert nicht.«

»Vielleicht erfüllen die Pflanzen noch einen anderen Zweck«, sagte Ribera.

Ohne zu zögern, griff Quique mit seinen behandschuhten Händen in den Topf und wühlte darin. Sekunden später zog er eine weiße Plastiktüte heraus, in der sich mehrere Gegenstände abzeichneten. »Nettes Versteck. Nicht so raffiniert wie die Fake-Steckdose bei Torres, dafür ein Ökotresor. Mal sehen, was sich darin verbirgt.« Er zog ein bordeauxrotes Büchlein, ein Plastikkärtchen im Scheckkartenformat und eine silberne Uhr heraus. »Reisepass und Führerschein, ausgestellt auf den Namen Joaquín Luna, aber mit dem Foto von Benito Hähnlein. Da hat wohl jemand mit gefälschten Papieren gearbeitet.« Die Uhr reichte er an Ribera weiter. »Der Wecker ist eher deine Kernkompetenz.«

Ribera setzte seine Lesebrille auf und nahm das Edelstahlgehäuse unter die Lupe. »Rolex Oyster Perpetual«, las er auf dem silbernen Ziffernblatt.

Er hielt zum ersten Mal eine Rolex in der Hand. Natürlich kannte er die Schweizer Marke vom Hörensagen, galt sie doch als Synonym für Luxus und Jetset. Mit alldem hatte er in etwa so viel zu schaffen wie die »Costa Dorada« mit einem Fünf-Sterne-Hotel. Umso verwunderter war er, dass die Uhr zwar eine große Wertigkeit ausstrahlte, aber auch ein zurückhaltendes, fast dezentes Design aufwies. Wenn man von optischen Raffinessen absah. Dem Markenlogo etwa, das aus einer fünfzackigen Minikrone bestand. Sie war ebenso in Gold gehalten wie die Indizes, die Balken für die Zeitanzeige, und die Zeiger.

Noblesse oblige, dachte Ribera, aber im Vergleich zu seiner spanischen Billiguhr dennoch Understatement. Vielleicht war das der Ausdruck wahrer Klasse.

»Fragt sich, wie Señor Hähnlein an das gute Stück gekommen ist«, sagte er, während er und Quique zu Blum und der

Festgenommenen gingen. »Kaum anzunehmen, dass er sie sich von seinen Einkünften gekauft hat, es sei denn, er hatte andere Einnahmequellen. Geben wir sie zur Spurensicherung.« Er betrachtete den bewusstlosen Hähnlein. »Vielleicht kann er uns selbst Auskunft geben – falls er wieder aufwacht. Morgen sehen wir weiter.«

10

Wem die Stunde schlägt

Gegen acht Uhr dreißig morgens war Can Pere Antoni nur spärlich besucht. Während oben auf der Meerespromenade Paseo Marítimo der Berufsverkehr toste und auf dem von Palmen gesäumten Bürgersteig Jogger und Radfahrer unterwegs waren, verteilte sich nur etwa ein halbes Dutzend Menschen auf dem Areal des kleinen Stadtstrands von Palma. Auch in dem mondänen »Beach Club«, in dem sich ansonsten die Jeunesse dorée tummelte, waren die Liegestühle und Tische verwaist. Nichts Ungewöhnliches, denn obwohl der Juni auf Mallorca in diesem Jahr schon mehrmals an der Dreißig-Grad-Grenze gekratzt hatte, lud zu dieser morgendlichen Stunde eine Wassertemperatur von knapp zwanzig Grad höchstens Hartgesottene zum Baden ein.

Aber Cristina Blum hatte auch nicht die Absicht, sich in die Fluten des Mittelmeers zu stürzen. Sie hatte eine unruhige Nacht hinter sich. Erst hatte sie nicht einschlafen können, dann hatten sie Alpträume geplagt. Gegen sieben Uhr hatte sie sich entschlossen, aufzustehen und rauszugehen. Danach war sie in Molinar, wo sie ein Einzimmerappartement bewohnte, ziellos durch die Gegend gelaufen, bevor sie irgendwann in Can Pere Antoni gelandet war.

Nun saß sie neben dem hölzernen Strandwärterturm im Sand, ließ sich die Morgensonne ins Gesicht scheinen, spürte den Wind auf ihrer Haut und beobachtete das Spiel der Wellen, die sanft an den Strand brandeten und sich kurz darauf wieder zurückzogen, als würden sie sich dafür entschuldigen, dass sie die Harmonie des Augenblicks störten. Auch draußen auf dem Meer ging es beschaulich zu. Zwei Segelschiffe verloren sich in der Bucht von Palma, in der Ferne entschwand am Horizont die Balearia-Fähre gen Ibiza.

Blum genoss die intime Atmosphäre des schmalen Uferstreifens, der im Gegensatz zur nahen Playa de Palma weniger von Touristen als von den Einwohnern Palmas besucht wurde, obgleich sich in der näheren Umgebung zahlreiche Restaurants und Bars angesiedelt hatten und die Ecke zur beliebten Ausgehmeile mutiert war.

Schon als sie noch klein gewesen war, hatte sie ihre Eltern oft hierherbegleitet, sodass der Ort mit Kindheitserinnerungen verbunden war. Wahrscheinlich hatte er sie deshalb auch an diesem Morgen automatisch angezogen.

Heute aber galten ihre Gedanken nicht ihrer Familie. Sie war nach wie vor aufgewühlt von den Ereignissen am Vorabend in Son Gotleu. Mit dem Auftauchen von Benito Hähnlein hatte sie ein anderer Teil ihrer Geschichte eingeholt, als ob ihn jemand per Zeitkapsel aus der Vergangenheit in die Gegenwart katapultiert hätte. Die Sache hatte ihr mehr zugesetzt, als sie gegenüber den Kollegen hatte erkennen lassen. Mehr tot als lebendig war ihr ehemaliger Mitschüler per Notarztwagen ins Krankenhaus transportiert worden. Was mit ihm los war und welche Überlebenschance er hatte, wusste sie nicht. Es hatte aber nicht besonders gut ausgesehen.

»So ganz allein hier?«

Eine weibliche Stimme riss sie aus ihren trüben Gedanken. Sie gehörte Penelope Roca, die in einer kurzen schwarzen Jogginghose und einem ärmellosen roten Sporthemd hinter ihr stand und sie anlächelte. Auf ihrer Stirn hatten sich Schweißperlen gebildet, an den Füßen trug sie Laufschuhe, in den Ohren steckten Kopfhörer. Sie nahm sie heraus und drückte auf die Stopptaste ihres Smartphones, das sie in einer Armtasche mit sich führte.

Blum war so perplex, dass sie nicht wusste, was sie sagen sollte.

»Ich bin auf meiner Morgenrunde hier vorbeigekommen. Ich wohne da hinten in Son Espanyolet.« Roca zeigte nach Westen, wo die Kathedrale La Seu über den Dächern der nahen Großstadt ragte. »Ich mache das zwei-, dreimal die Woche meist vor der Arbeit, na ja, je nachdem, ob ich meinen inneren Schweinehund überwinden kann. Langsam komme ich in ein Alter, in dem eine gute Figur nicht mehr eine naturgegebene Selbstverständlichkeit ist, sondern in dem man etwas für seinen Körper tun muss. Ansonsten würde ich auseinandergehen wie ein Pfannkuchen.« Sie legte die Hände auf ihre Brüste. »Ganz zu schweigen davon, dass die Schwerkraft immer stärker ihren Tribut fordert und die sich langsam in Richtung Bauchnabel bewegen. Auf jeden Fall sah ich dich hier sitzen. Und hey, das will was heißen bei mir, ansonsten laufe ich ziemlich blind durch die Gegend und erkenne oft gute Bekannte nicht auf der Straße.« Sie stockte und schaute verlegen zu Boden. »Wenn ich dich störe, sag es, dann gehe ich, kein Problem, ich bin nicht empfindlich.«

Blum war ganz froh über die Ablenkung. Sie konnte sich sogar ein zaghaftes Lächeln abringen. »Nein, ist schon gut. Ich wollte sowieso demnächst zum Dienst aufbrechen, auch wenn mir heute in keinster Weise der Sinn nach Arbeit steht. Wir können ein Stück zusammen gehen«, schlug sie vor.

Während sie den Strand entlangliefen, sprach sie über den gestrigen Einsatz und darüber, wie sehr sie die unheimliche Begegnung, wie sie es ausdrückte, mitgenommen hatte. »Nach dem Verlauf der Ermittlungen hätte ich damit rechnen müssen, dass wir irgendwann auf Benito stoßen.«

»Gab es denn etwas in der Vergangenheit, das dich besonders mit ihm verbindet, außer dass ihr zusammen in die Schule gegangen seid?«

»Mein Gott, wir waren sehr jung, picklige, pubertierende Teenager«, sagte Blum zögernd. »Ja, doch etwas war da, das habe ich bisher niemandem erzählt. Wir waren beide Außenseiter, die es nicht leicht hatten, wenn auch aus verschiedenen Gründen. Er kam aus problematischen Familienverhältnissen, hatte unterirdische Noten und, was für viele noch schlimmer war, wirklich grässliche Klamotten. Ich galt als Streberin, war behütet und immer wie aus dem Ei gepellt, hatte Spitzenzensuren, konnte aber mit den meisten Themen meiner Mitschüler nichts anfangen, schon gar nicht mit den Schwärmereien für irgendwelche Popidole. Das fand ich viel zu oberflächlich, unter meinem Niveau.« Sie redete sich in Fahrt. »Wir waren beide ideale Zielscheiben für Mobbing, das hat uns trotz aller Verschiedenheit näher zusammenrücken lassen. Eines kam zum anderen. Benito fing irgendwann an, mich nach der Schule nach Hause zu begleiten, um mich vor anderen zu schützen, die mich piesacken wollten. Das ging eine ganze Weile so, bis er mich eines Tages fragte, ob ich mit ihm gehen wolle.«

»Und wie hast du darauf reagiert?«

»Im ersten Moment geschockt. Ich war in solchen Sachen völlig unerfahren, konnte damit überhaupt nicht umgehen. Meine Zurückhaltung hat er wohl missverstanden. Zuerst hat er meine Hand genommen, was mich noch mehr verunsichert hat. Dann hat er versucht, mich zu küssen. Ich habe ihn zurückgestoßen und ihn angeschrien, er solle das sein lassen, dass wir nicht zusammenpassen und er mich nicht mehr nach Hause bringen solle. Daraufhin ist er beleidigt weggerannt und hat mich danach geschnitten.«

Sie hatten das Ende des Strands erreicht und standen an einer Treppe, die zur Straße führte.

»Erst später wurde mir bewusst, warum ich ihn so brüsk zurückgewiesen hatte.« Blum drehte sich um und betrachtete das Meer, wo eine Motoryacht in Richtung Hafen unterwegs war. »Ich hatte nichts mit Jungs am Hut, und daran hat sich bis heute nichts geändert. Das weiß keiner im Kommissariat.«

Roca nahm ihre Hand. »Ich weiß, dass du auf Frauen stehst. Schon bald nach unserer ersten Begegnung war mir das klar, so wie du mich angesehen hast. Ich mag zwar zuweilen blind sein, aber ich kann Menschen ganz gut einschätzen. Und nein, ich habe überhaupt kein Problem damit, nur in einem muss ich dich enttäuschen.« Sie ließ ihre Hand wieder los. »Ich mag dich wirklich, aber ich bin nicht lesbisch. Ich hatte mal eine kurze Bi-Phase in der Vergangenheit, das ist jedoch lange her, und mittlerweile bin ich stabil hetero.«

»Niemand ist perfekt«, sagte Blum. »Ich wirke zwar manchmal etwas merkwürdig auf meine Umgebung. Aber das heißt nicht, dass ich ein naives Huhn bin. Sonst wäre ich kaum in diesem Job gelandet. Und ich denke, ich bin nicht die schlechteste Polizistin.«

Roca nickte. »Den Eindruck habe ich auch.« Sie machte eine kurze Pause, bevor sie fortfuhr. »Ich muss dir aber noch etwas sagen: Mir ist wirklich ein Stein vom Herzen gefallen. Ich hatte schon lange das Gefühl, dass wir uns mal aussprechen sollten, damit das nicht ewig zwischen uns steht.«

Auch Blum legte ihre sonstige Zurückhaltung ab. »Weißt du was, dieses Mallipenny, von dem mir Quique erzählt hat – zunächst fand ich das albern, aber das passt wirklich zu dir wie die Faust aufs Auge. Und wer weiß, vielleicht überlegst du es dir eines Tages noch mit diesem Hetero-Quatsch. Bringt nichts, schau dir nur die Typen in der Jefatura an.«

Sie zuckte zusammen, das Wort »Typen« hatte Son Gotleu ins Gedächtnis zurückgerufen. Ob Benito Hähnlein in der Zwischenzeit erwacht war? Plötzlich hatte sie es eilig, ins Kommissariat zu kommen.

※ ※ ※

»*Joder!* Was bist du für ein Schwachkopf, dass du dich schon zum zweiten Mal auf diesen Unsinn in diesem elenden Kaff einlässt.«

Seit fast einer Stunde saß Quique im Auto, ohne dass sich in dem Haus mit der Nummer 13a schräg gegenüber etwas gerührt hatte. Die einzigen Lebewesen, die bisher aufgetaucht waren, waren Sperlinge, die sich lärmend in einem der Bäume im Garten niedergelassen hatten.

Er hatte den Rat der Nachbarin berücksichtigt und war an einem der Tage zurückgekehrt, an dem die Witwe des verstorbenen Kollegen zu Hause sein sollte. Ribera wusste Bescheid, ihn hatte er nach dem Einsatz in Son Gotleu von seinem Vorhaben informiert. Nicht, dass er sich in der Zwischenzeit dessen Skepsis in Sachen Suizid angeschlossen hätte, nein, er hatte lediglich den Ehrgeiz, die Sache zu Ende zu bringen. Dafür war er zu loyal seinem Vorgesetzten gegenüber. Außerdem hatte er keine Lust, sich unter die Nase reiben zu lassen, den Job nur halbherzig ausgeführt zu haben.

Im Grunde genommen verbarg sich hinter seinem losen Mundwerk und seiner flippigen Art ein pflichtbewusster Charakter. Geschuldet war das einer familiären Disposition, denn sowohl sein Großvater als auch sein Vater waren akkurate Geschäftsleute. Der Großvater hatte einen Kolonialwarenladen besessen, einen *colmado*. Der Vater war Filialleiter eines Supermarkts. Ihm selbst war die Welt aus Waren, Umsatzzahlen und Bilanzen fremd, während sein jüngerer Bruder Einkäufer bei einer großen Handelskette geworden war. Aber etwas hatte auch auf ihn abgefärbt, wie er sich eingestand, nachdem der Höhepunkt seiner rebellischen Phase vorbei gewesen war.

Er konzentrierte sich wieder auf die Observierung. Das Resultat war bis jetzt das gleiche wie beim ersten Mal. Nicht einmal die Putzfrau hatte er zu Gesicht bekommen. Wie hieß sie noch gleich? Ach ja, Carolina. Auch nicht die Nachbarin, die ihn auf einen »Kaffee« eingeladen hatte. Vielleicht sollte er die Einladung annehmen und bei ihr klingeln.

Langeweile war nicht das Einzige, das ihm zu schaffen machte. Zu allem Übel hatte er einen dieser heißen Frühsommertage erwischt, an denen sich die Insel bereits vormittags aufheizte. Und jetzt gegen elf Uhr staute sich im Innern des Wagens die Hitze, sodass sich unter seinen Achseln Schweißflecken auf seinem Hemd bildeten, die immer größer wurden.

Er öffnete das Fenster, um Luft hereinzulassen. Kurze Erleichterung, bevor Hitze und Müdigkeit seine Lider schwer werden ließen. Ob er sich mal die Beine vertreten sollte, ehe er einschlief?

Er hatte kaum die Tür geöffnet, als sich das automatische Metalltor des Anwesens mit einem Summen in Bewegung setzte.

Sekunden später fuhr ein Auto heraus, ein roter Seat-SUV. Am Steuer saß eine schlanke Frau mit langen schwarzen Haaren und Sonnenbrille. Das musste Elena Sastre sein.

Quique duckte sich weg, ließ den Wagen passieren, startete den Motor, wendete und fuhr ihr hinterher, blieb aber auf Distanz, um keinen Verdacht zu erregen.

Die Fahrt führte nach Es Pont d'Inca, einem Ortsteil von Marratxí. In der Avinguda d'Antoni Maura, einer langen Durchgangsstraße, stellte Elena Sastre das Auto ab. Quique parkte etwa fünfzig Meter entfernt und beobachtete, wie sie in einer Filiale der Caixa-Bank verschwand. Er stöhnte auf. Hinterher geht sie womöglich noch einkaufen. Super, Ribera, höchst verdächtig, dieses Verhalten, ganz großes Kino.

Er sollte recht behalten. Nachdem Elena Sastre wieder aus der Bank herausgekommen war, fuhr sie schnurstracks zu einem Eroski-Supermarkt. Quique folgte ihr durch den Laden, beobachtete, wie sie durch die Gänge ging und ihren Einkaufswagen volllud.

Wie schon auf dem Friedhof war Sastre auch an diesem Tag eine elegante Erscheinung. Nicht übermäßig gestylt, dennoch hatte sie Klasse, wie Quique fand. Das fing an bei dem roten Kleid mit V-Ausschnitt, das ein Stück oberhalb der Knie endete und ihre schlanke Figur unterstrich. Dazu trug sie schlichte, aber elegante Sandalen. Ihren Mund hatte sie mit einem naturfarbenen Lippenstift betont.

Als Elena Sastre an der Kasse stand, klingelte ihr Mobiltelefon. Mit dem Handy am Ohr bezahlte sie, lud ihre Einkäufe ins Auto und fuhr in Richtung Palma. Am Rande eines Gewerbegebiets stoppte sie erneut, verließ den Wagen und steuerte ein Café an. Als sie hineinging, fiel Quique der Name des Lokals auf. Er musste grinsen. »Caruso«.

»O sole mio!« Er ruderte theatralisch mit den Armen. »Was für eine Entwicklung. Erst Frank Zappa, jetzt ein Opernsänger. Vielleicht wird's doch noch spannend.«

Wenige Minuten nach Elena Sastre betrat er das Café. Das

»Caruso« war eine beliebte Adresse für die Handwerker und Angestellten der nahe gelegenen Betriebe. Viele Tische in dem großen Raum waren besetzt, dazwischen nahmen zwei Kellnerinnen in senfgelber Einheitskleidung Bestellungen auf oder servierten auf Tabletts, die sie durch eine Schwingtür aus der Küche heraustrugen. Lautes Stimmengewirr lag in der Luft.

Quique stand unschlüssig am Eingang neben zwei Spielautomaten. Wie sollte er in dem Gewimmel bloß Elena Sastre entdecken?

»Hey, wenn das nicht der Kollege der reizenden Mallipenny ist«, rief plötzlich jemand laut durch den Raum. »Komm, setz dich zu uns.«

Zahlreiche Köpfe drehten sich nach ihm um. Quique erkannte den Freund von Penelope Roca, den er kürzlich im »Los Ultimos Mohicanos« getroffen hatte und der ihm jetzt fröhlich aus einer Runde mit zwei anderen Männern zuwinkte. Alle drei trugen die gleichen dunkelblauen T-Shirts mit Aufschrift. Dann sah er Elena Sastre, die sich von einem Tisch im hinteren Teil des Cafés erhob und auf ihn zukam. Schemenartig nahm er hinter ihr die Umrisse eines Mannes wahr, nicht aber sein Gesicht, da Sastre ihn verdeckte. Sie wirkte erbost, ihre Augen blitzten.

»Ich kenne Sie doch. Sie waren auf der Beerdigung meines Mannes«, schimpfte sie lautstark. »Und vorhin im Supermarkt habe ich Sie auch gesehen. Verfolgen Sie mich etwa?«

Peinliche Stille im Gastraum, Quique wäre am liebsten vor Scham im Erdboden versunken. Er spürte, wie sein Gesicht rot anlief, stammelte etwas von einem »dummen Zufall« und verließ fluchtartig das Café. Draußen holte er tief Luft. Was für ein Desaster, so einen Reinfall hatte er bisher in seiner Karriere noch nie erlebt.

»Coño«, fluchte er. Das alles hatte er nur Ribera und seinen abstrusen Ideen zu verdanken.

Um sich abzulenken, stürzte er sich anschließend in die Mordermittlungen und machte einen Abstecher zur Spurensicherung. Wenigstens das lohnte sich, denn die Kollegen bestätigten, was sie bereits im Pullman-Gebäude vermutet hatten: Die Fingerabdrücke, die in der Wohnung gefunden worden waren, stimmten mit denen von der Finca in Artà überein. Frank Zampach hatte sich definitiv in Cala Major aufgehalten.

Der positive Effekt des Erfolgserlebnisses war fast genauso schnell vorbei, wie er sich eingestellt hatte. Bereits auf dem Weg in die Jefatura holte ihn wieder der Frust über das Caruso-Debakel ein. Er wusste, dass er Scherereien bekommen würde.

✳✳✳

Pau Ribera ging nervös im Flur der Intensivstation von Son Espases auf und ab. Ständig richtete sich sein Augenmerk auf ein Zimmer am Ende des Gangs, vor dem ein Polizeibeamter auf einem Stuhl saß und gelangweilt auf sein Smartphone sah. Seit geschlagenen vierzig Minuten wartete er nun schon darauf, dass der Arzt herauskam und ihn über Benito Hähnleins Zustand informierte. Aber nichts rührte sich. Zum wiederholten Mal ging er zu der Krankenschwester am Informationsschalter.

Sie hob abwehrend die Hände. »Ich kann Ihnen nach wie vor nichts Neues sagen. Gedulden Sie sich noch etwas, ich gebe Ihnen sofort Bescheid, wenn Dr. Quadrado kommt. Es kann nicht mehr lange dauern.«

Ribera seufzte. Den Spruch hatte er bereits mehrmals gehört. Nein, sich in Geduld üben war keine seiner herausragenden Eigenschaften. In diesem Fall fiel es ihm besonders schwer. Hähnlein war der erste Zeuge, womöglich mehr, der ihnen in die Hände geraten war und der sie weiterbringen konnte. Die festgenommene Frau würde das nicht, davon war er überzeugt. Vor allem, nachdem sich herausgestellt hatte, dass sie die Wahrheit in puncto der Wohnung gesagt hatte. Hähnlein musste einfach aufwachen.

Ribera versuchte, sich abzulenken, und steuerte das große Panoramafenster im Wartebereich an. Es war in Richtung Westen ausgerichtet, wo sich das Tramuntana-Gebirge erhob. Viel zu sehen war davon an diesem Vormittag allerdings nicht, denn eine dichte Wolkendecke hüllte die Bergkette ein. Ribera wusste, dass sich unmittelbar dahinter die schmale Küstenlinie und das Meer befanden.

Wie begrenzt doch das Territorium der Insel war, dachte er. Er hatte gelesen, dass sie sich über weniger als einhundert Kilometer von Ost nach West und knapp achtzig Kilometer von Nord nach Süd erstreckte. Lächerlich klein und wesentlich übersichtlicher als seine Heimat Katalonien. Ermittlungstechnisch war Mallorca demnach ein Kinderspiel, eine Art Freiluftgehege mit natürlicher Begrenzung auf allen Seiten. Wenn er den US-Kollegen in Albany erzählt hätte, dass es ihnen trotzdem bisher nicht gelungen war, entscheidend voranzukommen – sie hätten ihn ausgelacht. Auch weil Mallorca mit seinen etwas über dreitausendsechshundert Quadratkilometern Fläche fast neununddreißigmal in den Bundesstaat New York passte. Ein Fliegenschiss, hätte Bloodgood in seiner knorrigen Art gesagt.

Ribera malte sich aus, wie Lieutenant Leland Bloodgood, mit dem er in Albany die meiste Zeit zu tun gehabt hatte, die Augenbrauen hochziehen und ein lakonisches »*Well*, Pau, zu viel Bullen-Siesta, zu viel Ganoven-Fiesta« ins Gesicht schleudern würde. Er hatte sich einen Spaß daraus gemacht, über die spanische Polizei zu lästern. Ribera hatte sich damit revanchiert, dass er die US-Kollegen angesichts des lockeren Colts, für den viele Cops vor allem gegenüber Schwarzen berüchtigt waren, als schießwütige Cowboys bezeichnet hatte. Bloodgood hatte er den Spitznamen »Bloodgod« verpasst, Blutgott. Umgekehrt nannte ihn dieser »Pauwow«, eine Verballhornung von Powwow, den indianischen Tanzveranstaltungen, und eine Anspielung auf die Feierfreudigkeit der Spanier.

Trotz der Frotzeleien hatte sich zwischen ihnen eine Freundschaft entwickelt, die auch nach Riberas Rückkehr nicht eingeschlafen war. Es verging kaum eine Woche, in der sie nicht per Mail Kontakt hatten, und sporadisch skypten sie auch miteinander. In letzter Zeit jedoch hatte Ribera wenig Muße dafür gehabt.

Eine Stimme riss ihn aus seinen Gedanken. »Sie wollten mich sprechen?«

Neben Ribera war eine hagere Gestalt in weißem Kittel aufgetaucht. Trotz seines Bartes sah Dr. Quadrado jünger aus, als Ribera ihn sich vorgestellt hatte. Er hatte lange Haare, die er zu einem Pferdeschwanz zusammengebunden hatte, und wirkte insgesamt leicht freakig. Dazu trug ein knallrotes T-Shirt bei, das unter dem offenen Arztkittel über der blauen Einheitstracht zu sehen war, die bei den Ärzten des Krankenhauses üblich war. Die Aufschrift »Sonrisa Médica« war darauf zu lesen, die spanische Version der Organisation Klinik-Clowns.

Ein Komiker, auch das noch, dachte Ribera, dem nicht der Sinn nach Comedy stand. Fehlte nur noch, dass sich Quadrado eine rote Nase aufsetzte. Aber der Arzt machte nicht den Eindruck, dass er zum Bespaßen unterwegs war.

»Wie geht es Señor Hähnlein?«, fragte Ribera. »Wir müssten dringend mit ihm sprechen.«

Quadrado runzelte die Stirn. »Ich fürchte, da muss ich Sie enttäuschen, Chefinspektor. Der Patient liegt nach wie vor im Koma. Wann oder ob er wieder daraus erwacht, kann ich Ihnen beim besten Willen nicht sagen.« Er steckte die Hände in seine Kitteltaschen, atmete tief ein und blies die Luft dann durch die Nase wieder aus, als müsste er sich von einer Last befreien. »Wir haben in seinem Blut Gammahydroxybutyrat, kurz GHB, gefunden, die berüchtigten K.-o.-Tropfen. Damit wurde er vermutlich außer Gefecht gesetzt. Was aber gravierender ist: Wir konnten bei ihm außerdem Phenobarbital nachweisen, auch unter dem Handelsnamen Luminal bekannt. Das ist ein Barbiturat …«

»… das auch bei Suiziden verwendet wird.«

»Oh, ich merke, Sie sind gut informiert, Chefinspektor. In der Tat, eine Überdosis verursacht zunächst ein Koma und kann zu Atemstillstand führen. Phenobarbital wird ansonsten vor allem von Tierärzten eingesetzt, um Hunde, Katzen und andere Tiere schmerzlos zu töten. Es dient aber auch zur Behandlung von Epilepsie, Erregungszuständen oder Fieberkrämpfen. Außerdem der Narkosevorbereitung, und früher war es ein häufig genutztes Beruhigungs- und Schlafmittel.«

»Und wie kommt man an so etwas ran?«

»Natürlich ist es verschreibungspflichtig, fällt schließlich unter das Betäubungsmittelgesetz. Das bekommen Sie nicht einfach in der Apotheke. Aber heutzutage gibt es andere Wege ...« Er seufzte.

»Warum lebt Benito Hähnlein denn noch?«

»Das, Chefinspektor, ist die entscheidende Frage. Wenn wir darauf eine Antwort hätten, wären wir weiter. Wir wissen unglücklicherweise nicht, wie viel von dem Mittel zum Einsatz gekommen ist. Die mittlere letale Dosis liegt zwischen vier Komma null und sechs Komma null Gramm. Sie müssen sich vor Augen halten, dass es kein Medikament gibt, das die Wirkung von Phenobarbital aufhebt. Wir können nur hoffen, dass der Körper das Medikament abbaut und sich der Kreislauf stabilisiert.«

»Wie lange dauert so etwas?«

»Schwer zu sagen. Ich habe von einem Hund gelesen, der nach einer Überdosis acht Tage im Koma lag. Eine Frau in der Schweiz sogar wochenlang. Die Halbwertszeit bei einem Menschen liegt in der Regel bei zwei bis vier Tagen. Aber wie das in diesem konkreten Fall aussieht ...« Quadrado deutete auf sein rotes T-Shirt. »Ich befürchte, ich bin in diesem Punkt dem Klinik-Clown näher als den Halbgöttern in Weiß, als die wir Ärzte früher galten. Obwohl die moderne Medizin vieles über den menschlichen Körper weiß, ist er doch bisweilen ein Mysterium in seiner Komplexität. Wir stoßen nach wie vor an unsere Grenzen. Langer Rede kurzer Sinn: Wir können weiter nichts tun als warten, seine Vitalparameter Tag und Nacht überwachen und ansonsten hoffen.«

»Verständigen Sie mich bitte sofort, wenn sich sein Zustand verändert«, bat Ribera.

»Versprochen.« Quadrado wollte sich abwenden, als ihm noch etwas einfiel. »Übrigens, die Frau und der Hund haben damals überlebt. Vielleicht kein schlechtes Omen.«

»Ihr Wort in Gottes Ohr.«

Bevor Ribera die Station verließ, ging er zu dem Polizisten, der vor Hähnleins Zimmer Wache hielt. Der Beamte stand auf und salutierte.

Ribera winkte ab. »Schon gut, schon gut.« Ihm waren solche militärischen Begrüßungsrituale ein Gräuel. Dann wechselte er den Ton und wurde dienstlich. »Hier darf niemand rein, der nicht zum medizinischen Personal oder zu unserem Laden gehört.«

Wenig später stand er auf dem Parkplatz von Son Espases. Die Wolkendecke am Tramuntana war aufgerissen, sodass er die ersten Erhebungen der majestätischen Steinphalanx in den Himmel ragen sah. Er hatte jedoch keine Muße für die Naturschönheit, das Gespräch mit Dr. Quadrado spukte weiter in seinem Kopf herum. Positive Perspektiven sahen anders aus, und er hatte das Gefühl, dass ihnen nach dem gestrigen Erfolg die Felle wieder davonschwammen.

Bevor sich der aufkommende Frust verstärkte, lenkte ihn ein durchdringendes, pfeifendes Geräusch ab. Kurz darauf sah er, wie sich etwa einhundert Meter entfernt ein gelber Rettungshelikopter in die Höhe schraubte, sich nach vorn neigte und über ihn hinweg in Richtung Palma flog. Nach etwa einer Minute war er nur noch ein schwarzer Punkt am Horizont. Allein bei der Vorstellung, in einem solch wackeligen Fluggerät zu sitzen, bekam er ein flaues Gefühl in der Magengegend. Dennoch hatte die kurze Ablenkung seine dunklen Gedanken in den Hintergrund gedrängt. Ihm fiel ein, dass die Geschichte drei wichtige Erkenntnisse gebracht hatte: Benito Hähnlein war zweifellos in den Mordfall auf der Finca verstrickt, welche Rolle er auch immer spielte. Mindestens ein mutmaßlicher Täter oder besser gesagt jemand, der gewaltig Dreck am Stecken hatte, befand sich nach wie vor auf der Insel. Und es gab eine Parallele zu dem Toten vom Cap Blanc. In Form von Phenobarbital, das zum zweiten Mal innerhalb kurzer Zeit aufgetaucht war. Ein Zufall?

Möglich, wenngleich er nicht an Zufälle glaubte, besonders nicht bei diesem Fall.

Zu guter Letzt gab es eine Entdeckung, auf die sich Ribera bisher keinen Reim machen konnte: die Uhr, die sie in Son Gotleu ausgegraben hatten. Woher sie stammte, darüber konnte man im Moment nur spekulieren. Geerbt, geschenkt, gefunden – theoretisch möglich, aber eher unwahrscheinlich. Sollte es am Ende gar eine Verbindung zu den Rolex-Diebstählen geben?

Ribera stöhnte auf bei dieser Vorstellung. Es wäre ein übler Streich, den ihm das Leben spielen würde, nachdem er sich hartnäckig gegen die Mitarbeit in der Soko gesperrt hatte. Ausschließen konnte er es nicht, egal wie sehr sich in ihm alles dagegen sträubte. Eines wusste er genau: Nichts in diesem Dasein war so abwegig, als dass es sich nicht irgendwo zutragen könnte.

Er schob den Gedanken wieder beiseite. Jetzt galt es, seine Abteilung auf den neuesten Stand zu bringen. Sorgen bereitete ihm Cristina Blum. Bisher hatte er sie als meist unterkühlt, nüchtern und sachlich kennengelernt. Nun aber war sie emotional beteiligt. Wie würde sie darauf reagieren, dass sich bei Hähnlein noch keine Besserung abzeichnete, vielleicht nie eintreten würde?

***

Als Ribera das gemeinsame Büro von Quique und Cristina Blum betrat, überfiel sie ihn, kaum dass er zur Tür hereingekommen war.

»Weißt du etwas von Benito? Ich habe im Krankenhaus angerufen, da hieß es, dass jemand von der Polizei da gewesen sei. Mehr wollte man mir nicht sagen. Ich dachte mir, dass du das warst.«

Ribera setzte sich auf Quiques verwaisten Platz und berichtete von seinem Gespräch mit Dr. Quadrado. »Tut mir aufrichtig leid, dass ich keine besseren Nachrichten habe. Ich weiß, dass dich das persönlich trifft.«

Blum betrachtete ihn mit ausdruckslosen Augen, als würde sie durch ihn hindurchsehen. Dann wischte sie eine Träne weg, die ihr über die Wange gekullert war, und wiederholte in verkürzter Form, was sie bereits Roca über ihre Verbindung zu Hähnlein erzählt hatte. »Ich dachte, das solltest du wissen, um meine Reaktion nachvollziehen zu können.«

»Danke für deine Offenheit. Ich weiß, wie schwer das fällt.« Unausgesprochen schwang mit, dass Ribera selbst oft auf seine Umgebung wie eine Sphinx, bisweilen undurchschaubar und rätselhaft wirkte. »Und was Hähnlein betrifft, warten wir's ab. Vielleicht geschieht doch noch ein Wunder.« Er deutete auf Quiques leeren Schreibtisch. »Apropos zurück, der Kollege ist noch nicht aufgetaucht?«

»Ich habe keine Ahnung, wo er ist. Quiques Wege und Gedankengänge sind für mich zeitweise unerklärlich. Aber damit befindet er sich ja in unserer Abteilung in guter Gesell...« Blum sah erstaunt zur Tür.

Dort erschien Quique, und zwar in einem Zustand, in dem sie ihn bisher noch nie gesehen hatten. Wie ein geprügelter Hund schlich er mit gesenktem Kopf ins Büro.

»Was ist denn mit dir los?«, fragte Blum.

»Du siehst aus, als ob du jemanden überfahren hättest.« Ribera räumte den Platz am Schreibtisch.

»Schlimmer. Ich hab's verkackt.« Ächzend ließ sich Quique in seinen Sessel fallen und streckte die Beine von sich.

»Was verkackt? Drück dich doch etwas deutlicher aus«, sagte Blum, während Ribera eine böse Vorahnung hatte.

Quique wackelte mit dem Stuhl hin und her, kippte nach vorn, stützte sich mit den Ellbogen auf dem Tisch ab, legte den Kopf in die Innenflächen seiner Hände, atmete tief ein und blies die Luft durch die Nase aus. Nach einigen Sekunden begann er zu sprechen und beichtete die missglückte Observation.

Blum verzog das Gesicht, als ob sie Schmerzen hätte. »Autsch, wirklich dumm gelaufen. Aber ich verstehe eh nicht, warum ...«

»Quique kann nichts dafür, das ist auf meinem Mist gewachsen«, unterbrach Ribera sie. »Und ich werde das auf meine Kappe nehmen, falls es Ärger gibt.« Im selben Moment meldeten seine präkognitiven Fähigkeiten, dass es den geben würde.

Keine halbe Stunde später durften Ribera und Quique beim Polizeichef im vierten Stock antanzen.

»Meine Herren, ich muss Ihnen nicht erklären, weshalb ich Sie sprechen wollte.« Mariano G. Moix wies ihnen mit ernster Miene zwei Stühle vor seinem Schreibtisch zu. Er selbst stand auf und ging zu einer Wand, an der zahlreiche Fotos hingen. Die Aufnahmen stammten von seinem Militärdienst bei der Legión Española, einer Eliteeinheit der spanischen Armee, von dem er nach wie vor zehrte.

Er wippte von der Ferse auf die Zehenspitzen, während er seinen Besuchern den Rücken zuwandte. »Wissen Sie, meine Herren, auch auf die Gefahr hin, mich zu wiederholen, möchte ich eines herausstellen: Die Erfolge der Legion, in der ich, wie Sie wissen, das Glück hatte zu dienen, basierten auf drei Säulen: Disziplin, klare Befehlsketten und nicht zuletzt der unbedingte Wille jedes einzelnen Soldaten, persönliche Befindlichkeiten und Ansichten dem Kollektiv unterzuordnen. Daraus lässt sich einiges für das Leben außerhalb der Armee ableiten.«

Ribera und Quique rollten synchron mit den Augen. Der typische Prolog eines Moix-Vortrags, mit dem er sich mal mehr, mal weniger langatmig warmredete und zu seiner Kernbotschaft vortastete.

Moix drehte sich um. »Wie es scheint, gibt es in der Jefatura Tendenzen, hinter meinem Rücken eigene Ziele zu verfolgen.« Kurze Pause. »Ich habe einen Anruf von Elena Sastre bekommen und war sehr verwundert zu erfahren, dass sie offenbar beschattet wurde, obwohl es dazu keinerlei Veranlassung gibt.« Er verschärfte die Tonlage und ging zum direkten Angriff über. »Montoya, was um Himmels willen ist in Sie gefahren, dass Sie die Witwe eines kürzlich verstorbenen Kollegen auf diese Weise belästigen, ja beleidigen?«

Quique wollte etwas einwenden, aber Moix würgte ihn mit einer energischen Handbewegung ab. »Und Sie, Ribera, ich vermute, dass Sie in der Sache drinstecken. Ich kann mir jedenfalls kaum vorstellen, dass Montoya auf eigene Faust gehandelt hat. Das sieht nicht nach seiner Handschrift aus. Was hat Sie bloß dazu veranlasst? Nicht daran zu denken, sollte Señora Sastre das an die große Glocke hängen. Zum Glück konnte ich sie bisher davon abhalten. Was für eine Blamage. Ich denke nicht nur an das verheerende Echo in der Presse – das würde bis in die Politik Kreise ziehen.« Er dimmte seine Lautstärke eine Stufe herunter und schlug nun einen fast väterlich wirkenden Kurs ein. »Ribera, wir beide kennen uns schon eine ganze Weile. Ich weiß, welch sturer Charakter Sie sein können, wenn Sie sich etwas in den Kopf gesetzt haben. Dennoch weiß ich auch Ihre Verdienste zu würdigen und habe daher bisher über Ihre Alleingänge hinweggesehen. Aber jetzt sind Sie zu weit gegangen. Sie haben eine rote Linie überschritten, das kann nicht ohne Konsequenzen bleiben.«

Ribera kniff in gespannter Erwartung die Lippen zusammen. Er kam sich vor, als würde er vor einem Kriegsgericht sitzen, dessen Vorsitzender nun ein Urteil fällte.

Moix atmete tief durch, bevor er das Strafmaß verkündete. »In der Legion hätte man sie Ihres Kommandos enthoben. So weit gehe ich aber nicht. Sie werden sich offiziell bei Señora Sastre entschuldigen. Außerdem teile ich Montoya ab sofort der Soko Rolex zu. Während Sie irgendwelchen Gespenstern hinterhergejagt sind, hat sich dieses Krebsgeschwür nicht einfach in Luft aufgelöst. Zum Glück hat sich das letzte Opfer nach dem bewaffneten Überfall wieder von dem Messerstich erholt. Aber um ein Haar hätten wir einen Toten gehabt. Apropos: In den Ermittlungen zu der Finca-Sache sind Sie währenddessen auch nicht entscheidend vorangekommen. Im Gegenteil, wie man an dem zweiten Fast-Todesfall in Son Gotleu sieht, der damit zusammenzuhängen scheint. Räumen Sie endlich in der Hausbesetzerszene auf, die unsere Insel immer weiter in Misskredit bringt.«

»Wenn ich auch mal etwas dazu sagen dürfte. Ich nehme an, selbst in der Legion haben Angeklagte das Recht, sich zu verteidigen«, sagte Ribera, nachdem Moix wieder hinter seinem Schreibtisch Platz genommen hatte.

Moix machte eine gönnerhafte Handbewegung.

»Ich gebe zu, dass es ein Alleingang war und ich die möglichen Folgen nicht einkalkuliert hatte. Ich nehme das auf meine Kappe. Ich glaube jedoch, dass meine Einschätzung, dass es bei der Cap-Blanc-Geschichte Ungereimtheiten gibt, nicht völlig aus der Luft gegriffen ist.«

Moix zuckte nervös mit den Augen. »Fahren Sie fort, Ribera, ich bin gespannt zu hören, wie Sie Ihren Hals aus der Schlinge ziehen möchten.«

Ribera berichtete von dem Medikament Phenobarbital, das sowohl bei dem Toten vom Cap Blanc als auch bei Hähnlein nachgewiesen wurde. Auch von Elena Sastres seiner Ansicht nach auffälligem Verhalten auf der Beerdigung ihres Mannes.

»Dass zwei Fälle innerhalb kurzer Zeit mit diesem Mittel zu tun haben, mag Zufall sein, verdächtig ist es allemal. Ich hätte meinen Beruf verfehlt, wenn ich dem nicht nachgehen würde«, schloss er, wobei er verschwieg, dass er den angeblichen Suizid bereits angezweifelt hatte, bevor sie Hähnlein aufgespürt hatten.

Moix strich nachdenklich über seinen schmalen grauen Oberlippenbart. »Gewisse Ungereimtheiten sind wirklich nicht von der Hand zu weisen. Es wäre insofern fahrlässig, wenn wir einen Zusammenhang von vornherein ausschließen würden. Genauso wenig können wir davon ausgehen, dass der Verdacht begründet ist. In jedem Fall befinden wir uns in einer äußerst undankbaren Situation, meine Herren. Lassen Sie es mich mal flapsig ausdrücken: Erst am Ende stellt sich heraus, ob wir die Helden oder die Deppen sind. In diesem Sinne haben Sie von mir grünes Licht, weiterzuermitteln.« Er hob ermahnend den Finger. »Aber das bedeutet keineswegs, dass ich nachträglich Ihre Methoden sanktioniere.«

Ribera war verblüfft über das Umschwenken seines Vorgesetzten. Bei näherer Betrachtung war es jedoch nicht das erste Mal, dass er Moix auf seine Seite gezogen hatte. Der Polizeichef war bei allen Machtspielchen, die er gern betrieb, ein Pragmatiker, der dem Erfolg alles unterordnete. Aber wehe, eine Sache ging schief. In diesem Fall ließ ihn Moix ohne mit der Wimper zu zucken fallen.

Ribera war noch nicht ganz am Ende. »Eine letzte Sache, die ich erwähnen muss.«

Moix, der sich gerade aus seinem Sessel erheben wollte, setzte sich wieder hin.

Ribera unterrichtete ihn über die Rolex, die sie in Son Gotleu gefunden hatten, dass sie aber noch im Dunkeln tappten, wie die teure Uhr in Hähnleins Besitz gekommen war. Die Rolex-Banden erwähnte er nicht explizit. Gleichwohl stand das Thema im Raum.

Moix war beeindruckt. »Da scheint in der Tat eine Menge drinzustecken. Dann will ich Sie nicht länger aufhalten, meine Herren, halten Sie mich auf dem Laufenden. Und spüren Sie endlich die flüchtigen Besetzer von Artà auf. Wir machen uns noch zum Gespött der Insel, ja der ganzen Nation, wenn wir es nicht schaffen, diese Leute dingfest zu machen.«

Ribera hüstelte. »Und was ist mit den von Ihnen erwähnten Konsequenzen?«

Moixs griff sich eine Akte, die auf seinem Schreibtisch lag, setzte seine Brille auf und blätterte darin. »Welche Konsequenzen?«, fragte er, ohne sie anzusehen. Und es klang in Riberas Ohren halb scherzend, halb ernst, als er hinzufügte: »Machen Sie, dass Sie rauskommen, bevor ich es mir anders überlege.«

»Puh, das war knapp«, bemerkte Quique auf dem Weg nach unten. »Ich dachte wirklich, er reißt uns den Arsch auf.«

»Das wird er auch, wenn wir nicht bald vorankommen.«

»Einen kleinen Fortschritt gibt es.« Quique informierte über das Ergebnis der Spurensicherung im Pullman-Gebäude.

»Wusst ich's doch«, brach es aus Ribera heraus. Fast im selben Atemzug ebbte seine Euphorie aber wieder ab. Zu sehr wirkte das Gespräch mit Moix nach. Klar, sie hatten zwar die Rückendeckung des Polizeichefs, standen aber auch verstärkt unter Beobachtung. Auf der anderen Seite hatte er im Laufe seines Lebens eine gewisse Resilienz entwickelt, die verhinderte, dass er bei Schwierigkeiten in Panik verfiel. Im Moment jedoch signalisierte ihm sein Magen, dass er seit dem Frühstück nichts mehr gegessen hatte.

Keine fünf Minuten später saß er im »Bocadillos«. Die Bar lag nur einen Sprung weit entfernt vom Hauptquartier der Nationalpolizei und war ein beliebter Anlaufpunkt für Geschäftsleute, Handwerker und Bewohner des Barrio El Camp d'en Serralta und angrenzender Viertel.

»*Bon dia*, Pau, ich komme gleich zu dir«, begrüßte ihn Pilar Martínez Osorio, die zusammen mit ihrem Mann Tomeu den Laden führte. Pili, wie sie alle nannten, hatte alle Hände voll zu tun, nahm Bestellungen auf und rief sie in die Küche hinein, in der Tomeu im Akkord Essen zubereitete.

Ribera setzte sich auf einen der freien Plätze und studierte das Tagesmenü, das auf einer Kreidetafel angeschrieben war. Er entschied sich für eine *salmorejo* als Vorspeise, eine kalte andalusische Tomatensuppe. Als zweiten Gang wählte er ein *tumbet*. Er war schon mehrmals in den Genuss der mallorquinischen Gemüsepfanne gekommen, die Tomeu wie kein Zweiter auf der Insel zuzubereiten wusste. Dazu genehmigte er sich ein Glas mallorquinischen Rotwein.

Am frühen Nachmittag leerten sich die Plätze. Ribera trank einen *café solo* zum Abschluss, als Tomeu aus der Küche herauskam. Seine weiße Schürze zeigte Spuren des Tageswerks.

»War wieder mal ein Großkampftag«, sagte er in Richtung Ribera und wischte sich mit einem Tuch den Schweiß von der Stirn.

»Kein Wunder bei deinen Kochkünsten. Spektakulär, das *tumbet*. Das macht dir so schnell keiner nach.«

Tomeu lächelte mit einer Mischung aus Stolz und Schüchternheit. »Altes Familienrezept von meiner Großmutter. Ich musste Gemüse schneiden, wenn sie für die Familie gekocht hat. Da schnappt man halt mit der Zeit etwas auf. Ließ sich gar nicht vermeiden.«

»Kommt mir bekannt vor«, sagte Ribera. »Als Kind habe ich meinem Großvater oft im Garten geholfen. Eine Schule fürs Leben.«

»Nur das Putzen und Aufräumen habt ihr in eurer Schule fürs Leben nicht mitbekommen. Das bleibt meist an uns Frauen hängen.« Pilar lachte und legte den Arm um Tomeu. »Dennoch habe ich es gut mit dem Kerl getroffen. Immerhin kochen kann er passabel. Nicht umsonst sind wir schon seit fünfundzwanzig Jahren verheiratet.«

»Glückwunsch. Wir habt ihr dieses Kunststück geschafft?«, fragte Ribera.

»Nicht gleich davonlaufen, wenn es mal schwierig wird. Und ab und zu wirkt eine kleine Bestechung wahre Wunder.« Tomeu lachte so heftig, dass sein ganzer Körper unter der Kochschürze bebte. Er hob den rechten Arm und schüttelte das Handgelenk, an dem sich eine silbrig glänzende Uhr befand. »TAG Heuer. Schweizer Qualitätsprodukt. Automatik mit achtunddreißig Stunden Gangreserve. Bis zweihundert Meter wasserdicht – falls ich die Küche mal aus Versehen überflute. Hat mir Pili zur Silberhochzeit geschenkt. Habe ich mir schon lange gewünscht, aber der Preis hat mich abgeschreckt.«

»Du verrückter Kerl. Jetzt trägst du das teure Ding schon wieder«, schimpfte Pilar und gab ihm scherzhaft mit dem Ellbogen einen Stoß in die Rippen. »Ich habe ihm gesagt, er soll damit aufpassen und die Uhr nur zu besonderen Gelegenheiten anlegen. Vor allem jetzt, wo die Uhrendiebe ihr Unwesen treiben. So ein wertvolles Stück ist im Nullkommanix weg. Nicht mal in Palma ist man mehr vor denen sicher. Das hat man bei dem hohen Tier gesehen, das kürzlich auf offener Straße überfallen worden ist.«

»Ach was«, Tomeu winkte ab, »ich lass mich von der Hysterie nicht anstecken. Außerdem hat das Uhrband einen Sicherheitsverschluss. Unabhängig davon würde ich denen davon abraten, sich mit einem Koch anzulegen – Moment.« Er ging zurück in die Küche und kam Sekunden später wieder heraus. In der Hand hielt er ein großes Schneidemesser mit einer langen, spitzen Klinge, das er wie ein Schwert durch die Luft schwang. »Soll sich mal einer dieser Ganoven am mich heranwagen. Selbst wenn es einem gelingen sollte, mir die Uhr abzunehmen, lässt sich die Herkunft über die Seriennummer und die Garantiekarte zurückverfolgen.«

Ribera hatte einen Geistesblitz. War es möglich, dass …?

Er musste schnellstens zurück in die Jefatura. Hastig verabschiedete er sich von den beiden Wirtsleuten und stürmte nach draußen.«

✳✳✳

In seinem Büro hängte sich Ribera ans Telefon und wählte die Nummer der Spurensicherung. »Habt ihr noch die Uhr aus der Wohnung in Son Gotleu?«, stieß er in den Hörer.

»Das können nur die Herrschaften von der Mordkommission sein, die mit der Tür ins Haus fallen«, antwortete Jaume Pujol.

Mit dem Leiter der Spurensicherung, die in einem anderen Teil Palmas residierte, hatte Ribera zwar mehrmals zu tun gehabt, seit er auf Mallorca war. Die Zusammenarbeit war aber meistens über Quique gelaufen. Er kannte Pujol seit Langem und kam mit dessen spezieller Art gut klar.

»Warum sollten wir das Ding deiner Meinung nach *nicht* mehr haben?«, fragte Pujol. »Hast du gedacht, wir sacken alles vom Tatort ein, was nicht niet- und nagelfest ist, und verticken es auf dem Flohmarkt oder im Internet?« Er machte eine kurze Pause. »Selbstverständlich haben wir die Uhr noch. Bisher hat niemand Anspruch darauf erhoben.«

»Habt ihr euch das Teil mal näher angesehen?«

»Noch nicht. Steht aber auf meiner To-do-Liste. Sollen wir das vorziehen?«

»Unbedingt. Es ist nicht ausgeschlossen, dass die Uhr im Zusammenhang mit einer anderen Strafsache steht. Ich bräuchte dringend die Seriennummer. Noch etwas. Quique sagte, dass auf dem Messer, das wir auf der Finca gefunden haben, Spuren von menschlichem Blut waren, die aber nicht von dem Toten stammen.«

»Korrekt.«

»Könnt ihr mir die Blutgruppe nennen?«

»Kein Problem, haben wir längst festgestellt. Wäre in dem schriftlichen Bericht aufgetaucht, den ihr demnächst bekommt. Seriennummer schicke ich dir innerhalb der nächsten halben Stunde. War's das, oder wollt ihr vielleicht auch etwas von dem Gras haben, das wir auf der Finca gefunden haben? Super Stoff übrigens. War der große Renner bei unserer Abteilungsfeier.«

Ribera ließ Pujols flapsigen Schlusssatz unkommentiert stehen. Er wollte so schnell wie möglich seine Hypothese verifizieren, die er im »Bocadillos« aufgestellt hatte.

Als Nächstes wählte er die Nummer von Lorenzo Galán von der Abteilung für Organisierte Kriminalität, den er auf der Beerdigung in Marratxí kennengelernt hatte.

»Welche Überraschung.« Galán klang erfreut. »Lange nichts mehr gehört von dir. Das heißt, stimmt nicht ganz. Mir ist zu Ohren gekommen, dass ihr zwischenzeitlich einen kleinen Zusammenstoß mit Señora Sastre hattet, nicht schlecht, mein Lieber. Ich hatte dich gewarnt.«

Ribera wunderte sich, wie die Information in der Jefatura die Runde hatte machen können. Kaum anzunehmen, dass Quique oder Moix sie weitergetragen hatten. Beide hatten keinerlei Interesse daran, wenn auch aus unterschiedlichen Motiven, die Angelegenheit an die große Glocke zu hängen. Das hieß, entweder hatte jemand in der unmittelbaren Umgebung des Polizeichefs davon Wind bekommen und für die Indiskretion gesorgt, oder Elena Sastre persönlich hatte ihrem Ärger Luft gemacht.

»Ich rufe dich wegen des letzten Uhrenraubs in Palma an, bei dem ein Mann schwer verletzt wurde«, sagte er, ohne auf

Galáns Bemerkung einzugehen. »Was für ein Modell wurde gestohlen? Ist die Seriennummer bekannt? Außerdem würde mich der Name des Opfers interessieren.«

»Eine Menge Fragen. Hat dich der sympathische Señor Grande weichgeklopft, dass du bei unserem Verein mitmachst, oder warum interessiert der Fall die Mordkommission?«

Ribera lachte zynisch. »Er gibt sich alle Mühe, aber nein, ganz so weit ist es noch nicht. Mein Immunsystem gegen den Kollegen ist nach wie vor intakt, einigermaßen. Was den Fall angeht: Es ist nicht ausgeschlossen, dass die Geschichte mit einem unserer Fälle zu tun hat.«

»Verstehe. Ich denke, dass wir eine Seriennummer haben. Die meisten teuren Uhren sind damit versehen und werden von uns erfasst. Dadurch kann nachverfolgt werden, an welchen Händler ein Produkt ausgeliefert wurde und wer es gekauft hat. Das erleichtert uns die Ermittlungen – theoretisch.« Galán dimmte seine Lautstärke herunter. »Unter uns, die meisten gestohlenen Uhren tauchen nie mehr auf. Die werden auf dem Schwarzmarkt billiger, aber immer noch lukrativ genug verkauft. Den Käufern ist auch sonnenklar, was für Ware sie erstanden haben. Warte mal, ich schaue nach, was wir in unseren Unterlagen haben.«

Nach wenigen Minuten gab Galán Ribera die Seriennummer durch. »›Rolex Oyster Perpetual‹, edles Stück«, fügte er hinzu. »Eigentümer ist ein gewisser Bartomeu del Amo. Arbeitet bei einer Behörde in Palma in einer höheren Position. Wäre beinahe draufgegangen. Soll aber auf dem Weg der Besserung sein. Und das alles nur wegen eines Stücks Metall mit Zeigern und Zahnrädern. Andererseits ist so eine Uhr ein Accessoire zum Tragen wie ein Schmuckstück. Darauf basiert letztendlich das Geschäftsmodell dieser Banden.«

»Nicht mal so uninteressant, euer Job«, sagte Ribera.

»Und abwechslungsreich. Wenn ich da an den Überfall auf ein Uhrengeschäft in Andratx denke.«

»Was für ein Überfall?«

»Drei Bewaffnete haben die Filiale der ›Relojería Germán‹

in Palma ausgeraubt. Der Fall konnte bis heute nicht aufgeklärt werden. Leider.«

»Eventuell sollte ich mich euch doch anschließen«, sagte Ribera und beendete das Gespräch. Jetzt brauchte er nur noch die Seriennummer der Uhr aus Son Gotleu.

Kurz darauf bekam er die Information von Pujol. Und siehe da: Die Nummern waren identisch.

Ohne dass er es bemerkt hatte, war während seiner Telefonate der frühe Abend angebrochen. Er fuhr den PC herunter, verließ die Jefatura und machte sich zu Fuß auf den Weg zu seiner Pension. Seinen Wagen, den er in Santa Catalina hatte stehen lassen, wollte er am nächsten Tag holen. Die Karre war ein rollender Diebstahlschutz, so zerkratzt und zerbeult war sie von einem Luxusobjekt noch weiter entfernt als seine Minister-Uhr von einer Rolex.

Ribera überquerte den Passeig de Mallorca, auf dem der Feierabendverkehr rollte, und wurde von der Altstadt verschluckt. Gedankenversunken durchquerte er die Gassen, in denen die Reste des weichen Abendlichts langsam den Vorboten der Dämmerung Platz machten. Die Terrassen der Bars und Restaurants füllten sich, Menschen flanierten, studierten die Speisekarten oder erledigten späte Einkäufe in den kleinen Geschäften. Über seinem Kopf ertönte das lang gezogene »Chirrp« der Mehlschwalben, die wie Miniaturjagdflugzeuge halsbrecherisch zwischen den alten Stadtpalästen umherzischten.

Während er die wendigen Vögel mit ihren weißen Bürzeln und den keilförmigen Schwänzen beobachtete, musste er an die Drohne denken, von der Frank Zampach gesprochen hatte. Wollte Cristina Blum nicht weiter nachforschen, von wem das Ding stammte?

Das Brummen seines Mobiltelefons lenkte ihn von seinen Gedanken ab. Eine ihm unbekannte Nummer leuchtete auf dem Display auf.

»Chefinspektor, Verzeihen Sie die späte Störung.« Dr. Quadrado war am Apparat. Der Arzt klang bedrückt. »Sie baten darum, dass ich Sie umgehend verständige, wenn sich der Zustand des Patienten verändert. Bedauerlicherweise muss ich Ihnen mitteilen, dass Benito Hähnlein vor einer halben Stunde verstorben ist. Sein Körper war anscheinend doch zu geschwächt. Wir konnten nichts mehr für ihn tun. Ich bin untröstlich, dass ich keine bessere Nachricht für Sie habe.«

Ribera war wie vor den Kopf geschlagen. Damit hatte er nicht gerechnet. Wieder eine Spur, die in einer Sackgasse verlaufen war. Und wie würde Cristina Blum auf die Nachricht reagieren?

Das Läuten von Kirchenglocken ließ ihn zusammenzucken. Erstaunt stellte er fest, dass es von einem in Schwarz gekleideten Priester kam, der aus dem Portal einer Kirche auf die Straße getreten war und ein Mobiltelefon in der Hand hielt.

»Verzeihung, wenn ich Sie erschreckt habe«, sagte der Priester. »Manchmal vergesse ich, das Telefon auf stumm zu schalten. Das führt dazu, dass meine Sammlung berühmter Glockengeläute bei manchen Mitmenschen für Irritationen sorgt.

Ribera schüttelte den Kopf. Was für eine skurrile Situation, erst die Nachricht von Hähnleins Tod, dann die Kirchenglocken – das hatte fast etwas von »Wem die Stunde schlägt«. Dazu passte sein Vorhaben für den nächsten Tag, das ihn erneut ins Krankenhaus Son Espases führen sollte.

***

Frank Zampach hatte die Nase gestrichen voll von Mallorca.

Hört denn die Odyssee auf dieser beschissenen Insel nie mehr auf?, fragte er sich, als er nach dem überstürzten Abgang in Cala Major zum ersten Mal dazu kam, über die neue Situation nachzudenken.

Hals über Kopf waren er und seine Freundin Kati nebst Hund Rambo aus dem Pullman-Gebäude geflüchtet. Gerade noch rechtzeitig, nachdem sie einen Tipp bekommen hatten, dass die Polizei demnächst vor der Tür stehen würde. Dennoch hätte nicht viel gefehlt und sie wären den Bullen ins Netz gegangen. Glück im Unglück, aber zu welchem Preis? Sie hatten ein trostloses Ambiente gegen ein weitaus schlimmeres eingetauscht.

Die Wohnung, soweit man ihre neue Behausung überhaupt so nennen konnte, befand sich im ersten Stock eines zweigeschossigen Gebäudekomplexes, der zum alten Gefängnis von Palma gehörte. Abgeschirmt von einer Mauer, die mit Graffiti übersät war, einem verrosteten Drahtzaun, Bäumen und dichtem Gestrüpp, lag er am äußersten Rand der Stadt direkt an der Autobahn Ma-20, die in die deutsche Touristenhochburg Andratx führte. Unmittelbar dahinter stand das eigentliche Gefängnis. Ein vergessener Ort inklusive martialischer Mauer und Wachtürmen, der seine Funktion verloren hatte. Im Gegensatz zu der neuen Haftanstalt, die jenseits der Autobahn ein riesiges Areal bedeckte. Komplettiert wurde dieser bizarre Kosmos durch das elegante weiße Oval der Trabrennbahn »Hipòdrom Son Pardo«, das in Sichtweite des morbiden Schauplatzes Pferdesportfans anlockte.

Was für ein Kontrast, dachte Zampach, Freiheitsentzug trifft auf Freizeitvergnügen. Sie selbst befanden sich irgendwo zwischen diesen Extremen. In einem apokalyptischen Szenario voller Müll, Gestank, wild wuchernder Natur, eingeschlagener Fensterscheiben, ohne Strom und fließendes Wasser.

Zuerst hatte er keine Ahnung gehabt, wohin sie sich überhaupt noch verkriechen sollten. In letzter Minute war ihm der alte Knast eingefallen. Einer aus der mallorquinischen Besetzerszene hatte das Gebäude mal erwähnt, das seit über zehn Jahren leer stand und verrottete, was dazu führte, dass dort immer wieder *okupas* eindrangen. Dennoch hatte er für einen kurzen Moment mit dem Gedanken gespielt, sich zu stellen, weil er keine Lust mehr hatte, ständig davonzulaufen. Sein Nomadentum, das er nach außen als Lebensstil pflegte, war nämlich in Wahrheit eine Flucht – vor der Fremdbestimmtheit in einem Job, vor den Zwängen des Alltags, vor den Erwartungen der Gesellschaft, vor sich selbst. Ein Teufelskreis, aus dem er nicht herauskam, auch auf Mallorca nicht. Bei alldem hatte seine aktuelle Situation aber etwas Beruhigendes: Tiefer sinken konnte er kaum noch.

Er schaltete seinen Laptop an. Wenigstens hatte er eine Internetverbindung. Ein Kumpel hatte ihm die Möglichkeit aufgezeigt, über ein virtuelles privates Netzwerk im Netz zu surfen, ohne dass es nachverfolgbar war.

Zum ersten Mal seit Tagen rief er seine Facebook-Seite auf und entdeckte mehrere Nachrichten an ihn. Die erste stammte von der spanischen Nationalpolizei, die ihn auf Deutsch kontaktiert hatte. Eine Cristina Blum forderte ihn darin auf, sich sofort bei der Behörde zu melden, um zur Aufklärung des Vorfalls auf der Finca bei Artà beizutragen. Eine Zusammenarbeit mit der Polizei werde sich zu seinen Gunsten auswirken.

Bla, bla, bla, für wie dumm hielten die ihn?

Als er die zweite Nachricht aufrief, stutzte er. Diesen Absender hätte er nach all dem, was geschehen war, wirklich nicht erwartet. Benito Hähnlein. Ebenso überraschend war der Vorschlag, den er ihm unterbreitete.

***

Die Einsamkeit und Stille sprangen Frank Zampach mit voller Wucht an, als er am Fährhafen von Palma auf seine Verabredung wartete. Gähnende Leere herrschte auf der Anlage, wo ansonsten Menschen verkehrten, die zwischen Mallorca und dem spanischen Festland oder den Nachbarinseln unterwegs waren beziehungsweise von Kreuzfahrtschiffen ausgespuckt wurden. Nur sporadisch bog ein Jogger vom nahe gelegenen Paseo Marítimo ab, um eine Runde durch den kleinen Park vor den Terminal-Gebäuden zu drehen.

Zugleich war es ein überaus stimmungsvolles Ambiente. Die Blätter der hohen Platanen und die Wedel der Palmen raschelten im Wind. Das Dunkelblau des Abendhimmels machte nach und nach der Nachtschwärze Platz, und das Meer verwandelte sich in eine metallisch wirkende Oberfläche, auf der sich der gelbliche Schein der Straßenlaternen widerspiegelte.

Von Weitem schimmerten die Lichter eines Kreuzfahrtschiffes, das in der Bucht von Palma vor Anker lag, wie ein nächtlich beleuchtetes Dorf, in dem ein Fest gefeiert wurde. Abgerundet wurde das Ensemble durch den alten Leuchtturm von Portopí, der sich gegenüber in der Sperrzone der spanischen Marine in die Höhe reckte und dessen Zinnenkranz ihm die Anmutung eines Bergfrieds verlieh.

Seit knapp zwanzig Minuten stand sich Zampach schon die Beine in den Bauch. Je dunkler es wurde, desto mehr kamen ihm Zweifel, ob dieses Treffen eine gute Idee war. Nach langem Überlegen hatte er sich entschlossen, Benitos Vorschlag via Facebook anzunehmen. Er wollte den Schlüssel von der Finca zurückhaben, hatte einen Deal angeboten: zwanzigtausend Euro, wenn er ihn aushändigen würde. Übergabe am Fährhafen.

Vielleicht kein optimaler Ort, aber da er sich nicht in der Öffentlichkeit sehen lassen wollte, war ihm keine bessere Alternative eingefallen. Außerdem konnte er den Fährhafen gut erreichen und schnell wieder von dort verschwinden, nachdem er ein Fahrrad aufgetrieben hatte.

»Mensch, Zappa, bist du wahnsinnig? Das ist viel zu gefährlich. Du hast doch auf der Finca gesehen, was das für Typen sind«, hatte ihn seine Freundin Katie gescholten, als er ihr davon erzählt hatte.

»Da ist kein Risiko. Der ist scharf auf das Teil, sonst nichts«, hatte er erwidert.

Dennoch hatte er Vorkehrungen getroffen, er war ja nicht blöd. Sein Trumpfpfand führte er nicht direkt mit sich. Als eine Art Lebensversicherung hatte er es in der Nähe in einem Mülleimer an der Hafenpromenade deponiert. Die Stelle würde er nach Erhalt des Geldes telefonisch aus sicherer Distanz durchgeben. So sein Plan.

Dennoch war ihm mulmig zumute, als er allein in der Dunkelheit stand. Vielleicht war er doch zu leichtsinnig gewesen.

Ein eigenartiges Angstgefühl überkam ihn. Denk nicht dran, sagte er sich und versuchte, sich auf den nahen Leuchtturm von Portopí zu konzentrieren. Der Name erinnerte ihn an den Film »Life of Pi: Schiffbruch mit Tiger«. Geradezu symbolisch, fand er, hatte er doch selbst Schiffbruch erlitten, wenn auch im metaphorischen Sinn.

Ein Motorengeräusch einige hundert Meter entfernt unterbrach seine Überlegungen. Auf der Höhe des Gebäudes des Staatlichen Wetteramts AEMet sah er zwei Scheinwerfer langsam näher kommen. Das Auto erreichte die Kurve einer Zufahrtsstraße, von der aus es nur noch knapp zweihundert Meter bis zu seinem Standort waren. Als es stoppte, klingelte das Prepaidhandy in seiner Hosentasche.

»Zappa, verschwinde sofort, das ist eine Falle.« Katies Stimme überschlug sich vor Aufregung. »Das ist nicht Benito, mit dem du dich verabredet hast. Benito ist im Krankenhaus gestorben, haben sie soeben im Radio gemeldet. Mach, dass du dort wegkommst!«

Zampach war der Schrecken in die Glieder gefahren. Ohne zu zögern schwang er sich auf sein Fahrrad und radelte los, als ob der Leibhaftige persönlich hinter ihm her wäre, und hoffte, dass ihn der Autofahrer nicht bemerkt hatte.

Schnell erreichte er die breite Meerespromenade, überquerte sie und raste dann eine Stichstraße hoch, die in den Stadtteil El Terreno führte. Immer wieder schaute er sich panisch um.

Verfluchter Mist. Von hinten näherte sich ein Wagen, der schnell aufholte. Ob das der Typ war?

Keuchend trat er noch kräftiger in die Pedale, bog dann in eine schmale Seitenstraße ab und schlängelte sich durch das Gassenlabyrinth, ohne zu wissen, wo er sich befand. Als er glaubte, den mutmaßlichen Verfolger abgehängt zu haben, hielt er an, verharrte aber verdeckt von einigen Autos auf dem Gehweg und zuckte bei jedem lauten Geräusch zusammen.

Das war knapp, dachte er, um ein Haar hätte er vielleicht nicht nur den Schlüssel, sondern gleich den Löffel abgegeben.

Als er das Gefühl hatte, dass die Luft rein war, machte er sich vorsichtig zu der Stelle am Paseo Marítimo auf, wo er den Schlüssel deponiert hatte. Er begann, in dem Papierkorb zu wühlen, der neben einer Sitzbank auf dem breiten Bürgersteig stand. Nichts außer Papier, leeren Flaschen, Glasscherben und Essensresten.

Es musste der richtige Behälter sein. Wahrscheinlich hatte jemand in der Zwischenzeit etwas hineingeschmissen. Hektisch warf er den Inhalt neben sich auf den Gehweg. Er war so konzentriert, dass er nicht bemerkte, wie unweit von ihm ein Auto anhielt und sich zwei Männer näherten. Endlich glaubte er, den Umschlag entdeckt zu haben, in den er den Schlüssel gesteckt hatte. Das knirschende Geräusch von Glasscherben, die von Schuhen zertreten wurden, unterbrach ihn. Panisch drehte er sich um und sah sich zwei Polizisten gegenüber.

11

Der Überfall

Fasziniert stand Ribera vor dem Schaufenster der »Relojería
Germán« und betrachtete die Auslage. Alles glänzte, funkelte,
schimmerte und glitzerte, verströmte einen Hauch von Perfek-
tion und Präzision, von Handwerkskunst und Manieriertheit,
von Verspieltheit und Exquisität, ein optischer Orgasmus in
Silber und Gold, in Edelstahl und Leder, in Kristall, Diamant
und Swarovski-Steinen hinter einbruchsicherem Panzerglas.
Das Uhrengeschäft lag auf seinem morgendlichen Fußweg
in die Jefatura. Dutzende Male war er daran vorbeigekommen,
ohne dass er dem Laden besondere Beachtung geschenkt hatte.
Nach dem Telefonat mit Galán war dann der Gedanke in ihm
gekeimt, sich näher mit der Luxusuhrenszene zu beschäftigen.
Es gab aber einen weiteren Auslöser für den Besuch. Galáns
Randbemerkung über den Überfall in Andratx hatte seine
Neugierde zusätzlich angestachelt. Er wollte mehr darüber
erfahren.

Im Eingangsbereich des Geschäftes passierte Ribera einen
Wachmann. Ein Hüne mit gestutztem Bart und großkalibri-
gem Revolver im Hüftgurt, der ihn misstrauisch musterte. Verständlich, in seinem abgetragenen Sakko entsprach er nicht der
klassischen Zielgruppe, wobei sich hin und wieder der eine oder
andere nachlässig gekleidete Tourist hierherverirren dürfte.

Außer ihm waren lediglich zwei Kunden im Raum. Nicht
lange, und eine jüngere Angestellte in einem schwarzen, ärmellosen Kleid kam mit professionellem Lächeln auf ihn zu.

»Kann ich Ihnen helfen, Señor?«

Ribera beschlich das unbestimmte Gefühl, dass sie ihn am
liebsten an das Kaufhaus El Corte Inglés verwiesen hätte, das
nur ein paar Straßenzüge weiter lag.

»Wir werden sehen, Señora«, antwortete er. »Und nein, ich

habe nicht die Absicht, eines Ihrer sicher wunderbaren Produkte zu kaufen.«

Das Lächeln der Frau gefror, sie warf einen verunsicherten Blick in Richtung des Sicherheitsmannes. Bevor sie ihn rufen konnte, holte Ribera seinen Dienstausweis heraus.

»Ich würde gern den Geschäftsführer sprechen.«

Die Dame verschwand durch eine Tür in der holzgetäfelten Wand. Kurz darauf kam sie in Begleitung eines Kollegen mit gepflegtem Dreitagebart zurück. Er trug einen schwarzen Anzug, ein weißes Hemd und eine dunkle, runde Brille.

»Was um Himmels willen ist denn passiert, dass die Polizei so früh am Tag bei uns aufkreuzt?«, fragte er leise. »Oder haben Sie endlich die Täter von Andratx gefasst?«

»Leider nein, es handelt sich um eine aktuelle Ermittlung, bei der ich Informationen von Ihnen benötige.« Die anderen Kunden reckten neugierig die Köpfe in ihre Richtung. Ribera senkte seine Stimme ebenfalls. »Können wir irgendwo ungestört reden?«

Der Geschäftsführer, der sich als David Jarra Germán vorstellte, führte ihn in ein fensterloses Zimmer im hinteren Teil des Ladens, das als Büro diente.

Ohne Umschweife kam Ribera zur Sache. »Da Sie selbst den Überfall von Andratx angesprochen haben: Wie hat sich der genau abgespielt? Verzeihen Sie meine Unwissenheit, aber das war vor meiner Zeit auf Mallorca.«

»Vor einem Jahr sind drei bewaffnete Männer kurz vor Feierabend in unseren Laden gestürmt. Sie hatten Masken an, wie sie in der Johannisnacht getragen werden. Zuerst haben sie unseren Sicherheitsmann überwältigt und zusammen mit den Angestellten in einen Raum gesperrt. Danach haben sie die Vitrinen ausgeräumt und alle kostbaren Uhren mitgenommen. Über eine Million Euro Schaden. Es hieß, dass es sich um eine internationale Bande gehandelt habe. Die Kerle wurden nie geschnappt. Kein Ruhmesblatt für Ihre Kollegen.«

»Das kann ich nicht beurteilen. Aber ich komme in erster

Linie wegen der Rolex-Banden, die auf Mallorca ihr Unwesen treiben. Waren auch Kunden von Ihnen davon betroffen?«

»Entsetzliche Sache. In der Regel sind die Opfer Touristen. Aber auch Residenten und Einheimische gehören dazu. Um zu Ihrer Frage zu kommen: Da wir das größte Geschäft und, wenn ich das unbescheiden sagen darf, das am besten sortierte auf den Balearen sind, haben wir etliche Kunden aus dem Ausland. Insofern wäre es ein Wunder, wenn nicht der ein oder andere unserer Klienten betroffen gewesen wäre. Der letzte Fall liegt nicht mal so lange zurück – mitten in Palma.«

»Ist bekannt, wo die gestohlenen Uhren landen?«

»Es gibt einen großen Schwarzmarkt dafür. Mit Preisen, bei denen Händlern und Herstellern die Haare zu Berge stehen. Eine Uhr zu einem Neupreis von dreißigtausend Euro wird dort für zehntausend Euro gehandelt. Das ist aber nicht das einzige Übel. Uns macht auch die Produktpiraterie das Leben schwer. Jedes Jahr überschwemmen Millionen Billigkopien von Markenuhren den Markt. Die meisten stammen aus China. Und online wird das Angebot immer größer. Das bedeutet Milliardenverluste für die Hersteller. Das Schlimme ist, dass die Plagiate in manchen Fällen kaum mehr vom Original zu unterscheiden sind. Leider wird auch die Qualität immer besser.«

»Was lässt sich gegen all das machen?«

Jarra Germán hob resigniert die Hände. »Nicht viel. Hin und wieder gelingt der Polizei ein Schlag gegen die Diebesbanden. Aber das ist nur ein Tropfen auf den heißen Stein. Oft verschwinden die Uhren schnell ins Ausland. Zwar gibt es internationale Datenbanken, in die Besitzer ihre Uhr eingeben können. Ich befürchte aber, das bringt nicht allzu viel. Das gleiche Spiel bei den Plagiaten: ein Kampf gegen Windmühlen. Ärgerlich ist das auch für Leute, die Uhren als Geldanlage nutzen. Sie sehen, alles andere als eine einfache Branche.«

Riberas Mitleid hielt sich in Grenzen. Die Probleme bewegten sich in einer Dimension, die mit seiner Gehaltsklasse so wenig zu tun hatte wie ein Seat Ibiza mit einem Rolls-Royce.

Sie waren am Ende des Gesprächs angekommen und machten sich auf den Weg nach draußen, als Ribera sein Bruder Llorenç in den Sinn kam. »Führen Sie eigentlich auch Uhren von Richard Mille?«

»Oh, ein Kenner. Einen Moment.« Jarra Germán schloss einen Vitrinenschrank auf und holte ein Modell heraus. »Das ist die Champions League der Uhrmacherei, eine Skelettuhr«, sagte er in ehrfürchtigem Ton. »Allerhöchste Präzision, kombiniert mit avantgardistischem Design.« Er reichte sie Ribera. »Wollen Sie das Baby mal halten?«

Vorsichtig, als wäre sie eine zerbrechliche Porzellanfigur, nahm Ribera die Uhr. Ein Ziffernblatt existierte nicht. Stattdessen waren die Zeiger auf der nackten Mechanik montiert. Räderwerk, Federn und Unruh, alles, was sonst im Innern verborgen war, lag offen. Er fühlte sich an seine Besuche in der Rechtsmedizin erinnert, wenn Pep Bosch einen Toten sezierte, die Bauchdecke aufschnitt und alle Organe freilegte. Er wog die Uhr in der Hand – kaum zu spüren.

Jarra Germán lächelte versonnen. »Ah, Sie haben es bemerkt: ein Fliegengewicht, nur zwanzig Gramm schwer. Perfekt für einen Sportler wie Rafa Nadal. Dummerweise wurden ihm zwei Uhren gestohlen. Die Marke ist leider bei Dieben äußerst begehrt. Jetzt müssen Sie mich aber entschuldigen. Ich muss ›En Figuera‹ warten.«

»En was?«

»Die historische Rathausuhr. Unser Haus hat das Privileg, seit mehreren Generationen mit dieser Aufgabe betraut zu sein.« Jarra Germán begleitete Ribera zur Tür. »Übrigens sind Sie nicht der erste Polizist, der sich bei uns nach Uhren erkundigt. Vor einiger Zeit war bereits einer Ihrer Kollegen hier, auch wenn er sich nicht als Polizeibeamter vorgestellt hat. Er hat vorgegeben, eine Uhr für seine Frau zu suchen, hat aber merkwürdige Fragen gestellt. Unter anderem interessierte er sich für den Wiederverkaufswert gestohlener Uhren.«

»Wie kommen Sie darauf, dass es ein Polizist war?«

»Dies ist eine Insel, Chefinspektor. Die Chance, dass man sich mehrmals über den Weg läuft, ist groß. In diesem Fall hat ihn einer meiner Kollegen erkannt. Er ist ihm bei einem Verein begegnet, der das historische Steinschleudern betreibt.« Er deutete eine Kreisbewegung seiner Hand an. »Außerdem habe ich vor Kurzem sein Bild in der Zeitung entdeckt, als die Sache am Cap Blanc passiert ist. Tragisch. Sie werden ihn sicher gekannt haben.«

Ribera war fassungslos. Es konnte sich nur um Guillem Sastre handeln. Hastig verabschiedete er sich und machte sich auf den Weg in die Jefatura.

Durchgeschwitzt und schwer atmend von dem schnellen Tempo, das er an den Tag gelegt hatte, kam er im Kommissariat an.

»Du siehst aus, als ob du eine Dusche vertragen könntest«, konstatierte Penelope Roca, als er das Sekretariat betrat. »Bist du gejoggt?«

»Beinahe. Ich habe eine Bitte: Könntest du eine weitere Verbindung zu deinem Onkel Salvador herstellen? Ich hätte noch eine Frage an ihn.«

Anschließend suchte Ribera Cristina Blum auf, um sie über den Tod Hähnleins zu informieren. Überraschenderweise nahm sie es gefasst auf.

In der Teambesprechung schilderte Ribera sein Gespräch mit Galán und den Besuch in der »Relojería Germán«. Wie üblich saß er auf der Kante eines Tisches in dem kleinen Sitzungsraum und ließ das linke Bein herunterbaumeln, während Quique und Blum davor auf Stühlen saßen. Sein Jackett hatte er ausgezogen, die Ärmel seines Hemdes hochgekrempelt.

»Fassen wir zusammen: Hähnlein besaß eine Uhr, die aus einem Straßenraub stammt. Fragt sich, ob er damit etwas zu tun hatte. Und Guillem Sastre hat sich vor seinem Tod für gestohlene Uhren interessiert. Das kann mit seinem Job zusammenhängen, dennoch kommt mir sein Vorgehen merkwürdig vor. Warum hat er nicht offen ermittelt? Für mich ist es kaum vorstellbar, dass ein gestandener Polizist so dilettantisch vorgeht.« Er trommelte nervös mit den Fingern auf den Tisch. »Ihr könnt mich für verrückt erklären und sagen, der bescheuerte Ribera hat sich von Anfang an auf Sastre eingeschossen. Aber mehr denn je habe ich das Gefühl, dass hier etwas stinkt. Unter Umständen stellt das unsere Ermittlungen auf den Kopf.« Er zog sein Sakko an. »Ich werde erst mal nach Son Espases fahren. Dort soll das Opfer des letzten Uhrendiebstahls in Palma liegen. Cristina, du kümmerst dich in der Zwischenzeit um den Überfall auf das Geschäft in Andratx. Sicher existieren Täterbeschreibungen, eventuell auch Aufzeichnungen einer Überwachungskamera. Da fällt mir ein: Gibt es etwas Neues zu der angeblichen Drohne, die über die Finca in Artà geflogen sein soll?«

»Bisher bin ich da nicht weitergekommen. Theoretisch kann eine solche Drohne auch von einer Privatperson stammen, wenn es sie überhaupt gegeben hat. Was Andratx betrifft: Hältst du denn einen Zusammenhang mit den Rolex-Banden für möglich?«

Ribera rieb mit dem Finger über den Rücken seiner Nase. »Möglich ist alles. Ich denke, wir sollten jede Spur verfolgen, so unwahrscheinlich sie auch erscheinen mag.«

»Und was ist nun mit der Sastre-Sache?«, fragte Quique. »Dummerweise ist der ja tot und kann nichts mehr sagen.«

Ribera lächelte hinterlistig. »Gut, dass du es erwähnst. Für dich hätte ich einen Job, der dich begeistern dürfte. Du könntest nachforschen, welche Überfälle es in der Zeit gegeben hat, als Guillem Sastre bei der Soko war, und ob es Auffälligkeiten gab. Wende dich am besten an Lorenzo Galán.«

Quique stöhnte auf. »*Por favor*, nicht schon wieder ich. Womit habe ich das verdient? Wenn das so weitergeht, stürze ich mich auch eines Tages das Cap Blanc hinunter.«

Knapp eine Stunde später betrat Ribera ein Zimmer im Krankenhaus Son Espases. »Señor del Amo?«

Im Bett vor ihm lag ein schwergewichtiger Mann. »*Sí?*«

Ribera stellte sich vor und erklärte, dass ihm der Arzt eine halbe Stunde genehmigt habe. »Verzeihen Sie, wenn ich einfach hereinschneie, aber ich habe Fragen zum Überfall auf Sie. Vorher jedoch eine Information, die Sie freuen dürfte: Wir haben die Uhr gefunden, die Ihnen gestohlen wurde.«

Ein Lächeln huschte über das Gesicht del Amos, das aber schnell wieder verschwand. »Endlich eine gute Nachricht, wenn es die Polizei schon nicht schafft, uns Bürger vor diesem Gesindel zu schützen.«

Ribera überging den Vorwurf und zog ein Foto aus der Tasche. »Vielleicht haben Sie als Bürger Interesse daran, die Polizei zu unterstützen. Hat Sie dieser Mann überfallen?«

Mit säuerlichem Gesichtsausdruck griff del Amo seine Brille, die auf dem Nachttisch lag, und betrachtete das Foto. »Natürlich, das ist der Kerl«, erklärte er aufgeregt. »Kein Zweifel. Sehen Sie diese Tätowierung am Hals?« Er deutete auf ein Motiv in Form eines Spinnennetzes. »Den würde ich unter Tausenden wiedererkennen.«

»Ist Ihnen sonst etwas aufgefallen? War der Täter allein, oder gab es einen Komplizen, der ihm geholfen hat?«

Del Amo setzte die Brille wieder ab, strich mit der Hand über seine Bartstoppeln und überlegte. »Glauben Sie mir, Chefinspektor, es vergeht kein Tag, an dem ich nicht daran denken muss. Aber es ging alles so schnell, und nachdem er zugestochen hatte, habe ich kaum mehr etwas mitbekommen. Tut mir leid, ich kann es Ihnen beim besten Willen nicht sagen.« Er hob bedauernd die Arme, ließ sie aber mit schmerzverzerrtem Gesicht schnell wieder sinken.

Die Tür des Zimmers ging auf. Eine Schwester schob einen Servierwagen herein. »Essenszeit, Señor del Amo. Ihr Besuch muss sich leider verabschieden.«

Ribera folgte der Anweisung. Im Hinausgehen klingelte sein Telefon. Das Display zeigte die Nummer von Salvador Roca Sánchez an.

⁕⁕⁕

Der Tod Benito Hähnleins ging doch nicht spurlos an Cristina Blum vorbei. Als sie an ihrem Schreibtisch saß und die Anspannung aus der Teambesprechung von ihr abfiel, merkte sie, wie ihr die Tränen kamen. Reiß dich zusammen, du Heulsuse, sagte sie sich. Das macht ihn auch nicht wieder lebendig.

Um sich abzulenken, forderte sie die Unterlagen zum Überfall in Andratx an. Etwa eine halbe Stunde später lag eine braune Mappe auf ihrem Tisch. Sie blätterte sie durch, bis sie auf Fotos einer Überwachungskamera stieß.

»Das ist doch nicht möglich«, murmelte sie.

Zwar waren die Gesichter der drei Täter hinter Dämonenmasken verborgen, doch bei einem der Männer war deutlich der Hals zu erkennen. Die Tätowierung darauf kam Blum bekannt vor. Ein Spinnennetz. Das gleiche Motiv wie bei Benito Hähnlein. Auch Figur und Größe ähnelten dem Menschen, den sie in Son Gotleu gesehen hatte. Es gab keinen Zweifel.

In Blums Kopf rauschte es. Wer aber steckte unter den anderen Masken? Vielleicht Hernán Torres? Hatte nicht Raimund Bommer dessen Geschäftstüchtigkeit betont und behauptet, dass er auf großem Fuß leben wolle? Wusste er eventuell mehr von ihm, als er bei ihrem Telefonat verraten hatte? Es gab nur einen Weg, das herauszufinden.

Nach einiger Überwindung wählte sie erneut die Nummer des Deutschen. Wieder dauerte es eine gefühlte Ewigkeit, bis jemand abnahm.

»Habe ich mich nicht verständlich genug ausgedrückt? Ich wünsche keine weiteren Belästigungen mehr«, sagte Bommer barsch.

»Ihre Botschaft ist durchaus angekommen, Herr Bommer. Und normalerweise respektiere ich das. Aber eventuell ist es auch in Ihrem Interesse, zur Aufklärung von Straftaten beizutragen, von denen Leute Ihrer Einkommensliga betroffen sind.«

Bommer schwieg.

»Genauer gesagt handelt es sich um Raubüberfälle durch die sogenannten Rolex-Banden. Vielleicht haben Sie davon gehört.«

»Sicher. Ist ja nichts Neues, das gab es schon in der Zeit, in der Ihre Insel das Privileg meiner Anwesenheit genießen durfte. Aber was habe ich damit zu tun? Ich besitze keine Uhr, die für dieses Pack interessant sein könnte.«

Blum kam auf Hähnlein und dessen Verwicklungen mit Torres und dem Uhrenfund in Son Gotleu zu sprechen. »Ist Ihnen zu Ohren gekommen, welche Geschäfte Señor Torres neben der Finca betrieben hat?«

Bommer ließ sich Zeit mit der Antwort. »Sagen Sie es doch direkt: Ob er Uhren geklaut hat?« Dröhnendes Lachen. »Junge Dame, wenn ich davon gewusst hätte, hätte ich ihn sofort gefeuert. Für wen halten Sie mich? Solche Umtriebe in meinem Umfeld hätte ich nie und nimmer geduldet. Schließlich habe ich einen Ruf zu verlieren. Nein, so etwas ist mir nie zu Ohren gekommen. Ich hatte keinen Anlass, an der Empfehlung von Vinzenz zu zweifeln.

»Vinzenz?«

»Ein deutscher Geschäftsfreund aus Mallorca, der mir den Tipp für den Hausmeisterservice von Señor Torres gegeben hat.«

»Vinzenz Ruck etwa?«

»So ist es. Ich kannte bereits seinen Vater, der eine gut funktionierende Firma aufgebaut hat. Solider deutscher Unternehmergeist, so etwas bekommen diese Spanacken nicht hin, von wenigen Ausnahmen mal abgesehen. Kein Wunder, dass Uhren geklaut und Fincas besetzt werden. Aber jetzt habe ich genug Zeit mit dieser elenden Insel verschwendet. Auf nimmer Wiederhören.«

Schweigen in der Leitung. Cristina Blum konnte es nicht fassen. Der ungehobelte Kerl hatte wie beim letzten Mal einfach aufgelegt. Erst mit Verzögerung wurde ihr bewusst, was sie soeben erfahren hatte. Sie hatte nicht viel Zeit, sich darüber Gedanken zu machen, denn kurz darauf überschlugen sich die Ereignisse.

✳✳✳

»Señor Zampach, Sie können es sich und uns einfach oder schwer machen. Entweder Sie packen endlich aus und sagen, was genau auf der Finca passiert ist. Oder Sie beschimpfen uns weiter und verschlimmern Ihre nach Lage der Dinge eh schon prekäre Situation. Abgesehen davon, dass Ihnen ungemütliche Stunden bevorstehen. Und damit dürfte keinem gedient sein. Ich für meinen Teil könnte Besseres mit meiner Zeit anfangen.«

Pau Ribera wusste nur zu gut, wovon er sprach. Er hatte sich nach dem Abstecher in Son Espases eigentlich mit Núria in einem Restaurant treffen wollen, als ihn der Anruf von Blum erreicht hatte, in dem sie ihn über den sensationellen Coup informiert hatte. Eine Streife der Lokalpolizei von Palma hatte am Abend zuvor einen Deutschen am Paseo Marítimo aufgegriffen, weil dieser Müll aus einem Papierkorb auf dem Gehweg verteilte. Als die Beamten den Mann angesprochen hatten, schlug er einen zu Boden und flüchtete, wurde aber eingeholt, festgenommen und in die Arrestzelle der Lokalpolizei gebracht. Am nächsten Tag hatte dann der Leiter der Policía Local festgestellt, dass es sich um den gesuchten Zampach handelte.

Seit über einer halben Stunde saßen Pau Ribera und Cristina Blum dem Deutschen nun in dem Verhörraum der Nationalpolizei gegenüber. Das Einzige, das Frank Zampach bisher von sich gegeben hatte, waren Beleidigungen und Beschimpfungen. Mit vor der Brust verschränkten Armen saß er auf einem Stuhl und blitzte sie feindselig an.

Im Vergleich zu den Fotos auf seiner Facebook-Seite hatte er sich stark verändert. Die Haare waren mittlerweile kurz geschnitten und dunkel gefärbt, das Kinnbärtchen abrasiert. Im Gesicht hatte er Schürfwunden und blaue Flecken. Die Lokalpolizei war nicht zimperlich mit ihm umgegangen.

Ribera ließ sich von der Ablehnung, die ihnen entgegenschlug, nicht beeindrucken. Er hatte im Laufe seiner Karriere viele Verhöre mit renitenten Straftätern geführt und besaß eine gute Menschenkenntnis. Und dieser Typ machte auf ihn nicht den Eindruck, dass er nicht zu knacken war. Zampachs Augen strahlten bei aller Feindseligkeit etwas Waches, Intelligentes aus. Ribera ging davon aus, dass er ansprechbar sein würde, wenn er seinen Frust abreagiert hatte. Und er glaubte, dass dieser Punkt erreicht war.

»Wollen Sie etwas trinken?«, ließ er Blum auf Deutsch fragen. Zampach nickte. Nachdem ihm ein Becher mit Wasser gebracht worden war, stürzte er das Getränk in einem Zug herunter.

»Señor Zampach, einer meiner Kollegen ist ein großer Rockmusik-Fan. Er war begeistert, als er erfuhr, dass Ihr Spitzname Zappa ist. Er behauptet aber auch, der richtige Zappa würde sich im Grab umdrehen bei all dem, was Sie auf dem Kerbholz haben. Vor allem ein Mord wird meines Erachtens einem Künstler wie Frank Zappa nicht gerecht. Zwei Morde noch weniger, falls der Tod von Señor Hähnlein ebenfalls auf Ihr Konto geht.«

Zampach erschrak, bevor es aus ihm herausbrach. »Logisch, Hausbesetzer sind zu allem fähig, die schrecken vor Mord nicht zurück und fressen auch kleine Kinder.« Erregt schlug er mit der Faust auf den Tisch, sodass der Becher umfiel. »Dass ihr mir die Geschichte auf der Finca anhängen wollt, war sonnenklar. Deshalb haben wir auch gesehen, dass wir so schnell wie möglich Land gewinnen, nachdem das mit Hernán passiert war.«

»Sie behaupten, mit dem Mord auf der Finca nichts zu tun zu haben? Die Indizien sprechen eine andere Sprache. Laut unseren Informationen hat es des Öfteren Streit zwischen Ihnen und Señor Torres gegeben. So etwas kann leicht eskalieren. Wir haben auch Ihr Steinschleuder-Video gesehen. Da zählen wir natürlich eins und eins zusammen. Es sieht nicht gut für Sie aus.«

»Mit der Scheiße habe ich nichts zu tun. Okay, stimmt schon, dass Hernán und ich Probleme hatten. Vor allem weil er versucht hat, uns in seine krummen Geschäfte hineinzuziehen. Bei Benito ist ihm das ja auch gelungen.«

»Welche Art von Geschäften soll das gewesen sein?«

»Wollte er nicht rauslassen. Er sagte nur, es sei einiges für uns drin. Mir war das aber zu riskant. Auch weil Hernán selbst nur ein Befehlsempfänger war. Benito hat mir dann gesteckt, dass es um Luxusuhren ging und dass es einen Drahtzieher im Hintergrund geben soll, er nannte ihn ›Die Auster‹. Mehr verriet er nicht. Er hatte richtig Schiss vor dem. Das Verhältnis zu Hernán war danach jedenfalls im Arsch.«

»Wie hat sich das ausgedrückt?«

»Na ja, er wollte uns von der Finca schmeißen, aber wir haben uns geweigert. So führte eins zum anderen.«

»Sie haben sich in die Haare bekommen, sind ausgerastet und haben ihn mit der Schleuder umgebracht – wer weiß, vielleicht sogar aus Versehen.«

»Bullshit, Mann, wie oft soll ich das noch sagen. Ich habe in meinem Leben viel Mist gebaut, aber ein Mord, nee, nicht der Zappa. Ich bin ein Sozialrevolutionär und kein Mörder. Ich war unten am Pool und habe gehört, wie sich Benito und Hernán oben beim Haupthaus angeschrien haben. Klang, als ob die sich gegenseitig an den Kragen gingen. Als Katie und ich hochkamen, lag Hernán am Boden, und Benito hatte die Schleuder in der Hand. Der kann mit dem Ding auch viel besser umgehen als ich, hat oft mit Hernán zusammen trainiert. Als er uns gesehen hat, laberte er etwas von er habe das nicht gewollt. Er hat einen bekifften Eindruck gemacht, dann ist er abgehauen. Das haben wir auch getan, weil uns gewaltig die Muffe ging, nicht nur wegen der Polizei, sondern auch wegen diesem Auster-Typen. Gerade rechtzeitig, denn auf dem Weg ist uns ein Wagen entgegengekommen.«

»Haben Sie erkannt, wer am Steuer saß und um was für einen Wagentyp es sich gehandelt hat?«

»Nee, keine Chance. Ich hab den schon von Weitem gesehen und bin in einen Seitenweg reingefahren, bis er vorbei war. Danach habe ich zugesehen, dass wir so schnell wie möglich wegkommen. Keine Ahnung, was das für ein Wagentyp war, etwas Kleines, war mir auch wurscht.«

Cristina Blum gab Ribera ein Zeichen. Er unterbrach das Verhör und verließ mit ihr den Raum.

»Ich hatte noch keine Gelegenheit, dich über meine jüngste Recherche zu instruieren«, sagte sie. »Was Zampach erzählt hat, passt dazu wie die Faust aufs Auge.« Sie berichtete von den Aufnahmen der Überwachungskamera in Andratx, auf denen sie Hähnlein identifiziert zu haben glaubte, und von dem Gespräch mit Bommer.

Ribera zog die Augenbrauen hoch. »Der Nebel lichtet sich allmählich. Es würde mich nicht wundern, wenn Torres ebenfalls an dem Überfall auf das Uhrengeschäft beteiligt gewesen wäre. Fragt sich, wer der Dritte war. Womöglich unser Ex-Kollege Sastre?«

Ribera informierte Blum über sein Telefonat mit Salvador Roca Sánchez. »Er hat bestätigt, dass Sastre Mitglied bei den Foners war. Für mich sieht alles danach aus, dass sich Sastre, Torres und Hähnlein gekannt haben. Und alle sind sie tot. Wer aber könnte ein Interesse daran gehabt haben? Fragen wir doch Zampach. Ich bin sicher, er hat uns nicht alles gesagt.«

Sie kehrten in den Vernehmungsraum zurück.

Frank Zampach stand von seinem Stuhl auf, als wolle er gehen. »War's das jetzt?«

»Noch nicht ganz, Señor Zampach, eine Kleinigkeit wäre da noch.« Ribera drehte den Stuhl am Verhörtisch um, nahm darauf Platz, legte die Arme auf die Rückenlehne und ging zum direkten Angriff über. »Zwei Leute, mit denen Sie engen Kontakt und Probleme hatten, sind innerhalb kurzer Zeit gestorben. Sie selbst sind danach von der Bildfläche verschwunden. Außerdem sind Ihre Fingerabdrücke auf dem Messer, das wir neben dem toten Señor Torres gefunden haben. Nicht zu vergessen die Packung Phenobarbital, die in der Wohnung in Cala Major im Müll lag. Das gleiche Medikament, das im Köper von Señor Hähnlein vorhanden war. Ich sage Ihnen, wonach es für mich aussieht: Zunächst haben Sie Señor Torres im Streit getötet. Anschließend sind Sie von der Finca geflüchtet, um unterzutauchen, und später haben Sie mit Señor Hähnlein einen lästigen Mitwisser beseitigt. Sie hatten die Gelegenheit dazu, ein Motiv und im Falle des

Mordes an Señor Torres auch die Fähigkeit, mit der Tatwaffe umzugehen.«

Ohne Vorwarnung schnellte Zampach hoch, nachdem Blum übersetzt hatte. Sein Stuhl flog krachend um. »Halt's Maul, Scheißbulle.« Sein Gesicht hatte die dunkelrote Farbe mallorquinischer Ramallet-Tomaten angenommen, der Mund war weit aufgerissen, die Zähne gefletscht – Zampach sah aus wie ein Kampfhund, der sich auf sein Gegenüber stürzen wollte.

Der Beamte im Raum hatte den Schlagstock gezückt und machte Anstalten, einzuschreiten, aber Ribera stoppte ihn per Handzeichen.

Überraschend schnell beruhigte sich Frank Zampach wieder, hob sogar den Stuhl auf, setzte sich hin und begann zu erzählen. Davon, wie Torres und Benito in den letzten Monaten mehrmals zusammen weggefahren seien und bei ihrer Rückkehr auf der Finca gefeiert hätten. Wie er sich an einem ihrer Saufgelage nebst Kifferei beteiligt habe und an den Schlüssel herangekommen sei. Wie er nach der Flucht von der Finca Benito angerufen und ihm ein Tauschgeschäft Schlüssel gegen Kohle vorgeschlagen habe, der aber anfangs nicht darauf eingegangen sei. Und er berichtete von der überraschenden Nachricht auf Facebook und dem geplanten Treffen am Fährhafen.

Ribera hatte gebannt zugehört, wusste jedoch nicht, was er von alldem halten sollte. »Und wie sind Ihre Fingerabdrücke auf das Messer gekommen?«

»Rambo hat auf dem Holzgriff herumgekaut, als wir Hernán gefunden haben. Da habe ich ihm das Ding weggenommen und es weggeworfen, als wir abgehauen sind.«

»Rambo?«

»Mein Hund, Mann.«

»Ich bin gespannt auf Ihre Erklärung zu dem Phenobarbital.«

»Was gibt es da groß zu erklären? Der Köter hat manchmal epileptische Anfälle. Das Medikament hilft dagegen.«

Ribera spitzte die Lippen. »Das hört sich für mich alles reichlich abenteuerlich an, Señor Zampach. Und wo ist der mysteriöse Schlüssel, den Sie angeblich haben?«

Frank Zampach drehte die Handflächen nach oben. »Was weiß ich. Ich wollte ihn gerade aus dem Papierkorb fischen, als die beiden blöden Bullen plötzlich hinter mir standen. Vielleicht liegt das Scheißding noch immer dort. Ist auch wurscht, mir glaubt eh keiner.«

»Wir werden Ihre Angaben überprüfen.« Ribera gab dem Beamten das Zeichen, Zampach in die Arrestzelle zu bringen. Die beiden waren bereits an der Tür, als Blum noch etwas einfiel.

»Einen Moment, Sie haben auf Ihrer Facebook-Seite etwas von Drohnen erwähnt, die über die Finca geflogen sind. Wissen Sie, von wem die stammten?«

»Pah«, rief Zampach verächtlich aus. »Irgendwelche deutschen Fernsehfuzzis, die für einen Privatsender einen Beitrag über uns machen wollten. Aber wir wollten bei diesem geistigen Dünnschiss nicht mitspielen, dann haben sie eine Drohne losgejagt, um aus der Luft Aufnahmen zu machen.«

Nachdem Zampach abgeführt worden war, blieben Ribera und Blum noch einen Moment im Verhörraum.

»Nimmst du ihm seine Geschichte ab?«, fragte Blum.

Ribera wiegte den Kopf hin und her. »Sagen wir mal so: Es klingt zwar nach einer Räuberpistole, vor allem das mit der Auster. Andererseits kann ich mir nicht vorstellen, dass er sich die ganzen Details aus den Fingern gesogen hat. Mal sehen, ob seine Freundin Katie die Aussagen bestätigt. Darum soll sich Quique kümmern. Zunächst müssen wir nach dem Schlüssel suchen. Übernimm du das. Außerdem sollten wir Galán und Señora Torres die Aufnahmen vom Raubüberfall zeigen. Vielleicht können sie jemanden darauf erkennen. Torres überlasse ich dir, ich übernehme Ruck und den Kollegen Galán.«

»Warum Galán?«

»Er hat mit Sastre eng zusammengearbeitet und kannte ihn gut. Elena Sastre möchte ich zunächst außen vor lassen. Im Gegensatz zu Señor Ruck, der offenkundig gelogen hat, als er behauptete, dass er Torres nicht kannte. Und so schwer es mir fällt: Wir müssen unseren geschätzten Pelayo Grande mit einbeziehen.«

***

Eine halbe Stunde später stand Pau Ribera vor Vinzenz Rucks Metzgereibetrieb in Son Castelló. Auf sein Klingeln rührte sich nichts. Erst nachdem er Sturm geläutet hatte, näherte sich ein kleiner, dünner Mann in einem weißen Kittel und mit einer weißen Haube auf dem Kopf. Der Physiognomie nach tippte Ribera, dass er aus Nordafrika stammte.

»Nicht so stürmisch«, rief er von innen in gutem Spanisch. »Der Verkaufsladen hat heute geschlossen, kommen Sie morgen wieder.« Als er sich umdrehte und wieder gehen wollte, klopfte Ribera an die Scheibe und hielt ihm seinen Dienstausweis hin.

»*Madre mía*, schon wieder Polizei«, schimpfte er und öffnete. »Ich arbeite legal hier, ich habe Arbeitspapiere, Señor«, beeilte er sich zu versichern.

Ribera winkte ab. »Beruhigen Sie sich. Ich bin nicht von der Ausländerbehörde. Ich möchte Señor Ruck sprechen.«

Erleichterung zeichnete sich auf dem Gesicht des Mannes ab. »Señor Ruck ist zu Hause. Er hat vor ungefähr einer Stunde angerufen, ob alles in Ordnung ist.« Er deutete auf sich. »Aber bei Rachid ist immer alles in bester Ordnung.«

Ribera hatte sich von dem Arbeiter den Weg beschreiben lassen und in zwanzig Minuten die Urbanisation Puntiró im Osten von Palma erreicht. Die Villa von Vinzenz Ruck lag eingebettet in eine idyllische Hügellandschaft, zu der auch ein bekannter Golfplatz gehörte. Ribera lenkte den Wagen durch die kurvigen Straßen, die an den Anwesen vorbeiführten. Die meisten besaßen große, gepflegte Grundstücke, die von hohen Mauern und Gittern geschützt waren.

Nach kurzem Suchen hatte er sein Ziel erreicht. Da die Pforte offen stand, verzichtete er darauf, sich per Klingeln anzumelden. Er fuhr bis zu einem Vorplatz mit einem runden Brunnen in der

Mitte, den eine Statue in Form einer Frauenfigur zierte. Neben einem silbergrauen SUV stellte er den Wagen ab.

Hinter dem Parkplatz erhob sich ein im mediterranen Stil gehaltenes Haus. Ribera machte Anstalten, auszusteigen, als ein übergewichtiger Hund mit Zottelfell bellend auf ihn zugelaufen kam. Da er kein besonderer Hundefreund war, blieb er erst einmal im Auto sitzen.

»Was zum Teufel …« Ein Kopf unter einem weißen Panama-Hut kam an der Balustrade einer Terrasse, die dem Haus vorgelagert war, zum Vorschein.

Ribera traute sich nun aus dem Auto heraus und wurde von einem graublauen Augenpaar argwöhnisch gemustert, der Hund kläffte weiter.

»Tina, aus!«, blaffte Vinzenz Ruck. Erst jetzt erkannte er Ribera. »Chefinspektor, was führt Sie denn hierher? Sie wollen doch nicht etwa eine gute deutsche Wurst kaufen? Keine Angst, Tina ist harmlos, hört und sieht nicht mehr gut, sie ist halt in die Jahre gekommen.«

»Vielleicht komme ich ein andermal auf das Angebot mit der Wurst zurück«, antwortete Ribera. »Verzeihen Sie, wenn ich einfach so einfalle, aber es haben sich neue Aspekte ergeben, zu denen ich Sie befragen möchte. Und in Ihrer Firma konnte ich Sie nicht erreichen.«

»Ich kann mir zwar nicht vorstellen, was ich damit zu tun habe, aber meinetwegen. Der Polizei bin ich stets zu Diensten. Ich wollte gerade einen Rundgang über das Gelände machen. Wenn Sie mich begleiten, können wir nebenbei reden.«

Ruck kam die Treppe herunter. Er war mit einer weißen Hose und einem gleichfarbigen Leinenhemd bekleidet, was ihm das Aussehen eines Plantagenbesitzers verlieh. Ribera schwitzte hingegen an diesem heißen Tag in seinem Sakko. Er zog es aus und hängte es sich über die Schulter, während sie zu einem weitläufigen Areal marschierten, das sich hinter einem stattlichen Swimmingpool erstreckte.

Ruck breitete die Arme aus. »Klein, aber mein. Fünf Hektar

voller Orangenbäume, beste Navel-Orangen, dazu Zitronenbäume und ein alter Olivenbaumbestand, alles selbst bewirtschaftet – mein Ausgleich zur Metzgerei, wenn Sie so wollen. Sie hätten vor zwei Monaten kommen sollen, da stand hier alles voller Blüten.« Er schnupperte in der Luft, als rieche er den intensiven Zitrusduft. »Herrlich. Und dazu die grandiose Aussicht.« Er zeigte in die Ferne, wo sich am Horizont die Bucht von Palma abzeichnete. Nur das Brummen eines Passagierflugzeugs, das über sie hinwegflog und kurz darauf zur Landung ansetzte, störte die Idylle. »Der einzige Nachteil dieser Lage. Wir liegen am Rande der Einflugschneise zu Son Sant Joan.«

»In der Welt ist nichts ideal«, sagte Ribera. »Aber ich bin wegen etwas ganz anderem hergekommen. Wir glauben, dass Ihr ehemaliger Angestellter Benito Hähnlein in den Raubüberfall vor einem Jahr auf ein Uhrengeschäft in Andratx verwickelt war, eventuell auch in die Überfälle der Rolex-Banden. Ist Ihnen in der Zeit, in der er für Sie gearbeitet hat, etwas an ihm aufgefallen?«

Ruck schob den Hut ein Stück in den Nacken und überlegte. »Bis auf die Marihuana-Geschichte nicht. Aber eigentlich kann ich mir bei das bei Benito nicht vorstellen. Er mag ein Chaot sein, der vielleicht zu kleineren Gaunereien fähig ist, aber das traue ich ihm nicht zu. Das ist eine andere Liga. Gerade dieser Raubüberfall in Andratx war perfekt organisiert, nach dem, was ich darüber gelesen habe.«

Ribera betrachtete Ruck skeptisch. Zunehmend beschlich ihn das Gefühl, dass der Metzger ihm etwas verschwieg. Er hatte keine Lust mehr auf diese Spielchen.

»Señor Ruck, ich habe den Eindruck, dass Sie auch der Polizei diese Intelligenz nicht zugestehen. Sonst hätten Sie uns kaum einen Bären aufgebunden, was Hernán Torres betrifft. Nach unseren Informationen kannten Sie ihn, obwohl Sie das Gegenteil behauptet haben. Warum haben Sie uns angelogen?«

Ruck wirkte konsterniert, wie ein Kind, das beim Lügen ertappt worden war. Er fasste sich an die Nase, seine Augen wanderten unruhig hin und her. Dann schien er sich wieder gefangen zu haben. »Ich hatte keine Lust, in irgendetwas hineingezogen zu werden. Was hätte das für einen Eindruck auf unsere Kunden gemacht, wenn mein Name im Zusammenhang mit einem Mord genannt worden wäre? Da wäre etwas hängen geblieben. Wir leben in einer knallharten Konkurrenzsituation.« Er wurde lauter. »Außerdem habe ich nicht die besten Erfahrungen mit spanischen Behörden gemacht. Sie haben keine Ahnung, wie unsereins mit bürokratischen Vorschriften und Auflagen gepiesackt wird. Alle naselang sind Lebensmittelkontrolleure im Haus. Ist es da nicht verständlich, dass ich keinen zusätzlichen Ärger wollte?«

Ribera erhob seinerseits die Stimme. »Bei allem Verständnis für unternehmerische Nöte, Señor Ruck, aber hier geht es um einen Mord und nicht um Lebensmittelkontrollen. Ihnen ist hoffentlich klar, dass wir Sie wegen Justizbehinderung belangen könnten. Ich könnte Sie auch fragen, wo Sie zum Zeitpunkt des Mordes an Señor Torres waren, wenn Sie uns weiterhin etwas verheimlichen. Wie gut kannten Sie ihn wirklich?«

Ruck ließ den Ast eines Orangenbaumes los, den er heruntergebogen hatte, um die Früchte zu begutachten. Der Ast schnellte nach oben, sodass eine Orange auf den Boden fiel.

»Was heißt kennen? Er war mit seinem Hausmeisterservice in Puntiró aktiv. Und Raimund Bommer, der ein Bekannter meines Vaters war, suchte zu der Zeit jemanden, der sich um seine Finca kümmerte, wenn er in Deutschland war. Mehr war da nicht.«

Riberas Zweifel waren zwar nach wie vor nicht beseitigt, dennoch akzeptierte er Rucks Erklärung. »Halten Sie sich zu unserer Verfügung, falls wir weitere Fragen haben.«

Sie machten sich auf den Rückweg. Kurz vor der Villa kam ihnen der Hund mit wedelndem Schwanz entgegen. Plötzlich begann er zu schwanken, kippte um, verdrehte die Augen und zuckte unkontrolliert mit den Beinen. Speichel trat aus der Schnauze aus.

»Verdammter Mist, nicht schon wieder!« Ruck beugte sich über das Tier und streichelte seinen Kopf. »Ein Schwächeanfall. Valentina verträgt Hitze nicht mehr so gut.«

»Ich dachte, der Hund heißt Tina?«, fragte Ribera.

»Die Abkürzung von Valentina. So hieß meine Mutter. Jetzt müssen Sie mich entschuldigen, ich muss sie abkühlen.«

Ribera ging zum Auto zurück, begleitet vom Dröhnen eines weiteren Ferienfliegers am Himmel.

Merkwürdiger Vogel, dachte er. Wie bei der ersten Begegnung hatte Ruck einen zwiespältigen Eindruck auf ihn gemacht. Er suchte nach der treffenden Charakterisierung – Gutsherrenart mit Empathie-Anfällen. Außerdem jemand, der es mit der Wahrheit nicht allzu ernst nahm und dem es seinem Eindruck nach wirtschaftlich erheblich besser ging, als er behauptete.

Außerdem war da der Vorfall mit seinem Hund, der ihm zu denken gab.

✳✳✳

Kaum war Ribera am Nachmittag in der Jefatura eingetroffen, überfiel ihn Cristina Blum mit Neuigkeiten. »Frank Zampach hat tatsächlich in zwei Punkten die Wahrheit gesagt.« Sie hielt triumphierend einen Schlüssel hoch. »Ich kam gerade noch rechtzeitig, bevor die Stadtreinigung den Mülleimer leeren konnte. Ein bisschen später, und das Ding wäre auf Nimmerwiedersehen nach Son Reus verschwunden.« Sie spielte auf die Anlage in dem Palmesaner Stadtteil an, in der zentral der Müll der Insel verbrannt wurde. »Jetzt müssen wir nur noch herausfinden, zu was der gehört.«

»Und was ist Punkt Nummer zwei?«

»Die Geschichte vom Treffen am Fährhafen. Wir haben endlich Zugriff auf Zampachs Facebook-Seite bekommen.« Blum zupfte sich verlegen am Ohrläppchen. »Ein Hacker aus Quiques Bekanntenkreis hat den Account geknackt. Dort entdeckten wir die Nachricht, in der das Treffen vereinbart wurde. Von Facebook selbst haben wir auf unsere Anfrage bisher keine Antwort erhalten.«

Ribera setzte seine Lesebrille auf und betrachtete den Schlüssel. Ein silbernes Metallstück mit breitem Schaft, in den Mulden eingestanzt waren. »Nichts Auffälliges zu erkennen. Vielleicht kann die Spusi das Ding zuordnen.«

»Apropos zuordnen«, sagte Blum. »Monica Torres war sich nicht zu hundert Prozent sicher, hat aber nicht ausgeschlossen, dass einer der Typen auf dem Foto vom Raubüberfall Hernán Torres sein könnte. Die Statur sei ähnlich, sagte sie.«

»Dann hätten wir möglicherweise schon zwei Täter identifiziert. Der dritte ist leider recht unscharf zu sehen. Und ich hatte noch keine Gelegenheit, Galán aufzusuchen, werde das aber so schnell wie möglich –«

Die Tür, die halb offen gestanden hatte, flog ganz auf. Quique platzte herein. »Du hattest vielleicht den richtigen Riecher, was Sastre betrifft.«

»Der Kollege Montoya hat wirklich eine Begabung für einen effektvollen Auftritt, nachdem er zuvor in der Versenkung verschwunden ist«, sagte Ribera.

»Eine meiner Spezialitäten«, entgegnete Quique grinsend. »Ich habe das Material zu den Überfällen der Rolex-Banden durchgeackert, die Galán nach viel Bitten und Betteln rausgerückt hat. Es hat sich gelohnt.« Er setzte sich auf einen Stuhl vor Riberas Schreibtisch und blätterte in den Unterlagen, die er mit sich führte. »Zunächst konnte ich nichts Auffälliges feststellen. Die Soko hatte mehrere Erfolge, an denen Sastre zum Teil beteiligt war. Dann ließ das aber gewaltig nach. Es gab zwar mehrmals Hinweise auf mutmaßliche Täter. Aber die Verdächtigen waren über alle Berge, als die Polizei sie hopsnehmen wollte. Als ob sie gewarnt worden wären. Sastre war jeweils an den Ermittlungen beteiligt. Auf frischer Tat wurde niemand mehr gefasst, die Soko überwachte zwar systematisch bekannte Hotspots, Überfälle gab es aber immer woanders. Würde mich nicht wundern, wenn jemand die Einsatzpläne durchgestochen hätte. Das ist aber noch nicht alles. Bei einer Festnahme, an der Sastre beteiligt war, wurden geraubte Uhren entdeckt. Als sie den rechtmäßigen Besitzern zurückgegeben werden sollten, stellte man fest, dass eine konfiszierte Uhr, ein ziemlich wertvolles Modell, aus der Asservatenkammer verschwunden oder gar nicht dort angekommen war. Gab einen Riesenwirbel, aber es konnte nie aufgeklärt werden, wer verantwortlich dafür war, da so ziemlich jeder aus der Soko Zugang hatte. Auch Sastre.«

»Wenn das alles stimmt, dürfte es eine Menge Staub aufwirbeln, und die Sache könnte eine Dimension annehmen, die über die Jefatura hinausgeht.« Ribera entschied, Pelayo Grande anzurufen. Ob er wollte oder nicht, es führte kein Weg daran vorbei, den Koordinator der Soko Rolex und damit auch den Polizeichef einzuweihen.

Keine zehn Minuten später stand Grande in seinem Büro und ließ sich von Ribera auf den aktuellen Stand bringen. Obwohl es noch nicht allzu lange her war, dass er den Assistenten des Polizeichefs gesehen hatte, kam er Ribera verändert vor. Statt seines üblichen Slim-Fit-Anzugs trug er Jeans und Sakko, seine Forschheit war einer gewissen Nachdenklichkeit gewichen, generell schien er ein Stück seiner bisherigen Dynamik eingebüßt zu haben. Als besonders umgänglich empfand Ribera ihn aber nach wie vor nicht.

»Das hört sich nach einem ziemlichen Sumpf an, und das auf Mallorca«, sagte Grande, nachdem er sich alles angehört hatte. »Ich dachte immer, das sei eine Insel des Friedens und der Glückseligkeit. Oder nahe dran. Respekt, Ribera, du und deine Leute wart fleißig. Fehlen bloß noch die Beweise.«

Grande hatte den Finger gezielt in eine Wunde gelegt, die Ribera nur zu bewusst war. »Möglicherweise bringt uns der weiter.« Er wies auf den Schlüssel, der vor ihm lag.

Grande betrachtete den Gegenstand neugierig. »Habt ihr daran gedacht, einen Schlüsseldienst zu konsultieren? Die sind doch darauf spezialisiert.«

»*Joder*«, fluchte Ribera, nachdem Grande gegangen war. Er

schlug auf den Tisch, sodass Blum und Quique zusammenfuhren. »Warum sind wir nicht selbst darauf gekommen? Das ist doch ein naheliegender Gedanke. Macht so schnell wie möglich einen Schlüsseldienst ausfindig. Und wenn das nichts bringt, sollen die Spusis das Ding unter die Lupe nehmen. Ich muss in der Zwischenzeit etwas anderes abklären.«

Ribera war zwar kein Tierexperte, aber der Vorfall mit Rucks Hund ließ ihm keine Ruhe. Sehr gut möglich, dass Tina wegen der Hitze zusammengeklappt war, das gab es schließlich auch bei Menschen. Die Art und Weise des Kollabierens war ihm aber merkwürdig vorgekommen. Und als notorischer Perfektionist wollte er wenigstens eine fachliche Meinung dazu einholen.

Nach einer kurzen Internetrecherche hatte er die Telefonnummer einer Veterinärklinik in Palma ermittelt. Er wurde zu einer Tierärztin namens Rosa Ferriol durchgestellt.

»Hunde sind äußerst hitzeempfindliche Tiere«, sagte sie, nachdem Ribera ihr den Vorfall geschildert hatte. »Sie besitzen keine Schweißdrüsen auf der Haut. Um sich abzukühlen, bleibt ihnen nur das Hecheln.«

»Aber ist so ein Zusammenbruch möglich?«

»Durchaus. Bei hohen Temperaturen kann die Körpertemperatur auf über einundvierzig Grad steigen. Kreislaufprobleme und körperliche Schwäche setzen auch schon bei vierzig Grad ein. Das kann bis zu Bewusstseinsstörungen und Bewusstlosigkeit führen. Krampfen und Zucken, wie Sie es geschildert haben, sind aber auch typische Symptome für einen epileptischen Anfall. *Perdone*, jetzt muss ich wieder an die Arbeit, der nächste Patient wartet. Sie haben übrigens Glück, dass Sie heute anrufen. Ab morgen ist die Praxis wegen der Johannisnachfeiern vorübergehend geschlossen.«

Ribera fragte sich, wie er mit den Informationen der Tierärztin umgehen sollte. Möglicherweise war Tina schon der zweite Hund in kurzer Zeit mit einem Epilepsieproblem. Eine auffällige Häufung, wie er fand, selbst wenn es dafür noch keine absolute Sicherheit gab.

Sein Instinkt sagte ihm jedoch, dass er der Sache weiter nachgehen sollte. Aber an wen konnte er sich noch wenden? Er dachte an seine Gespräche mit Pep Bosch und Dr. Quadrado. Ein Tier mit solch massiven Gesundheitsproblemen würde Medikamente benötigen und vielleicht hin und wieder ärztliche Behandlung. Ruck hatte auf ihn den Eindruck eines Halters gemacht, der an seinem Hund hing und sich um ihn kümmerte. Die beste Adresse wäre in diesem Fall ein Tierarzt. Möglichst in der Nähe des Wohnorts, schnell und bequem erreichbar. Es gab nur eine Möglichkeit, das festzustellen.

Aus dem Internet suchte er sich eine Reihe von Praxen in der Umgebung von Puntiró heraus. Anlaufstation Nummer eins war ein Tierarzt in dem Dorf Pòrtol, zu dem die Siedlung gehörte. Fehlanzeige. Auch in einer Klinik in Sa Cabaneta, die er danach anrief, war Vinzenz Ruck nicht bekannt. Versuch Nummer drei war ein Veterinär in Santa Maria del Camí. Die Praxis war geschlossen. Bei zwei weiteren Ärzten erreichte er ebenfalls niemanden. Er hinterließ eine Nachricht auf dem Anrufbeantworter.

Schnelle Schritte auf dem Flur der Mordkommission ließen ihn aufhorchen. Sekunden später standen Quique und Cristina Blum in seinem Zimmer. Sie verströmten eine positive Energie, die Riberas Frust auf einen Schlag verdrängte.

»Könnte sein, dass wir eine Spur haben.« Quique erzählte, dass sie zwei Schlüsseldienste abgeklappert hätten. »Der Typ im ersten hatte nicht viel Ahnung oder keine Lust. Er sagte nur, der Schlüssel könne zu allen möglichen Schlössern passen. Ich glaube, er hat sich das Ding nicht einmal richtig angesehen. *Tonto.* Aber jetzt kommt's. Beim zweiten Laden, ›Cerrajeros 24‹, haben sie sich richtig Mühe gegeben und den Schlüssel unter die Lupe genommen. Ihrer Meinung nach gehört er zu einer Schließanlage, sie tippten auf ein Schließfach.«

»Klingt nach Nadel im Heuhaufen«, sagte Ribera.

»Das dachten wir zuerst auch.« Blum schaltete sich aufgeregt ein. »Auf Mallorca gibt es zwar mehrere Möglichkeiten für Gepäckaufbewahrung, für öffentliche Schließfächer kommt aber nur ein Ort in Frage: der Bahnhof unter der Plaça d'Espanya.«

***

Gegen achtzehn Uhr herrschte in der Estación Intermodal reges Treiben. Der unterirdische Kopfbahnhof diente als Drehschreibe für den Bus- und Zugverkehr auf Mallorca, sodass sich um die Feierabendzeit Touristen mit Einheimischen mischten, die zwischen der Balearenmetropole und den Städten und Dörfern im Umland pendelten.

Am Schalter von »Palma Lock & Go«, eine Art Glaskasten auf der ersten Ebene des Untergeschosses, hatte sich eine Schlange gebildet, die beiden Angestellten hinter dem Tresen hatten alle Hände voll zu tun. Ribera, Quique und Blum marschierten schnurstracks an den Wartenden vorbei.

»Hey, ihr könnt euch nicht einfach vordrängen«, zeterte eine Bedienstete. Sekunden später sah sie erschrocken auf einen Polizeiausweis, während aus der Schlange weiterhin Protest und Unmutsäußerungen zu vernehmen waren.

Die Frau betrachtete den Schlüssel, den ihr Ribera präsentierte. »Ja, der könnte zu einem unserer alten Schließfächer gehören.«

»Und zu welchem genau?«

»Das kann ich Ihnen nicht auf Anhieb sagen. Die sind nicht nummeriert. Sekunde.« Sie recherchierte im Computer. »Ah, da haben wir es. Zurzeit sind sämtliche neun Boxen belegt, davon zwei als Langzeitvermietung. Die Nummer drei und die Nummer sieben. Sie müssen ausprobieren, wo der Schlüssel passt. Gleich um die Ecke.« Sie wies auf eine Glastür unweit des Service-Schalters, die in einen Raum führte, in dem eine Reihe grauer Metallschränke stand. Ribera erinnerten sie an die Urnenwände auf dem Zentralfriedhof von Palma, den er vor einiger Zeit wegen eines anderen Falls besucht hatte.

Spontan steckte er den Schlüssel in die Box mit der Nummer

drei. Fehlanzeige. Er probierte es bei der Nummer sieben – der Schlüssel passte. Im Innern befand sich ein schwarzer, etwa sechzig bis siebzig Zentimeter hoher Reisekoffer. Ribera zog Plastikhandschuhe an, hob ihn heraus und stellte ihn auf den Boden.

»Wie eine weihnachtliche Bescherung. Wer packt aus?«, fragte Quique.

»Es wird schon keine Bombe explodieren.« Blum stülpte sich ebenfalls Plastikhandschuhe über und öffnete den Reißverschluss.

Zum Vorschein kamen ein Rucksack, eine Schachtel aus schwarzem Leder, ein Aktenordner und ein Tuch, in das etwas eingewickelt war. Sie untersuchte den Inhalt und kam aus dem Staunen nicht mehr heraus. Der Koffer enthielt nicht nur eine größere Summe Bargeld und mehrere Luxusuhren, sondern auch zwei Dämonenmasken, wie sie bei dem Raubüberfall in Andratx verwendet worden waren.

»Jetzt fehlt nur noch Maske Nummer drei, dann kennen wir das Trio«, sagte sie.

Ribera war geistig abgetaucht und reagierte nicht. Seine Aufmerksamkeit galt dem Ordner, in dem er gebannt blätterte, während seine Mitarbeiter den restlichen Fund sichteten. Was er sah, kam ihm vor, als öffne sich eine Tür, von der er bisher nicht gewusst hatte, dass sie überhaupt existierte. Er beschloss, die Mappe mit in seine Pension zu nehmen und sie in aller Ruhe durchzusehen.

Bevor sie den Bahnhof verließen, legten sie noch einen kurzen Zwischenstopp am Schalter von »Palma Lock & Go« ein. Die Nachfrage nach dem Mieter des Schließfachs hätten sie sich sparen können. Es handle sich um einen Juan García, und der habe bar bezahlt, lautete die Auskunft. García war der häufigste Familienname in Spanien, ganz offensichtlich eine falsche Angabe.

✳✳✳

Als Ribera die »Costa Dorada« erreichte, war es Abend geworden. Er war müde und hätte sich am liebsten vom seichten Programm des spanischen Fernsehens berieseln lassen. Aber da war dieser Ordner, der auf dem Tisch lag. Es gab kein Entkommen. Bevor er sich an die Arbeit machte, fütterte er noch Kater Lemmy, der sich nach dem Fressen neben ihm auf dem Sofa einrollte.

Gegen zweiundzwanzig Uhr hatte er die Unterlagen durchgearbeitet. »Wie es aussieht, alter Freund, sind die Uhrendiebstähle nur die Spitze des Eisbergs«, sagte er zu Lemmy.

Der Kater zuckte mit dem Schwanz.

»Du glaubst mir wohl nicht? Überzeug dich selbst, hier sind Nachweise für mehrere Immobilienkäufe vor allem in Palma.«

Er tippte mit dem Finger auf ein Papier.

Heftigeres Schwanzzucken von Lemmy.

»Du möchtest es konkreter? Es gibt notarielle Kaufverträge inklusive Grundbuchauszügen und Katasterreferenz. Die meisten jüngeren Datums.«

Lemmy blinzelte ihn an.

»Verstehe, du willst Namen hören. Als Käufer tritt eine Firma ›Immobal S. L.‹ auf, vertreten durch ihren Geschäftsführer – einen gewissen Hernán Torres. Allerdings ist ›Immobal‹, wie es aussieht, nicht der wahre Eigentümer. Dahinter steckt eine Firma namens ›Viva‹ mit Sitz auf Malta. Nur wem die gehört, lässt sich nicht erkennen.« Ribera klappte den Ordner zu.

Lemmy hob den Kopf und sah ihn erschrocken an.

»Du glaubst, der Ribera sieht mal wieder Gespenster, aber weißt du was?« Ribera schnüffelte spielerisch mit der Nase. »Für mich riecht das gewaltig nach Geldwäsche, *tio*. Wir sollten das schleunigst überprüfen.«

Ein lauter, lang gezogener Piepton von seinem Laptop unterbrach Riberas Monolog. Lemmy, dem die Geräuschkulisse zu viel geworden war, machte sich durch die geöffnete Terrassentür davon.

»Hey, so dringend war das mit dem Überprüfen nicht gemeint«, rief Ribera ihm hinterher, bevor er sich seinem Computer zuwandte. Ein Anruf via Skype. Der konnte nur von einem stammen.

»*Hi Pauwow, what's up, bro?*« Ein schmales Gesicht mit markanter Adlernase und grinsendem Mund tauchte auf dem Bildschirm auf. »Lange her, dass wir miteinander gesprochen haben. Ich hoffe, es ist nicht zu spät. Aber ihr Spanier werdet ja abends erst richtig aktiv. Da dachte ich, um diese Zeit kann ich es riskieren.«

Leland Bloodgood hatte es sich wegen der Zeitverschiebung von sechs Stunden zwischen den USA und Spanien angewöhnt, am späten Abend anzurufen. Um diese Zeit war es in Albany noch Mittag, sodass er meist vom Büro aus telefonierte.

»Kein Problem, ich habe noch gearbeitet.« Ribera erklärte Bloodgood seine abendliche Recherche.

»Du solltest bei deiner Freundin sein und mit ihr wüste Dinge treiben, *compadre*. Sonst schickt sie dich am Ende noch in die Wüste. Müsst ihr in Spanien jetzt schon die Arbeit mit nach Hause nehmen?«

Ribera erzählte Bloodgood von den Ermittlungen, von den Immobiliengeschäften und der mysteriösen Firma auf Malta.

»Mit deiner Geldwäsche-Vermutung dürftest du goldrichtig liegen, *bro*. Gerade Inseln in der Karibik oder im Pazifik sind oft Steueroasen, ideal für Geldwäsche über Scheinfirmen. Wir haben mit Amerikanisch-Samoa und den Amerikanischen Jungferninseln solche Schlupflöcher. Auch in den USA selbst gibt es einige Steuerparadiese, wenn ich an Delaware denke, das größte schwarze Schaf. Nicht weit entfernt vom Bundesstaat New York. Und das seit Jahrzehnten mit dem Segen der US-Regierung, von den Behörden totgeschwiegen, nicht mal die Europäer trauen sich an die ran.«

»Wir können uns in dieser Beziehung an die eigene Nase fassen«, sagte Ribera. »Bis vor wenigen Jahren gehörte auch Andorra zu den Geldwäsche-Destinationen.«

»And-was?«

»Vergiss es, früher eine Art iberisches Delaware. Die entscheidende Frage ist, wer hinter einer solchen Firma steckt. Darauf konnte ich bisher keine Antwort finden.«

»Wird verflucht schwer sein, das herauszufinden. Das sind zum Teil übel verschachtelte Konstruktionen, damit die wahren Eigentümer anonym bleiben. Wenn du meine Einschätzung hören willst: Ich denke, es kommt nur jemand in Frage, der strategisch denken kann und der nicht vor einem Mord zurückschreckt, um sein Geheimnis zu wahren. Das kann jemand sein, der ansonsten unauffällig und als unbescholtener Bürger in der Gesellschaft lebt. Nach außen zumindest, denn eines weißt du selbst: Die Gehirne von Verbrechern ticken anders als die von normalen Menschen. Wobei ich beim Zustand unseres Landes und des Planeten immer mehr Zweifel an dieser angeblichen Normalität bekomme.«

Ribera wusste nur zu gut, wovon Bloodgood sprach. Er war lange genug Polizist, hatte Erfahrungen mit Psychopathen, Serienmördern und Kleinkriminellen gemacht und kannte die Erkenntnisse von Kriminal- und forensischen Psychologen sowie Gerichtspsychiatern über die Ursachen und Motive von Verbrechen und Täterprofile. Dennoch hatte ihn sein Freund auf etwas gestoßen, das er weiterverfolgen wollte.

12

Der Verdacht

Das Gespräch mit Bloodgood beschäftigte Ribera weiter, als er am nächsten Morgen aufwachte. Und er wusste, wie er nun vorgehen würde. Unmittelbar nachdem er in der Jefatura eingetroffen war, rief er die zuständige Abteilung der Nationalpolizei an, die für die Zusammenarbeit mit der Europäischen Polizeibehörde Europol zuständig war.

»Ein sportliches Anliegen, Kollege«, sagte der zuständige Beamte, als Ribera um Hilfe bei der Ermittlung der natürlichen Person bat, die hinter »Immobal« stand. »Dir ist hoffentlich klar, dass solche Briefkastenfirmen auf maximale Intransparenz angelegt sind? Und ob oder inwieweit die Malteser bei der Aufklärung mitspielen, muss sich erst herausstellen. Aber wir werden unser Möglichstes versuchen.«

Als Nächstes wählte er die Nummer der Rechtsmedizin, auch auf die Gefahr hin, auf einen morgenmuffligen Pep Bosch zu stoßen.

»Ribera, wie kommt es, dass du so früh am Tag die Menschheit belästigst?«

»*Bon dia*, Pep. Freut mich, dich bei bester Laune anzutreffen. Ich rufe wegen des DNA-Materials an. Sicher bist du längst beim Abgleich.« Ribera spielte auf die Speichelprobe an, die sie bei Frank Zampach nach dessen Festnahme veranlasst hatten und die danach zu Bosch gebracht worden war.

»Träum weiter, Ribera. Ich komme gerade von meiner morgendlichen Schwimmrunde im Meer und stehe hier quasi noch in Badehosen. Aber weil du's bist, mach ich mich ans Werk. Heute Mittag hast du das Ergebnis.«

Anschließend wollte er rüber zu Cristina Blum und Quique, aber das Klingeln seines Telefons hielt ihn davon ab. Am Apparat war die Veterinärpraxis aus Santa Maria del Camí, die er am Vortag nicht erreicht hatte.

»Der Hund von Señor Ruck gehört zu unseren Patienten«, sagte der Tierarzt. »Er leidet seit Jahren an Epilepsie. Als Medikation haben wir Phenobarbital verschrieben. Das hat sich gut bewährt. Wieso fragen Sie, ist damit etwas nicht in Ordnung?«

»Alles in Ordnung, eine reine Routineangelegenheit.« Hatte ihn doch sein Gespür nicht getrogen. Ribera ging rüber zu seinen beiden Mitarbeitern.

»Du kommst wie bestellt.« Blum hatte mehrere DIN-A4-Blätter in der Hand. »Die Spusis haben gerade geliefert. Ich habe es ausgedruckt. Das Schließfach war die reinste Schatzkammer. Allein das Bargeld beläuft sich auf fast zweihunderttausend Euro. Hinzu kommen fünf Uhren, die in der Schatulle waren. Ihren Wert schätzen die Kollegen auf weitere etwa hundertfünfzigtausend Euro. Außerdem stellten sie Fingerabdrücke fest, einige davon konnten sie Torres und Benito Hähnlein zuordnen. Die von Zampach waren nicht darunter. Quique ist gerade unterwegs, um dessen Freundin zu vernehmen.«

Ribera setzte die Brille auf und überflog die Analyse der Spurensicherung. Anschließend fasste er seine abendliche Recherche und den Besuch bei Ruck zusammen. »Wir sollten uns näher mit dem Señor beschäftigen. Du hast doch die Visitenkarte der deutschen Dame, die wir bei ihm im Laden getroffen haben.«

»Sollten wir uns nicht lieber auf Zampach konzentrieren?«, fragte Blum. »Aus der Schließfachsache scheint er zwar raus zu sein, die übrigen Indizien deuten aber auf ihn als Täter hin. Du hast bei dem Verhör gesehen, wie er hochgeht, wenn er in die Ecke gedrängt wird. So könnte das auch auf der Finca abgelaufen sein. Er hat selbst zugegeben, dass er danach noch Kontakt mit Benito hatte.«

Ribera setzte die Brille ab und legte den Spusi-Bericht zur Seite. »Deine Skepsis ist verständlich, es spricht wirklich einiges gegen Zampach. Und der Hintermann, von dem er gesprochen hat, könnte eine Schutzbehauptung sein. Genauso wenig können wir ihm aber bisher eine Beteiligung an dem Überfall auf das Uhrengeschäft nachweisen. Außerdem: Warum sollte sich Zampach selbst belasten und einen Kontakt mit Hähnlein nach dem Mord auf der Finca zugeben? Der Mann mag durchgeknallt und unberechenbar sein, aber blöd ist er nicht.«

»Und wer kommt deiner Meinung nach stattdessen in Frage? Etwa Ruck? Wir haben gegen ihn doch nichts in der Hand.«

Ribera steckte einen Bügel seiner Brille in den Mund und kaute nachdenklich darauf. »Ich werde einfach das Gefühl nicht los, dass er uns nach wie vor etwas verheimlicht. Und es gibt eine Verbindung zwischen ihm, Hähnlein und Torres. Außerdem ist da noch die Sache mit seinem Hund.«

»Hund?«, fragte Blum verständnislos.

Ribera erzählte von dem epileptischen Anfall und dass Ruck die Krankheit seines Hundes mit Phenobarbital behandelte.

»Cristina, besorge von der Telefongesellschaft einen Nachweis der Verbindungen Rucks. Ich rufe diese Hedi an und gehe endlich zu Galán wegen des dritten Mannes von Andratx.«

Zunächst versuchte Ribera, die ältere Dame zu erreichen, die er und Blum bei Vinzenz Ruck in Son Castelló kennengelernt hatten.

»Spreche ich mit Hedi?«, fragte er, nachdem sich die Angerufene mit dem in Spanien am Telefon üblichen »Diga« gemeldet hatte.

Hedi zeigte sich hocherfreut über das unerwartete Wiederhören. »Was für eine nette Überraschung. Was kann ich für dich tun, Schätzchen?«

Ribera kam ohne Umschweife zur Sache. »Sie haben bei unserer Begegnung erzählt, dass Sie schon lange Kundin bei Ruck sind.«

»Das kann man wohl sagen. Hat Vinzenz etwas ausgefressen?«

»Zumindest kannte er jemanden, der ermordet wurde, und wir müssen sämtlichen Spuren nachgehen und auch das Umfeld des Toten untersuchen. Da kann jede Kleinigkeit wichtig sein. Wäre Señor Ruck denn Ihrer Meinung nach fähig, etwas auszufressen?«

Ribera hörte Hedi lachen.

»Ach Schätzchen, sagen wir es mal so: In Spanien fliegen dir keine gebratenen Tauben in den Mund. Um dich hier als Selbstständiger über Wasser zu halten, musst du dich gehörig auf die Hinterbeine stellen und ab und zu alle fünfe gerade sein lassen. Ich weiß, wovon ich rede, ich war selbst lange selbstständig und ein paarmal kurz davor, alles hinzuschmeißen. Dass Ruck bis heute überlebt hat, spricht für seine Zähigkeit und Cleverness.« Hedi war in Fahrt gekommen. »Der alte Ruck war ein notorischer Workaholic, der hat Tag und Nacht für die Firma geschuftet, ein richtiger Macher und Patriarch der alten Schule. Keine Entscheidung fiel ohne ihn. Leider viel zu früh gestorben. Für die Familie blieb da wenig Zeit. Auch nicht für Vinzenz. Kein Wunder, dass der ein besseres Verhältnis zur Mutter hatte. Aber als Kronprinz genoss er auch Privilegien – Privatschule, Autos, Partys. Später, als er den Betrieb übernommen hat, waren die Erwartungen an ihn groß. Erschwerend hinzu kam, dass das Geschäft kein Selbstläufer mehr war wie früher. Aber statt sich wie der alte Ruck noch mehr reinzuknien, hat er sich dazu verleiten lassen, auf die Billigschiene zu setzen.«

»Was heißt das?«

»Ganz einfach, er hat mit Gammelfleisch gearbeitet. Die Sache flog auf, es gab eine saftige Geldstrafe, Aufträge sind weggebrochen. Die Firma stand damals auf der Kippe. Aber er hat es geschafft, wieder aus dem Tief herauszukommen. Seither ist nichts mehr vorgefallen.«

»Und warum haben Sie ihm die Treue gehalten?«

Hedi seufzte. »Zum einen hat er den Müll nicht auf der Insel verkauft. Zum andern gab es in den vergangenen Jahren so viele Fleischskandale. Wo soll man da überhaupt noch hingehen? Außerdem bin ich eine treue Seele und wollte Ruck in der schwierigen Situation nicht hängen lassen.«

Ribera hatte genug gehört. Ein anschließender Anruf beim balearischen Gesundheitsministerium bestätigte Hedis Angaben. Seine Zweifel an der Integrität des Metzgers waren gewachsen.

Für eine Hausdurchsuchung, die er favorisierte, hatten sie aber zu wenig in der Hand. Nie im Leben würde er einen Richter finden, der das sanktionierte. Er brauchte Beweise für eine mögliche Verwicklung Rucks in die beiden Morde.

Das Klingeln des Telefons unterbrach seine Überlegungen.

»Ich habe die DNA-Probe von dem Typen, den ihr verhaftet habt, mit den Spuren an der Leiche verglichen«, sagte Pep Bosch am anderen Ende der Leitung. »Volltreffer. Die Proben sind identisch. Damit dürfte der Fall eigentlich geklärt sein. Aber wie ich dich kenne, ist das wieder mal zu einfach für dich. Du ziehst Komplikationen doch geradezu an.«

Bosch hatte in seiner direkten Art den Nagel auf den Kopf getroffen. Ribera war ein Mensch, der vermeintlich einfachen Lösungen misstraute. Eine Angewohnheit, die auf seinen Dozenten an der Polizeischule, Eduardo Suarez, zurückging.

»Berücksichtigen Sie immer die Heisenberg'sche Unschärferelation«, hatte Suarez ihm eingeimpft und sich damit auf das aus der Quantenphysik stammende Prinzip bezogen, wonach zwei komplementäre Eigenschaften eines Teilchens nicht gleichzeitig bestimmt werden können. »Wenn ich weiß, wo sich ein Elektron befindet, habe ich keine Chance, herauszufinden, was es macht. Das lässt sich auch auf die Kriminalistik übertragen, denn Heisenberg wollte damit ausdrücken, dass die Welt in ihrem tiefsten Innern keine Gewissheit kennt, dass immer eine Mindestunschärfe existiert.«

Ribera hatte den Grundsatz stets im Hinterkopf behalten. Auch das Ergebnis der DNA-Untersuchung löste bei ihm zwiespältige Empfindungen aus. Einerseits konnte es das entscheidende Indiz für die Täterschaft Zampachs sein, weil seine Spuren an der Leiche nachgewiesen waren. Auf der anderen Seite hatten sie keine hundertprozentige Gewissheit, dass er Torres tatsächlich ermordet hatte. Und es gab noch Riberas Bauchgefühl, das sich wie eine Art mentaler Sperrwall auf dem Weg zur Lösung des Falls aufgebaut hatte. Er beschloss, das Thema zu vertagen, und machte sich zu Lorenzo Galán auf.

In seinem Büro traf er den Kollegen nicht an. Der sei auf einen Sprung rausgegangen, hieß es. Ribera ließ sich die Adresse einer Bar geben, in der Galán oft zu Mittag aß. Damit könnte er zwei Fliegen mit einer Klappe schlagen, da er selbst eine Pause gut vertragen konnte.

Die Bar »Joan Frau« im Markt von Santa Catalina war eine Art Inkarnation des mallorquinischen Lebensgefühls und somit ein beliebter Anlaufpunkt für Einheimische wie Touristen. Besonders an den P-Tagen. Das »P« bedeutete »Paella«, für die der Familienbetrieb bekannt war.

Auch heute standen die Kunden dicht an dicht und teilweise in der zweiten Reihe an dem langen Tresen. Dahinter bewegten sich die Angestellten auf einem handtuchbreiten Streifen Arbeitsfläche, auf dem außerdem Küche und drei kleine Tische untergebracht waren, an denen ebenfalls Gäste saßen. Untermalt wurde das Szenario von einer Kakofonie aus Wortfetzen, Geschirrklappern und den Geräuschen von den umliegenden Marktständen, die durch den Resonanzkörper der Halle verstärkt wurden.

Ribera konnte Galán in der Menschentraube nicht ausfindig machen. Was soll's, dachte er. Warum sollte er nicht etwas essen, wenn er schon mal hier war?

Er drängte sich nach vorn und wollte dem Personal etwas zurufen, als er Galán entdeckte. Er saß an einem der inneren Tische, zwei Gedecke lagen darauf.

»Ich möchte dich nicht beim Essen stören«, sagte Ribera, nachdem er sich durchgekämpft hatte. »Man sagte mir, dass du eventuell hier anzutreffen seist.« Er zog das Foto der Überwachungskamera aus der Tasche und tippte auf das unscharfe Bild des dritten Täters. »Ich wollte dich bitten, einen Blick auf die Aufnahme zu werfen. Könnte das eventuell Guillem Sastre sein?«

Galán nestelte nervös an der Papierserviette. »Sorry, Kollege, das ist jetzt ganz schlecht, ich bin verabredet. Lass mir das Foto hier, ich schaue es in Ruhe an und komme nachher bei dir vorbei.«

Ribera wunderte sich über die Zurückweisung. Galán kam ihm wie ausgewechselt vor im Vergleich zu ihren bisherigen Kontakten. Er wollte gehen, als er von hinten eine weibliche Stimme hörte.

»Liebling, ich habe einen wunderbaren Fisch für heute Abend bekommen. Nur den Wein musst du noch besor…«

Galáns Augen weiteten sich.

Ribera drehte sich um und fühlte sich wie in einen falschen Film katapultiert. Hinter ihm stand Elena Sastre, als wäre sie zur Salzsäule erstarrt.

Offensichtlich hatte sie ihn ebenfalls wiedererkannt. Sie bemühte sich, die peinliche Situation zu überspielen. »Ach, du hast einen Bekannten getroffen, wie ich sehe, die Welt ist doch klein.« Sie stellte ihren Einkaufskorb ab und setzte sich an den Tisch.

Eine eisige Stimmung machte sich in dem winzigen Gastraum breit, sodass Ribera, ohne ein weiteres Wort zu verlieren, den Rückzug antrat und die Markthalle verließ.

Ziellos ging er den Carrer d'Annibal entlang in Richtung Avinguda de l'Argentina. Die unerwartete Begegnung hatte ihn verstört. Sogar seinen Hunger hatte er darüber vergessen. In seinem Kopf rauschte es. Steckte nun auch Galán in der Sache drin? Hatte er womöglich etwas mit Guillem Sastres Tod zu tun? Es wäre nicht das erste Mal, dass sich Polizisten als korrupt erwiesen, auch auf Mallorca hatte es mehrere solcher Vorfälle gegeben. War vielleicht gar nicht Sastre derjenige, der Informationen über Einsätze der Soko Rolex verraten hatte, sondern in Wahrheit Galán?

Ribera blieb abrupt stehen. Ein ungeheuerlicher Verdacht überkam ihn, bei dem ihm schwindelig wurde. Er musste sich an einer Hauswand abstützen. Was, wenn Sastre Galán auf die Schliche gekommen war und deshalb mit dem Leben hatte büßen müssen? Hatte er sich bei dieser Gelegenheit gleich dessen Frau gekrallt?

Es führte kein Weg daran vorbei, er musste in Galáns Leben herumschnüffeln. Und noch etwas bereitete ihm Sorgen: Sollte sich seine Mutmaßung als richtig erweisen, war er selbst in Gefahr.

Ein lautes Krachen hinter ihm ließ ihn zusammenzucken. Er

war erleichtert, als er feststellte, dass es aus einem Haus kam, das renoviert wurde. Durch eine blaue Plastikröhre war Bauschutt aus einem Obergeschoss in einen Container gefallen, der auf dem Bürgersteig stand und aus dem nun eine Staubwolke aufstieg.

Reg dich ab, Ribera, dachte er, es ist helllichter Tag, du bist in einer belebten Gegend. Was soll da schon passieren? Dennoch fühlte er sich unbehaglich. Sein Telefon klingelte. Cristina Blum rief an, sie klang aufgeregt.

»Ich habe von der Telefongesellschaft die Verbindungsnachweise von Ruck bekommen. Halt dich fest. Er hat nach dem Mord auf der Finca Kontakt mit einer Mobilnummer gehabt, die sich Benito Hähnlein zuordnen lässt.«

Riberas Puls erhöhte sich schlagartig. Für einen Moment vergaß er sogar Galán und Elena Sastre. »Sieh mal einer an. Von wegen, er hat nichts mehr von ihm gehört, seit er ihn entlassen hat. Ich würde sagen, die Glaubwürdigkeit von Señor Ruck hat sich nicht gerade erhöht.«

»Außerdem ...«

»Lass uns das in der Jefatura besprechen. Ich bin in wenigen Minuten da.«

Ribera beschleunigte seine Schritte und hatte kurze Zeit später den Carrer de Simó Ballester erreicht. Er traf fast zeitgleich mit Quique in der Jefatura ein.

»Kannst du dafür sorgen, dass wir nicht gestört werden?«, bat er Penelope Roca, bevor sie sich zu dritt in das Besprechungszimmer zurückzogen.

»Zampachs Freundin hat dessen Angaben bestätigt«, begann Quique, während er sich aus seiner Motorradjacke schälte und den Helm auf den Tisch legte. Er veranschaulichte, wie er die Frau in ihrem Unterschlupf aufgesucht hatte, nachdem Zampach den Ort angegeben hatte. »Die haben sich im alten Gefängnis von Palma versteckt. Ausgerechnet. Da ist vielleicht zusammengewachsen, was zusammengehört.«

»Es hätte mich auch gewundert, wenn sie ihn belastet hätte«, sagte Ribera. »Dennoch glaube ich nicht mehr, dass er unser

Mann ist. Sein Rechtsverständnis entspricht sicher nicht den gängigen Normen, und er mag ein Choleriker sein, aber Mord? Nein, dafür ist er nicht skrupellos genug. Da kommen andere in Frage.« Er erzählte von seiner Begegnung auf dem Markt. »Aber selbst wenn Galán da drinstecken sollte, halte ich ihn nicht für den Drahtzieher. Dafür kristallisiert sich für mich immer deutlicher ein anderer Kandidat heraus.«

Auch ohne dass Ribera konkreter wurde, war klar, wen er meinte. Die Anspannung im Besprechungsraum war mit den Händen zu greifen.

»Wir könnten Ruck natürlich mit seiner erneuten Falschaussage konfrontieren, aber er würde wahrscheinlich wieder eine fadenscheinige Erklärung finden«, sagte er. »Wir brauchen etwas, um ihn aus der Reserve zu locken.«

Es klopfte an der Tür des Besprechungszimmers. Penelope Roca trat mit einem Tablett in der Hand ein, auf dem drei Pappbecher standen. »Etwas Kaffee? Ich dachte, ich mach mal auf klassische Sekretärin. Und so eine kleine Pause zwischendurch ist gut fürs Gehirn.« Sie war schon fast wieder zur Tür heraus, als ihr noch etwas einfiel. »Übrigens bin ich erst einmal weg.«

Drei entsetzt wirkende Augenpaare richteten sich auf sie.

»Keine Angst, ich komme wieder. Aber ich gehöre zu den ›Bruixes de Mallorca‹, wir müssen noch ein bisschen für die Nit de Sant Joan proben. Ihr wisst schon, dieser Hokuspokus mit Feuerzauber und Tänzen. Das ist ja bereits morgen.«

Ribera wusste um das Brauchtum, dass Bruixes und Dimonis, als Hexen und Teufel verkleidete Frauen und Männer, in der Nacht vom 23. auf den 24. Juni ihr Unwesen trieben. Er selbst wollte den magischen Abend mit Núria am Strand verbringen wie Tausende andere auf Mallorca, hatte aber ganz verdrängt, dass der Termin unmittelbar bevorstand.

»Hokuspokus, Dämonen, Feuerzauber, Geistersiedlung«, murmelte er halblaut, als Roca gegangen war.

Mehrmals wiederholte er die Wörter, neigte den Kopf mal zur rechten, mal zur linken Seite, als spürte er ihrem Klang nach wie ein Musiker, der einzelne Töne zu einer Komposition zu verweben versuchte. Dann ließ er seinen Blick im Raum umherschweifen, als schwebten die Begriffe vor, hinter, neben und über ihm wie Glühwürmchen in einer lauen Sommernacht im hohen Gras und würden fasziniert von ihm beobachtet. Dazu bewegte er die Hände asynchron an den Handgelenken, als umschmeichelte er einen unsichtbaren Gegenstand. Es war eine fast zirkusreife Nummer, bei der er die Anwesenheit Quiques und Blums vollständig ausblendete.

Die beiden nippten ungerührt an ihrem Kaffee und verfolgten die Ribera-Show wie Zuschauer bei der Aufführung eines Schamanen. Sie hatten das Ritual ihres Chefs bereits bei anderen Gelegenheiten mitbekommen. Lediglich Erstaunen war geblieben, wie jemand auf diese seltsame Art und Weise nachdachte.

»Fehlt nur noch, dass er Knochenstücke auf den Boden wirft und daraus die nächsten Schritte abliest«, flüsterte Quique Blum zu.

Kurz darauf war Riberas Einlage so unvermittelt beendet, wie sie begonnen hatte. Ein Ruck ging durch seinen Körper, und er war wieder präsent, als sei er aus einer tiefen Trance erwacht.

»Entschuldigt«, sagte er mit verlegenem Lächeln.

Dann erklärte er Quique und Blum den Plan, den er entworfen hatte. Zu guter Letzt griff er zum Telefonhörer und wählte die Nummer von Nieves Moreno vom »Diario de Mallorca«.

Als er wieder aufgelegt hatte, sagte Cristina Blum: »Übrigens, auch wenn es eventuell nicht mehr von Bedeutung ist: Ich habe zwischenzeitlich herausbekommen, bei welchem Fernsehsender in Deutschland damals dieser Beitrag über die Besetzer der Artà-Finca lief. Verantwortlich dafür ist eine Produktionsgesellschaft, die auch die Drohne für die Luftaufnahmen losgeschickt hat. Sie haben zugesagt, uns das Material zur Verfügung zu stellen. Vielleicht lässt sich daraus etwas Brauchbares herausziehen.«

13

Dämonen

Als Pau Ribera am nächsten Morgen gegen sechs Uhr in der Pension »Costa Dorada« aufwachte, hatte er eine unruhige Nacht hinter sich. Dafür gab es mehrere Gründe. Zum einen hatte er sich am Abend zuvor mit Núria gestritten, als er ihr am Telefon verkündet hatte, dass er die Johannisnacht wahrscheinlich nicht mit ihr zusammen verbringen würde. Obwohl sie das seit Längerem geplant hatten. Am Ende war Núria stocksauer gewesen, hatte seinen Beruf verflucht und wütend aufgelegt.

Als ob das nicht genügt hätte, hatte ihn zusätzlich ein Alptraum geplagt. Erneut war es ein Szenario im Zusammenhang mit seiner Höhenangst gewesen. Nur stand er nicht auf einem Schwimmbad-Sprungturm, sondern raste in einem Auto auf die Klippen des Cap Blanc zu. Unaufhaltsam und unfähig, anzuhalten oder umzudrehen, so verzweifelt er es auch versuchte. Aber das Gaspedal war bis zum Anschlag durchgetreten und bewegte sich nicht mehr zurück. Die Bremse fühlte sich an wie ein Messer, das durch weiche Butter glitt. Das Lenkrad ließ sich keinen Millimeter drehen, als wäre das Schloss unlösbar eingerastet gewesen.

Außerdem war er nicht allein. Der Wagen war vollgestopft mit einer wilden Mischung aus Passagieren, die auf engstem Raum zusammengepfercht waren – eine Ribera-Horror-Picture-Show. Neben ihm saß Feran, der ertrunkene Junge aus Lleida. Er teilte sich den Beifahrersitz mit Benito Hähnlein, der seine baldige Ex-Frau auf dem Schoß hatte. Im Fond drängten sich Lorenzo Galán und Elena Sastre, die mit den beiden Polizisten der Guardia Civil aus Artà feixten und hämisch auf ihn deuteten, Hedi mit übergroßen Zähnen, die sie gierig in eine riesige Wurst schlug, sowie der Pfarrer, den er in der Altstadt von Palma getroffen hatte, allerdings mit dem diabolisch grinsenden Gesicht von Pelayo Grande. Dazu dröhnte aus seinem Mobiltelefon in infernalischer Lautstärke ein Glockengeläut, das klang, als schellten Mònica und Silvestra, die beiden großen, alten Kirchenglocken der Kathedrale Seu Vella in Lleida, zusammen direkt an seinem Ohr.

Die Fahrt war der reinste Höllenritt, der immer schneller wurde, bis sie über die Klippen rasten und in die Tiefe stürzten, jedoch ohne auf den Felsen aufzuprallen. Stattdessen waren sie gefangen in einem hellen, raumlosen Nichts, als wären sie nicht mehr auf der Erde, sondern irgendwo in der Unendlichkeit des Universums. Durch diese surreale Welt schwebten Dutzende zerfließende Uhren wie aus einem Dalí-Gemälde.

Plötzlich hatte Ribera einen Druck auf seinem Körper verspürt wie bei einem Tauchgang in die Tiefsee. Er war in Panik geraten und hatte keine Luft mehr bekommen. Davon war er schließlich wach geworden.

Auf ihm saß eine dunkle Gestalt. Lemmy war durch die geöffnete Terrassentür hereingekommen und fixierte ihn nun mit erwartungsvollen Augen. Ribera begriff, dass er in irdischen Gefilden weilte.

»Hey, du bist auch immer früher dran, *hombre*. Hat dich nun ebenfalls das Johannisnacht-Fieber erfasst?«

Er stand auf, fütterte Lemmy, duschte und entschloss sich dann zu einem frühmorgendlichen Spaziergang. Gegen sieben verließ er die Pension und schlängelte sich durch die Altstadt. Er hatte kein bestimmtes Ziel, sondern folgte einem inneren Kompass, der ihn durch die Gassen lotste.

Trotz der Uhrzeit kratzten die Temperaturen an der Zwanzig-Grad-Grenze, es versprach erneut ein heißer Tag zu werden. Geradezu ideal für die bevorstehende Johannisnacht.

Nach knapp einer Viertelstunde hatte er die alte Stadtmauer erreicht oder vielmehr den östlichen Teil des Bollwerks. Von der ehemaligen Festung »Baluard del Príncep« aus lag ihm das Meer zu Füßen wie aus der Loge eines Theatersaals. Die Morgensonne, die hinter der Tramuntana aufgegangen war, tauchte die alte

Militäranlage und den darunterliegenden Parc de la Mar in ein weiches, klares Licht. Noch war nichts von der bevorstehenden Hektik des Alltags zu spüren, nur einige Jogger hatte es zu einer frühen Runde entlang des Paseo Marítimo gezogen. Ribera hatte keine Muße für die friedliche Morgenstimmung. Zu viel ging ihm durch den Kopf. Etwa der Streit mit Núria, der ihn getroffen hatte. Sie hatten sich zum ersten Mal richtig in die Haare bekommen. Für größere Anspannung sorgte aber etwas anderes: Der Tag könnte, ja sollte den entscheidenden Durchbruch bei den Ermittlungen bringen, dafür hatte er die Weichen gestellt. Andererseits war er lange genug Polizist, um zu wissen, dass immer irgendetwas schiefgehen konnte, gerade dann, wenn man glaubte, alles im Griff und alle Eventualitäten einkalkuliert zu haben.

Er stützte sich auf der Mauer ab und sog die frische, salzhaltige Luft ein, die von der Playa de Palma herüberwehte. Sein Blick versank in der blauen Unendlichkeit des Meers, das am Horizont mit dem Himmel verschmolz, schweifte nach links hinüber zum leer stehenden Hochhaus der Elektrizitätswerke Gesa-Endesa mit seinen braunen, verspiegelten Glasflächen.

Wenn etwas komplex ist, dann diese verrückte Geschichte, dachte er. Noch mehr: Sie war die Mutter aller Komplexitäten, insofern wenig geeignet, bei ihm als Naturskeptiker sämtliche Bedenken hinsichtlich der Erfolgsaussichten zu zerstreuen. Andererseits gehörten Fehlschläge zum Berufsrisiko. Das zu minimieren war das Einzige, das er tun konnte.

Genug gegrübelt, sagte er sich und brach zur Jefatura auf.

Die nächsten Stunden waren er, Quique und Blum damit beschäftigt, die letzten Vorbereitungen zu treffen und Ablaufszenarien minutiös durchzugehen. Wie in einem Tunnel bewegten sie sich, nichts vermochte darin einzudringen. Selbst der zwischenzeitliche Anruf bei Moix, in dem Ribera ihn über den Verdacht gegen Galán informierte und um grünes Licht für interne Ermittlungen bat, wirkte sich kaum auf ihre Fokussierung aus.

Schließlich war der Abend angebrochen, der die Entscheidung bringen sollte.

***

Mit der Nit de Sant Joan steuerte Mallorca auf einen Höhepunkt des Jahres zu. Wie eine Art Vibrieren hatte schon Tage vorher eine Vorfreude auf die Sommersonnenwende in der Luft gelegen, auf die Feuerläufe, die Tänze der Dämonen und Hexen, das Explodieren und Zischen der Feuerwerkskörper, das Dröhnen der Trommeln, das Leuchten der Grillfeuer an den Stränden, die Menschen, die im Mondlicht im Meer badeten. Und je näher die Johannisnacht herangerückt war, desto stärker war zu spüren gewesen, wie sich die Energie auf der Insel verdichtete.

Von alldem konnte bei Frank Zampach keine Rede sein. Im Gegenteil. Er stand am Rande der Plaça de Cort und fühlte sich ausgesprochen unwohl in seiner Haut, während er das Treiben auf dem Rathausplatz von Palma beobachtete. Er hatte sich in der Nähe des uralten Olivenbaumes platziert, der mit seinem knorrigen Stamm und den ausladenden Ästen der Star des Areals war und von Touristen umlagert wurde, die ihn als Kulisse für Selfies nutzten.

Zampach nahm es fast teilnahmslos zur Kenntnis. Er war mit seinen Gedanken woanders. Die Bullen hatten ihn mit dem Vorschlag geradezu überrumpelt, sich ein weiteres Mal mit diesem Typen vom Fährhafen zu treffen. »Das ist Ihre Chance, uns zu beweisen, dass Sie die Wahrheit gesagt haben, und damit wieder freizukommen.« Am Ende hatten sie ihn weichgeklopft, er hatte den Kerl via Facebook kontaktiert und ein erneutes Treffen vorgeschlagen. Den Text hatten ihm die Bullen diktiert.

Um das Ganze glaubhaft zu machen, sollte er eine höhere Geldforderung stellen: »Wegen des miesen Tricks hat sich der Preis verdoppelt«, schrieb er und verlangte vierzigtausend Euro für den Schlüssel. Als Übergabeort sollte ein belebter Platz in der

Stadt dienen, die Plaça de Cort, genauer gesagt eine Steinbank an der Fassade neben dem Eingang.

Wider Erwarten hatte es bald darauf eine Reaktion gegeben. »Einverstanden, zwanzig Uhr«, lautete die kurze Antwort auf Spanisch. Mehr nicht.

Noch hatte er fünf Minuten Zeit, stellte er fest, als er zu der großen Uhr mit den römischen Ziffern hochschaute, die oberhalb eines Balkons die Fassade zierte. Auf dem Platz selbst herrschte ein ständiges Kommen und Gehen. Eine geradezu apokalyptische Stimmung lag über der Stadt. Zampach hatte zwar von den Bräuchen in der Johannisnacht gehört, aber diese Ansammlung von Gruselgestalten hatte er nicht erwartet. Überall waren Dämonen und Hexen auf den Straßen unterwegs, als hätte jemand das Tor zur Hölle geöffnet, sodass all die finsteren Wesen der Unterwelt nun über die Stadt herfielen. Natürlich waren es nur Kostüme, dennoch passte die Szenerie wie die Faust aufs Auge zu seiner Stimmung. Die war auch im Keller. Was, wenn die Bullen die Situation nicht unter Kontrolle hatten, wie sie behaupteten? Er hatte ein ganz mieses Gefühl bei dieser Sache.

Noch zwei Minuten. Er schaute sich nervös um. Auf der Steinbank, auf die er von seinem Standort aus ein freies Blickfeld hatte, saßen Leute. Sollte seine Verabredung …? Nein, das waren bloß Touristen.

Wie sollte er den Kerl überhaupt erkennen? Er wusste ja nicht mal genau, wie er aussah. Die Bullen hatten ihm nur eine Beschreibung eines Mannes gegeben, den sie erwarteten. Noch weniger wusste er, wie er sich verhalten würde. Was wenn der austickte? Aber vielleicht roch er den Braten auch und kam erst gar nicht.

Der Zeiger der Uhr sprang auf die volle Stunde. Zampach marschierte los, drängelte sich an einer Gruppe Jugendlicher vorbei und erreichte den vereinbarten Treffpunkt. Immer noch nichts zu sehen. Auf einmal legte sich von hinten eine Hand auf seine Schulter. Er schnellte herum und erschrak fast zu Tode.

Nur Zentimeter von ihm entfernt war eine furchterregende Fratze aufgetaucht.

***

Ribera hatte sich unweit des Rathauses an der Ecke Carrer de Colom postiert, sodass eine Straßenlaterne, eine gelbe Briefsäule der spanischen Post und ein schwarzer Sonnenschirm eines Starbucks-Cafés ihn verdeckten, er aber dennoch einen guten Überblick über das Geschehen hatte. Cristina Blum und andere Beamte der Nationalpolizei waren an verschiedenen Stellen des Platzes in Stellung gegangen. Auf diese Weise waren zum einen alle vier Zugänge zu dem Areal besetzt, zum anderen war ein schneller Zugriff möglich.

Strategisch am günstigsten war Quique platziert. Er saß zusammen mit Penelope Roca, getarnt als Touristenpärchen, auf einer steinernen Sitzbank direkt vor dem Rathaus.

Ribera hatte den Platz für die Aktion ausgewählt, nachdem er ihn auf dem Weg in die Jefatura des Öfteren passiert hatte. Er schien ihm prädestiniert zu sein, weil er von sämtlichen Ecken der Plaça de Cort gut einsehbar und schnell erreichbar war, außerdem waren die Fluchtmöglichkeiten eingeschränkt. Den Ausschlag hatte letztendlich das Gespräch in der »Relojería Germán« gegeben.

Sein Augenmerk richtete sich auf »En Figuera«. Er las die Inschrift über dem Ziffernblatt der historischen Rathausuhr: »Una Harum Ultima«, »Eine von diesen wird deine letzte sein«, stand auf der bronzefarbenen Umrandung. Die Mahnung, die auf mittelalterlichen Uhren zu finden war, hatte es ihm angetan. Was für eine symbolträchtige Ansage.

Zu den Vorbereitungen hatte auch gehört, dass er Nieves Moreno im »Diario« einen Artikel hatte veröffentlichen lassen, in dem davon die Rede war, dass Zampach weiter auf der Flucht war. Vielleicht bekam ihr Verdächtiger das mit und schöpfte so keinen Verdacht, dass es sich um eine Falle handelte. Ein kleines Mosaiksteinchen und eher strategisch motiviert, um es sich nicht mit Moreno zu verscherzen. Am Ende glaubte er, alle Eventualitäten berücksichtigt zu haben. Jetzt hieß es warten.

Je mehr es auf die verabredete Uhrzeit zuging, desto mehr stieg seine Anspannung. Noch eine Minute. Er nickte Blum zu, die etwa zwanzig Meter von ihm entfernt vor einer *pastisseria* namens »Ca Na Cati« neben einem Baum stand. Sie wirkte hoch konzentriert.

Sein Augenmerk richtete sich nun auf Quique und Roca, die vorgaben, einen Reiseführer zu studieren.

»*Could you take a photo of us, please, señor?*« Eine Asiatin hielt ihm lächelnd ein Smartphone vor die Nase und deutete auf sich und ihre Begleiterin.

Ribera war völlig überrumpelt. Für einen kurzen, aber entscheidenden Augenblick war er abgelenkt und bekam nicht mit, was sich vor der Bank abspielte.

❊❊❊

Frank Zampach hatte sich schnell von seinem Schock erholt. Der vermeintlich Leibhaftige sprach ihn durch seine Teufelsmaske an.

»*La llave*«, drang es aus dem Mundschlitz, und als er nicht reagierte, kam ein englisches »*key*« hinterher. Eine Hand reckte sich Zampach entgegen. In der anderen befand sich Plastiktüte, die vermutlich das vereinbarte Geld enthielt.

Für einen kurzen Moment vergaß Zampach, dass er nicht allein hier war, zu gern hätte er die Tüte genommen und wäre damit verschwunden – *hasta la vista*, Mallorca. Mit vierzigtausend Euro ließe sich ein gepflegter Neustart hinlegen.

Es blieb bei dem flüchtigen Gedanken, denn noch bevor sie den Austausch vornehmen konnten, brach das Chaos aus. Mehrere Männer stürzten sich auf den Maskierten und warfen ihn aufs Kopfsteinpflaster. Hektisches Geschrei erfüllte den Platz, die Polizistin, die beim Verhör übersetzt hatte, drehte dem Liegenden die Arme auf den Rücken und legte ihm Handschellen an. Ein Typ mit wilden Locken riss ihm die Maske vom Kopf.

✳✳✳

Ribera hatte die beiden Asiatinnen stehen lassen und war so schnell er konnte zum Rathaus gerannt. Dennoch war der Tumult, der nur Sekunden gedauert hatte, vorbei, als er eintraf. Er hatte sich erst einen Weg durch die Passanten bahnen müssen, die neugierig stehen geblieben waren und das Geschehen beobachteten. Einige hatten ihre Mobiltelefone gezückt, schossen Fotos oder drehten Videos. Schließlich war er zu Quique, Blum und den anderen Polizisten vorgedrungen.

Der Festgenommene saß auf dem Boden und glotzte ihn verstört an, als begreife er nicht, wie ihm geschehen war. Es handelte sich um einen mittelgroßen Mann mittleren Alters mit kurzen schwarzen Haaren – ein Durchschnittstyp, aber nicht der, den sie erwartet hatten.

Enttäuschung spiegelte sich in den Gesichtern von Blum und Quique wider. Ribera kam es vor, als wäre soeben sein Plan wie ein Kartenhaus eingestürzt. Desillusioniert betrachtete er die Schaulustigen. Bildete er es sich nur ein, oder sprach aus den Gesichtern Häme über den Fehlschlag?

Für den Bruchteil einer Sekunde blitzte in der Menge der winzige Ausschnitt eines Gesichts durch, das ihm bekannt vorkam, aber seine Wahrnehmung war so fokussiert, dass es genügt hatte, um eine Reaktion auszulösen – ähnlich einem Falken, der am Boden eine Wühlmaus erspäht hatte. Er sprang auf und zwängte sich durch den Menschenpulk.

Tatsächlich, er hatte sich nicht geirrt. Auf der Straße, die vom Rathausplatz in Richtung der Kathedrale La Seu und des Parc de la Mar führte, sah er einen Mann davoneilen, der die dunkelblaue Uniform eines Nationalpolizisten trug. Unter seiner Mütze waren dunkelblonde Haare zu erkennen.

Ribera nahm die Verfolgung auf, wurde aber erneut aufgehalten, dieses Mal von Gruppen, die zu den offiziellen Sant-Joan-Feiern und zum Strand drängten und die Straße versperrten. Mit einiger Mühe erreichte er den Passeig Dalt Murada, den Weg auf der Stadtmauer, unterhalb des Almudaina-Palastes.

Er stoppte, um sich Übersicht zu verschaffen. Weiter unten sah er den Uniformierten gerade noch in einem Eingang zum unterirdischen Parkhaus verschwinden. Eine weitere Verfolgung machte keinen Sinn. Jemanden in der riesigen, düsteren Tiefgarage zu finden wäre vergebliche Liebesmüh gewesen.

Er griff zum Mobiltelefon, um Blum und Quique mit dem Wagen herbeizuordern. Dann wählte er eine weitere Nummer. Der Anruf gehörte zu einem Teil seiner Vorbereitungen, die er für den Notfall getroffen hatte.

Etwa zehn Minuten später fuhren sie in hohem Tempo über die Ringautobahn Vía de Cintura und die Landstraße Ma-3011 ins Inselinnere.

»Wohin fahren wir eigentlich?«, frage Quique, der am Steuer saß.

»Richtung Puntiró«, sagte Ribera. »Vermutlich ist Señor Ruck zu seiner Villa unterwegs. Hundertprozentig sicher bin ich mir zwar nicht, aber ich glaube kaum, dass er mitbekommen hat, dass ich ihn auf dem Rathausplatz erkannt habe. Vielleicht ahnt er trotzdem, dass wir hinter ihm her sind, und will sich aus dem Staub machen. Was hat eigentlich der Kerl mit der Teufelsmaske gesagt?«

»Nicht viel«, sagte Blum. »Er stand ziemlich unter Schock, stammelte nur, er habe nichts verbrochen. Er sei arbeitslos, ein Typ habe ihn angequatscht und ihm hundert Euro versprochen, wenn er für ihn ein kleines Tauschgeschäft erledige. In der Tasche, die er bei sich hatte, waren übrigens nur wenige echte Euro-Scheine, der Rest war Fake – zusammengebundene Papierschnipsel.«

»Mist!« Quique trat fluchend auf die Bremse, weil die Autos vor ihnen ihr Tempo abrupt verlangsamt hatten. »Bis wir in Puntiró ankommen, ist der Kerl längst über alle Berge.«

Seine Befürchtung war nicht ganz aus der Luft gegriffen angesichts des zähen Verkehrs, der an diesem Abend herrschte und sie zum wiederholten Male aufhielt.

»Mal sehen, wo unsere Geheimwaffe steckt.« Ribera griff zu seinem Telefon.

Quique und Blum sahen ihn erstaunt an.

»Ach, hatte ich das nicht erwähnt? Ich habe prophylaktisch die ›Condor‹-Kollegen eingeschaltet.« Den Helikopter der Nationalpolizei hatte er vor dem Einsatz auf dem Rathausplatz für den Fall angefordert, dass ihnen der Verdächtige durch die Lappen ging. Er gab der Hubschrauberbesatzung durch, dass sie nach einem silbergrauen SUV Ausschau halten sollten, und stellte sein Handy auf Lautsprecher, sodass alle mithören konnten.

»Wir haben soeben einen Wagen gesichtet, auf den die Beschreibung passt«, gab »Condor« nach wenigen Minuten durch. »Er fährt in südöstliche Richtung. Verdammt schnell.«

»Auf jeden Fall dürften wir den Kerl wegen Geschwindigkeitsübertretung dranbekommen«, kommentierte Quique und trat selbst aufs Gaspedal.

Wenige Minuten später meldete sich die Helikopterbesatzung erneut. »Er ist von der Landstraße abgebogen und fährt zu einer Siedlung. Oh, jetzt hat er angehalten und ist ausgestiegen. Mist, er hat uns bemerkt. Er ist eingestiegen und fährt wieder weg auf die Landstraße.«

Was folgte, war eine wilde Jagd aus der Luft und am Boden durch die Ebene im Zentrum Mallorcas, die über Algaida, am Berg Randa vorbei und schließlich in Richtung südöstlicher Küste führte. Nach und nach verringerten sie durch Quiques rasante Fahrweise zwar ihren Abstand auf den Flüchtenden, aber ganz wettmachen konnten sie seinen Vorsprung nicht. Dafür war Ruck einfach zu halsbrecherisch auf den Landstraßen unterwegs. Wie der »Condor« mitteilte, fuhr er ohne Rücksicht auf Verluste, bedrängte vor ihm fahrende Autos, überholte waghalsig selbst vor Kurven, an einer Kreuzung rammte er ein anderes Fahrzeug einfach aus dem Weg.

»Wo will der Kerl überhaupt hin?«, fragte Blum vom Rücksitz aus. »Das hat doch alles keinen Zweck, wir sind auf einer Insel, er kommt hier nicht so einfach weg. Es sei denn, er hat irgendwo ein Boot liegen. Meinst du, wir sollten vorsichtshalber die Küstenwache alarmieren?«

»Ich glaube nicht, dass das nötig ist. Ich habe eine dunkle Ahnung, wohin er fährt«, sagte Ribera, nachdem sie ein Stück unterhalb von Llucmajor waren. Der Gedanke behagte ihm in keinster Weise.

Als sie die durchbrochene Leitplanke an der Landstraße Ma-6014 sahen, war Ribera sicher, dass sich seine Befürchtung bewahrheiten sollte. Vor allem nachdem der Helikopter kurz zuvor gemeldet hatte, dass der Wagen auf die Steilküste zufuhr.

Wie es aussah, wollte sich Ruck tatsächlich das Cap Blanc hinunterstürzen. Er musste völlig verzweifelt sein und schien keinen Ausweg mehr zu sehen. Was für eine Ironie dieser Geschichte.

Ribera wusste nicht, was er schlimmer finden sollte: die Aussicht, erneut eine Leiche von den Klippen kratzen zu müssen, oder die generelle Vorstellung, diesen grauenvollen Ort wiederzusehen. Wie beim ersten Mal hatte der unheilvolle Schauplatz so vieler Tragödien wieder eine fatale Wirkung auf ihn.

Je näher sie dem Ende der hellgrauen Sandfelsen kamen, desto flauer wurde ihm im Magen. Er schwitzte, fühlte Beklemmung und Atemnot aufkommen. Am liebsten hätte er Befehl zum Anhalten und Umdrehen gegeben.

Auch Quique und Blum sprachen kein Wort. Blum war mit ihrem Smartphone beschäftigt und fokussierte den Bildschirm des Mobilgeräts. Quique wiederum richtete seine Konzentration auf die Aufholjagd.

Auf dem flachen, karstigen Gelände, das sich an der Steilküste kilometerweit erstreckte, konnten sie das Geschehen vor sich schon von Weitem erkennen. Die Begleitumstände außer Acht gelassen, war es sogar eine ausgesprochen stimmungsvolle Inszenierung, die sich dort abspielte. Während am Horizont verdeckt von einer Wolkenwand die Sonne langsam im Meer versank, saß in etwa hundertfünfzig Meter Entfernung ein einzelner Mann auf dem kargen Steinboden. Er hatte die Beine angezogen und die Arme um sie geschlungen, ein verlorenes Häufchen Elend inmitten der ihn umgebenden Natur. Neben ihm, vielleicht zwei Meter vom Abgrund entfernt, stand sein Auto mit laufendem Motor und weit geöffneter Fahrertür, als hätte es gerade einen lästigen Fremdkörper ausgespuckt.

Die Szenerie hätte einem der realistisch anmutenden Werke des amerikanischen Malers Edward Hopper entstammen können, einem Leinwandpoeten der Melancholie und Einsamkeit. »Abend am Cap Blanc« hätte es Hopper vielleicht in seiner nüchternen Art genannt.

Wenige Meter von Ruck entfernt stoppte Quique den Wagen. Unweit von ihnen war der Helikopter gelandet und stand mit langsam kreisenden Rotoren auf dem Plateau. Die Besatzung machte Anstalten, auszusteigen. Ribera öffnete das Seitenfenster und gab ihr ein Zeichen, dass alles okay war und sie keine Hilfe benötigten. Die Rotoren begannen, wieder schneller zu kreisen, mit einem lauten Sirren hob der Hubschrauber ab und entschwand am dunkler werdenden Abendhimmel in Richtung Palma.

Quique und Blum stiegen aus und traten auf Ruck zu. Sie hatten ihre Waffen gezogen. Ribera blieb im Wagen sitzen. Er schloss kurz die Augen, atmete zwei Mal tief ein, löste den Sicherheitsgurt und öffnete dann die Tür.

Der würzige Duft von wildem Rosmarin, Thymian und Heidekraut kroch in seine Nase. Etwa einen Kilometer entfernt im Westen zuckte das Licht des alten Leuchtturms von Cap Blanc durch die Dämmerung. An einem anderen Ort und zu einer anderen Zeit hätte er diesen lauen Frühsommerabend durchaus zu genießen gewusst. Hier aber war daran nicht zu denken.

Widerwillig und mit wild klopfendem Herzen folgte er seinen Kollegen und hoffte nur, schnellstmöglich wieder wegzukommen.

Der Metzger beachtete sie nicht, sondern hielt sein Haupt zwischen den Beinen gesenkt. Er trug noch immer die blaue Polizeiuniform, in der ihn Ribera auf dem Rathausplatz erspäht hatte. Große Schweißflecke zeichneten sich unter den Armen ab, die Hosenbeine waren schmutzig.

»Ich konnte es nicht tun, ich war zu feige dazu«, sagte Ruck mit tonloser Stimme. Er hob den Kopf. Die trüben Augen waren mit dunklen Ringen unterlegt, Haarsträhnen hingen ihm ins verschwitzte Gesicht. Ein menschliches Wrack, nur noch ein Schatten des selbstbewussten Firmenchefs und Villenbesitzers, den sie kennengelernt hatten.

»Aber Sie waren dazu fähig, Menschen auszurauben und umzubringen«, sagte Ribera ungerührt und in dem Bemühen, sich sein Unwohlsein nicht anmerken zu lassen. Er versuchte, nur auf den Mann vor ihm und nicht zu der nahen Abbruchkante zu schauen. »Señor Ruck, ich muss Sie wegen des Verdachts des dreifachen Mordes festnehmen.«

Quique hatte die Pistole weggesteckt und wollte dem Metzger Handschellen anlegen, als dieser aus seinem willenlosen Zustand aufwachte und Ribera mit großen Augen anstierte. »Warum dreifach?«

»Wir glauben, dass Sie Guillem Sastre, Hernán Torres und Benito Hähnlein umgebracht haben.«

»Sastre war ein Weichei und Benito ein Loser, die haben's nicht besser verdient«, sagte Ruck mit verächtlichem Ton. »Aber das mit Hernán könnt ihr mir nicht anhängen. Im Übrigen sage ich eh kein Wort mehr ohne Anwalt.«

Quique legte Ruck Handschellen an, führte ihn zum Dienstwagen und bugsierte ihn auf die Rückbank.

Blum deutete auf ihr Smartphone. »Vielleicht stimmt es sogar, was er sagt. Ich habe von der deutschen Produktionsfirma die Drohnenaufnahmen von der Finca bekommen.« Sie hielt Ribera das Gerät hin. »Hier gibt es mehrere kürzere Szenen. Eine davon ist besonders interessant.«

Sie spielte die Videosequenz ab. Darauf war zu sehen, wie ein schwarzer Kleinwagen über den Kiesweg im Innern der Finca auf das Tor zufuhr, wie der Fahrer ausstieg, das Tor öffnete, wieder einstieg und sich der Wagen schnell entfernte. Das Gesicht des Mannes war zwar nicht zu erkennen, dafür aber der Fahrzeugtyp, ein Smart. Und vor allem war das Kennzeichen gut lesbar. Dann brach die Aufnahme ab.

»Ich habe sämtliche Videos überflogen«, sagte Blum. »Sie stammen alle von dem Tag, an dem Torres ermordet wurde. Die Drohne war mehrmals im Einsatz, hat die Produktionsfirma geschrieben. Gesteuert wurde sie vom Nachbargrundstück aus, ganz schön penetrant, diese Fernsehfuzzis. Aber spannend, wer darin auftaucht: Zampach, seine Freundin, Torres, Benito, Zampachs Hund und der schreiende Esel, aber Ruck ist nirgendwo drauf.«

Ribera hatte es die Sprache verschlagen. Nicht zuletzt weil ihm der Fahrer des schwarzen Kleinwagens bekannt vorgekommen war. Er wusste nur nicht, woher, dafür war die Perspektive der Aufnahme zu ungünstig gewesen. Und für einen Moment hatte die unerwartete Entdeckung sogar überlagert, dass sie nach wie vor in der Nähe der Klippen standen. Nun aber merkte er, dass er die Grenzen seiner Belastbarkeit erreicht hatte und dringend wegmusste, bevor ihn seine Ängste übermannten. Er drängte zum Aufbruch.

»Okay, all das muss nicht unbedingt bedeuten, dass er nicht doch dort war. Checken wir, wem der Wagen gehört, und bringen Señor Ruck ins Präsidium. Er hat uns einiges zu erzählen.«

14

Hitzenacht

Am Tag nach Sant Joan beschäftigten zwei Ereignisse Mallorca. Ein Aufreger war, dass die Strände vom Müll gereinigt werden mussten, den die Feiernden tonnenweise in der Johannisnacht hinterlassen hatten. Gesprächsthema Nummer eins waren jedoch die Polizeiaktion auf der Plaça de Cort und die anschließende Verfolgungsjagd über die Insel. Wie ein Lauffeuer hatten sich die spektakulären Ereignisse herumgesprochen. Als Folge davon brach nun die Telefonanlage in der Jefatura unter dem Ansturm von Medien, Lokalpolitikern und Bürgern fast zusammen. Selbst Penelope Roca, ansonsten der Inbegriff von Gleichmut und Entspanntheit, war entnervt von dem Dauerklingeln im Sekretariat der Mordkommission.

Ribera bekam von alldem nicht viel mit, denn am Morgen nach der Festnahme von Vinzenz Ruck hatten sie die Villa in Puntiró und den Metzgerbetrieb in Son Castelló auf den Kopf gestellt. Mit Erfolg. In Rucks Privathaus hatten sie nicht nur die dritte Maske vom Andratx-Überfall entdeckt, sondern zudem mehrere Kryptohandys, abhörsichere Mobiltelefone, mit denen er die Überfälle gesteuert hatte. Außerdem das Smartphone von Benito Hähnlein.

Polizeichef Mariano G. Moix hatte daraufhin für den Nachmittag eilig eine Pressekonferenz einberufen, in der er nicht nur das Ende einer der schlimmsten Diebesbanden verkündete, die Mallorca je heimgesucht habe. Er gab zudem die Aufklärung des Raubüberfalls auf das Uhrengeschäft in Andratx und der drei Todesfälle bekannt, die auf der Insel für Schlagzeilen gesorgt hatten.

Pelayo Grande, der ebenfalls das Wort ergriff, schwadronierte über die effiziente und innovative Zusammenarbeit der Soko Rolex mit der Mordkommission, ein Erfolgsmodell, das sicher in der Polizeiarbeit Schule machen werde.

Ribera saß während des Medienevents meist nachdenklich am Rande eines Tisches auf der Stirnseite des Raums und ließ die Show seines Chefs über sich ergehen. Er war froh darüber, dass er selbst nur zwei, drei Nachfragen der Journalisten zu Details der Festnahme beantworten musste.

Das ganze Triumphgetöse bereitete ihm Bauchschmerzen. Für ihn gab es in dem Fall nach wie vor Fragezeichen. Ruck leugnete weiter hartnäckig den Mord an Torres. Außerdem war immer noch unklar, ob Galán in die Sache verwickelt war und ob ein veritabler Polizeiskandal drohte. Mit seinen Bedenken hatte er bei Moix aber vor der Pressekonferenz nicht durchdringen können. Der Polizeichef hatte die Einwände mit einem Totschlagargument weggewischt: »Wir müssen endlich den negativen Eindruck der letzten Wochen und Monate bei der Tourismusbranche wettmachen. Sonst bleiben womöglich die ausländischen Besucher weg, weil es auf Mallorca angeblich zu unsicher ist.«

Kurz vor Ende der Pressekonferenz sah Ribera, wie ihm Quique vom Eingang des Konferenzraums aufgeregt Zeichen gab. Er stand auf und ging zu ihm.

»Wir haben herausgebracht, wem der schwarze Wagen gehört, der auf dem Video von der Finca zu sehen war. Halt dich fest.« Er zeigte ihm die ausgedruckte E-Mail der Kollegen.

Ribera setzte seine Brille auf und wurde kreidebleich. »*Dios mío.*«

***

Die frühsommerliche Hitzewelle, die Mallorca seit Tagen im Griff hielt, sorgte dafür, dass auch abends die Temperaturen noch deutlich über zwanzig Grad lagen. Nach der Johannisnacht war die Quecksilbersäule sogar weiter gestiegen. Für Ribera, der seine Kindheit und Jugend in der Nähe der Vorpyrenäen des Montsec-Gebirges in Katalonien verbracht hatte, waren es Bedingungen jenseits seiner Wohlfühlzone. Zumindest tagsüber in der Stadt, wenn der Asphalt die Sonnenstrahlen absorbierte wie ein Schwamm die Feuchtigkeit, sich die Wärme in Straßen und Häusern staute und auch nachts kaum aus den Wohnungen entwich.

Gegen zwanzig Uhr, vor Beginn einer solch pappigen Nacht, stand Ribera mit hochgekrempelten Hemdsärmeln am Rande des kleinen Parks im Carrer de Joan Alcover in Palmas Stadtteil Foners. Er beobachtete eine Gruppe junger Männer und Frauen, die schwatzend und lachend unter den Bäumen saßen und Bier aus der Dose tranken.

Liebend gern hätte er in diesem Moment irgendwo auf der Terrasse einer Bar eine *caña* oder einen kühlen Rosé genossen und sich langsam in einen wohlig leichten Rauschzustand hineingeschaukelt, mit dem sich die Stunden bis zum nächsten Morgen besser überstehen ließen. Stattdessen wartete er auf das Ende einer Versammlung der Zwangsräumungsgegner von »Stop Desahucios«. In das Treffen hineinplatzen wollte er nicht, dafür war die Sache zu heikel.

Endlich entstand an der offenen Tür im Erdgeschoss Bewegung. Nach und nach kamen die Besucher heraus, sie waren von der Schwüle gezeichnet, einige Frauen wedelten sich mit Fächern Luft zu.

Ribera überquerte die Straße. Als er den schmalen Raum betrat, schlug ihm stickige Luft entgegen. Daran konnte auch der Ventilator, der an der Decke träge rotierte, kaum etwas ändern.

Aus dem hinteren Teil kam ihm Biel Company entgegen. Mit ihm hatte Ribera zuvor telefoniert und bei dieser Gelegenheit von dem heutigen Treffen erfahren. Company war luftig-leger gekleidet, trug braune Cargoshorts und ein kurzes hellblaues Hemd, die Füße steckten in dunkelblauen Mokassins. Sein Gesicht war jedoch angespannt, die Haut unter dem Bart fahl, die argwöhnisch blickenden Augen waren gerötet, die Körperhaltung kam Ribera schlaff vor, als habe jemand Lebensenergie aus dem sonst so kraftstrotzenden Mann herausgesaugt. Und auch seine Stimme hatte sich im Gegensatz zu ihrer ersten Begegnung stark verändert: Sie klang nicht mehr kämpferisch, sondern müde und resignativ.

»Ich habe damit gerechnet, dass du über kurz oder lang wieder auftauchst.«

»Es gab bisher keinen Anlass dazu«, sagte Ribera. »Jetzt sind wir allerdings auf etwas gestoßen, das neue Fragen aufwirft. Sie betreffen dich.«

Er zog sein Smartphone aus der Hosentasche und spielte das kurze Drohnenvideo von der Finca in Artà ab, das ihm Blum am Cap Blanc gezeigt und später geschickt hatte.

»Das ist dein Wagen. Warum warst du an dem Tag, an dem Hernán Torres ermordet wurde, auf der Finca?«

Company hatte die Szene stumm verfolgt. Auch nachdem sie vorbei war, sagte er kein Wort. Stattdessen fixierte er das Handy in Riberas Hand, als hoffte er, dass es sich auf wundersame Weise in Luft auflösen würde.

»Warum hast du mich angelogen, als du behauptet hast, Torres nicht zu kennen?«, setzte Ribera nach. »Ich bin überzeugt, dass die DNA-Spuren, die wir am Tatort identifiziert haben, zu dir gehören.«

Company schluckte zwei Mal, hob den Kopf und sah Ribera in die Augen. Für einen winzigen Moment blitzte die alte Angriffslust des stämmigen Mannes auf.

»Vermutlich, weil ich den Kerl am liebsten nicht gekannt hätte. Und weil ich mir das, was auf der Finca geschehen ist, hinterher selbst nicht eingestehen wollte. Vor allem aber, weil ausgerechnet ich unserer Sache einen Bärendienst erwiesen habe.«

Damit war eine Schleuse geöffnet, denn nun begann Company zu erzählen, was vorgefallen war. Wie sich herausstellte, waren Torres und Company in der Vergangenheit mehrmals heftig aneinandergeraten. Company hatte herausgefunden, dass Torres gezielt billige Immobilien aufgekauft hatte, die vorher entweder besetzt gewesen waren oder in denen Menschen gelebt hatten, die von Zwangsräumung bedroht waren. Manche hatte er durch eine spezielle private Desokupa-Räumungsfirma rabiat rausschmeißen lassen. Die Wohnungen wurden dann entgegen einem Verbot in Palma für teures Geld über Airbnb und andere Vermittlungsplattformen als Ferienwohnungen vermietet.

»Der hat auf die gesetzliche Regelung geschissen«, sagte Company und wurde immer wütender. »Er hat die Appartements einfach nicht als Ferienwohnungen, sondern als ›individuelle Wohnungen‹ angeboten. Erst als wir ihn mehrmals angezeigt hatten, wurde das Problem langsam besser. Aber so ganz haben die Schwachmaten von der Tourismusbehörde das Problem nicht in den Griff bekommen. Oder er hat die Inspektoren geschmiert, wer weiß.«

Company setzte sich erschöpft auf einen Stuhl und beschrieb, wie der Konflikt endgültig eskaliert war. Vor ein paar Monaten habe Torres ein Haus in Palma gekauft, in dem Company und mehrere andere Mieter gewohnt hatten. Zu günstigen Konditionen und teilweise seit Jahrzehnten.

»Er hat alle auf die Straße gesetzt, weil er das Gebäude umbauen wollte, um dort Mikroappartements einzurichten. Sündhaft teure möblierte Hasenställe mit knapp zwanzig Quadratmetern Fläche. Dafür haben Menschen ihr Zuhause und ihr soziales Umfeld verloren. Und der Staat schaut einfach nur zu und lässt solche Schweine gewähren. Weißt du, wie verzweifelt manche der Älteren waren? Die haben geweint, als sie ausziehen mussten. Wir haben daraufhin das Gebäude besetzt, aber deine Kollegen haben uns bald darauf rausgetragen. Und Torres stand am Rand und hat sich ins Fäustchen gelacht. Zutiefst demütigend war das.«

Der Rest war schnell erzählt. Nachdem er erfahren habe, dass Torres auf der Finca in Artà arbeitete, sei er hingefahren in der Absicht, mit Torres erneut zu reden, ihn vielleicht von seinem Projekt abzubringen. Als er dort eintraf, habe Torres auf dem Boden gelegen. Aber er sei nicht tot gewesen.

Company schlug die Hände vors Gesicht. »Ich weiß nicht, was in mich gefahren ist. Aber als ich ihn da liegen sah, haben sich der ganze Frust und die Wut entladen, die sich in den letzten Monaten und Jahren angestaut hatten. Auf Torres und dieses System, das solche Typen wie ihn gewähren lässt oder nicht genug gegen sie unternimmt, und auf unsere meist vergeblichen Kämpfe dagegen. Und irgendwie kam es mir plötzlich vor, als würde der Stein zu mir sprechen.« Er streckte die rechte Hand aus. Sie zitterte, als er die Finger krallte und sie mit starrem Blick fixierte. »Nimm mich, greif zu, eine solche Gelegenheit wirst du nie mehr haben. Mit einem Mal lag der Stein in meiner Hand, da habe ich, ohne weiter nachzudenken, zugeschlagen.«

Er ließ die Hand wieder sinken, sank erschöpft zusammen, rieb sich die Augen und verzog das Gesicht zu einer schmerzverzerrten Grimasse, bevor er weitersprach. »Im selben Moment wusste ich, dass ich eine Riesendummheit gemacht habe. Seither habe ich keine Nacht mehr ruhig schlafen können, aber insgeheim hatte ich auch gehofft, dass ich eines Tages darüber hinwegkommen könnte.«

»Und bei alldem war Torres letztlich nur ein Strohmann. Das ist die Ironie der Geschichte«, sagte Ribera und gab ein bitteres Schnauben von sich. Er betrachtete den gebrochenen Mann vor sich und verspürte Mitleid mit ihm.

»Das wusste ich zu dem Zeitpunkt nicht.« Company sackte noch weiter auf seinem Stuhl zusammen. »Aber nachdem es die Medien gemeldet hatten, war mir alles egal.«

»Und warum hast du uns bei Hähnlein geholfen?«

»Tja, warum?« Company atmete schwer. »Vielleicht, um mein schlechtes Gewissen zu beruhigen. Uns war zu Ohren gekommen, dass Benito und Torres unter einer Decke steckten und irgendwelche krummen Dinger drehten. Ich dachte, wenn ich den ans Messer liefere, wasche ich mich ein Stück weit rein und fühle mich weniger als Verbrecher. Was für ein Trugschluss.« Er drückte den Rücken durch und sagte in einem überraschend entschlossen wirkenden Tonfall: »Eigentlich hättest du gar nicht kommen müssen. Ich hätte mich auch selbst gestellt. Und jetzt bringen wir's hinter uns.«

Er stand auf und ließ sich widerstandslos abführen.

Während sie in die schwülwarme Nacht hinaustraten, überfiel Ribera ein Gedanke, den er zum ersten Mal in seiner Karriere hatte: Er wünschte sich, kein Polizist zu sein.

Epilog

Die letzten Mohikaner

Drei Tage nachdem sie den Fall endgültig abgeschlossen hatten, saß Pau Ribera im »Los Ultimos Mohicanos«. In sich gekehrt und mit mürrischem Gesichtsausdruck hielt er sich an einem Glas Bier fest, während sich neben ihm Quique, Cristina Blum, Penelope Roca und Pep Bosch angeregt unterhielten. Auch das übrige Geschehen in der Rockkneipe an der Schnellstraße zwischen Palma und Manacor verfolgte er meist apathisch. Und das wollte etwas heißen, denn an diesem Abend herrschte eine ausgelassene Stimmung, als sei die Johannisnacht in eine Verlängerung gegangen. Rockmusik dröhnte aus den Boxen, vermengte sich mit dem Pfeifen und dem Gejohle, das den abgedunkelten und in ein wechselweise rötliches oder blaues Licht getauchten Raum erfüllte.

Der Lärm begleitete die akrobatischen Verrenkungen von sechs jungen Frauen an einer etwa drei Meter hohen Metallstange, die vertikal auf einer kleinen Bühne montiert war. Bekleidet mit schwarzen Bikinioberteilen und knappen, ebenfalls schwarzen Gymnastikhosen und kniehohen Stiefeln tanzten sie zum Rhythmus der Musik, räkelten sich mit dem Rücken an dem Pfosten, warfen die langen Haare lasziv nach hinten. Dann kletterten zwei von ihnen nacheinander daran hoch, hakten sich mit dem Bein in Kniehöhe fest, dehnten den Oberkörper weit nach hinten und kreisten im Spagat um die Stange. Ein andermal klammerten sie sich mit den Füßen fest, ließen sich kopfüber runterhängen und drehten sich mit ausgebreiteten Armen. Gut eine Viertelstunde ging das so, dann war das Spektakel zu Ende.

»Wenn ich gewusst hätte, dass ihr mich in einen Strip-Schuppen schleppt, wäre ich garantiert nicht mitgekommen«, sagte Ribera zu Roca, die neben ihm am Tisch saß.

»Ich merke, du hast keine Ahnung«, entgegnete Roca lachend. »Das ist Poledance. Mit schlüpfrigen Bars hatte das mal in der

Vergangenheit zu tun, aber das ist offenbar nach wie vor in der Männerphantasie verankert. Mittlerweile ist Poledance eine populäre und athletische Sportart mit Hunderten verschiedener Figuren. Ich habe es selbst ausprobiert in einem Fitnesscenter in Palma. Gar nicht so einfach.«

Ribera quittierte die Information mit einem gleichgültigen Achselzucken. Nein, ihm war heute nicht nach Gesellschaft und schon gar nicht nach Feiern zumute. Am liebsten hätte er sich in seiner Pension verkrochen und seinen Weltschmerz Lemmy geklagt. Und so fühlte er sich verloren zwischen all den gut gelaunten Menschen, die sich mit zunehmendem Alkoholpegel immer lautstarker unterhielten.

Er nahm einen weiteren Schluck aus seinem Bierglas und beobachtete die übrigen Gäste. Einige von ihnen waren von Motorradclubs. Das schloss er aus der hohen Kuttendichte, sprich den Westen, die mit Aufnähern wie »Zombie's Elite MC Mallorca«, »Red Reapers MC Mallorca« oder ähnlich martialisch klingenden Namen versehen waren. Er sah auch, wie sich Quique an der Bar mit zwei Typen unterhielt, die er nicht kannte, und wie Cristina Blum versuchte, sich an eine der Pole-Tänzerinnen heranzumachen.

Dass er überhaupt hier war, lag an den beiden und an Roca. Offiziell hatten sie ihn damit geködert, dass sie nach dem Abschluss des Falles nicht sofort zur Tagesordnung übergehen könnten. Inoffiziell, aber das wusste Ribera nicht, hatte Roca seine Gemütsverfassung in den letzten Tagen mitbekommen und die Aktion initiiert, damit er auf andere Gedanken käme. Und nachdem sie auch noch Pep Bosch ins Boot geholt hatten, hatte er sich breitschlagen lassen.

»Ribera, alte Spaßbremse, welche Laus ist dir denn über die Leber gelaufen, dass du so mies drauf bist?«, fragte Bosch. »Du müsstest darüber glücklich sein, dass ihr diese verzwickte Chose endlich hinter euch gebracht habt und dass du bei dem Toten am Cap Blanc den richtigen Riecher hattest. Stattdessen bläst du Trübsal.«

Ribera seufzte und erzählte Bosch, dass ihm die Verhaftung von Company keinerlei Befriedigung verschafft, sondern ihn im Gegenteil in Gewissenskonflikte gestürzt hatte. Nicht nur, weil er Company persönlich sympathisch fand, sondern auch Verständnis für die Sache der Zwangsräumungsgegner hatte. Hinzu kam, dass das angeknackste Verhältnis zu Núria dadurch nicht besser geworden war, weil durch die Geschichte mit Company ihre Skepsis gegenüber seinem Beruf gewachsen war.

Bosch klopfte Ribera auf die Schulter. »Du weißt, mein Freund, ich bin nicht der empathischste Mensch auf diesem Planeten und werde einen Teufel tun, dir Ratschläge zu erteilen. Aber ich kenne dich gut genug, um zu wissen, dass du zur Selbstzerfleischung neigst – obwohl du das gar nicht nötig hast. Ich geb's ja nicht gern zu: Mal davon abgesehen, dass du einem gehörig auf den Sack gehen kannst mit deiner Sturheit, deinem Eigensinn und deinem Gerechtigkeitsfanatismus, bist du einer der fähigsten *maderos*, die dieses jämmerliche Kommissariat zu bieten hat. Und was dein Mädchen betrifft, sie wird hoffentlich einsehen, dass mitunter die Unterschiede zwischen Gut und Böse verwischen. Ach, ich quatsche viel zu viel. Ist dir eigentlich bewusst, dass ich deinetwegen und wegen deiner Pappnasenkollegen meine Diät und mein Fitnessprogramm unterbrochen habe?«

Eine Kellnerin brachte Bier und ein Glas Palo an ihren Tisch. Als sie wieder weg war, prustete Bosch los.

»Bullshit, ist natürlich nur ein Vorwand, um diesem Sklaventreiber von Fitnesscoach zu entkommen und um mal wieder etwas Ordentliches zu trinken und nicht diese Hipster-Smoothie-Plörre, die mir inzwischen zum Hals heraushängt.« Er nahm den Palo und trank einen großen Schluck. »Aaaaah, ich hatte ganz vergessen, wie verdammt gut dieses Zeug schmeckt.«

Ribera musste zum ersten Mal an diesem Abend lachen. Er merkte, wie sich seine Laune allmählich besserte. So erzählte er Bosch, dass sich kurz nach der Verhaftung von Vinzenz Ruck Europol gemeldet hatte. Die Polizeibehörde hatte bei ihren Recherchen auf Malta herausfinden können, wer hinter »Immobal«

stand. Das Immobilienunternehmen wurde von einer weiteren Firma namens »Viva« beherrscht. Der Name stand für Vinzenz und Valentina, den Hund oder wahlweise die Mutter Rucks. Das Unternehmen hatte ihn benutzt, um damit das Schwarzgeld aus den Uhrenverkäufen zu waschen. Wenigstens in diesem Punkt hatte er offenbar die Geschäftstüchtigkeit seines Vaters geerbt.

Nachdem er damit konfrontiert worden war, hatte Ruck ein volles Geständnis abgelegt und beschrieben, wie er Guillem Sastre und Benito Hähnlein beseitigt hatte. Bei beiden hatte er das Epilepsiemittel eingesetzt, das er für seinen Hund verwendete. Sastre hatte er umgebracht, obwohl dieser ihn mit Informationen zu Einsätzen der Soko versorgt hatte. Als aber in der Abteilung der Verdacht aufgekommen war, dass es einen Maulwurf geben musste und dafür nicht viele in Frage kamen, war Sastre in Panik geraten, wollte aussteigen und reinen Tisch machen. Das war sein Todesurteil. Ruck schob ihm das Phenobarbital als angebliches Mittel gegen seine Depressionen unter. Und zusammen mit Torres beförderte er dann das Auto mit dem willenlosen Sastre über die Klippe, um es wie einen Suizid aussehen zu lassen.

»Wie hat Sastre Ruck überhaupt kennengelernt?«

»Eine Dummheit hat genügt. Nach einem aufgeklärten Raubüberfall hat er eine teure Uhr aus dem Beutegut eingesackt und wollte sie auf dem Schwarzmarkt verkaufen. Pech für ihn, dass er an Ruck geraten war, der hatte ihn von da an in der Hand.«

»Und warum musste dieser Hähnlein dran glauben?«

Ribera erläuterte, dass Hähnlein für Ruck zum Risiko geworden war. Zuerst hatte es auf der Finca zwischen Torres und Hähnlein einen Streit gegeben, weil der Schlüssel für das Schließfach verschwunden war. Daraufhin war der Streit eskaliert und der bekiffte Hähnlein ausgerastet. Sein Verhängnis war, dass er sich anschließend an Ruck gewandt hatte. Dabei hatte Hähnlein auch von seinem Verdacht erzählt, dass Zampach den Schlüssel an sich genommen hatte. Ruck wiederum wollte zu dem Zeitpunkt mit den Uhrendiebstählen aufhören und sich auf die Immobilien konzentrieren, auch in der Hoffnung, irgendwann sein Metzgerunternehmen abzustoßen. Also nutzte er die Gelegenheit, den unberechenbaren Hähnlein zu beseitigen und den Mord Zampach in die Schuhe zu schieben.

Bosch gab ein anerkennendes Pfeifen von sich. »Was für ein Sumpf. Dagegen ist Albufera ein Tümpel. Das schreit, um meine Fitness- und Diätpause abzurunden, geradezu nach einer kulinarischen Straftat. Ich hoffe, der Schuppen gibt das her.«

»Und ob«, sagte Quique, der in der Zwischenzeit zusammen mit Blum hinzugestoßen war. Er verzog den Mund zu einem breiten Grinsen. »Und zum Nachtisch gibt's nachher Livemusik.«

»Apropos Sumpf. Was ist nun mit den Ermittlungen gegen den Kollegen Galán?«, fragte Blum.

»Ach, hatte ich vergessen zu erwähnen«, sagte Ribera. »Wie es aussieht, ist Galán sauber. Jedenfalls was den Verdacht der Korruption betrifft. Er hat mich angerufen und gebeichtet, dass er und Monica Sastre sich nach der Beerdigung nähergekommen seien, als er ihr die persönlichen Gegenstände aus dem Schreibtisch ihres Mannes übergeben hatte. Weil ihm die Sache ausgesprochen peinlich war, hat er aber versucht, es geheim zu halten. Unter anderem hat er sich mit ihr im ›Café Caruso‹ in Son Castelló getroffen, wo ihn Quique beinahe entdeckt hätte.«

Quique brach in Lachen aus. »*Joder*«, sagte er, nachdem er sich wieder beruhigt hatte. »Dafür habe ich mir Stunden um die Ohren geschlagen und musste mich beschimpfen lassen. Im Gegenzug müsst ihr jetzt ›Los Keefojones‹ ertragen.«

Bosch spuckte einen Teil des Palo wieder aus, den er soeben getrunken hatte. »Die was? Hört sich fast an wie *cojones*.«

»Das ist die Band, in der ich mitspiele«, sagte Quique. »Genauer gesagt sind wir die Eier von Keith Richards. Keef ist sein Spitzname.«

Kurze Zeit später wimmerte eine Mundharmonika durch das Lokal, eine bluesige E-Gitarre setzte ein, und Quique hämmerte am Schlagzeug den Rhythmus. Die Mundharmonika verstummte, der Sänger riss das Mikro an sich, seine nölende Stimme überlagerte die Instrumente und füllte den Raum:

»I'm a-talkin' 'bout the midnight rambler
Everybody got to go
Well I'm a-talkin' 'bout the midnight gambler
The one yo never seen before.«
Ribera erhob sich von seinem Platz und trat vor die Tür unter das Vordach der Kneipe. Er fühlte sich benebelt von mehreren Bieren, die er zu schnell heruntergestürzt, und dem Palo, zu dem ihn Bosch überredet hatte. Ihm war eines klar: Wenn er nicht aufpasste, könnte der Abend in einem bösen Absturz enden.

Er sog die Abendluft tief in seine Lungen ein und genoss den frischen Wind, der ihm ins Gesicht wehte. Auf dem Parkplatz vor der Bar ertönte ein kraftvolles Wummern und dumpfes Bollern. Es stammte von den Zwei-Zylinder-Motoren schwerer Maschinen, auf denen eine Gruppe von Bikern auf der Ma-15 in Richtung Palma entschwand. Er schaute ihnen hinterher, bis sie von der Dunkelheit geschluckt wurden. Wenn er doch mehr von diesem souveränen Sound, von diesem Klang nach Gleichmut und Entspanntheit in sich hätte statt der Getriebenheit und des Gedankenkarussells, die ihn oft plagten und so viel Unruhe in sein Dasein brachten.

Er bemerkte ein Zitat von Milan Kundera, das über dem Eingang des Lokals stand. »Der über sein Motorrad gebeugte Mensch kann sich nur auf die gegenwärtige Sekunde seines Flugs konzentrieren. Er hat keine Angst, wenn er losfährt, denn die Quelle der Angst liegt in der Zukunft, und wer von der Zukunft befreit ist, hat nichts zu befürchten.« Vielleicht kein schlechtes Motto für seine eigene Zukunft.

Der Wind wurde stärker, eine Böe fegte eine schwarze Tafel um, auf der vor dem Eingang das Tagesmenü angeschrieben war. Es folgte ein bedrohliches Grollen, das näher kam und nicht von Motorrädern stammte. Ein Gewitter zog auf, kurz darauf zuckten Blitze durch die Nacht, bevor der Himmel seine Schleusen öffnete.

Endlich Regen. Das überhitzte Mallorca kühlte ab.

Glossar

Arroz brut – Der »schmutzige Reis« ist ein Klassiker der mallorquinischen Küche und wird in vielen Restaurants angeboten. Genauer gesagt handelt es sich um einen reichhaltigen Reiseintopf mit Fleischeinlage und Gemüse der Saison.

Bon dia – katalanische Begrüßung für »guten Morgen«, »guten Tag«

Cabronazo – Kraftausdruck für »Riesenarschloch«

Café con leche – die spanische Version des Milchkaffees. Er besteht aus einem Espresso mit Milch.

Café solo – klein, stark und tiefschwarz, die spanische Variante des Espressos

Caña – Bier heißt in Spanien zwar *cerveza*, oft wird aber in den Bars eine *caña* bestellt, ein kleines, frisch gezapftes Bier. Meistens enthält ein Glas 0,2 Liter.

Chorizo – Die luftgetrocknete Rohwurst zählt zu den bekanntesten und populärsten Wurstsorten Spaniens. Hergestellt wird sie aus Schweine- oder Kalbfleisch, Speck, Salz, Gewürzen und viel Paprikapulver.

Crema catalana – ein katalanischer Nachspeise-Klassiker, der mit einer festen Karamellschicht überzogen ist. Die Creme ähnelt der französischen Crème brûlée, allerdings wird sie klassisch in Tonschalen serviert. Auch die Zubereitung ist etwas anders, unter anderem wird statt Sahne heiße Milch verwendet, die mit verquirltem Eigelb und Speisestärke verrührt und mit Zimt, Zitronen- oder Orangenschalen gewürzt wird.

De puta madre – Ausruf der Begeisterung, übersetzt: »geil«, »super«, »hervorragend«, »cool«, »phantastisch«

Dios mío – Ausruf für »mein Gott«, »ach du lieber Gott«

Ensaïmada – Die mallorquinische Hefeteigschnecke ist das wohl populärste Gebäck der Insel. Es gibt sie in verschiedenen Größen, gefüllt und ungefüllt. Die einfache Variante heißt *ensaïmada lisa*. Daneben gibt es *ensaïmada de crema* oder *ensaïmada de cabell d'angel*, übersetzt »Engelshaar«, eine Kürbiskonfitüre. Ihnen allen gemeinsam ist, dass sie mit Schweineschmalz zubereitet sind. Die »Ensaïmada de Mallorca« ist ein Kulturgut mit geschützter geografischer Angabe. Eine Zutatenliste regelt die Zusammensetzung.

Fincas en el quinto coño – Kraftausdruck für »am Arsch der Welt«. In diesem Fall sind abgelegene Fincas gemeint.

Foners – »Els Foners Balears« bezeichnet die historischen Steinschleuderkämpfer der Balearen. Die Griechen hatten die Inseln gar nach den Steine schleudernden Einwohnern benannt. Der Name leitet sich vom griechischen *balearides* ab, was so viel wie »Steinschleuderer« bedeutet. Die Karthager und Römer engagierten die Inselkrieger als Söldner.

Guapa – »Hübsche«, »Schöne«. Anrede, die meist für Frauen und junge Mädchen benutzt wird. Sie ist als einfaches Kompliment gedacht, ohne dass eine Reaktion erwartet wird.

Hombre – Ausruf für »Mann«, »Mensch«, »Menschenskind«

Hostia – spanischer Kraftausdruck für »verdammt (noch mal)«, »Scheiße«

Hostia puta – spanischer Kraftausdruck für »verdammte Scheiße«, »heilige Scheiße«

Jefatura de policía – Polizeipräsidium

Joder – spanischer Kraftausdruck für »Scheiße«, »verdammt (noch mal)«

Madero – spanische Umgangssprache für »Bulle«. Das Wort bezieht sich auf die Holzstücke, mit denen sie die Menschen schlagen.

Menú del día – Das »Tagesgericht« oder »Tagesmenü« ist eine Tradition in der spanischen Gastronomie. Es handelt sich um ein Drei-Gänge-Menü mit Vorspeise, Hauptspeise und Nachtisch inklusive Wein und Wasser. Das *menú del día* wird in vielen Restaurants zum Mittagessen zwischen 13 und 15 Uhr angeboten und ist recht preiswert.

Mierda – Kraftausdruck für »Scheiße«, »Dreck«, »Mist«

Nit de Sant Joan – Die Johannisnacht gehört zu den beliebtesten Events auf Mallorca und im restlichen Spanien. Gefeiert wird sie am Vorabend des Johannistags, also in der Nacht vom 23. auf den 24. Juni. Am Johannistag selbst wird die Geburt Johannes' des Täufers begangen. Gleichzeitig steht das Fest in Verbindung mit der Sommersonnenwende. Ein magisches Spektakel.

Okupas – Bezeichnung für Hausbesetzer. Hausbesetzungen haben in Spanien eine lange Tradition. Vor allem seit der Wirtschaftskrise 2008 ist ihre Zahl stark gestiegen. Betroffen sind meist leer stehende Häuser oder Häuser in Bankeigentum, aber auch Ferienhäuser von ausländischen Besitzern. Die Szene ist sehr heterogen. Neben Menschen mit finanziellen Problemen, die darin die einzige Chance sehen, der Obdachlosigkeit zu entgehen, gibt es die politischen Besetzer und die kriminellen Banden, die Geschäfte mit Wohnungsbesetzungen machen.

Pa amb oli – übersetzt: »Brot mit Öl«. Das ursprüngliche Arme-Leute-Essen ist eines der populärsten und einfachsten Gerichte der mallorquinischen Küche. *Pa amb oli* besteht aus Grundzutaten wie dunklem Brot, Ramallet Tomaten, Olivenöl, Salz und Knoblauch. Es wird in den verschiedensten Varianten gegessen: mit Käse, *Sobrasada*, Schinken und anderen Beilagen. Dazu werden in der Regel die inseltypischen gebrochenen Oliven serviert.

Relojería – Uhrmacherei, in diesem Fall ein Uhrengeschäft

Salmorejo – Kalte, dickflüssige Suppe aus Andalusien im Stile einer Gazpacho auf der Basis von Tomaten, Olivenöl und Weißbrot. Im Unterschied zur Gazpacho ist die *salmorejo* wegen des höheren Brotanteils dickflüssiger und frei von Gurken.

Sobrasada – Die streichfähige Rohwust ist Kult auf Mallorca und taucht in vielen Variationen auf. Die Spezialität besteht aus Schweinefleisch, das mit Speck, Paprika, Salz und Pfeffer gewürzt ist. Paprika gibt ihr die rote Farbe. *Sobrasada de Mallorca* besitzt eine jahrhundertealte Tradition und ist als Herkunftsbezeichnung geschützt.

Stop Desahucios – übersetzt: »Stoppt Zwangsräumungen«. Die Bürgerinitiative gibt es nicht nur auf Mallorca, sondern auch in anderen Regionen Spaniens. Gegründet wurde die Bewegung um das Jahr 2011, nachdem immer mehr Spanier ihre Wohnungen und Häuser verloren hatten, weil sie nach dem Platzen der Immobilienblase im Jahr 2008 ihre Hypotheken nicht mehr bezahlen konnten. Tausende wurden in dieser Zeit arbeitslos und konnten die Kredite nicht mehr bedienen.

Tonto – »dumm«, »bescheuert«, »dämlich«, »Vollidiot«

Tumbet – mallorquinische Gemüsepfanne mit vielen Zubereitungsmöglichkeiten. Die Grundbestandteile des populären Eintopfs sind Tomaten, Kartoffeln, Paprika, Auberginen, Zwiebeln und Knoblauch. Ansonsten ist erlaubt, was gefällt, fast jede Familie hat ihr eigenes Spezialrezept. *Tumbet* wird sowohl als Hauptspeise als auch als Beilage zu Fleisch oder Fisch gegessen. Kein leichtes Gericht, da mit viel Olivenöl zubereitet, aber lecker. *Bon profit*, guten Appetit.

Danksagung

Auch bei meinem zweiten Roman haben zahlreiche Menschen Geburtshelfer gespielt. Dafür gebührt ihnen herzlicher Dank. Namentlich genannt sei Joan Seguro von der Plattform »Stop Desahucios Mallorca«, der mich mit Informationen über Zwangsräumung und Hausbesetzung versorgt hat. Herzlichen Dank an Carolina, die den Kontakt ermöglichte.

Wertvolle Einblicke in das etwas andere Leben auf einem Landgut verdanke ich Georg Berres. Muchas gracias a Salvador Maimó Barceló und Cosme Sastre Muñoz vom »Club Foners de Llucmajor« für ihre Geduld beim Steinschleuder-Unterricht. Ebenso an Silvio Vass, der mir einen Zugang zu der mallorquinischen Szene eröffnete. Zu Dank bin ich auch den Metzgereien Horst Abel und Karl Oberst verpflichtet. Sie unterstützten mich bei der Recherche zur deutschen Wurstkultur auf Mallorca.

Ein großes Dankeschön gebührt Professor Marcel Verhoff und seinem Team von der Rechtsmedizin in Frankfurt am Main. Sie versorgten mich mit Infos und garantiert bleibenden Eindrücken.

Erneut möchte ich Francisco danken. Er hat mir in seinem Finca-Hotel Son Pont einen wunderbaren Arbeitsplatz geboten, auf dem Teile des Romans entstanden sind. Bei der Recherche hat mich meine Frau Yvonne unterstützt, vor allem, indem sie mich an einige seltsame Orte auf der Insel begleitet hat.

Viele Tipps für spanische Umgangssprache haben mir Asunción Ramos Castro und Rosa Ribas geliefert. Nicht zu vergessen Familie Kral, die mit ihrer herrlichen Quittenmarmelade meine Schreibmotivation unterstützt hat.

Klaus Späne
MALLORCA BIS IN ALLE EWIGKEIT
Broschur, 272 Seiten
ISBN 978-3-7408-0529-6

Chefinspektor Pau Ribera von der spanischen Nationalpolizei steht
vor einem Rätsel: Auf dem Zentralfriedhof in Palma wird ein Journalist tot aufgefunden. Hat hier womöglich jemand eine alte Rechnung
beglichen? Seine Ermittlungen führen Ribera zurück in die Zeit des
Spanischen Bürgerkrieges und tief in die Vergangenheit der Insel.
Dabei wird ihm schnell klar, dass sich hinter der schönen Fassade
Mallorcas ein düsteres Geheimnis verbirgt.

»Ein spannender, dichter Krimi, nicht nur für Mallorca-Urlauber.«
Neue Presse

»Der Journalist Klaus Späne legt mit ›Mallorca bis in alle Ewigkeit‹
einen Thriller vor, der in der dunklen Geschichte der Insel bohrt.«
Mallorca Zeitung

www.emons-verlag.de